Edgar Rice Burroughs

TARZAN und der goldene Löwe

Edgar Rice Burroughs wurde am 1. September 1875 in Chicago geboren. In den Jahren von 1912 bis zu seinem Tode im Jahre 1950 schrieb er über 50 Romane und eine Vielzahl von Kurzgeschichten. Besondere Fähigkeiten entwickelte er beim Schreiben von Abenteuerbüchern, die aufgrund ihres chronologischen Aufbaus beliebig viele Fortsetzungen ermöglichten, wobei die Hauptfiguren gleich blieben und somit zu Seriengestalten wurden. Besonders die TARZAN-Geschichten wurden so berühmt und populär, daß sie als Vorlage für mehrere Verfilmungen dienten.

Edgar Rice Burroughs

TARZAN
und der goldene Löwe

KRANICHBORN VERLAG LEIPZIG

Aus dem Amerikanischen übersetzt von Ruprecht Willnow
Titel der Originalausgabe: TARZAN AND THE GOLDEN LION

1. Auflage

ISBN 3-930040-20-4

Der goldene Löwe

Sabor, die Löwin, säugte ihr Junges – eine einzige, wuschlige Kugel und gefleckt wie Sheeta, der Leopard. Sie lag im warmen Sonnenschein vor der Felsenhöhle, die ihr Lager darstellte, lang ausgestreckt auf der Seite, die Augen halb geschlossen, doch sie war hellwach. Zuerst hatte es nämlich drei dieser kleinen, wuschligen Bälle gegeben, zwei weibliche und einen männlichen, und Sabor und Numa, ihr Herr, waren sehr stolz auf sie gewesen; stolz und glücklich. Aber sie hatten nicht genügend Beutetiere schlagen, Sabor sich nicht richtig sättigen und deshalb auch nicht ausreichend Milch produzieren können, um ihre drei munteren Jungen ausreichend zu ernähren. Dann war noch ein kalter Regen gekommen, und die Kleinen waren krank geworden. Nur der Stärkste überlebte – die zwei weiblichen Jungen waren gestorben. Sabor hatte lange getrauert und war neben den zwei kläglichen, struppigen Pelzknäulen jammernd und stöhnend auf und ab gewandert. Dann und wann stieß sie sie sanft mit der Schnauze an, als wolle sie sie aus dem langen Schlaf aufwecken, aus dem es kein Erwachen gibt. Aber schließlich gab sie ihre Bemühungen auf, und nun war ihr wildes Herz ganz mit der Sorge für das kleine männliche Junge erfüllt, das ihr geblieben war. Deshalb war sie wachsamer als gewöhnlich.

Numa, der Löwe, war unterwegs. Vor zwei Nächten hatte er ein Beutetier geschlagen und zu ihrem Lager geschleppt, und am gestrigen Abend hatte er sich abermals auf den Weg gemacht, war jedoch nicht zurückgekehrt. Sabor dämmerte halb vor sich hin und dachte an Wappi, die plumpe Antilope, die ihr prachtvoller Gatte vielleicht gerade in dieser Minute durch das Gewirr des Dschungels heranschleifte. Möglicherweise war es auch Pacco, das Zebra, dessen Fleisch ihre Gattung am meisten mochte – ein saftiges, fettes Zebra. Ihr lief das Wasser im Maul zusammen.

Halt, was war das? Ihr scharfes Gehör hatte ein schwaches Geräusch aufgenommen. Sie hob den Kopf und neigte ihn zuerst auf die eine Seite und dann auf die andere, während sie mit aufgestellten Ohren den schwächsten Widerhall jenes Geräuschs zu erfassen suchte, das sie aufgestört hatte. Witternd sog sie die Luft ein. Nur die Andeutung eines Lufthauchs wehte, doch aus der Richtung, aus der sie die Laute gehört hatte, bewegte sich eindeutig etwas auf sie zu, und aus der zunehmenden Deutlichkeit schlußfolgerte sie, daß die Ursache des Geräuschs näher kam. Im gleichen Maße wuchs die Erregung des Tieres, sie wälzte sich auf den Bauch und verwehrte so dem Jungen die weitere Nahrungsaufnahme, worauf dieses sein Mißfallen durch leises Winseln kundtat, bis ein unterdrücktes, wütendes Knurren der Löwin es zum Schweigen brachte. Nun stand es an ihrer Seite, blickte zuerst auf sie und dann in die Richtung, in die Sabor schaute, und neigte den kleinen Kopf ebenfalls zuerst auf die eine Seite und dann auf die andere.

Offensichtlich waren die Laute, die Sabor vernahm, recht beunruhigend, sie riefen bei ihr eine gewisse Erregung, wenn nicht gar echte Besorgnis hervor, obwohl sie nicht sicher sein konnte, daß sie wirklich Unheil verhießen. Vielleicht kehrte ihr mächtiger Gatte heim, aber es klang nicht wie die Bewegung eines Löwen und ganz gewiß nicht wie die eines solchen, der ein schweres Beutetier schleppt. Sie warf einen Blick auf ihr Junges, das daraufhin ein klägliches Winseln ausstieß. Ständig bangte sie, daß ihm Gefahren drohen könnten, diesem letzten Sproß ihrer kleinen Familie, aber sie war zur Hand, das Kleine zu verteidigen.

Da trug die leichte Brise die Witterung jenes Wesens zu ihr, das sich durch den Dschungel auf sie zu bewegte. Im Nu war der besorgte, mütterliche Ausdruck auf ihrem Gesicht einer zähnefletschenden Maske wilden Zorns gewichen, und ihre Augen funkelten, denn die Witterung, die durch den Dschungel zu ihr drang, war der verhaßte Geruch des Menschen. Sie stellte sich auf, reckte den Kopf vor, und ihr gekrümmter Schweif zuckte nervös. Auf jene seltsame Weise, in der Tiere sich gegenseitig verständigen, mahnte sie das Junge, sich niederzulegen und zu bleiben, wo es war, bis sie zurückkehrte, dann entfernte sie sich schnell und lautlos, um dem Eindringling entgegenzutreten.

Das Junge hatte gehört, was seine Mutter vernommen hatte, und erfaßte jetzt auch den Geruch des Menschen, einen ungewohnten Geruch, der ihm nie zuvor in die Nase gedrungen war, doch es erkannte ihn sofort als den eines Feindes – es war ein Geruch, der bei ihm eine ebenso typische Reaktion wie bei der erwachsenen Löwin hervorrief. Die Rückenhaare des Kleinen stellten sich auf, und es bleckte die winzigen Fangzähne. Während das erwachsene Tier schnell und verstohlen ins Unterholz tauchte, folgte ihr das Junge unter Mißachtung ihrer Anweisung, wobei sein Hinterviertel hin und her wackelte, wie es bei sehr jungen Geschöpfen seiner Gattung stets der Fall ist, wobei dieses drollige Gebaren kaum mit der würdevollen Haltung der vorderen Hälfte in Einklang stand. Doch die Löwin hatte nur Augen und Ohren für das, was sich vor ihr befand, und bemerkte gar nicht, daß der Kleine ihr folgte.

Vor den beiden lagen hundert Yards dichter Dschungel, indes hatten die Löwen einen tunnelartigen Pfad zu ihrem Lager gebahnt, und dann folgte eine kleine Lichtung, die von einem gut ausgetretenen Dschungelweg durchschnitten wurde. Er trat an einem Ende der Lichtung aus dem Dschungel und verschwand am anderen wieder darin. Als Sabor die Lichtung erreicht hatte, erblickte sie genau in der Mitte die Ursache ihrer Furcht und ihres Hasses. Was aber, falls das Menschenwesen gar nicht auf sie oder die Ihren Jagd machte? Wenn es von ihrer Anwesenheit überhaupt keine Ahnung hatte? Diese Fakten existierten in diesem Moment für Sabor, die Löwin, nicht. Normalerweise hätte sie den Menschen unbehelligt ziehen lassen, solange er nicht so nahe herankam, um die Sicherheit ihres Jungen zu gefährden. Hätte sie kein Junges gehabt, so wäre sie beim ersten Anzeichen seiner Annäherung davongestrichen. Heute jedoch war sie aufgeregt und voller Angst wegen des einzigen Jungen, das ihr geblieben war. Ihre Mutterinstinkte hatten sich vielleicht verdreifacht und voll auf diesen einzigen, nun dreifach geliebten Überlebenden konzentriert, und so wartete sie nicht erst darauf, daß der Mensch die Sicherheit ihres Kleinen bedrohte; statt dessen drang sie vorwärts, um ihm entgegenzutreten und ihn aufzuhalten. Vom sanften Muttertier hatte sie sich in ein furchtbares Werkzeug der Vernichtung verwandelt, und sie war nur noch von einem Gedanken beseelt – zu töten.

Sie zögerte keinen Augenblick am Rande der Lichtung, auch gab sie nicht die geringste Warnung von sich. Das erste Anzeichen für die Anwesenheit eines Löwen innerhalb von zwanzig Meilen, das der schwarze Krieger wahrnahm, war die furchteinflößende Erscheinung dieser teuflischen Katze, die mit pfeilartiger Geschwindigkeit über die Lichtung auf ihn zugestürmt kam. Der Schwarze befand sich nicht auf Löwenjagd. Hätte er gewußt, daß einer in der Nähe war, so hätte er ihn in weitem Bogen umgangen. Der nächste Baum war weiter von ihm entfernt als die Löwin. Sie würde ihn erreichen, ehe er auch nur ein Viertel dieser Strecke zurückgelegt hatte. Es gab keine Hoffnung, und er konnte nur eins tun. Das Tier war fast bei ihm, und hinter ihr erblickte er ein winziges Junges. Der Mann trug einen schweren Speer. Er führte ihn mit der rechten Hand weit nach hinten und warf im gleichen Moment, als die Löwin sich aufrichtete, um ihn zu packen. Der Speer durchstieß ihr wildes Herz, und fast gleichzeitig schlug sie ihre mächtigen Zähne in den Kopf des Kriegers. Der Schwung der Löwin schleuderte beide schwer zu Boden, mausetot und reglos, sieht man von einigen krampfartigen Muskelbewegungen ab.

Das nun verwaiste Junge blieb zwanzig Fuß entfernt stehen und betrachtete die erste große Katastrophe seines Lebens mit fragenden Augen. Es wollte sich seiner Mutter nähern, aber die natürliche Furcht vor der menschlichen Witterung hielt es zurück. Daraufhin begann es in einem Ton zu winseln, der seine Mutter sonst stets in Eile zu ihm brachte; aber diesmal blieb die Wirkung aus – sie erhob sich nicht einmal, um ihn anzublicken. Der kleine Kerl war verwirrt – er konnte das nicht begreifen. Also winselte er weiter, wobei er sich allmählich immer einsamer und mutloser fühlte. Dann stahl er sich behutsam näher an seine Mutter heran. Er sah, daß das seltsame Geschöpf, dem sie den Garaus gemacht hatte, sich nicht bewegte, und nach einer Weile empfand er weniger Furcht, so daß er schließlich den Mut fand, ganz dicht an seine Mutter heranzukriechen und sie zu beschnuppern. Er winselte noch immer, aber sie antwortete ihm nicht. Da dämmerte ihm schließlich, daß hier etwas nicht in Ordnung war, daß seine großartige, prächtige Mutter nicht mehr das war, was sie einst gewesen war. Eine Veränderung war mit ihr vorgegangen. Dennoch klammerte er sich an sie und greinte viel, bis er schließlich einschlief, eng an ihren toten Körper geschmiegt.

Genau so fand Tarzan ihn vor – Tarzan und Jane, seine Frau, sowie ihr Sohn, Korak der Killer –, als sie aus dem geheimnisvollen Land von Pal-ul-don zurückkehrten, aus dem die zwei Männer Jane Clayton gerettet hatten. Als der kleine Löwe sie näherkommen hörte, schlug er die Augen auf, erhob sich, legte die

Ohren an und knurrte die drei an, wobei er eng an seine tote Mutter zurückwich. Bei seinem Anblick lächelte der Affenmensch.

„Tapferer kleiner Teufel“, bemerkte er, da er die Tragödie, die sich hier abgespielt hatte, mit einem Blick erfaßte. Er näherte sich dem geifernden Jungen in der Erwartung, es werde sich umwenden und davonlaufen, aber nichts dergleichen geschah. Statt dessen knurrte es nur noch wilder und schlug auf seine ausgestreckte Hand, als er sich bückte, um nach ihm zu langen.

„Was für ein tapferer kleiner Bursche“, sagte Jane. „Arme kleine Waise!“

„Aus ihm wird mal ein prächtiger Löwe, oder vielmehr, er wäre es geworden, falls seine Mutter am Leben geblieben wäre“, sagte Korak. „Seht euch diesen Rücken an – gerade und stark wie ein Speer. Zu schade, daß der kleine Schurke sterben muß.“

„Das muß er gar nicht“, erwiderte Tarzan.

„Willst du ihn adoptieren?“

Tarzan nickte.

Korak und Jane lachten. „Das wird ein Spaß werden“, bemerkte ersterer.

„Lord Greystoke, Pflegemutter des Sohnes von Numa“, sagte Jane lachend.

Tarzan lächelte gleichfalls, hörte jedoch nicht auf, dem Löwenjungen seine Aufmerksamkeit zuzuwenden. Dann streckte er plötzlich die Hand aus, packte den kleinen Löwen im Genick, streichelte ihn sanft und redete in leisem, einschmeichelnden Ton auf ihn ein. Ich weiß nicht, was er sagte, aber das Junge verstand ihn vielleicht, denn es gab seinen Widerstand nun auf und trachtete nicht länger, die liebkosende Hand zu kratzen oder zu beißen. Nun nahm Tarzan ihn auf und drückte es an die Brust. Es schien sich nicht mehr zu fürchten, bleckte nicht einmal mehr die Zähne, obwohl der vorher so verhaßte Geruch nach Mensch nun so nahe war.

„Wie willst du das machen?“ fragte Jane Clayton.

Tarzan zuckte die breiten Schultern. „Geschöpfe deinesgleichen haben keine Angst vor dir – und diese hier sind von meiner Art, ungeachtet aller Versuche, mich zu zivilisieren. Vielleicht haben sie deshalb auch keine Angst vor mir, wenn ich ihnen meine Freundschaft bekunde. Selbst dieser kleine Schurke scheint das zu wissen, oder?“

„Ich kann das einfach nicht verstehen“, bemerkte Korak. „Ich behaupte, daß ich mich sehr gut unter afrikanischen Tieren auskenne, dennoch habe ich nie diese Macht über sie oder das Verständnis, das du aufbringst. Woran liegt das wohl?“

„Es gibt nur einen Tarzan“, sagte Lady Greystoke und lächelte ihrem Sohn spöttisch zu, doch in ihren Worten lag auch ein gewisser Stolz.

„Bedenke, daß ich unter Tieren geboren und von ihnen aufgezogen wurde“, erinnerte ihn Tarzan. „Vielleicht war mein Vater nach allem doch ein Affe – du weißt, daß Kala immer auf dieser Ansicht beharrte.“

„John, wie kannst du so etwas sagen?“ rief Jane. „Du weißt sehr wohl, wer deine Eltern waren.“

Tarzan blickte seinen Sohn feierlich an und kniff ein Auge zu. „Deine Mutter wird nie lernen, die edlen Eigenschaften der Menschenaffen zu schätzen. Man könnte fast glauben, sie habe etwas gegen die Vorstellung einzuwenden, daß sie einen von ihnen geheiratet hat.“

„John Clayton, ich werde nie wieder mit dir reden, wenn du jetzt nicht aufhörst, so gräßliche Dinge zu sagen. Ich schäme mich für dich. Es ist schlimm genug, daß du ein unverbesserlicher Wilder bist. Da brauchst du nicht noch zu versuchen, einen Affen ins Spiel zu bringen.“

Die lange Reise von Pal-ul-don war fast zu Ende – binnen einer Woche würden sie ihre früheren Besitzungen wieder erreicht haben. Ob außer den Ruinen, die die Deutschen hinterlassen hatten, noch etwas übriggeblieben war, war fraglich. Die Scheunen und Nebengebäude waren alle niedergebrannt und das Innere des Bungalows teilweise verwüstet. Diejenigen der Waziris – den getreuen eingeborenen Dienern der Greystokes –, denen die Soldaten des Hauptmanns Fritz Schneider nicht den Garaus gemacht hatten, waren dem Ruf der Kriegstrommel gefolgt und hatten sich den Engländern zur Verfügung gestellt, um der großen Sache der Humanität in der für sie geeigneten Weise von Nutzen zu sein. Das hatte Tarzan noch erfahren, ehe er sich auf die Suche nach Lady Jane gemacht hatte. Wie viele seiner kriegerischen Waziri jedoch mit dem Leben davongekommen waren, und was weiterhin aus seinen umfangreichen Besitzungen geworden war, wußte er nicht. Vielleicht hatten nomadisierende Eingeborenenstämme oder Räuberbanden arabischer Sklavenhändler das Zerstörungswerk der Deutschen vollendet. Auch war damit zu rechnen, daß der Dschungel sich seinen Besitz zurückgeholt, die Rodungen wieder mit Pflanzen überzogen und jegliche Anzeichen für das kurze Eindringen des Menschen in sein jahrtausendealtes Reich unter üppig wucherndem Grün verborgen hatte.

Die Adoption des winzigen Numa zwang Tarzan bei der Planung seiner Marschstrecken und Haltepausen, die Bedürfnisse seines *protégé* fortan zu berücksichtigen, denn das Löwenjunge mußte Nahrung bekommen, und das konnte nichts anderes sein als Milch. Löwenmilch stand außer Frage, doch befanden sie sich jetzt in einem vergleichsweise gut bevölkerten Landstrich, wo sie häufig auf Dörfer trafen und man den großen Herren des Dschungels kannte, fürchtete und respektierte. So näherte sich Tarzan noch am Nachmittag des Tages, an dem er den jungen Löwen gefunden hatte, einem Dorf in der Absicht, für das Junge Milch zu besorgen.

Die Eingeborenen begegneten ihnen zuerst unfreundlich und gleichgültig und betrachteten diese Weißen mit Verachtung, die ohne eine große Safari durchs Land zogen – mit Verachtung und ohne Furcht. Da die Fremden keine Safari hatten, konnten sie auch keine Geschenke für sie mit sich führen oder etwas anderes, womit sie die Lebensmittel bezahlen konnten, die sie zweifellos wünschten, und ohne Askaris konnten sie auch keine fordern, oder vielmehr, sie konnten ihrem Wunsch weder Nachdruck verleihen, noch sich selbst schützen, sollte es die Mühe lohnen, daß man sie sich richtig vornahm. So unfreundlich und gleichgültig die Eingeborenen auch zu sein schienen, sie waren jedoch schwerlich unbeeindruckt, da ihre Neugier durch die ungewöhnliche Erscheinung und den Schmuck dieser Weißen geweckt wurde. Sie waren fast ebenso unbekleidet wie sie und in gleicher Weise bewaffnet, außer daß einer, ein jüngerer Mann, ein Gewehr trug. Alle drei glichen in ihrem Äußeren den Bewohnern von Pal-ul-don, wirkten primitiv und barbarisch und in den Augen der einfältigen Schwarzen höchst seltsam.

„Wo ist euer Häuptling?“ fragte Tarzan, als er, von einer Menge Frauen, Kinder und belfernder Hunde umgeben, auf dem Dorfplatz stand.

Einige vor sich hin dösende Krieger erhoben sich aus dem Schatten der Hütten, wo sie gefaulenzt hatten, und näherten sich den Ankömmlingen.

„Der Häuptling schläft", erklärte einer. „Wer seid ihr, daß ihr ihn aufwecken wollt? Was wünscht ihr?"

„Ich möchte mit deinem Häuptling reden. Geh und hol ihn!"

Der Krieger sah ihn höchst verwundert und mit großen Augen an und brach dann in lautes Gelächter aus.

„Der Häuptling soll zu ihm gebracht werden!" rief er, an seine Gefährten gewandt, lachte noch lauter, schlug sich auf die Schenkel und knuffte die ihm am nächsten Stehenden mit dem Ellenbogen in die Seite.

„Sag ihm,Tarzan möchte mit ihm reden", fuhr der Affenmensch fort.

Im Nu änderte sich die Haltung der Umstehenden, und zwar grundlegend –, sie wichen vor ihm zurück, hörten auf zu lachen und starrten ihn mit weit aufgerissenen Augen an. Derjenige, der am lautesten gelacht hatte, wurde plötzlich ernst. „Bringt Matten herbei, damit Tarzan und seine Leute sich setzen können, während ich Umanga, den Häuptling, hole." Damit stob er davon, so schnell er konnte, als sei er heilfroh über diese Gelegenheit, der Gegenwart dieses Mächtigen zu entrinnen, den er beleidigt hatte, wie er fürchtete.

Nun spielte es keine Rolle mehr, daß sie keine Safari mitführten, keine Askaris oder irgendwelche Geschenke. Die Dorfbewohner wetteiferten miteinander, ihnen ihre Ehrerbietung zu beweisen. Noch vor Erscheinen des Häuptlings hatten viele von ihnen schon Geschenke in Form von Lebensmitteln und Schmuckgegenständen herbeigeholt. Da tauchte auch Umanga schon auf, ein alter Mann, der schon Häuptling war, ehe Tarzan von den Affen geboren wurde. Er trat sehr patriarchalisch und würdevoll auf und begrüßte seinen Gast, wie ein großer Mann einen anderen begrüßt, war indes offensichtlich sehr erfreut, daß der Herr des Dschungels dem Dorf die Ehre seines Besuchs erwies.

Als Tarzan seine Wünsche dargetan und Umanga den Löwen gezeigt hatte, versicherte ihm der Häuptling, daß es Milch in Fülle geben werde, so lange Tarzan ihn mit seiner Anwesenheit beehrte – warme Milch, frisch aus den Eutern der Ziegen des Häuptlings. Während sie noch plauderten, erfaßten die scharfen Augen des

Affenmenschen jede Einzelheit des Dorfes und seiner Bewohner und blieben schließlich auf einer großen Hündin unter den zahlreichen Kötern haften, die in den Hütten und auf der Straße umherwimmelten. Ihre Zitzen war prall von Milch, und dieser Anblick brachte Tarzan auf einen Gedanken. Er wies mit dem Daumen in die Richtung des Tieres. „Ich würde sie gern kaufen", sagte er zu Umanga.

„Sie gehört dir, und sie kostet nichts", erwiderte der Häuptling. „Sie hat vor zwei Tagen geworfen, und in der vergangen Nacht wurden alle Welpen von ihrem Lager gestohlen, bestimmt von einer großen Schlange; aber wenn du einen Hund haben willst, werde ich dir statt ihrer so viele jüngere und fettere Hunde geben, wie du haben möchtest, denn ich bin überzeugt, daß sie nur ein kümmerliches Mahl ergeben würde."

„Ich will sie nicht essen", erwiderte Tarzan. „Ich möchte sie mitnehmen, um Milch für das Löwenjunge zu haben. Laß sie zu mir bringen."

Daraufhin fingen ein paar Jungen das Tier ein, banden ihm einen Riemen um seinen Hals und schleiften es zu dem Affenmenschen. Wie der Löwe, so war auch der Hund anfangs verängstigt, denn der Geruch des Tarmangani unterschied sich von dem der Schwarzen, deshalb knurrte er und schnappte nach seinem neuen Herrn. Schließlich gewann Tarzan jedoch das Vertrauen des Tieres, so daß es sich ruhig neben ihm niederlegte, während er seinen Kopf tätschelte. Ein andere Sache war jedoch, es mit dem Löwen zusammenzubringen, denn da jagte die jeweilige feindliche Witterung des anderen beiden Angst ein – der Löwe fauchte und geiferte, die Hündin bleckte die Zähne und knurrte. Es bedurfte großer Geduld – unendlicher Geduld –, aber schließlich wurde das unerhörte Kunststück vollbracht, und die Hündin säugte Numas Sohn. Der Hunger hatte geholfen, den natürlichen Argwohn des Löwen zu überwinden, während das feste, jedoch freundliche Auftreten des Affenmenschen das Vertrauen der Hündin geweckt hatte, die im Laufe seines Lebens mehr Bekanntschaft mit Schlägen und Fußtritten gemacht hatte als mit Zuneigung.

In der folgenden Nacht band Tarzan sie in der Hütte an, die er bewohnte, und ließ sie vor dem Morgen sich zweimal hinlegen, damit das Löwenjunge saugte. Am nächsten Tag verabschiedeten sie sich von Umanga und seinen Leuten und machten sich abermals auf den Heimweg, wobei die Hündin, noch immer an der Leine, neben ihnen hertrottete, der kleine Löwe jedoch zusammengerollt in Tarzans Armen lag oder in einem Sack steckte, der an dessen Schulter hing.

Sie nannten den Löwen Jad-bal-ja, das bedeutete in der Sprache der Pithecantrhopi von Pal-ul-don soviel wie Goldener Löwe, wegen der Farbe seines Felles. Mit jedem Tag gewöhnte er sich mehr an sie und seine Pflegemutter, die ihn schließlich als ihresgleichen betrachtete. Die Hündin erhielt den Namen Za, er bedeutete 'Mädchen'. Am zweiten Tag nahmen sie ihr die Leine ab, und sie folgte ihnen bereitwillig durch den Dschungel und trachtete auch später nie, sie zu verlassen. Auch fühlte sie sich nie glücklich, wenn sie sich nicht in der Nähe der drei befand.

Als sie sich der Stelle näherten, wo der Dschungelpfad in die leicht gewellte Ebene mündete, wo sich ihre Heimstatt befand, konnten alle drei ihre Aufregung kaum unterdrücken, obwohl niemand der Hoffnung oder Furcht Ausdruck gab, die ihre Herzen erfüllte. Was würden sie vorfinden? Was konnten sie anderes vorfinden als das gleiche Gewirr von Pflanzen, das der Affenmensch einst gerodet hatte, um sein Haus zu bauen, als er zum ersten Mal mit seiner Braut hierher gekommen war?

Schließlich traten sie aus dem grünen Dickicht des Waldes, das ihnen bisher die Sicht verwehrt hatte, und blickten über die Ebene, wo die Umrisse des Bungalows in der Ferne inmitten der Bäume und Sträucher, die sie hatten stehen lassen oder eingepflanzt hatten, um das Grundstück zu verschönern, einst deutlich zu sehen gewesen waren.

„Sieh nur!" rief Lady Jane. „Dort ist es – es steht noch da!"

„Aber was sind das für Dinge links davon und dahinter?" fragte Korak.

„Das sind die Hütten der Eingeborenen", erwiderte Tarzan.

„Die Felder sind bestellt worden!" rief die Frau.

„Und einige der Nebengebäude sind wieder aufgebaut worden", sagte Tarzan. „Das kann nur eins bedeuten: Die Waziris sind aus dem Krieg heimgekehrt – meine getreuen Waziris! Sie haben wiedererrichtet, was die Deutschen zerstört hatten, und sich bis zu unserer Rückkehr um unsere Heimstatt gekümmert."

Das Abrichten von Jad-bal-ja

So kehrten Tarzan von den Affen sowie Jane Clayton und Korak nach langer Abwesenheit heim, und mit ihnen Jad-bal-ja, der goldene Löwe, und Za, die Hündin. Unter den ersten, die ihnen entgegenkamen, um sie willkommen zu heißen, befand sich der alte Muviro, Vater von Wasimbu, der bei der Verteidigung der Heimstatt und der Frau des Affenmenschen sein Leben geopfert hatte.

„Oh, Bwana", rief der getreue Schwarze. „Meine alten Augen werden wieder jung, da sie dich jetzt erblicken. Es ist lange her, daß du weggegangen bist, und obwohl viele an deiner Rückkehr zweifelten, wußte der alte Muviro, daß es in der großen Welt nichts gab, das seinen Herrn vernichten konnte. Und so wußte er auch, daß sein Herr zur Heimstatt seiner Liebe und zu jenem Land zurückkehren würde, wo seine getreuen Waziris auf ihn warteten; aber daß sic, die wir als tot beweint haben, nun zurückkehren würden, ist fast unglaublich, und so wird der Jubel in den Hütten der Waziris heute abend groß sein. Und die Erde wird unter den Tanzschritten der Krieger erbeben und der Himmel widerhallen von den Freudenrufen ihrer Frauen, da die drei, die sie auf Erden am meisten lieben, zu ihnen zurückgekehrt sind."

In der Tat herrschte großer Jubel in den Hütten der Waziris, und nicht nur in dieser Nacht, sondern viele Nächte lang nahmen Tanzen und Freudenbekundungen ihren Fortgang, bis Tarzan genötigt war, den Festlichkeiten ein Ende zu setzen, damit er und seine Familie einige Stunden ungestörten Schlafes finden konnte. Er stellte fest, daß seine getreuen Waziri unter der gleichermaßen loyalen Anleitung seines englischen Vorarbeiters Jervis die Ställe, Viehgehege und Nebengebäude sowie die Eingeborenenhütten vollkommen wiederaufgebaut und auch das Innere des Bungalows wiederhergerichtet hatten, so daß der Ort in seinem äußeren Erscheinungsbild wieder genauso aussah wie vor dem Überfall der Deutschen.

Jervis befand sich in Farmangelegenheiten in Nairobi und kehrte erst einige Tage nach ihrem Eintreffen auf der Ranch zurück. Seine Überraschung und Freude waren nicht weniger echt als die der Waziris. Stundenlang saß er mit dem Häuptling und den Kriegern zu Füßen von Big Bwana und lauschte auf den Bericht über das seltsame Land von Pal-ul-don und die Abenteuer, die die drei während Lady Greystokes Gefangenschaft dort zu bestehen gehabt hatten, und mit den Waziris staunte er über die seltsamen Schoßtiere, die der Affenmensch mitgebracht hatte. Daß Tarzan einen Mischling von Eingeborenenköter ins Herz geschlossen hatte, war seltsam genug, aber daß er zudem noch ein Junges seiner Erzfeinde, Numa und Sabor, adoptiert hatte, erschien nachgerade unglaublich. Gleichermaßen überraschend war für alle die Art und Weise der Erziehung, die Tarzan dem Löwenjungen angedeihen ließ.

Der goldene Löwe und seine Pflegemutter hatten eine Ecke im Schlafzimmer des Affenmenschen belegt, der täglich viele Stunden damit verbrachte, den kleinen, gelbgefleckten Ball auszubilden und abzurichten, der jetzt verspielt und höchst anhänglich war, eines Tages jedoch zu einem gewaltigen, wilden Raubtier heranwachsen würde.

Als die Tage vergingen und der goldene Löwe größer wurde, lehrte Tarzan ihn viele Kniffe – etwas zu holen und zu tragen, auf einen beinahe unhörbaren Befehl reglos in einem Versteck zu liegen, sich auf Anweisung von einem Punkt zum anderen zu bewegen sowie nur der Witterung folgend nach verborgenen Dingen zu jagen und sie zu ergreifen, und als später auch Fleisch auf seiner Speisekarte stand, fütterte er ihn immer in einer Weise, die den Wazirikriegern ein grimmiges Lächeln entlockte, denn Tarzan hatte für den Löwen eine Puppe angefertigt, die einem Menschen ähnelte, und das Fleisch, das der Löwe fressen sollte, war stets an der Kehle der Puppe befestigt. Diese Art der Fütterung änderte sich nie. Auf ein Wort des Affenmenschen duckte sich der goldene Löwe und preßte den Bauch auf die Erde, dann wies Tarzan auf die Puppe und flüsterte nur das eine Wort 'Töte!' Wie hungrig der Löwe auch war, er lernte, sich erst dem Fleisch zu nähern, wenn sein Herr dieses Wort geäußert hatte. Dann stürmte er in jähem Anlauf mit wildem Knurren geradewegs darauf zu. Solange er noch klein war, hatte er Schwierigkeiten, zu dem saftigen Bissen, der an der Kehle der Figur befestigt war, die Puppe hinaufzuhangeln, aber als er älter und größer wurde, fiel es ihm leichter, an sein Ziel zu gelangen, und schließlich brachte ein einziger Sprung ihn zu ihm, dann kippte die Puppe mitsamt dem jungen Löwen, der an ihrer Kehle hing, rücklings zu Boden.

Eine Lektion war besonders schwierig zu erlernen, und es ist zweifelhaft, daß jemand anders als Tarzan von den Affen, der von Tieren und unter Tieren aufgezogen worden war, je den wilden Blutdurst des fleischfressenden Raubtiers zurückdämmen und seinen natürlichen Instinkt dem Willen seines Herrn dienstbar hätte machen können. Es bedurfte langer Wochen und Monate geduldigen Mühens, um allein dieses Problem bei der Erziehung des Löwen zu lösen. Man mußte ihm beibringen, daß er bei dem Wort 'Hole!' einen bestimmten Gegenstand finden und damit zu seinem Herrn zuirückkehren mußte, und sei es die Puppe mit dem rohen Fleisch am Hals, und daß er das Fleisch nicht anrühren und die Puppe nicht beschädigen durfte, wie auch keinen anderen Gegenstand, den er zu holen hatte, ihn vielmehr behutsam zu Füßen seines Herrn niederlegen mußte. Später lernte er, daß er dadurch stets auf eine Belohnung rechnen konnte. Sie bestand gewöhnlich in einer doppelten Portion jenes Fleisches, das er am meisten mochte.

Lady Greystoke und Korak waren oft interessierte Zuschauer bei dem Abrichten des goldenen Löwen, obwohl der Lady etwas rätselhaft war, zu welchem Zweck er einem so mühseligen Training unterzogen wurde, wobei sie einige Zweifel hegte, ob das Lehrprogramm des Affenmenschen wohlüberlegt war.

„Was in aller Welt kannst du mit einem solchen Tier anfangen, wenn es voll erwachsen ist?“ fragte sie. „Alles deutet darauf hin, daß einmal ein mächtiger Numa aus ihm wird. Da er an Menschen gewöhnt ist, wird er sie nicht fürchten, und da er ferner seine Nahrung stets an der Kehle der Puppe gefunden hat, wird er sämtlichen Menschen an den Hals starren, ob es dort Futter gibt.“

„Er frißt nur, was ich ihm zu fressen anbefehle“, erwiderte der Affenmensch.

„Du hast doch nicht die Absicht, ihn anschließend nur mit Menschenfleisch zu füttern?“ forschte sie lachend weiter.

„Er wird sich niemals von Menschenfleisch ernähren.“

„Wie willst du das verhindern, nachdem du ihm von jungen Jahren an beigebracht hast, sich die Nahrung vom Menschen zu holen?“

„Ich fürchte, du unterschätzt die Intelligenz eines Löwen, Jane, oder ich überschätze sie allzu sehr. Falls deine Theorie stimmt, steht mir der schwierigste Teil meiner Arbeit noch bevor, aber wenn ich recht habe, ist sie praktisch schon beendet. Wir wollen jedoch ein wenig experimentieren und sehen, wer recht hat. Heute nachmittag werden wir Jad-bal-ja mit in die Ebene nehmen. Dort gibt es genug Wild, so daß wir keine Schwierigkeit haben, genau festzustellen, wieviel Kontrolle ich nach allem schon über den jungen Numa haben.“

„Ich wette einhundert Pfund, daß er nur das tut, woran er besonderen Spaß hat, nachdem er einmal frisches Blut gekostet hat“, sagte Korak lachend.

„Die Wette gilt, mein Sohn“, sagte der Affenmensch. „Ich denke, ich kann deiner Mutter und dir am Nachmittag etwas zeigen, was weder du noch sonst jemand für möglich gehalten hätte.“

„Lord Greystoke, der beste Tierbändiger der Welt!“ sagte Lady Greystoke, und Tarzan stimmte in ihr Gelächter ein.

„Es handelt sich nicht um das Bändigen von Tieren“, sagte er. „Der Plan, nach dem ich vorgehe, wäre für jeden anderen außer mir nicht zu bewältigen. Nehmen wir einen hypothetischen Fall, um zu illustrieren, worauf ich hinaus will. Da kommt irgendein Wesen zu dir, welches du haßt und das du kraft des Instinkts und der Überlieferung als Todfeind ansiehst. Du fürchtest dich vor ihm. Du verstehst kein Wort von dem, was es sagt. Schließlich zwingt es dir durch zuweilen brutale Methoden seine Wünsche auf. Vielleicht tust du, was es fordert, doch wohl schwerlich aus einer Einstellung selbstloser Loyalität heraus, vielmehr unter Zwang, und du haßt dieses Wesen, das dir seinen Willen aufzwingt. Zu dem Zeitpunkt, da du dich in der Lage fühlst, ihm den Gehorsam zu verweigern, wirst du das tun. Du würdest sogar noch weiter gehen – dich gegen dieses wenden und es vernichten. Im anderen Fall kommt jemand zu dir, der dir vertraut ist. Er ist ein Freund, ein Beschützer. Er versteht und spricht die Sprache, die du verstehst und sprichst. Er hat dich ernährt, hat durch Freundlichkeit und Fürsorge dein Vertrauen erlangt und bittet dich nun, etwas für ihn zu tun. Weigerst du dich? Nein, du gehorchst ihm bereitwillig. Genau so wird der goldene Löwe mir gehorchen.“

„Solange es seinen Absichten entspricht", bemerkte Korak.

„Dann möchte ich einen Schritt weitergehen", sagte der Affenmensch. „Angenommen, dieses Wesen, das du liebst und dem du gehorchst, hat die Macht, dich zu strafen, notfalls sogar zu töten, um seine Befehle durchzusetzen. Wie steht es dann mit deinem Gehorsam?"

„Wir werden ja sehen, wie leicht mir der goldene Löwe einhundert Pfund beschafft", sagte Korak.

Am Nachmittag brachen sie auf, um die Ebene zu durchqueren. Jad-bal-ja folgte Tarzan und hielt sich dicht bei dessen Pferd. Sie saßen in einiger Entfernung vom Bungalow bei einer kleinen Baumgruppe ab und gingen vorsichtig zu einer Senke, wo gewöhnlich Antilopen zu finden waren, wobei ihr Ziel das dichte Buschwerk war, das die Senke auf ihrer Seite umsäumte. Tarzan, Jane und Korak hielten sich dicht beisammen, und neben Tarzan ging der goldene Löwe – vier Dschungeljäger, und von diesen vier war Jad-bal-ja, der Löwe, der mit den geringsten Fertigkeiten. Vorsichtig stahlen sie sich durch die Büsche, wobei kaum ein Blatt raschelte, wenn sie sie streiften, bis sie schließlich in die Senke blicken konnten und dort eine kleine Antilopenherde friedlich äsen sahen. Ihnen am nächsten stand ein alter Bock, und auf diesen machte Tarzan Jad-bal-ja in geheimnisvoller Weise aufmerksam.

„Hole ihn!" flüsterte er, und der goldene Löwe brummte eine kaum hörbare Bestätigung des Kommandos.

Unauffällig arbeitete er sich durchs Buschwerk. Die Antilopen ästen ahnungslos weiter. Die Entfernung, die den Löwen von seiner Beute trennte, war zu groß für einen erfolgreichen Angriff, deshalb wartete er, im Gebüsch verborgen, bis die Antilope entweder näher bei ihm äste oder ihm den Rücken zukehrte. Kein Laut kam von den vier, die den schmausenden Pflanzenfresser beobachteten, auch ließ nichts darauf schließen, daß dieser die drohende Gefahr ahnte. Der alte Bock näherte sich Jad-bal-ja. Fast unerkennbar rüstete sich der Löwe zum Angriff. Die einzige sichtbare Bewegung war das Zucken seiner Schwanzspitze, dann schoß er auch schon los wie der Blitz vom Himmel, wie der Pfeil von der Sehne, aus der Reglosigkeit im Nu in rasende Geschwindigkeit übergehend. Er erreichte den Bock, noch ehe dieser die Gefahr erkannte, und dann war es auch schon zu spät, denn kaum hatte die Antilope kehrt gemacht, da richtete sich der Löwe schon auf den Hinterpranken auf und packte sie, während der Rest der Herde in überstürzter Flucht davonstob.

„Nun werden wir ja sehen“, sagte Korak.

„Er wird mir die Antilope herbringen“, sagte Tarzan zuversichtlich.

Der goldene Löwe zögerte einen Augenblick, während er knurrend am reglosen Körper seiner Jagdbeute verharrte. Dann packte er sie im Genick und schleifte sie, den Kopf zur Seite geneigt, neben sich über den Boden, während er langsam auf Tarzan zusteuerte. Er schleppte die getötete Antilope durch die Büsche und legte sie schließlich seinem Herrn zu Füßen, wo dieser stand. Dann blickte er ihm mit einem Ausdruck ins Gesicht, der nichts anderes bekundete als Stolz über seine Leistung und die Bitte um Belohnung.

Tarzan tätschelte ihm den Kopf und redete leise zu ihm, um ihn zu loben. Dann zog er sein Jagdmesser, schnitt der Antilope die Schlagader auf und ließ das Blut aus dem Körper strömen. Jane und Korak standen dicht dabei und beobachtete Jad-bal-ja – was würde er wohl tun angesichts der Witterung frischen, heißen Blutes in seiner Nase? Er schnüffelte und knurrte, bleckte die Zähne und blickte die drei böse an. Der Affenmensch stieß ihn mit der bloßen Hand beiseite, und der Löwe knurrte abermals zornig und schnappte nach ihm.

Schnell ist Numa, schnell ist Bara, der Hirsch, aber Tarzan von den Affen gleicht dem Blitz. Er schlug so schnell und so wuchtig zu, daß Jad-bal-ja, kaum daß er seinen Herrn angeknurrt hatte, auch schon auf dem Rücken lag. Schnell stand er wieder auf den Pranken, und die beiden blickte sich an.

„Hinlegen!“ befahl der Affenmensch. „Leg dich nieder, Jad-bal-ja!“ Er sagte es leise, aber fest. Der Löwe zögerte nur einen Augenblick, dann legte er sich, aufs Wort gehorchend, wie Tarzan von den Affen es ihm gelehrt hatte. Tarzan drehte sich um und legte sich die tote Antilope über die Schulter.

„Komm!“ sagte er zu dem Löwen. „Bei Fuß!“ Damit ging er zu den Pferden, ohne das Raubtier eines weiteren Blickes zu würdigen.

„Das hätte ich mir denken sollen, da hätte ich einhundert Pfund gespart“, sagte Korak lachend.

„Natürlich hättest du es dir denken können“, bemerkte seine Mutter.

Eine geheimnisvolle Begegnung

In einer zweitklassigen Speisegaststätte in London aß eine recht attraktiv aussehende, wenngleich etwas aufgeputzte junge Frau zu Mittag. Sie fiel auf, weniger wegen ihrer guten Figur und ihres etwas großen, doch schönen Gesichts, sondern ob der Körpergröße und Erscheinung ihres Begleiters, eines breitschultrigen, wohlproportionierten Mittzwanzigers, dessen gewaltiger Bart den Eindruck vermittelte, er luge aus einem Hinterhalt hervor. Er war volle drei Zoll über sechs Fuß groß. Seine Schultern waren breit, seine Brust gewölbt, seine Taille eng. Sein Körperbau, seine Haltung, überhaupt alles an ihm verriet deutlich den trainierten Athleten.

Die beiden waren in ein Gespräch vertieft, das gelegentlich deutliche Anzeichen einer erhitzten Debatte trug.

„Ich will dir sagen, daß ich keinen Grund sehe, weshalb wir die anderen brauchen. Warum sollten wir mit ihnen teilen – warum in sechs Portionen aufteilen, was du und ich allein haben könnten?"

„Wir brauchen Geld, um den Plan durchzuführen", erwiderte sie. „Weder du noch ich haben welches. Sie besitzen welches und werden uns finanziell unterstützen – mich um meiner Kenntnisse und dich um deiner Erscheinung und Körperstärke willen. Zwei Jahre lang haben sie dich gesucht, Esteban, und jetzt, da sie dich gefunden haben, möchte ich nicht in deiner Haut stecken, falls du sie verrietest. Sie würden dir im Nu die Kehle durchschneiden, Esteban, sofern sie auf den Gedanken verfielen, daß du ihnen nicht länger von Nutzen sein kannst, jetzt, da du alle Einzelheiten ihres Planes kennst. Doch solltest du versuchen, sie um ihren Profit zu bringen -" sie stockte und zuckte die Schultern. „Nein, mein Lieber, ich hänge zu sehr am Leben, als daß ich bei so einer Verschwörung wie dieser mitmachen würde."

„Aber ich sage dir, wir sollten mehr herausholen, als sie uns freiwillig geben wollen, Flora. Du steuerst die Sachkenntnis bei, und ich nehme das ganze Risiko auf mich –, warum sollten wir jeder nicht mehr als ein Sechstel bekommen?"

„Dann rede du mit ihnen, Esteban", sagte das Mädchen schulterzuckend. „Doch wenn ich dir einen Rat geben darf, dann begnüge dich mit dem, was sie bieten. Ich besitze nicht nur die Informationen, ohne die sie nichts unternehmen können, sondern habe dich noch mit ins Geschäft gebracht. Dennoch fordere ich nicht alles – ein Sechstel würde mir völlig genügen, und ich kann dir versichern: Sofern du die Sache nicht vermasselst, wird ein Sechstel von dem, was du herausholst, für jeden von uns für den Rest seines Lebens ausreichen."

Der Mann schien nicht überzeugt zu sein, und die junge Frau hatte das Empfinden, auf ihn achtgeben zu müssen. In der Tat wußte sie sehr wenig über ihn und hatte ihn persönlich nur wenige Male gesehen, seit sie ihn vor zwei Monaten das erste Mal auf der Leinwand eines Londoner Kinos in einer beeindruckenden Rolle erlebt hatte, nämlich als römischen Soldaten der Prätorianergarde.

In vorliegendem Fall hatten allein seine reckenhafte Größe und sein vollkommener Körperbau dazu geführt, daß man ihn in Betracht gezogen hatte, den er hatte im Film nur eine kleinere Rolle gespielt, und von all den Tausenden, die ihn auf der flimmernden Leinwand gesehen hatten, war Flora Hawkes zweifellos die einzige, die mehr als nur flüchtiges Interesse für ihn aufbrachte, und das weniger seiner schauspielerischen Fähigkeiten wegen, sondern weil sie und ihre Kumpane seit zwei Jahren nach solch einem Typen gesucht hatten, wie ihn Esteban Miranda in so bewunderswerter Weise darstellte. Alles deutete darauf hin, daß es schwierig sein würde, ihn in Fleisch und Blut aufzuspüren, doch nach einem Monat anscheinend fruchtlosen Suchens entdeckte sie ihn schließlich unter einer Unmenge von Komparsen im Studio einer der kleineren Filmgesellschaften Londons. Sie benötigte keine anderen Beglaubigungsschreiben als ihr gutes Aussehen, um seine Bekanntschaft zu machen, und während diese allmählich engeren Charakter annahm, hütete sie sich wohl, auch nur eine Bemerkung über das wahre Ziel ihrer Bemühungen um ihn fallen zu lassen.

Daß er Spanier und offensichtlich aus guter Familie war, stand für sie fest, und daß er keinerlei Skrupel hatte, ließ sich aus der Bereitwilligkeit schließen, mit der er einwilligte, eine Rolle in der undurchsichtigen Transaktion zu übernehmen, die dem Gehirn der Flora Hawkes entsprungen war, und deren Details von ihr und ihren vier Kumpanen bis zur Vollendung ausgearbeitet worden waren. In Erkenntnis seiner Skrupellosigkeit war sie sich jedoch auch bewußt, daß jedwede Vorsichtsmaßnahmen getroffen werden mußten, um zu verhindern, daß er die Kenntnis ihres Planes, in dessen Einzelheiten sie ihn eines Tages doch einweihen mußte, und dessen Schlüssel sie bis zum gegenwärtigen Zeitpunkt wohlweislich für sich behalten und nicht einmal einem der vier anderen Kumpane anvertraut hatte, zu eigenem Vorteil ausnutzen konnte.

Sie saßen einen Moment schweigend und spielten mit den leeren Gläsern, aus denen sie getrunken hatten. Dann blickte sie auf und bemerkte, daß er sie fest ansah, und in seinen Augen lag ein Ausdruck, den selbst eine weniger erfahrene Frau als Flora Hawkes sehr genau interpretiert hätte.

„Ich tue, was immer du von mir verlangst, Flora“, sagte er. „Denn wenn ich bei dir bin, vergesse ich das Gold und denke nur an jene andere Belohnung, die du mir ständig verweigerst, die ich jedoch eines Tages erringen werde.“

„Liebe und Geschäft vertragen sich nicht“, erwiderte sie. „Warte, bis du diese Sache erfolgreich zu Ende gebracht hast, Esteban, dann können wir von Liebe reden.“

„Aber du liebst mich nicht“, flüsterte er heiser. „Ich weiß – ich habe es gesehen –, daß jeder der anderen dich liebt. Deshalb könnte ich sie hassen. Und wenn ich glauben müßte, daß du einen von ihnen liebst, könnte ich ihm das Herz aus dem Leibe reißen. Manchmal kam es mir vor, als liebtest du sie wirklich –, zuerst den einen und dann den anderen. Du bist zu vertraut mit ihnen, Flora. Ich habe gesehen, wie John Peebles deine Hand drückte, als er sich unbeobachtet glaubte, und wenn du mit Dick Throck tanzt, hält er dich zu fest an sich gepreßt, und du tanzt Wange an Wange mit ihm. Ich sage dir, das mag ich gar nicht, Flora, und eines Tages werde ich das ganze Gold vergessen und nur noch an dich denken, und dann passiert was, und es werden nicht mehr so viele da sein, um die Barren aufzuteilen, die ich aus Afrika heimbringe. Und Bluber und Kraski sind fast ebenso schlimm; Kraski ist vielleicht der übelste von allen, denn er ist ein gutaussehender Teufel, und ich mag die Art überhaupt nicht, in der du ihm Augen machst.“

Ein zorniger Ausdruck flammte in den Augen des Mädchens

auf. Mit einer verdrossenen Handbewegung brachte sie ihn zum Schweigen.

„Was geht das dich an, *Señor* Miranda, unter welchen Leuten ich mir meine Freunde auswähle, oder wie ich sie behandele und sie mich? Ich möchte, daß dir eins klar ist: Ich kenne diese Männer seit Jahren, dich jedoch erst ein paar Wochen, und falls jemand das Recht hat, mir Verhaltensweisen zu diktieren, was Gott sei Dank keiner hat, dann wäre es schon eher einer von ihnen als du."

Seine Augen blitzten zornig.

„Genau wie ich dachte!" rief er. „Du liebst einen von ihnen." Er erhob sich halb vom Tisch und lehnte sich drohend nach vorn. „Laß mich nur herausfinden, wer es ist, dann schneide ich ihn in Stücke."

Er fuhr sich durch das lange, schwarze Haar, bis es nach oben stand wie die Mähne eines zornigen Löwen. Seine Augen funkelten derart zornig, daß dem Mädchen ein Schauer über den Rücken lief. Er wirkte auf einmal wie ein Mensch, der zeitweilig nicht bei Sinnen war – und wenn er nicht wahnsinnig war, so sah er doch bestimmt so aus. Das Mädchen war ganz erschrocken und erkannte, daß sie ihn besänftigen müsse.

„Komm, komm, Esteban", flüsterte sie sanft. „Es gibt keinen Grund, sich in solche Wut hineinzusteigern. Ich habe nicht gesagt, daß ich einen von ihnen liebe, aber auch nicht, daß ich dich nicht liebe. Ich bin jedoch nicht gewohnt, daß man mir in solcher Weise den Hof macht. Deine spanischen *Señoritas* haben so etwas vielleicht gern, aber ich bin Engländerin, und wenn du mich liebst, dann behandle mich, wie ein englischer Liebhaber mich behandeln würde."

„Du hast nicht gesagt, daß du einen der anderen liebst – das stimmt. Andererseits hast du aber auch nicht gesagt, du würdest keinen von ihnen lieben – sage mir, Flora, wer von ihnen ist es, den du liebst?"

Seine Augen funkelten noch immer, und seine mächtige Figur bebte vor unterdrückter Leidenschaft.

„Ich liebe keinen von ihnen, Esteban", versicherte sie ihm. „Gleichermaßen liebe ich dich jedoch vorerst noch nicht. Ich könnte es aber, soviel will ich dir sagen. Ich könnte dich lieben, wie ich nie jemand anderen lieben könnte, Esteban, aber ich werde mir diese Liebe erst gestatten, nachdem du zurückgekehrt bist und es uns frei steht, zu leben, wo und wie wir wollen. Dann vielleicht – aber selbst das kann ich nicht versprechen."

„Es wäre besser, du tätest es", sagte er verdrossen, doch ganz offensichtlich ein wenig besänftigt. „Du solltest es mir besser versprechen, Flora, denn das Gold kümmert mich nicht, wenn ich dich nicht auch haben kann."

„Sei still, sie kommen, und es ist auch Zeit. Sie kommen eine volle halbe Stunde zu spät", mahnte sie ihn zur Vorsicht.

Die Augen des Mannes folgten ihrem Blick, und beide verfolgten die Annäherung von vier Männern, die die Speisegaststätte soeben betreten hatten. Zwei von ihnen waren offensichtlich Engländer – große, massige Burschen der Mittelklasse, denen man ansah, was sie früher gewesen waren: Boxer. Der dritte, Adolf Bluber, war ein kleiner, fetter Deutscher mit rundem, roten Gesicht und einem Stiernacken. Der jüngste der vier sah bei weitem am besten aus. Sein glattes Gesicht, die klaren Züge und die großen dunklen Augen stellten Grund genug für Mirandas Eifersucht dar. Hinzu kam noch ein großer Schopf gewellter brauner Haare, die Figur einer griechischen Gottheit und die Grazie eines russischen Tänzers, und das war Karl Kraski in der Tat, wenn er es nicht vorzog, etwas anderes als ein Schurke zu sein.

Das Mädchen begrüßte die vier sehr herzlich, während der Spanier sich herabließ, ihnen kurz zuzunicken, als sie sich Stühle suchten und neben ihnen am Tisch Platz nahmen.

„Ale!" rief Peebles und schlug auf die Tischplatte, um die Aufmerksamkeit des Kellners zu erwecken. „Wir woll'n Ale ham."

Der Vorschlag fand einmütige Billigung, und während sie auf ihr Getränk warteten, sprachen sie beiläufig über unwesentliche Dinge; die Hitze – der Umstand, der zu ihrer Verspätung geführt hatte – und die banalen Geschehnisse seit ihrer letzten Begegnung; Esteban saß währenddessen schweigend und verdrossen, aber als der Kellner wieder zu ihnen gekommen war und sie Flora zugetrunken hatte – eine Zeremonie, mit der sie jedes ihrer Treffen zu eröffnen pflegten –, kamen sie auf ihr eigentliches Anliegen zu sprechen.

„Nu'n sin' wir beisamm'n, un' 's kann losgeh'n! Wir ham alles, was wir brauch'n, Flora –, die Pläne, das Geld, *Señor* Miranda –, und sin' eindeutig so weit, daß du dein'n Part übernehm'n kannst, meine Liebe“, sagte Peebles und schmetterte seine fleischige Faust auf den Tisch.

„Wieviel Geld habt ihr?“ fragte Flora. „Wir werden eine Menge davon brauchen, und es hat keinen Zweck, die Sache zu starten, bevor ihr nicht so viel zusammen habt, daß wir das Ganze durchziehen können.“

Peebles wandte sich an Bluber. „Das da is’ unser verdammter Schatzmeister“, sagte er und wies mit seinem Wurstfinger auf ihn.

„Der kann dir sag’n, wieviel wir hab’n, dieser fette Schurke von einem Deutsch’n.“

Bluber grinste ölig und rieb sich die fleischigen Hände. „Nun gut, Miß Flora“, sagte er. „Was mein’n Sie wohl, wieviel wir hab’n sollt’n?“

„Mindestens zweitausend Pfund, um sicher zu gehen“, erwiderte sie schnell.

„Du meine Güte! Das is ja ‘n Hauf’n Geld – zweitausend Pfund“, rief Bluber.

Das Mädchen winkte angewidert ab. „Ich habe euch gleich zu Beginn gesagt, daß ich mit einer Handvoll knausriger Geizhälse nichts zu tun haben will, und daß ich die Karten und Anweisungen nicht herausrücke, solange ihr nicht Geld genug zusammengebracht habt, um das Ding richtig durchzuziehen. Denn ohne das könnt ihr alle Hoffnungen fahren lassen, die Gewölbe je zu erreichen, wo genug Gold gelagert wird, um diese ganze vollgestopfte Insel aufzukaufen, wenn auch nur die Hälfte von dem wahr ist, was ich gehört habe. Ihr könnt losgehen und euer Geld ausgeben, mir aber müßt ihr nachweisen, daß ihr mindestens zweitausend Pfund habt, bevor ich euch die Informationen gebe, die euch zu den reichsten Männern der Welt machen werden.“

„Der Bursche dort hat das Geld“, brummte Throck. „Verdammt will ich sein, wenn ich wüßte, warum er sich so schwer tut.“

„Er kann nicht anders“, brummte der Russe. „Er ist nun mal so. Der würde sogar noch versuchen, mit dem Standesbeamten zu feilschen, falls er jemals heiraten würde.“

„Stimmt“, sagte Bluber seufzend. „Aber warum sollt’n wir mehr Geld als notwendig ausgeb’n? Wenn wir’s für tausend Pfund tun könn’n, dann um so besser.“

„Aber gewiß“, sagte das Mädchen schnippisch. „Und wenn nur

eintausend erforderlich sind, dann wäre das ja auch in Ordnung. Aber ihr müßt die zweitausend haben, um für Notfälle gewappnet zu sein, und nach allem, was ich von diesem Land gesehen habe, werdet ihr wahrscheinlich mit mehr Notfällen zu tun haben als irgendwo sonst."

„Ach du meine Güte!" sagte Bluber.

„Er hat das Geld beisamm'n, und nun woll'n wir uns mal an die Arbeit mach'n."

„Möglich, daß er's hat, aber zuerst will ich es sehen", erwiderte das Mädchen.

„Was glaub'n Sie denn, daß ich das ganze Geld in der Hosentasche herumschleppe?" protestierte Bluber.

„Genügt nicht schon unser Wort, daß es so ist?" fragte Throck mürrisch.

„Ausgerechnet dieses saubere Quartett von Gaunern fragt mich so was!" erwiderte sie und lachte den groben Kerlen ins Gesicht. „Doch Karls Wort soll mir genügen. Wenn er mir sagt, ihr habt das Geld, und zwar in einer Form, daß wir es verwenden können, um alle notwendigen Kosten unserer Expedition zu decken, dann will ich ihm glauben."

Peebles und Throck verzogen grimmig das Gesicht, und Mirandas Augen verengten sich zu zwei schmalen, bösen Schlitzen, als er den Russen ansah. Bluber hingegen fühlte sich überhaupt nicht getroffen; je mehr man ihn beleidigte, desto wohler war ihm offensichtlich. Er mochte es. Wer ihm mit Rücksicht oder Hochachtung begegnete, den behandelte er arrogant, während er die Hand liebkoste, die ihn schlug. Nur Kraski setzte ein selbstzufriedenes Lächeln auf, so daß das Blut des Spaniers in Wallung geriet.

„Bluber hat das Geld, Flora", sagte er. „Jeder von uns hat seinen Teil dazu beigetragen. Wir werden Bluber zum Schatzmeister machen, weil wir wissen, daß er den letzten Penny quetschen wird, bis er schreit, ehe er ihn aus den Händen gibt. Wir planen jetzt, paarweise aus London abzureisen."

Er zog eine Karte aus der Tasche, entfaltete sie und breitete sie auf dem Tisch vor ihnen aus. Dann wies er mit dem Finger auf einen mit X bezeichneten Punkt. „Hier werden wir uns treffen und unsere Expedition ausrüsten. Bluber und Miranda werden zuerst abreisen, danach Peebles und Throck. Bis wir beide eintreffen, wird alles soweit fertig sein, daß wir uns unverzüglich ins

Landesinnere begeben, wo wir ein festes Lager errichten, abseits der ausgefahrenen Straße und so nahe bei unserem Ziel wie möglich. Miranda wird sich hinter seinem Vollbart verstecken, bis er bereit ist, zum letzten Stück unserer langen Reise aufzubrechen. Soviel ich verstanden habe, hat man ihm in ausgezeichneter Weise beigebracht, welche Rolle er zu spielen hat, kann er die Person perfekt darstellen. Da er nur unwissende Eingeborene und wilde Tiere hinters Licht führen muß, sollte dies seine schauspielerischen Fähigkeiten nicht allzu sehr auf die Probe stellen." In seiner sanften, langgezogenen Redeweise lag ein gewisser Sarkasmus, der die schwarzen Augen des Spaniers grimmig aufblitzen ließ.

„Sehe ich das richtig, daß Sie und Miß Hawkes allein nach X reisen?" fragte Miranda, wobei sein sanfter Ton im Gegensatz zu der grimmigen Miene stand.

„So ist es, es sei denn, Ihre Sehweise läßt zu wünschen übrig", entgegnete der Russe.

Der Spanier sprang halb vom Tisch auf und beugte sich drohend zu Kraski vor. Das neben ihm sitzende Mädchen packte ihn am Jackett.

„Nun nicht das schon wieder!" sagte sie und zog ihn auf den Stuhl zurück. „Davon haben wir bei euch beiden schon zuviel erlebt, und wenn das so weitergehen soll, werde ich alles abblasen und geeignetere Leute für meine Expedition suchen."

„Ja, tu das; das wär's dann gewes'n. So ein blödes Volk!" rief Peebles streitsüchtig.

„John hat recht", warf Throck mit seiner tiefen Baßstimme ein. „Und ich bin ganz seiner Meinung. Wenn das noch mal vorkommt, will ich verdammt sein, wenn ich euch beid'n nich' mächtig eins über die Rübe ziehe." Dabei blickte er zuerst Miranda an und dann Kraski.

„Nun hört auf damit", sagte Bluber beschwichtigend. „Wir wollen uns alle die Hand reichen und wieder gute Freunde sein."

„So isses recht", sagte Peebles. „Das sind die richtigen Worte. Reich ihm die Flosse, Esteban. Komm, Karl, begrab das Kriegsbeil. Wir könn'n das Ding nicht start'n, wenn zwei sich in den Haar'n lieg'n. Das steht nun mal fest."

Der Russe fühlte sich seiner Beziehung zu Flora sicher, war

deshalb großmütig gestimmt und reichte dem Spanier über den Tisch die Hand. Esteban zögerte einen Augenblick.

„Nun komm, Mann, schlag ein!“ brummte Throck finster. „Sonst kannst du wieder als Statist auftret’n, verdammt noch mal. Wir werd’n schon jemand anders find’n, der dein’n Job tun kann, und den Kuchen dann eb’n mit ihm teil’n.“

Plötzlich glitt ein freundliches Lächeln über das düstere Gesicht des Spaniers. Er streckte schnell die Hand aus und ergriff die Kraskis. „Entschuldigen Sie, ich bin ein bißchen aufbrausend, habe es aber nicht böse gemeint“, sagte er. „Miß Hawkes hat recht, wir müssen alle gute Freunde sein, und hier ist meine Hand darauf, Kraski, was mich betrifft.“

„Gut“, sagte Kraski. „Mir tut es auch leid, daß ich Sie gekränkt habe.“ Er vergaß jedoch, daß der andere ein Schauspieler war, denn hätte er ihm in die tiefsten Tiefen seiner finsteren Seele geblickt, wäre er erschaudert.

„Und nun, da wir alle wieder gute Freunde sin’, sollt’n wir bequassel’n, wann wir die ganze Sache zu ‘nem gut’n Ende bring’n“, sagte Bluber und rieb sich pathetisch die Hände. „Miß Flora, geben Sie mir doch die Karte und die Anweisungen, dann können wir sofort zu Werke gehen.“

„Gib mir mal einen Bleistift, Karl“, sagte sie, und als dieser ihr seinen gegeben hatte, suchte sie auf der Karte einen bestimmten Ort etwas landeinwärts von X und kennzeichnete ihn durch einen winzigen Kreis. „Dies ist O“, sagte sie. „Sobald wir alle hier sind, werde ich meine letzten Anweisungen geben, und nicht eher.“

Bluber hob verzweifelt die Hände. „Aber Miß Flora, glauben Sie wirklich, wir geben zweitausend Pfund aus, um die Katze im Sack zu kaufen? Meine Güte, Sie verlangen doch nich’ so was von uns? Ehe wir auch nur einen Penny ‘rausrücken, müssen wir alles sehen und alles wissen.“

„Stimmt, genau, da hat er recht!“ röhrte John Peebles und schmetterte wieder die Faust auf den Tisch.

Das Mädchen erhob sich gemächlich von ihrem Platz. „Na, dann bitte. Wenn ihr wirklich der Meinung seid, so sollte es laufen, können wir das Ganze auch gleich abblasen.“

„O Moment, Moment, Miß Flora“, rief Bluber und erhob sich eilig. „Sei’n Sie nich’ gleich so aufgebracht. Aber könn’n Sie sich nicht in unsere Lage versetz’n? Zweitausend Pfund sin’ eine

Menge Geld, un' wir sin' gute Geschäftsleute. Wir wollen es nicht ausgeben, ohne etwas dafür zu kriegen."

„Das verlange ich auch gar nicht von euch", erwiderte das Mädchen schnippisch. „Aber wenn jemand dem anderen bei diesem Unternehmen vertrauen muß, dann seid ihr es mir gegenüber. Sollte ich euch alle Informationen geben, die ich besitze, dann würde nichts auf der Welt euch daran hindern, allein loszugehen, und ich hätte das Nachsehen. Doch habe ich nicht die Absicht, da mitzumachen."

„Wir sind doch keine Trottel, Miß Flora", entgegnete Bluber vorwurfsvoll. „Niemals käme uns die Idee, Sie übers Ohr zu hauen."

„Sie sind aber auch keine Engel, Bluber, keiner von euch", erwiderte das Mädchen. „Wenn ihr in dieser Sache vorankommen wollt, dann habt ihr so zu handeln, wie ich es will. In der Schlußphase werde ich dann schon zur Stelle sein und darauf achten, daß ich bekomme, was mir zusteht. Ihr habt bisher darauf vertraut, daß ich über die nötigen Informationen verfüge, und das müßt ihr auch weiterhin, oder es wird nichts draus. Was hätte ich denn davon, in den verdammten Dschungel zu reisen, all die Strapazen auf mich zu nehmen, die wir zweifellos durchstehen müssen, und euch dabei noch auf dem Hals zu haben, sofern ich nicht in der Lage wäre, euch die Schätze auszuliefern, wenn ich dort bin? Und ich bin nicht so dämlich zu glauben, ich könnte ohne weiteres davon kommen, wenn ich es mit einem Haufen von Banditen wie euresgleichen zu tun habe und versuchte, euch gegenüber doppeltes Spiel zu treiben. Solange ich es jedoch ehrlich meine, kann ich mich völlig sicher fühlen, denn ich weiß, daß entweder Esteban oder Karl auf mich aufpassen wird, egal, was die anderen tun würden. Macht das Sinn oder nicht?"

„Nun ja, was hältst du davon, John, und du, Dick?" fragte Bluber, an die zwei Ex-Preiskämpfer gewandt. „Was Karl anbetrifft, so weiß ich, daß er denkt, was Flora denkt. Also was is'?"

„Verdammt noch mal, ich war eigentlich nie dazu zu gebrauch'n, jemandem zu vertrau'n, wenn's nich' unbedingt sein mußte. Aber es sieht doch ganz danach aus, als müßt'n wir Flora glaub'n."

„Ich bin auch der Meinung", sagte John Peebles. „Nur, solltest du irgendwelche Tricks versuchen, Flora -" Er machte eine vielsagende Geste mit dem Finger über die Kehle.

„Ich versteh' dich schon, John", sagte das Mädchen lächelnd. „Und ich weiß auch, daß du so was ebenso schnell für zwei Pfund tun würdest wie für zweitausend. Ihr seid also einverstanden, daß die Sache so abläuft, wie ich es plane? Du auch, Karl?"

Der Russe nickte. „Ich schließe mich der Meinung der anderen an", bemerkte er.

Und so erörterte die edle kleine Schar ihre Pläne, so weit sie konnten, bis ins kleinste Detail, um zu gewährleisten, daß sich alle an dem mit O bezeichneten Punkt einfanden, den das Mädchen in die Karte eingetragen hatte.

Was Fußabdrücke erzählen

Als Jad-bal-ja, der goldene Löwe, zwei Jahre alt war, hatte er sich zu einem derart prächtigen Exemplar seiner Art entwickelt, wie die Greystokes nie zuvor gesehen hatten. Hinsichtlich der Größe überragte er beträchtlich jedes ausgewachsene männliche Tier.

Sein Körperbau war vorzüglich, sein edles Haupt und die große, schwarze Mähne verliehen ihm das Aussehen eines voll erwachsenen Männchens, während er hinsichtlich der Intelligenz seine wilden Dschungelbrüder weit überragte.

Für den Affenmenschen, der Jad-bal-ja derart sorgfältig ausgebildet und ihn mit Vorbedacht so ernährt hatte, daß sich die ihm innewohnenden Kräfte voll entfalten konnten, war der Löwe eine nie versiegende Quelle des Stolzes und der Begeisterung. Das Tier schlief nicht länger am Fußende des Bettes seines Herrn, sondern bewohnte einen soliden Käfig, den Tarzan für ihn an der Rückseite des Bungalows errichtet hatte, denn wer wußte besser als er, daß ein Löwe, wo immer er sich befinden mochte, und wie auch immer er aufgezogen worden war, dennoch ein Löwe bleibt – ein wilder Fleischfresser. Im ersten Jahr war er im Haus und auf dem Grundstück frei umhergestreunt, später verließ er das Anwesen nur in Begleitung von Tarzan. Oft streiften beide durch die Ebene und den Dschungel und jagten gemeinsam. In gewisser Weise war der Löwe gleichermaßen auch mit Jane und Korak vertraut, und keiner von ihnen fürchtete ihn oder mißtraute ihm, doch dem Affenmenschen brachte er die größte Zuneigung entgegen. Er duldete die Schwarzen von Tarzans Haushalt, auch zeigte er nie die Absicht, irgendeines der Haustiere oder das Geflügel zu belästigen, nachdem Tarzan ihm schon in den frühesten Jahren beigebracht hatte, daß jedem mörderischen Streifzug in die Viehgehege oder Hühnerställe sofort die angemessene Bestrafung folgen würde. Die Tatsache, daß er nie richtig heißhungrig war, trug zweifellos in entscheidendem Maße dazu bei, daß der Viehbestand der Farm erhalten blieb.

Mensch und Tier schienen sich trefflich zu verstehen. Wohl steht zu bezweifeln, daß der Löwe alles erfaßte, was Tarzan ihm sagte, doch wie es auch sein mochte, die Leichtigkeit, mit der er dem Löwen seine Wünsche begreiflich machen konnte, grenzte ans Übernatürliche. Der Gehorsam, den eine Kombination von Strenge und Zuneigung dem Löwenjungen eingeimpft hatte, war dem erwachsenen Tier nachgerade zur Gewohnheit geworden. Auf Tarzans Anweisung legte er große Entfernungen zurück, kam mit einer Antilope oder einem Zebra zurück und legte die Beute seinem Herrn zu Füßen, ohne Anstalten zu machen, das Fleisch selbst zu kosten. Er schleppte sogar lebende Tiere heran, ohne ihnen eine Verletzung zuzufügen. Solcherart war der goldene Löwe, der mit seinem gottgleichen Herren durch den Urwald streifte.

Etwa zu dieser Zeit erreichten den Affenmenschen Gerüchte von den Umtrieben einer Räuberbande westlich und südlich seiner Besitzungen, üble Geschichten über Elfenbeindiebstähle, Sklavenverfolgungen und -folterungen. Seit den Tagen des Scheichs Amor Ben Khatour hatten solche Dinge nie mehr die Ruhe im wilden Dschungel des Affenmenschen gestört. Hinzu kamen noch andere Berichte, so daß Tarzan von den Affen befremdet die Brauen runzelte und angestrengt überlegte. Dann folgte ein Monat, in dem ihn keine Gerüchte aus dem Gebiet westlich von ihm mehr erreichten.

Der Krieg hatte die Mittel der Greystokes auf ein geringfügiges Einkommen schmelzen lassen. Sie hatten praktisch alles der Sache der Alliierten geopfert, und das wenige, das ihnen verblieben war, war nahezu aufgebraucht worden, um die afrikanischen Besitzungen Tarzans auf den früheren Stand zu bringen.

„Es sieht ganz danach aus, als ob eine weitere Reise nach Opar ins Auge gefaßt werden muß, Jane“, sagte er eines Abends zu seiner Frau.

„Mir graust bei dem bloßen Gedanken daran. Ich möchte nicht, daß du dorthingehst“, sagte sie. „Zweimal bist du aus dieser schrecklichen Stadt zurückgekehrt, nur das nackte Leben rettend. Ein drittes Mal hast du vielleicht nicht so viel Glück. Wir haben genug, um hier einigermaßen komfortabel und glücklich zu leben. Warum willst du diese zwei Faktoren, die letztendlich mehr zählen als aller Reichtum, durch einen weiterem Versuch, die Schatzgewölbe zu plündern, aufs Spiel setzen ?“

„Es besteht keine Gefahr, Jane“, versicherte er ihr. „Beim letzten Mal hatte sich Werper an meine Fersen geheftet, und zwischen ihm und dem Erdbeben wäre ich beinahe umgekommen. Doch es ist höchst unwahrscheinlich, daß es wieder zu einem derartigen Zusammenspiel von Umständen kommt, die mein Vorhaben zunichte machen könnten.“

„Aber du gehst doch nicht allein, John?“ fragte sie. „Du nimmst gewiß Korak mit?“

„Nein, das gedenke ich nicht zu tun“, sagte er. „Er soll hier bei dir bleiben, den meine lange Abwesenheit ist für dich wirklich gefährlicher als für mich. Ich nehme fünfzig Waziris als Träger mit, um das Gold zu transportieren, und dies sollte uns in die Lage versetzen, genug herbeizuschaffen, damit es für lange Zeit reicht.“

„Und Jad-bal-ja?“ fragte sie. „Nimmst du ihn mit?“

„Nein, er bleibt besser hier. Korak kann sich um ihn kümmern und ihn gelegentlich mit auf die Jagd nehmen. Ich bewege mich leicht und schnell vorwärts, die Reise wäre zu mühselig für ihn, Löwen liegt nicht sonderlich daran, sich in der heißen Sonne allzu viel zu bewegen, und da wir meistens am Tage marschieren, bezweifle ich, ob Jad-bal-ja das lange durchhalten würde.“

So kam es, daß Tarzan von den Affen sich einmal mehr auf den langen Weg machte, der ihn nach Opar führte. Ihm folgten fünfzig reckenhafte Waziris, die Elite des kriegerischen Stammes, der Tarzan als seinen Häuptling anerkannt hatte. Jane und Korak standen auf der Veranda des Bungalow und winkten ihnen ein letztes Lebewohl nach, während von der Rückseite des Gebäudes das dumpfe Gebrüll von Jad-bal-ja, dem goldenen Löwen, ans Ohr des Affenmenschen drang, und während sie abmarschierten, folgte ihnen die Stimme von Numa über die leicht gewellte Ebene, bis sie sich schließlich in der Ferne in Nichts auflöste.

Da das Marschtempo vom langsamsten der Schwarzen bestimmt wurde, kam Tarzan vergleichsweise schnell voran. Opar lag für jemanden wie sie, die mit leichtem Gepäck marschierten, gute fünfundzwanzig Tagesmärsche von der Farm entfernt. Der Rückmarsch würde jedoch erheblich länger dauern, da das Gewicht der Goldbarren auf ihren Schultern lastete. Deshalb hatte der Affenmensch zwei Monate für dieses Unternehmen vorgesehen. Seine Safarimannschaft, die nur aus erfahrenen Kriegern bestand, gestattete ein wirklich schnelles Vorankommen. Sie führten keine Vorräte mit sich, denn sie waren alle Jäger und zogen durch ein äußerst wildreiches Gebiet – also bestand keine Notwendigkeit, sich mit den lästigen Ausrüstungsstücken weißer Jäger zu belasten.

Eine Umzäunung aus Dornengestrüpp und einige Blätter boten ihnen Schutz für die Nacht, während Speere, Pfeile und die Kräfte ihres großen weißen Häuptlings Gewähr genug waren, daß sie nie mit leerem Magen marschieren mußten. Mit den ausgesuchten Männern, die er mitgenommen hatte, gedachte Tarzan, den Marsch nach Opar in einundzwanzig Tagen zu bewältigen, doch wenn er allein unterwegs gewesen wäre, hätte er sich zwei- oder dreimal so schnell fortbewegen können, denn ging es um Geschwindigkeit, flog er förmlich durch den Dschungel, in dem er sich am Tage wie in der Nacht gleichermaßen wie zu Hause fühlte und praktisch keine Müdigkeit kannte.

An einem Nachmittag in der dritten Woche ihres Marsches stieß Tarzan, der seinen Schwarzen auf der Suche nach Wild weit vorausgeeilt war, plötzlich auf den toten Körper von Bara, dem Hirsch, dem ein gefiederter Pfeil aus der Flanke ragte. Es war offensichtlich, daß dieses Tier in einiger Entfernung von der Stelle verwundet worden war, wo es sich zum Sterben niedergelegt hatte, denn die Einschußstelle wies darauf hin, daß die Wunde nicht sofort zu seinem Tod geführt haben konnte. Was die Aufmerksamkeit des Affenmenschen jedoch besonders auf sich zog, noch ehe er nahe genug herangekommen war, um eine eingehende Untersuchung durchzuführen, war die Art des Pfeiles, und kaum hatte er ihn aus dem toten Körper des Hirsches gezogen, erkannte er, was es damit auf sich hatte, und dies erfüllte ihn mit solchem Staunen, wie es Ihnen oder mir widerfahren würde, wenn wir auf dem Broadway oder dem Strand den Kopfschmuck eines Swazi-Eingeborenen sehen würden. Der Pfeil gehörte nämlich zu jener Sorte, wie man sie in den meisten Sportgeschäften jeder großen Stadt in der Welt kaufen kann – es war ein Pfeil, wie er in Parks und in den Vorstädten zum Bogenschießen verwendet wird. Nichts stand mehr im Widerspruch zu einander wie dieses törichte Spielzeug im Herzen des wilden Afrikas. Daß es sein Werk jedoch wirksam verrichtet hatte, war an Baras totem Körper zu erkennen, obwohl der Affenmensch vermutete, daß der Pfeil nicht von der geübten Hand eines Wilden abgeschossen worden war.

Nun war seine Neugier geweckt worden, aber auch die ihm innewohnende Vorsicht im Dschungel. Man muß den Urwald gut kennen, um lange darin zu überleben, und wenn jemand ihn gut kennt, darf er kein ungewöhnliches Ereignis und keinen Umstand unberücksichtigt lassen. So ging Tarzan daran, die Spur von Bara zurückzuverfolgen, um wenn möglich herauszufinden, wer den Hirsch angeschossen hatte. Die blutige Spur war leicht zu erkennen, und der Affenmensch wunderte sich, warum der Jäger ihr nicht gleichfalls gefolgt war und seine Beute geholt hatte, die offensichtlich seit dem gestrigen Tag dort lag. Er bemerkte, daß Bara weit geflüchtet war, und die Sonne stand bereits tief im Westen, ehe Tarzan die ersten Hinweise auf den Mörder des Tieres entdeckte. Es handelte sich dabei um Fußabdrücke, die bei ihm eine ebenso große Überraschung auslösten wie vorhin der Pfeil. Er untersuchte sie sorgfältig, bückte sich tief und beroch sie sogar mit seiner empfindsamen Nase. So unwahrscheinlich, ja, unmöglich es ihm auch vorkam – diese Abdrücke eines nackten Fußes waren die eines weißen Mannes, und eines großen Mannes dazu. Er war wahrscheinlich ebenso groß wie Tarzan. Und während der Pflegesohn von Kala die Spur des geheimnisvollen Fremden anstarrte, fuhr er sich mit den Fingern der einen Hand durch das dicke, schwarze Haar in der für ihn charakteristischen Geste, die tiefe Verwunderung bezeugte.

Welcher nackte weiße Mann hielt sich hier in Tarzans Dschungel auf und erlegte dessen Wild mit dem hübschen Pfeil aus einem Bogenschützenklub? Es war unglaublich, daß es so eine Person geben konnte, aber da kamen dem Affenmenschen die verworrenen Gerüchte in den Sinn, die ihn vor Wochen erreicht hatten. Entschlossen, das Geheimnis zu lüften, machte er sich auf, der Spur des Fremden zu folgen – einer hin und her irrenden Spur, die sich offensichtlich ziellos durch den Dschungel wand, entsprungen der Unkenntnis eines unerfahrenen Jägers, wie Tarzan vermutete. Doch die Nacht brach an, ehe er einer Lösung des Rätsels näher gekommen war, und es war stockfinster, als er seine Schritte schließlich wieder dem Lager zuwandte.

Er wußte, daß seine Waziris von ihm Fleisch erwarteten, und es lag nicht in seiner Absicht, sie zu enttäuschen, obwohl er bald entdeckte, daß er in dieser Nacht nicht der einzige fleischfressende Jäger in diesem Gebiet war. Zuerst machte ihm dies das hustende Grunzen eines Löwen dicht bei ihm klar, dann ertönte in einiger Entfernung das tiefe Gebrüll eines anderen. Aber was machte es dem Affenmenschen schon aus, daß auch andere jagten? Es war nicht das erste Mal, daß er seine Schläue, seine Körperkraft und Gewandtheit gegen die anderen Jäger seiner wilden Umwelt – seien es Menschen oder Tiere – in die Waagschale warf.

So kam es, daß Tarzan schließlich seine Beute erlegte, sie einem enttäuschten und erbosten Löwen förmlich vor der Nase wegschnappte – in Gestalt einer fetten Antilope, die dieser für sich selbst vorgesehen hatte. Der Affenmensch warf sich das Tier fast auf der Bahn des angreifenden Numa über die Schulter, schwang sich leichtfüßig in die unteren Baumwipfel und verschwand mit einem spöttischen Lachen für die wütende Katze lautlos in der Nacht.

Er fand das Lager und seine hungrigen Waziris ohne große Schwierigkeit, und ihr Vertrauen auf ihn war so groß, daß sie keinen Augenblick am erfolgreichen Ausgang der Jagd gezweifelt hatten.

Am folgenden Morgen brach Tarzan wieder sehr früh nach Opar auf, und nachdem er seinen Waziris anbefohlen hatte, auf geradem Weg weiterzumarschieren, verließ er sie, um seine Nachforschungen über das geheimnisvolle Wesen fortzusetzen, das sich in seinem Dschungel aufhielt, und auf das der Pfeil und die Fußspuren ihn aufmerksam gemacht hatten. Er erreichte wieder die Stelle, an der die Dunkelheit ihn gezwungen hatte, seine Erkundungen einzustellen, und nahm die Spur des Fremden erneut auf. Er war ihr noch gar nicht allzu weit gefolgt, als er auf ein weiteres Anzeichen für die Umtriebe dieser fremden und böswilligen Person stieß – auf dem Weg vor ihm lag lang ausgestreckt der Körper eines riesigen Affen aus der Gattung der großen Menschenaffen, unter denen Tarzan aufgewachsen war. Wieder ragte einer der maschinell hergestellten Pfeile der Zivilisation aus dem behaarten Bauch des Mangani. Die Augen des Affenmenschen verengten sich, düster runzelte er die Brauen. Wer war das, der es wagte, in seine geheiligten Jagdgründe einzudringen und Tarzans Gefährten so erbarmungslos dahinzuschlachten?

Ein tiefes Brummen stieg in der Kehle des Affenmenschen auf. Mit dem Gewand der Zivilisation hatte er auch die dünne Hülle abgestreift, die ihn unter Weißen umgab. Das Wesen, das hier den Leichnam seines behaarten Vetters betrachtete, war kein englischer Lord mehr, sondern ein anderes Dschungeltier, in dessen Brust das unstillbare Feuer des Argwohns und Hasses für alles Menschenartige loderte, den jeder im Dschungel Aufgewachsene ererbt. Ein Raubtier betrachtete das blutige Werk eines gnadenlosen Menschen. Auch war in Tarzans Bewußtsein jetzt nicht die Spur einer Anerkennung seiner Blutsverwandtschaft mit dem Affenmörder zu finden.

In der Erkenntnis, daß die Spur höchstens zwei Tage alt war, nahm Tarzan eiligst die Verfolgung des Wilderers auf. Er hegte nicht den geringsten Zweifel, daß hier ein blanker Mord begangen worden war, denn er kannte die Charakterzüge der Mangani zur Genüge, um zu wissen, daß keiner von ihnen einen Angriff herausfordern würde, es sei denn, er wäre dazu getrieben worden.

Tarzan bewegte sich gegen den Wind vorwärts, und eine halbe Stunde nach der Entdeckung des toten Affen erfaßte seine empfindsame Nase die Witterung von anderen Artgenossen des Getöteten. Er kannte die Scheu dieser wilden Bewohner des Dschungels und bewegte sich deshalb mit großer Vorsicht weiter, damit sie nicht, durch seine Annäherung gewarnt, die Flucht ergriffen, noch ehe sie erkannten, wer er war. Er sah sie nicht oft, aber er wußte, daß stets einige unter ihnen waren, die sich seiner entsannen, und mit ihrer Hilfe konnte er stets freundschaftliche Beziehungen zum Rest des Stammes herstellen.

Da das Unterholz hier sehr dicht wuchs, hielt Tarzan es für besser, sich in den mittleren Baumwipfeln fortzubewegen. Dort oben schwang er sich unbehindert und hurtig durch die belaubten Zweige und stieß sehr bald auf die riesigen Menschenaffen. Es war eine Gruppe von etwa zwanzig Tieren und auf einer kleinen, natürlichen Lichtung in eine endlose Suche nach Raupen und Käfern vertieft, da diese wesentliche Punkte auf der Speisekarte der Mangani darstellten.

Ein schwaches Lächeln glitt über das Gesicht des Affenmenschen, als er auf einem großen Ast innehielt, wohl verborgen durch das dichte Blattwerk um ihn herum, und die kleine Schar unter sich beobachtete. Jede Verhaltensweise, jede Bewegung der großen Affen rief ihm die langen Jahre seiner Kindheit lebhaft in Erinnerung, als er unter dem Schutz der wilden Mutterliebe von Kala, dem Affenweibchen, mit dem Stamm von Kerchak durch den Dschungel gestreift war. In den umhertobenden jungen Affen erkannte er Neeta und die anderen Spielgefährten seiner Kindheit wieder, und in den erwachsenen all die großen, wilden Tiere, die er in der Jugendzeit gefürchtet, in den späteren Jahren jedoch besiegt hatte. Die Verhaltensweise des Menschen mag sich ändern, die des Affen ist jedoch stets dieselbe, heute, morgen und auf ewig.

Er beobachtete sie schweigend einige Minuten lang. Wie würden sie sich freuen, ihn zu sehen, wenn sie erkannten, wer er war! Denn Tarzan von den Affen war in dem großen Dschungel weit und breit als Freund und Beschützer der Mangani bekannt. Zuerst würden sie ihn anknurren und ihm drohen, denn sie würden sich nicht ausschließlich auf ihre Augen und Ohren verlassen, um seine Identität festzustellen. Erst wenn er die Lichtung betreten hatte, und wenn Affenmännchen mit gesträubtem Fell ihn zähnebleckend und steif umringt hatten, erst wenn sie nahe genug bei ihm waren, so daß ihre Witterung bestätigen konnte, was ihre Augen und Ohren erfaßten, dann würden sie ihn endgültig aufnehmen. Dann würde zwcifellos einige Minuten lang ungeheuere Aufregung herrschen, bis den Instinkten eines Affenhirns zufolge ihre Aufmerksamkeit für ihn abgelenkt wurde durch ein dahinwehendes Blatt, eine Raupe oder ein Vogelei, und dann würden sie weiter ihrer Beschäftigung nachgehen und ihm kaum mehr Beachtung schenken als jedem anderen Mitglied des Stammes. Aber das würde erst geschehen, nachdem jedes einzelne Tier ihn beschnüffelt und möglicherweise seine Haut mit schwieliger Hand betastet hatte.

Nun gab Tarzan einen freundschaftlichen Begrüßungslaut von sich, und als die Affen aufblickten, trat er aus seinem Versteck, so daß alle ihn sehen konnten. „Ich bin Tarzan von den Affen", sagte er. „Ein machtvoller Kämpfer und Freund der Mangani. Tarzan kommt in Freundschaft zu seinem Volk." Bei diesen Worten ließ er sich behend in das üppige Gras der Lichtung fallen.

Im Nu hob ein ungeheurer Lärm an. Warnschreie ertönten, die Affenweibchen jagten mit ihren Jungen zur gegenüberliegenden Seite der Lichtung, während die Männchen sich knurrend und mit gesträubtem Fell dem Eindringling entgegenstellten.

„Was ist denn, erkennt ihr mich nicht?“ fragte Tarzan. „Ich bin Tarzan von den Affen, Freund der Mangani, Sohn von Kala und König des Stammes von Kerchak.“

„Wir kennen dich“, knurrte eines der alten Männchen. „Gestern haben wir dich gesehen, als du Gobu tötetest. Scher dich fort, oder wir werden dich töten.“

„Ich habe Gobu nicht getötet“, erwiderte der Affenmensch. „Auch ich fand gestern seinen toten Körper und bin der Spur seines Mörders gefolgt. Dabei bin ich auf euch gestoßen.“

„Wir haben dich gesehen“, wiederholte das alte Männchen. „Scher dich fort, oder wir werden dich töten. Du bist nicht länger der Freund der Mangani.“

Der Affenmensch stand mit gerunzelten Brauen und zerbrach sich den Kopf. Es war offensichtlich, daß diese Affen tatsächlich glaubten, sie hätten beobachtet, wie er ihren Stammesgenossen tötete. Wo lag die Erklärung? Wie war ihr Verhalten zu deuten? Bedeuteten die Fußabdrücke des großen, nackten, weißen Mannes, denen er nachgegangen war, wesentlich mehr, als er vermutete? Tarzan überlegte. Er blickte auf und wandte sich abermals an die Affenmännchen.

„Nicht ich habe Gobu getötet“, sagte er eindringlich. „Viele von euch kennen mich ihr ganzes Leben lang. Ihr wißt, daß ich einen Mangani nur in fairem Kampf getötet habe, wie ein Affenmännchen gegen ein anderes kämpft. Ihr wißt, daß die Mangani von allen Dschungelbewohnern meine besten Freunde sind, und daß Tarzan von den Affen der beste Freund ist, den die Mangani haben. Wie könnte ich dann einen Angehörigen meines eigenen Volkes ermorden?“

„Wir wissen nur, daß wir sahen, wie du Gobu tötetest“, erwiderte das alte Männchen. Mit unseren Augen sahen wir dich ihn ermorden. Also scher dich schnell fort von hier, oder wir werden dich töten. Tarzan von den Affen ist ein mächtiger Kämpfer, aber all die großen Männchen von Pagth sind mächtiger selbst als er. Ich bin Pagth, König des Stammes der Pagth. Scher dich fort von hier, ehe wir dich töten.“

Tarzan versuchte, sie zur Einsicht zu bringen, aber sie wollten nicht hören, so überzeugt waren sie, daß er der Mörder ihres Artgenossen, des Affenmännchens Gobu, sei. Schließlich wandte er sich bekümmert um, denn er wollte keinen Kampf heraufbeschwören, bei dem einige von ihnen unausweichlich getötet würden. Indes war er jetzt mehr denn je entschlossen, den Mörder von Gobu aufzuspüren, um Rechenschaft zu fordern von jemandem, der es gewagt hatte, in seinen lebenslangen Herrschaftsbereich einzudringen.

Tarzan folgte der Spur, bis sie sich mit denen vieler Menschen vermischte – zumeist barfüßiger Schwarzer, darunter jedoch auch solcher von Weißen, die Stiefel trugen, und einmal entdeckte er die Fußspuren einer Frau oder eines Kindes, genau ließ sich das nicht feststellen. Die Spuren führten offensichtlich zu dem Felsengebirge, hinter dem das öde Tal von Opar lag.

Er vergaß nun seine ursprüngliche Aufgabe und ließ sich nur von dem wilden Verlangen leiten, den Eindringlingen eine umfassende Erklärung für ihre Anwesenheit im Dschungel abzuverlangen und den Mörder von Gobu seiner gerechten Strafe zuzuführen. Beharrlich folgte er der nun breiten und deutlich sichtbaren Fährte jener ansehnlichen Schar, die höchstens einen halben Tagesmarsch vor ihm sein konnte. Das bedeutete, sie hatten inzwischen schon den Rand des Tales von Opar erreicht, sofern dies ihr endgültiges Ziel war. Was sie sonst im Schilde führen mochten, konnte Tarzan sich nicht crklären.

Er hatte den genauen Lagepunkt von Opar stets für sich behalten. Insofern konnte er sicher sein, daß kein Weißer außer Jane und ihrem Sohn Korak den Standort der vergessenen Stadt jener alten Bewohner von Atlantis kannte. Aber was mochte diese Weißen mit einer derartig zahlreichen Gruppe in die unerforschte Wildnis gelockt haben, die Opar von allen Seiten umgab?

Diese Gedanken beschäftigen Tarzan, während er schnell der Spur folgte, die nach Opar führte. Die Dunkelheit brach herein, aber die Abdrücke waren so frisch, daß er noch ihrer Witterung folgen konnte, als sie auf der Erde schon nicht mehr zu erkennen waren, und bald erblickte er in der Ferne den Lichtschein des Lagers, das vor ihm lag.

Die unheilvollen Tropfen

Daheim nahm das Leben im Bungalow und auf der Farm seinen gewohnten Verlauf wie vor der Abreise von Tarzan. Korak beaufsichtigte die Tätigkeit der Farmarbeiter und Viehhirten, manchmal zu Fuß, manchmal hoch zu Roß, doch am häufigsten in Begleitung des weißen Vorarbeiters Jervis. Oft begleitete ihn auch Jane, besonders, wenn sie ritten.

Den goldenen Löwen ließ er bei seinen Übungen an einer Leine laufen, da er kein allzu großes Vertrauen in seine Fähigkeiten hatte, dem Tier Gehorsam abzunötigen. Auch fürchtete er, Jad-bal-ja könne während der Abwesenheit seines Herren in den Wald flüchten und in seinen natürlichen Zustand als wildes Tier zurückfallen. Ein solcher Löwe wäre, sofern er frei im Dschungel herumstreifte, eindeutig eine Gefahr für jedes menschliche Leben, denn da er unter Menschen aufgezogen worden war, fehlte ihm jene natürliche Scheu vor ihnen, die eine ausgeprägter Charakterzug aller wilden Tiere ist. Da er zudem noch ausgebildet worden war, durch einen Biß in die Kehle einer menschlichen Puppe zu töten, bedurfte es bei Korak keiner großen Vorstellungskraft, um sich auszumalen, was geschehen würde, sollte der goldene Löwe, befreit von allen Zwängen, wieder auf die eigene Nahrungssuche im Dschungel ringsum angewiesen sein.

In der ersten Woche nach Tarzans Abreise traf ein Bote aus Nairobi mit einem Telegramm für Lady Greystoke ein, das ihr eine ernste Erkrankung ihres Vaters in London meldete. Mutter und Sohn erörterten die Situation. Es würde fünf oder sechs Wochen dauern, ehe Tarzan zurückkehrte, selbst wenn sie ihm einen Läufer nachsandten. Würde Jane auf ihn warten, war es sehr unwahrscheinlich, daß sie noch rechtzeitig bei ihrem Vater eintraf. Selbst wenn sie sofort aufbrach, schien nur eine schwache Hoffnung zu bestehen, daß sie ihn noch lebend vorfand. Deshalb beschlossen sie, unverzüglich abzureisen. Korak sollte sie bis Nairobi begleiten, dann jedoch zur Ranch zurückkehren und die allgemeine Aufsicht wieder übernehmen, bis sein Vater zurückkehrte.

Es ist eine lange Strecke vom Besitztum der Greystokes bis Nairobi, und Korak war noch nicht wieder zurück, als ein Schwarzer, zu dessen Pflichten es gehörte, Jad-bal-ja zu füttern und zu betreuen, etwa drei Wochen nach Tarzans Abreise aus Unachtsamkeit während der Reinigung des Käfigs einmal die Tür nicht verschloß. Der goldene Löwe wanderte hin und her, während der Schwarze im Käfig mit dem Besen hantierte. Sie waren alte Freunde, und der Waziri empfand keine Furcht vor dem großen Tier, wandte ihm daher häufig den Rücken zu. Er arbeitete gerade in der entfernteren Ecke des Käfigs, als Jad-bal-ja einen Moment bei der Tür stehenblieb. Das Tier erkannte, daß sie lose eingehängt war. Lautlos hob es die große, weiche Pranke und steckte sie in den Spalt, ein leichter Druck, und die Tür klaffte auf. Sofort steckte der goldene Löwe die Schnauze in die erweiterte Öffnung, und gerade, als er das Hindernis beiseite stieß, blickte der Schwarze auf und sah mit Entsetzen, wie das seiner Obhut anvertraute Tier draußen weich auf die Erde sprang.

„Halt, Jad-bal-ja! Halt!“ rief der erschrockene Schwarze und sprang ihm nach. Aber der goldene Löwe steigerte nur die Geschwindigkeit, übersprang die Umzäunung und trollte sich in Richtung Wald.

Der Schwarze verfolgte ihn, den Besen schwingend und laut rufend, so daß die Waziris aus ihren Hütten ins Freie strömten und sich ihrem Stammesgefährten bei der Verfolgung des Löwen anschlossen. Sie setzten ihm über die leicht gewellte Ebene nach, aber ebenso gut hätten sie trachten können, ein flüchtiges Trugbild einzufangen, wie diesen behenden und schlauen Flüchtling, der weder ihre Drohungen noch das Besenschwingen beachtete. So kam es, daß sie den goldenen Löwen im Urwald verschwinden sahen, und obwohl sie fast bis zum Einbruch der Dunkelheit sorgfältig suchten, mußten sie ihre Nachforschungen schließlich doch einstellen und enttäuscht zur Farm zurückkehren.

„O mein Gott, was wird der Big Bwana sagen, was wird er mit mir machen, wenn er entdeckt, daß ich den goldenen Löwen habe entkommen lassen“, rief der unglückliche Schwarze, der für das Verschwinden von Jad-bal-ja verantwortlich war.

„Du läßt dich besser längere Zeit nicht im Bungalow blicken, Keewazi“, riet ihm der alte Muviro. „Und zweifellos wird man dich zu den Weidegründen weit im Osten schicken, damit du dort die Herde bewachst, und da wirst du eine Menge Löwen zur Gesellschaft haben, nur daß sie nicht ganz so freundlich wie Jad-bal-ja sein werden. Dabei kämst du noch sehr gut weg, und wäre das Herz von Big Bwana nicht erfüllt von Liebe für seine schwarzen Kinder, wäre er wie die anderen weißen Bwanas, die der alte Muviro erlebt hat, dann würdest du ausgepeitscht werden, bis du nicht mehr stehen kannst, vielleicht bis du tot bist.“

„Ich bin ein Mann“, erwiderte Keewazi. „Ich bin ein Krieger und Waziri. Welche Strafe der Big Bwana mir auch auferlegt, ich werde sie wie ein Mann ertragen.“

In der gleichen Nacht näherte sich Tarzan den Lagerfeuern der seltsamen Truppe, die er verfolgt hatte. Unsichtbar für sie hängte er sich ins Laub eines Baumes direkt im Zentrum des Lagers, das von einer riesigen Umzäunung aus Dornengestrüpp umgeben und durch zahlreiche Feuer sehr schön erleuchtet war, da die Schwarzen von einem gewaltigen Stapel Feuerholz, das sie offensichtlich schon am Tage für eben diesen Zweck gesammelt hatten, beflissen immer wieder Stücke nachlegten. Fast in der Mitte des Lagers befanden sich mehrere Zelte, und vor einem davon saßen vier Weiße im Licht eines Feuers. Zwei davon waren große, stiernackige Burschen mit roten Gesichtern, offensichtlich Engländer der niederen Klasse; der dritte wirkte klein, fett und teutonisch, während der vierte ein großer, schlanker, hübscher Junge mit dunkelbraunem, gewellten Haar und regelmäßigen Gesichtszügen war. Er und der Deutsche waren bestens für Safaris in Zentralafrika ausgerüstet, ganz nach dem hoch idealisierten Standard von Kinofilmen. In der Tat hätte jeder der beiden geradeswegs von der Leinwand des neuesten Dschungelthrillers herabgestiegen sein können. Der junge Mann war ganz offensichtlich nicht englischer Herkunft, und Tarzan rechnete ihn im Geist sofort einem slawischen Volk zu. Bald nach Tarzans Eintreffen erhob sich dieser und betrat eines der nahegelegenen Zelte, aus dem Tarzan kurz darauf gedämpfte Stimmen hörte. Er konnte die Worte nicht deutlich genug verstehen, aber eine der Stimmen schien eindeutig die einer Frau zu sein. Die drei am Feuer Verbliebenen setzten ihre belanglose Unterhaltung fort, als plötzlich ganz in der Nähe hinter der Umzäunung aus Dornengestrüpp Löwengebrüll das Schweigen des Dschungels störte.

Bluber schnellte mit einem Entsetzensschrei hoch, und zwar so heftig, daß er fast in die Luft schnipste, dann trat er zurück, verlor das Gleichgewicht, fiel über seinen Feldstuhl und lag lang ausgestreckt auf dem Rücken.

„Mein Gott, Adolf!" rief einer seiner Begleiter. „Wenn du das noch mal machst, brech ich dir den Hals, verdammt noch mal. Das is hier nun mal so, damit muß du dich abfind'n."

„Verflucht, der is ja schlimmer als 'n elender Löwe", knurrte der andere.

Bluber rappelte sich auf. „Mein Gott, ich hab wirklich geglaubt, der kommt jetzt über das Gestrüpp gesprungen. Sollte ich jemals mit heil'n Knochen aus der Sache hier 'rauskomm'n, werd ich mich nie mehr auf so was einlass'n, wie ich in dies'n letzt'n drei Monat'n durchmach'n mußte, nich' um alles Gold von Afrika. Mein Gott! Wenn ich dran denke! Löwen, Leoparden, Nashörner und Flußpferde – es is nich' zum Aushalt'n!"

Seine Kumpane lachten. „Dick und ich hab'n dir von Anfang an gesagt, du sollst nich' mit ins Landesinnere komm'n", sagte einer von ihnen.

„Und wozu hab ich mir all diese Klamotten gekauft?" wimmerte der Deutsche. „Herrgott noch mal, allein der Anzug, in dem ich stecke, hat mich 20 Goldstücke gekostet. Meine Güte, hätte ich nur geahnt – für das Geld hätt' ich meine ganze Garderobe erneuern könn'n. Zwanzig Goldstücke für das Ding, dabei kriegt man hier weiter nichts zu seh'n als Wilde und Löwen."

„Ganz nebenbei: Du siehst beschiss'n darin aus", bemerkte einer seiner Freunde.

„Un' in welchem Zustand er schon is'! Ganz schmutzig un' zerriss'n. Woher hätt' ich wiss'n soll'n, daß der hier so strapaziert wird? Mit mein'n eignen Augen hab ich im Princess-Theater gesehen, wie der Filmheld drei Monate in Afrika Löwen jagte und Kannibalen tötete, und als er wieder 'rauskam, hatte er nicht den geringsten Fleck an der Hose – woher hätt' ich wiss'n soll'n, daß Afrika so dreckig un' voller Dornen is?"

In diesem Augenblick hielt es Tarzan von den Affen für richtig, sich in aller Ruhe in den Lichtkreis vor ihnen fallen zu lassen. Die zwei Engländer sprangen auf, ganz offensichtlich maßlos erschrocken, und Bluber wandte sich halb um und machte Anstalten zu fliehen, aber kaum hatte er sich den Affenmenschen genauer angesehen, wich das Entsetzen in seinem Augen angesichts der Vermutung, Tarzan sei vom Himmel herabgefallen, einem Ausdruck der Erleichterung.

„Mein Gott, Esteban“, rief er schrill. „Du bist ja schon zurück! Und warum tauchst du auf solche Weise auf, wie aus’m Boden gestampft? Glaubst du, wir ham keine Nerv’n?“

Tarzan war zornig, zornig über diese ungehobelten Eindringlinge, die gewagt hatten, das weite Gebiet, in dem er für Ruhe und Ordnung sorgte, ohne seine Erlaubnis zu betreten. Und wenn er zornig war, flammte die Narbe auf seiner Stirn rot auf, die er Bolgani, dem Gorilla, verdankte, als der junge Tarzan sich in längst vergangenen Tagen dem riesigen Tier zu einem Kampf auf Leben und Tod gestellt hatte. Damals hatte er auch zum ersten Mal den wahren Wert des Jagdmessers seines Vaters schätzen gelernt, denn das Messer hatte ihn, den vergleichsweise schwachen, kleinen Tarmangani, mit einemmal auf gleiche Ebene mit den großen Tieren des Dschungels gestellt.

Seine grauen Augen verengten sich, und seine Stimme klang kalt und monoton, als er zu ihnen sprach. „Wer seid ihr, daß ihr es wagt, in das Land der Waziris einzudringen, in das Land Tarzans, ohne daß der Herr des Dschungels euch die Erlaubnis dafür erteilt hätte?“

„Was redest du da für Quatsch, Esteban, un’ warum kommst du allein hierher zurück und schon so früh, verdammt noch mal?“ fragte einer der Engländer. „Wo sind deine Träger, und wo ist das verdammte Gold?“

Der Affenmensch blickte den Sprecher eine Weile schweigend an. „Ich bin Tarzan von den Affen“, sagte er. „Ich weiß nicht, wovon ihr redete. Ich weiß nur, daß ich hergekommen bin, um denjenigen zu suchen, der Gobu, den großen Affen, ermordet hat; denjenigen, der ohne meine Erlaubnis Bara, den Hirsch, getötet hat.“

„Verdammt noch mal, hör endlich mit dem Quatsch auf, Esteban“, rief der andere Engländer nun wütend. „Du willst wohl spaßig wirken, aber wir könn’n nich erkenn’n, was dran spaßig sein soll, kapier das endlich.“

Drinnen im Zelt, in dem der vierte Weiße verschwunden war, während Tarzan das Lager aus seinem Versteck in den Bäumen beobachtet hatte, zog eine Frau, die offensichtlich ganz plötzlich von Entsetzen befallen wurde, ihren Kumpan heftig am Arm, wies auf die große, fast nackte Gestalt des Affenmenschen, der vom Lichtschein der Feuer hell angestrahlt wurde, und flüsterte mit bebender Stimme: „Großer Gott, Karl, sieh dort!"

„Was ist los, Flora?" fragte der Mann verdutzt. „Ich sehe nur Esteban."

„Das ist nicht Esteban, das ist Lord Greystoke persönlich – das ist Tarzan von den Affen!" zischelte sie.

„Du bist verrückt, Flora", erwiderte er. „Das kann er nicht sein."

„Doch, er ist es", sagte sie eindringlich. „Glaubst du, ich kennte ihn nicht? Habe ich nicht jahrelang in seinem Stadthaus gearbeitet? Habe ich ihn nicht beinahe jeden Tag gesehen? Meinst du, ich würde Tarzan von den Affen nicht erkennen? Sieh dort die rote Narbe, die auf seine Stirn brennt – ich habe die Geschichte dieser Narbe gehört und sie mehrfach feuerrot auflodern sehen, wenn er wütend war. Sie ist jetzt feuerrot, und Tarzan von den Affen ist zornig."

„Gut, angenommen, er ist es wirklich, was kann er wollen?"

„Du kennst ihn nicht", erwiderte das Mädchen. „Du hast keine Ahnung von der großen Macht, die er hier verkörpert, der Macht, über Leben und Tod von Mensch und Tier zu entscheiden. Wenn er den Zweck unserer Mission hier kennen würde, dann würde keiner von uns die Küste wieder lebendig erreichen. Allein die Tatsache, daß er hier aufgetaucht ist, veranlaßt mich zu glauben, daß er alles weiß, und wenn ja, dann gnade uns Gott – es sei denn... es sei denn..."

„Es sei denn was?" fragte der Mann.

Das Mädchen schwieg einen Augenblick nachdenklich. „Es gibt nur die eine Möglichkeit", sagte sie schließlich. „Wir dürfen ihn nicht töten. Seine wilden Schwarzen würden davon erfahren, und dann könnte uns keine Macht auf Erden retten. Dennoch gibt es eine Möglichkeit, wenn wir schnell handeln." Sie wandte sich um und suchte eine Weile in einer ihrer Reisetaschen, dann übergab sie dem Mann eine kleine Flasche mit einer Flüssigkeit. „Geh hinaus und rede mit ihm", sagte sie. „Mach ihn dir zum Freund. Belüge ihn. Erzähle ihm, was du willst. Versprich alles. Aber behandle ihn so freundlich, daß du ihn dazu bringen kannst, Kaffee zu trinken. Er macht sich nichts aus Wein oder anderen alkoholhaltigen Getränken, aber ich weiß, daß er eine Vorliebe für Kaffee hat. Ich mußte ihm oft noch spät in der Nacht welchen aufs Zimmer bringen, wenn er aus dem Theater oder von einem Ball zurückgekehrt war. Veranlasse ihn, Kaffee zu trinken, dann wird dir schon eine Idee kommen, was du mit dem hier machen kannst." Und sie wies auf die Flasche, die der Mann noch in der Hand hielt.

Kraski nickte. „Verstehe", sagte er und verließ das Zelt.

Er war kaum hinausgetreten, als das Mädchen ihn zurückrief. „Achte darauf, daß er mich nicht sieht. Er darf nicht einmal ahnen, daß ich hier bin, oder daß du mich kennst."

Der Mann nickte und ließ sie allein. Als er den angespannten Gestalten vorm Feuer nahe genug war, begrüßte er Tarzan mit einem einnehmenden Lächeln und den freundlichen Worten:

„Willkommen! Wir freuen uns immer, einen Fremden in unserem Lager zu sehen. Setzen Sie sich. Bring dem Gentleman einen Schemel, John", sagte er zu Peebles.

Der Affenmensch musterte Kraski scharf, wie er sich auch die anderen angesehen hatte. Dennoch lag kein ebenso freundlicher Glanz in seinen Augen, als er die Grußworte des Russen erwiderte.

„Ich will gerade in Erfahrung bringen, was Ihr Trupp hier zu suchen hat", sagte er scharf zu ihm. „Sie behaupten jedoch immer nur, daß ich jemand sei, der ich nicht bin. Sie sind entweder Dummköpfe oder Schurken, und ich werde schon herausfinden, was von beiden, und entsprechend mit ihnen verfahren."

„Aber ich bitte Sie!" sagte Kraski beschwichtigend. „Hier muß ein Mißverständnis vorliegen, dessen bin ich gewiß. Sagen Sie mir doch bitte, wer Sie sind."

„Ich bin Tarzan von den Affen", erwiderte der Affenmensch. „Kein Jäger darf ohne meine Erlaubnis in diesen Teil Afrikas eindringen. Diese Tatsache ist allgemein so bekannt, daß Sie unmöglich haben Fuß an Land setzen können, ohne daß man Ihnen das mitgeteilt hätte. Ich fordere eine Erklärung, und zwar sofort!"

„Sie sind also Tarzan von den Affen!" rief Kraski. „Da können wir uns ja glücklich schätzen, denn nun ist jemand da, der uns auf den richtigen Weg bringen und uns aus dem schrecklichen Dilemma heraushelfen kann. Wir haben uns verirrt, mein Herr, gründlich verirrt infolge der Unwissenheit oder schurkischen Gesinnung unseres Führers, der uns schon vor einigen Wochen im Stich gelassen hat. Selbstverständlich wissen wir von Ihnen. Wer kennt Tarzan von den Affen wohl nicht? Es lag jedoch nicht in unserer Absicht, die Grenzen zu Ihrem Gebiet zu überschreiten. Wir suchten weiter südlich nach bestimmten Exemplaren der Fauna dieses Gebiets, die unser guter Freund und Auftraggeber, Mr. Adolf Bluber, hier unter großem Kostenaufwand sammelt, um sie in einem Museum in seiner Heimatstadt in Amerika zur Schau zu stellen. Nun bin ich überzeugt, daß Sie uns sagen können, wo wir uns befinden, und uns auf den richtigen Weg bringen."

Peebles, Throck und Bluber standen baß vor Staunen angesichts dieses Lügengespinsts, das Kraski so leicht über die Lippen ging, aber es war der Deutsche, der sich als erster der Situation gewachsen zeigte. Die beiden englischen Dickschädel waren zu schwer von Begriff, als daß sie das raffinierte Manöver des Russen schnell genug hätten erfassen können.

„Genau so ist es", sagte Bluber salbungsvoll und rieb sich die Hände. „Genau das wollte ich gerade sagen."

Tarzan wandte sich zu ihm und fragte in scharfem Ton: „Was sollte dann das Geschwafel von einem Esteban?" fragte er. „Haben Sie mich nicht alle mit diesem Namen angeredet?"

„Nun ja", sagte Bluber. „John is' stets zu ein'm klein'n Scherz aufgelegt. Er hat keine Ahnung von Afrika, war nie zuvor hier. Deshalb dachte er, Sie wär'n ein Eingebor'ner. Und die nennt er alle Esteban, denn er treibt oft seine Späße mit ihn'n, weil er weiß, daß sie nicht versteh'n könn'n, was er sagt. So ist es doch, John, oder?" Er war gerissen genug, nicht auf eine Antwort zu warten. „Wissen Sie, wir haben uns verirrt, und wenn Sie uns aus diesem Dschungel führ'n würd'n, würd'n wir jede Summe zahl'n – nenn'n Sie uns bitte Ihr'n Preis."

Der Affenmensch glaubte ihnen nur halb, doch war er einigermaßen besänftigt ob ihrer offensichtlich friedlichen Absichten. Vielleicht stimmte wenigstens halb, was sie erzählten, waren sie wirklich unwissentlich in sein Gebiet eingedrungen. Das würde er jedoch endgültig von ihren eingeborenen Trägern erfahren, denen seine Waziris schon die Wahrheit entlocken würden. Die Tatsache, daß sie ihn für Esteban gehalten hatten, hielt seine Neugier jedoch wach, auch wollte er noch immer unbedingt herausfinden, wer von ihnen Gobu, den großen Affen, ermordet hatte.

„Setzen Sie sich doch, bitte", forderte Kraski ihn auf. „Wir wollten gerade Kaffee trinken und wären sehr erfreut, wenn Sie uns Gesellschaft leisten würden. Wir sind wirklich nicht in böser Absicht hergekommen, und ich kann Ihnen versichern, daß wir Sie oder jeden anderen, dem wir vielleicht unbeabsichtigt Schaden zugefügt haben, bereitwillig und frohen Herzens entschädigen werden."

Von diesen Leuten Kaffee anzunehmen war kein Vergehen. Vielleicht hatte er ihnen unrecht getan, doch wie es auch sein mochte, eine Tasse Kaffee würde ihn nur in geringem Maße den Leuten gegenüber verpflichten. Flora hatte recht mit ihrer Feststellung, daß er zu später Nachtstunde eine Schwäche für schwarzen Kaffee hatte. Er folgte der Aufforderung, sich auf den Schemel zu setzen, jedoch nicht, sondern hockte sich nach Art der Affen vor sie hin, wobei der flackernde Lichtschein der Feuer auf seiner bronzefarbenen Haut spielte und die wohlgeformten Muskeln seiner gottgleichen Figur noch besonders hervorhob. Das waren nicht die Muskeln eines Schmieds oder eines Menschen, der von Berufs wegen stark sein muß, sondern sie glichen eher denen Merkurs oder Apolls und waren so symmetrisch ausgewogen in ihren Proportionen, daß sie die große Kraft, die ihnen innewohnte, nur andeuteten. Außerdem waren sie sowohl für Geschwindigkeit als auch Gewandtheit ausgebildet. Sie umhüllten die riesige Gestalt und verliehen ihm das Aussehen eines Halbgotts.

Throck, Peebles und Bluber saßen wie versteinert und betrachteten ihn hingerissen, während Kraski zum Herdfeuer ging, um den Kaffee zuzubereiten. Die beiden Engländer waren sich der Tatsache, daß sie den Ankömmling für jemand anders gehalten hatten, nur halb bewußt, und Peebles kratzte sich noch am Kopf und brummte etwas vor sich hin, daß wohl seine Zweifel an Kraskis Version von der neuen Identität Tarzans ausdrücken sollte. Bluber war außer sich vor Angst. Mit weit höherer Intelligenz ausgestattet, hatte er schnell erfaßt, wie recht Kraski hatte, den Mann als denjenigen anzuerkennen, der er wirklich war, und nicht als den, für den Peebles und Throck ihn hielten, und da Bluber keine Ahnung von Floras Plan hatte, erfüllte ihn eine Heidenangst angesichts der Vorstellung, was wohl geschehen würde, sollte Tarzan sie an den Zugängen von Opar entdecken. Im Gegensatz zu Flora sah er jedoch nicht, daß ihrer aller Leben in Gefahr war –, daß sie mit Tarzan von den Affen, einem Geschöpf des Dschungels, zu tun hatten, und nicht mit John Clayton, Lord Greystoke, einem englischen Adligen. Vielmehr hatte er nur die zweitausend Pfund im Auge, deren sie nun durch das erbärmliche Ende ihrer Expedition verlustig gehen würden, denn er kannte den Ruf des Affenmenschen zur Genüge, um nicht zu wissen, daß er ihnen nie erlauben würde, das Gold mitnzunehmen, das Esteban aller Wahrscheinlichkeit nach gerade in diesem Augenblick aus den Gewölben von Opar entwendete. Bluber war wirklich drauf und dran, in Tränen auszubrechen, als Kraski mit dem Kaffee zurückkehrte.

Aus dem Dunkel des Zeltinneren verfolgte Flora Hawkes gespannt die Szene. Der Gedanke, daß ihr früherer Arbeitgeber sie entdecken könne, versetzte sie in Angst und Schrecken, denn sie war sowohl im Londoner Stadthaus der Greystokes tätig gewesen, als auch in dem afrikanischen Bungalow, somit stand außer Zweifel, daß er sie sofort erkennen würde, sollte er sie zufällig sehen. Sie fürchtete ihn jetzt in seinem geliebten Dschungel weit mehr, als Tarzans wahrer Chrakter dies rechtfertigte, doch war dicse Furcht in ihren Augen nicht wcniger begründet, da ihr schuldbeladenes Gewissen ihr alle möglichen Strafen für solch mangelnde Loyalität den Leuten gegenüber vor Augen hielt, die sie immer mit stets gleichbleibender Freundlichkeit und Rücksichtnahme behandelt hatten.

Ihr ständiger Traum vom märchenhaften Reichtum der Schatzgewölbe von Opar, über den sie so viel und ausführlich aus den Gesprächen der Greystokes erfahren hatte, ließ in ihrem von Natur aus verschlagenen und skrupellosem Gehirn den Wunsch entstehen, ihn in ihren Besitz zu bringen. Infolgedessen hatte sie mit der Zeit einen Plan ausgearbeitet, wie sie eine genügende Anzahl von Goldbarren aus den Schatzgewölben entwenden konnte, um für den Rest ihrer Tage ein unabhängiges und reiches Leben zu führen. Der gesamte Plan beruhte auf ihren Ideen. Zuerst hatte sie Kraski dafür gewonnen, der wiederum die zwei Engländer und Bluber rekrutierte, und diese hatten die nötigen Mittel aufgebracht, um die Kosten für die Expedition zu decken. Flora hatte auch nach dem Mann gesucht, der in erfolgreicher Weise Tarzan im Dschungel darstellen konnte, und war auf Esteban Miranda gestoßen, einen gut aussehenden, kräftigen und skrupellosen Spanier, dessen schauspielerische Fähigkeiten, unterstützt durch kunstvolles Schminken, in dem er es früh schon zur Meisterschaft gebracht hatte, ihm gestatteten, den Charakter, den er nach ihren Wünschen darstellen sollte, in nahezu fehlerfreier Weise nachzuahmen, zumindest was das äußere Erscheinungsbild anbetraf.

Der Spanier war nicht nur stark und tatkräftig, sondern auch mutig genug, und seit er sich den Bart abrasiert und das Dschungelgewand eines Tarzan angelegt hatte, hatte er sich keine Gelegenheit entgehen lassen, dem Affenmenschen in jeder Weise nachzueifern, soweit dies im Bereich seiner Möglichkeiten lag. Natürlich brachte er nicht die Voraussetzungen für ein Leben im Dschungel mit, und die Vorsicht ließ es ihm angeraten erscheinen, persönlichen Zusammenstößen mit den wilderen Dschungelbewohnern besser aus dem Wege zu gehen, doch er jagte das harmlosere Getier mit Speer und Pfeil und übte ständig mit dem Graslasso, das Teil seiner Ausrüstung war.

Nun sah Flora Hawkes ihren ganzen, wohldurchdachten Plan zum Scheitern verurteilt. Sie zitterte am ganzen Leib, während sie die Männer am Feuer beobachtete, denn ihre Furcht vor Tarzan war sehr real, und so waren ihre Nerven vor Aufregung zum Zerreißen gespannt, als sie Kraski mit der Kaffeekanne in der einen und Tassen in der anderen Hand auf die Gruppe zugehen sah. Er setzte alles ein Stück hinter Tarzan auf die Erde, und als er die Tassen füllte, sah sie, wie er einen Teil des Inhalts jenes Fläschchens, das sie ihm gegeben hatte, in eine der Tassen goß. Kalter Schweiß trat ihr auf die Stirn, als Kraski die Tasse aufnahm und dem Affenmenschen reichte. Würde er sie nehmen? Würde er etwas ahnen? Wenn ja, welch schreckliche Strafe würden sie alle dann für ihre Freveltat zu gewärtigen haben? Sie sah, wie Kraski auch Peebles, Throck und Bluber eine Tasse reichte und mit der letzten in der Hand in den Kreis zurückkehrte. Als der Russe sie zum Mund führte und sich vor dem Affenmenschen höflich verbeugte, sah sie die fünf Männer trinken. Sie kam sich mit einemmal schwach und todmüde vor, wandte sich um, sank auf ihr Lager, vergrub ihr Gesicht in den Armen und zitterte am ganzen Leib. Draußen aber leerte Tarzan von den Affen seine Tasse bis zum letzten Tropfen.

Der Tod schleicht hinterdrein

Am Nachmittag des Tages, an dem Tarzan das Lager der Verschwörer entdeckt hatte, bemerkte ein Ausguck auf der zerfallenen Außenwand der zerstörten Stadt Opar eine Gruppe von Menschen, die vom Gipfel des die Stadt umgebenden Felsenriffs ins Tal hinunterstiegen. Tarzan, Jane Clayton und ihre schwarzen Waziris waren die einzigen Fremden, denen die Bewohner von Opar zu Lebzeiten der ältesten von ihnen je in ihrem Tal begegnet waren, und nur in halbvergessenen Legenden einer längst vergangenen Zeit gab es einen Hinweis, daß auch noch andere Fremde als diese Opar jemals besucht hatten. Dennoch war seit undenklichen Zeiten stets eine Wache auf dem Gipfel der äußeren Mauer belassen worden. Jetzt erinnerte ein einziges buckliges und verkrüppeltes, menschenähnliches Geschöpf an die zahllosen geschmeidigen Krieger des verlorengegangenen Atlantis. Denn während der langen Zeitalter war die Rasse degeneriert, und schließlich waren die Männer durch gelegentliche Paarung mit den großen Menschenaffen zu jenen tierähnlichen Wesen von Opar geworden. Durch einen seltsamen und unerklärlichen Eingriff der Natur beschränkte sich diese Degenerierung fast ausschließlich auf die Männchen und beließ die Frau geradegewachsen, wohlproportioniert und oft mit ansehnlichen, sogar schönen Gesichtszügen, ein Zustand, der weitestgehend der Tatsache zugeschrieben werden könnte, daß weibliche Säuglinge, die affenartige Merkmale trugen, fast sofort bei der Geburt getötet wurden, wie auch männliche Neugeborene mit rein menschlichen Merkmalen beseitigt wurden.

Für die männlichen Bewohner von Opar war der einsame Wächter auf der äußeren Stadtmauer in der Tat charakteristisch, nämlich ein kleiner, untersetzter Mann mit filzigen Haaren und Bart. Die wirren Lockensträhnen wuchsen tief aus der niedrigen, fliehenden Stirn. Die kleinen, engstehenden Augen und die raubtierähnlichen Zähne deuteten auf seine Abstammung von den

Affen, gleichermaßen die kurzen, gekrümmten Beine und die langen, muskulösen, affenartigen Arme, die wie auch der Rumpf spärlich behaart waren.

Als seine bösen, rotumrandeten Augen die kleine Gruppe durchs Tal auf Opar zumarschieren sahen, bezeugten sein schnelleres, stoßweises Atmen und das tiefe, fast unhörbare Knurren, das aus seiner Kehle stieg, wie aufgeregt er war. Die Fremden waren zu weit entfernt, als daß er sie als menschliche Wesen hätte identifizieren können, und ihre Zahl betrug grob geschätzt etwa zwei, drei Dutzend. Nachdem er sich über diese zwei Tatsachen Gewißheit verschafft hatte, stieg er von der äußeren Mauer herab, lief zur Innenmauer, durchquerte sie und eilte in schnellem Trab die dahinter liegende breite Straße entlang. Dann verschwand er in dem zerfallenen, aber noch immer eindrucksvollen Tempel auf der anderen Seite.

Cadj, der Hohepriester von Opar, hockte im Schatten der riesigen Bäume, die nun überwucherten, was einst einer der Gärten des alten Tempels gewesen war. Darin befanden sich zwei Dutzend Angehörige der niederen Priesterschaft, vertraute Duzfreunde des Hohepriesters, die durch das plötzliche Auftauchen eines der niedersten Mitglieder des Klans von Opar aufgeschreckt wurden. Der Bursche stürzte atemlos zu Cadj.

„Cadj, seltsame Männer steigen zu uns herab!“ rief er. „Sie sind von jenseits der Felsenklippen aus Nordwesten ins Tal gekommen – mindestens fünfzig, vielleicht auch halb so viele. Ich erspähte sie, als ich von den höchsten Zinnen der Außenmauer Ausguck hielt, aber mehr, als daß es Menschen sind, kann ich nicht sagen, denn sie sind noch ein großes Stück entfernt. Seit damals der große Tarmangani unter uns weilte, sind nie wieder Fremde in Opar gewesen.“

„Es ist schon viele Monde her, daß der große Tarmangani, der sich Tarzan von den Affen nannte, unter uns weilte“, sagte Cadj. „Er versprach, vor dem Regen zurückzukehren, um sich zu vergewissern, daß La kein Leid geschehen ist, aber er ist nicht gekommen, und La hat immer behauptet, daß er tot sei. Hast du schon jemand anderem erzählt, was du gesehen hast?“ fragte er, sich plötzlich an den Boten wendend.

„Nein“, erwiderte dieser.

„Gut!“ rief Cadj. „Kommt, wir wollen alle zur Außenmauer gehen und sehen, wer es wagt, in das verbotene Opar einzudringen. Niemand lasse auch nur ein Wort von dem verlauten, was Blagh uns erzählt hat, bis ich es gestatte."

„Das Wort von Cadj ist Gesetz, bis La spricht", murmelte einer der Priester.

Cadj blickte den Sprecher zornig an. „Ich bin Hohepriester von Opar", brummte er. „Wer wagt es, mir den Gehorsam zu verweigern?"

„Doch La ist Hohepriesterin", sagte einer, „und die Hohepriesterin ist die Königin von Opar."

„Aber der Hohepriester kann nach Belieben jemanden zum Opfer im Gemach des Totes oder des Flammengottes auswählen", erinnerte Cadj den anderen drohend.

„Wir werden Schweigen bewahren, Cadj", erwiderte der Priester eingeschüchtert.

„Gut", brummte der Hohepriester und ging ihnen voran aus dem Garten durch die Korridore des Tempels zurück zur Außenmauer von Opar. Von hier verfolgten sie die Annäherung der Gruppe, die sie jetzt weit draußen im Tal deutlich sehen konnten. Die Wächter beratschlagten in der tiefen, gutturalen Sprache der großen Affen, in die sie gelegentlich Wörter und Halbsätze eines seltsamen Dialekts einstreuten, zweifellos entstellte Formen der alten Sprache von Atlantis, wie sie ihnen von zahllosen Generationen ihrer menschlichen Vorfahren überliefert worden war, jener jetzt untergegangenen Rasse, deren Städte und Zivilisation tief unter den stürmischen Wogen des Atlantik begraben liegen, und deren Abenteurerlust sie in ferner Zeit veranlaßt hatte, auf der Suche nach Gold tief ins Innere von Afrika vorzustoßen und dort in Nachahmung ihrer weit entfernten Heimatstädte die herrliche Stadt Opar zu errichten.

Während Cadj und sein Gefolge unter tief herabhängenden, dichten Augenbrauen verfolgten, wie sich die Fremden angestrengt in der nun tiefer stehenden Äquatorsonne durch das trostlose Felsental mühten, beobachtete sie ein kleines, graues Äffchen aus dem Blattwerk eines der riesigen Bäume, die bei ihrem Wachstum das Pflaster der alten Straße hinter ihnen durchbrochen hatten. Es war ein ernster kleiner Kerl mit traurigem Gesicht, wie all seine Artgenossen jedoch zerfressen von Neugier, und das in einem Maße, daß seine Furcht vor den wilden Männern von Opar schließlich verdrängt wurde, er sich leichtfüßig vom Baum aufs Pflaster fallen ließ, durch die innere Mauer schlich und sich innerhalb der äußeren an einer Stelle im Rücken der Priester hinter einem der massiven Granitblöcke der zerfallenen Wand verbarg, wo er ziemlich sicher sein konnte, nicht entdeckt zu werden, die Gespräche der Oparier indes sehr gut mithören konnte, da diese zumeist in der Sprache der großen Affen geführt wurden, die er ausgezeichnet verstand.

Der Nachmittag ging schon zu Ende, ehe die sich langsam vorarbeitende Gruppe nahe genug war, daß man die Einzelnen einigermaßen erkennen konnte, und sofort rief einer der jüngeren Priester ganz aufgeregt:

„Er ist es, Cadj. Es ist der große Tarmangani, der sich Tarzan von den Affen nennt. Ich kann ihn deutlich sehen. Die anderen sind alles Schwarze. Er treibt sie an, stößt sie mit dem Speer vorwärts. Sie verhalten sich, als wären sie sehr verängstigt und müde, aber er treibt sie vorwärts."

„Bist du sicher, daß das Tarzan von den Affen ist?" fragte Cadj.

„Da bin ich ganz sicher", antwortete der Sprecher, und danach schloß sich auch ein anderer Priester der Ansicht an, daß dem so sei. Schließlich waren die Eindringlinge nahe genug, daß selbst Cadj, dessen Augen nicht so gut waren wie die der jüngeren Mitglieder der Gruppe, erkennen konnte, daß es sich in der Tat um Tarzan von den Affen handelte, der nach Opar zurückkehrte. Der Hohepriester runzelte düster die Brauen und überlegte. Dann wandte er sich an die anderen.

„Er darf nicht herein", sagte er. „Er darf Opar nicht betreten. Geht schnell und sammelt hundert Kämpfer. Wir werden ihnen entgegentreten, wenn sie durch die Außenmauer kommen, und sie einen nach dem anderen erschlagen."

„Aber La?" entgegnete derselbe, der bereits im Garten Cadj's Unwillen erregt hatte. „Ich kann mich genau erinnern, daß sie damals, vor vielen Monden, als Tarzan von den Affen sie vor den Stoßzähnen des tollwütigen Tantor gerettet hatte, ihm die Freundschaft von Opar anbot."

„Schweig", knurrte Cadj. „Er darf nicht herein. Wir werden alle erschlagen, denn wir brauchen ja gar nicht zu wissen, wer sie sind, bis es eben zu spät ist. Begreifst du? Und du sollst auch wissen: Jeder, der versucht, meine Absichten zu durchkreuzen, soll sterben –, und nicht als Opfer, sondern unter meinen Händen – aber sterben muß er. Hast du mich verstanden?“ Und er wies mit seinem schmutzigen Finger auf den zitternden Priester.

Manu, der kleine Affe, der all dies mit angehört hatte, barst förmlich vor Aufregung. Er kannte Tarzan von den Affen, wie alle umherstreifenden Affen weit und breit in Afrika ihn kannten – für sie war er ein Freund und Beschützer. Die Männchen von Opar waren für Manu hingegen weder Tier noch Mensch, noch Freund. Er kannte sie als grausame und unfreundliche Geschöpfe, die das Fleisch seiner Artgenossen aßen, und er haßte sie dementsprechend. Aus diesem Grund war er äußerst erregt über die Verschwörung, deren Erörterung er mit angehört hatte und die sich gegen das Leben des großen Tarmangani richtete. Er kratzte sich erst den kleinen, grauen Kopf, dann den Steiß und schließlich den Bauch, während er versuchte, geistig zu verdauen, was er gehört hatte, und aus den trüben Winkeln seines kleinen Gehirns einen Plan zutage zu fördern, wie er das Vorhaben der Priester vereiteln und Tarzan von den Affen retten konnte. Er schnitt dem ahnungslosen Cadj und seinem Gefolge groteske Grimassen, die diese jedoch in keiner Weise beunruhigten, weil ein riesiger Granitblock den kleinen Kerl vor ihnen verbarg. Das war wirklich das folgenschwerste Ereignis, das Manu in seinem bisherigen Leben mit ansah. Am liebsten wäre er auf und ab gesprungen und umhergetanzt, hätte gekreischt und geschnattert, um die verhaßten Oparier zu beschimpfen und ihnen zu drohen, aber etwas sagte ihm, daß dadurch überhaupt nichts erreicht würde, außer daß er vielleicht einen Regen von Granitgeschossen über sich heraufbeschwören würde, und die wußten die Priester nur zu zielsicher zu werfen. Nun war Manu kein tiefschürfender Denker, aber bei dieser Gelegenheit übertraf er sich selbst und brachte es fertig, seinen Verstand ganz auf das anstehende Problem zu konzentrieren, statt sich durch jedes fallende Blatt oder summende Insekt ablenken zu lassen. Er erlaubte einer fetten Raupe sogar, in seine Reichweite und ungestraft wieder davonzukriechen.

Kurz vor Einbruch der Dunkelheit sah Cadj eine kleine, graue Gestalt über den Zinnen der Außenmauer fünfzig Schritt von der Stelle entfernt verschwinden, wo er mit seinem Gefolge hockte und auf die Ankunft der Kriegsleute wartete. Affen traten in den Ruinen von Opar jedoch so zahlreich auf, daß das Ereignis fast ebenso schnell aus Cadj's Erinnerung wich, wie der Affe aus seinem Blickfeld verschwunden war, und in zunehmenden Dunkelheit konnte er nicht sehen, wie die kleine, graue Gestalt durch das Tal zu der Bande von Eindringlingen flitzte, die offensichtlich angehalten hatten, um etwa eine Meile von der Stadt entfernt am Fuße des großen Felsenkegels, der einsam aus dem Tal ragte, eine Rast einzulegen.

Der kleine Manu fürchtete sich sehr, so mutterseelenallein in der zunehmenden Dunkelheit, und flitzte ganz schnell mit hocherhobenen Schwanz weiter. Die ganze Zeit warf er ängstliche Blicke nach rechts und links. Als er den Bergkegel erreichte, kletterte er so schnell wie möglich auf seinen Gipfel. Es war wahrhaftig ein riesiger, steil aufragenden Granitfelsen mit fast senkrecht abfallenden Flanken, doch von Wind und Wetter genügend zerfurcht, um dem kleinen Manu einen leichten Aufstieg zu gewähren. Er hielt oben einen Augenblick inne, um Atem zu schöpfen und die Schläge seines kleinen, verängstigten Herzens zu beruhigen, dann umrundete er den Gipfel bis zu dem Punkt, wo er auf die Gruppe unter ihm hinabblicken konnte.

Dort befand sich in der Tat der große Tarmangani Tarzan in Begleitung von etwa fünfzig Gomangani. Letztere banden eine Anzahl langer, gerader Stangen zusammen, die sie in zwei parallelen Reihen auf den Boden gelegt hatte. In Abständen von einem Fuß oder mehr befestigten sie kleinere, gerade, etwa achtzehn Zoll lange Äste daran, so daß das Ganze eine grob zusammengezimmerte, aber haltbare Leiter ergab. Natürlich begriff Manu nicht den Zweck dieser Tätigkeit, auch wußte er nicht, daß Flora Hawkes' einfallsreiches Gehirn dieses Gerät ersonnen hatte, um den steil aufragenden Berg zu erklimmen, auf dessen Gipfel der äußere Eingang zu den Schatzgewölben von Opar lag. Manu hatte auch keine Ahnung, daß die Gruppe nicht beabsichtigte, in Opar einzurücken, so daß für sie keine Gefahr bestand, Opfer von Cadj's im Hinterhalt liegenden Mördern zu werden. Ihm erschien die Gefahr für Tarzan von den Affen sehr real, und so verlor er, kaum daß er wieder zu Atem gekommen war, keine Zeit, dem Freund seines Volkes eine Warnung zuzurufen.

„Tarzan", schrie er in der Sprache, die beiden vertraut war.

Der Weiße und die Schwarzen blickten beim Klang der schnatternden Stimme auf.

„Ich bin's, Manu", fuhr der kleine Affe fort. „Ich bin hergekommen, um dir zu sagen, du solltest nicht nach Opar gehen, Tarzan. Cadj und seine Leute warten hinter der Außenmauer, um dich zu ermorden."

Die Schwarzen sahen, daß der Urheber dieser Störung nur ein kleiner, grauer Affe war, und nahmen ihre Arbeit wieder auf, während der Weiße die Warnung gleichfalls ignorierte. Manu war nicht überrascht über das mangelnde Interesse der Schwarzen, denn er wußte, daß sie seine Sprache nicht verstehen konnten, doch war ihm unbegreiflich, warum Tarzan ihm keine Beachtung schenkte. Immer wieder rief er ihn mit Namen. Immer wieder kreischte er dem Affenmenschen seine Warnung zu, jedoch ohne eine Erwiderung oder einen Hinweis zu erhalten, daß er sie gehört und verstanden hatte. Das war Manu ein Rätsel. Was war geschehen, daß der große Tarmangani sich den Warnungen seinen alten Freundes gegenüber so gleichgültig verhielt?

Schließlich gab der kleine Affe seine Bemühungen auf und blickte sehnsüchtig zurück in Richtung der Bäume innerhalb der von der Mauer umgebenen Stadt Opar. Es war jetzt sehr dunkel und er zitterte bei dem Gedanken, das Tal wieder durchqueren zu müssen, wo seines Wissens nachts übelgesonnene Feinde umherstrichen. Er kratzte sich den Kopf und saß wimmernd mit angezogenen Knien, eine sehr verlorene und unglückliche kleine Figur von Affen. Wie unbehaglich er sich auf dem hohen Bergkegel jedoch auch fühlte, er war hier ziemlich sicher, deshalb beschloß er, die Nacht über lieber zu bleiben, als die schreckliche Rückkehr durch die Dunkelheit zu wagen. So beobachtete er, wie die Leiter vollendet und gegen die eine Flanke des Bergkegels gestellt wurde, wo endlich der Mond aufging und den Schauplatz beleuchtete. Er sah, wie Tarzan von den Affen seine Männer antrieb, die Leiter emporzusteigen. Noch nie hatte er ihn so grob und grausam mit den Schwarzen umgehen sehen, die ihn begleiteten. Wohl wußte er, wie hart der große Tarmangani mit einem Feind verfahren konnte, sei es Mensch oder Tier, doch hatte er nie erlebt, daß er Schwarze, die seine Freunde waren, so behandelte.

Offensichtlich widerstrebend stiegen die Schwarzen hintereinander die Leiter empor, durch den scharfen Speer des weißen Mannes ständig zu größerer Geschwindigkeit angestachelt.

Dieser folgte, nachdem alle den Gipfel erreicht hatten, und nun sah Manu sie anscheinend im Inneren des großen Felsens verschwinden.

Kurze Zeit später tauchten sie nacheinander wieder auf, und jeder trug zwei schwere Gegenstände, die Manu sehr an einige der kleineren Steinblöcke erinnerten, wie man sie zur Errichtung der Gebäude in Opar verwendet hatte. Er sah, wie sie die Blöcke an den Rand des Felsens trugen und über die Kante hinunterwarfen, und nachdem der letzte der Schwarzen mit seiner Ladung aufgetaucht war und sie ins Tal hinabgeworfen hatte, stieg die Gruppe hintereinander wieder die Leiter hinab. Diesmal ging Tarzan von den Affen jedoch voran. Dann ließen sie die Leiter herab, nahmen sie auseinander und legten die einzelnen Stücke am Fuß der Felsenklippe nieder. Nun hoben sie die Blöcke auf, die sie aus dem Inneren des Felsens geholt hatten, und folgten Tarzan, der die Führung übernommen hatte, auf gleichem Weg, wie sie gekommen waren, zurück zum Rand des Tales.

Manu wäre gewiß sehr erstaunt gewesen, wäre er ein Mensch gewesen, aber da er lediglich ein Affe war, sah er nur, was er ohne jeden Versuch, lange darüber nachzudenken, erkennen konnte. Er wußte, daß die Wege der Menschen zuweilen eigentümlich und oft unberechenbar waren. Zum Beispiel pflegten die Gomangani, die sich ohnedies nicht mit der Leichtigkeit anderer dort lebender Tiere durch Dschungel und Urwald bewegen konnten, sich zusätzlich noch mit Gewichten in Form von metallenen Fuß- und Armringen, Halsketten und Gürteln sowie mit den Fellen von Tieren zu belasten. Dies alles mußte die Schwierigkeit sich fortzubewegen doch nur noch erhöhen und das Leben noch beschwerlicher gestalten als jenes, dessen sich die Tiere in ihrer Ungebundenheit erfreuten. Wann immer Manu über diese Sache nachdachte, beglückwünschte er sich, daß er kein Mensch war – er bemitleidete diese törichten, unvernünftigen Geschöpfe.

Manu mußte geschlafen haben. Er glaubte, nur kurz einmal die Augen geschlossen zu haben, aber als er sie aufschlug, überzog der rosa Lichtschein der Morgendämmerung das verlassene Tal. Er konnte gerade noch sehen, wie die letzten Angehörigen von Tarzans Trupp hinter den Felsenklippen im Nordosten verschwanden, wo sie mit dem Abstieg von der Felsenbarriere begannen, dann wandte er sein Gesicht Opar zu und bereitete sich vor, von dem Felsenkegel abzusteigen und in die Sicherheit seiner Bäume innerhalb der Mauern von Opar zurückzuflitzen. Zuerst wollte er jedoch Umschau halten – Sheeta, der Panther, konnte noch zugange sein, und so wieselte er um die Kante des Felsenkegels zu einer Stelle, von wo er die gesamte Talsohle zwischen seinem Standort und Opar überblicken konnte. Und da sah er etwas, was ihn abermals in größte Aufregung versetzte. Denn von der zerfallenen Außenmauer von Opar kam eine große Kolonne von furchteinflößenden Männern anmarschiert – ein volles Hundert hätte er wohl zählen können, wäre er imstande gewesen zu zählen.

Ihr Ziel schien der Felsenkegel zu sein, deshalb setzte er sich hin und sah zu, wie sie näherkamen. Er hatte beschlossen, die Rückkehr in die Stadt zu verschieben, bis der Weg von den verhaßten Opariern frei war. Der Gedanke kam ihm, daß sie ihn vielleicht holen wollten, denn die Ich-Bezogenheit der niederen Lebewesen ist außergewöhnlich. Da er ein Affe war, erschien der Gedanke gar nicht so lächerlich, deshalb versteckte er sich hinter einem vorspringenden Felsen und lugte nur mit dem einen kleinen, scharfen Auge hervor, um den Feind zu beobachten. Er sah sie näherkommen und geriet in höchste Aufregung, obwohl er sich nicht fürchtete, denn er wußte: Sollten sie den Felsenkegel an der einen Seite erklimmen, würde er an der anderen absteigen und schon die halbe Strecke nach Opar zurückgelegt haben, ehe sie möglicherweise wieder herausfanden, wo er sich befand.

Sie kamen näher, hielten jedoch nicht am Felsenkegel an –, im Grunde kamen sie nicht einmal sehr nahe an ihn heran, sondern hielten sich abseits. Da erfaßte das kleine Gehirn des Affen die wahre Absicht ihres Marsches – Cadj und seine Leute verfolgten Tarzan von den Affen, um ihn zu ermorden. Manu schien vergessen zu haben, daß Tarzans Gleichgültigkeit ihn abends zuvor schwer gekränkt hatte, denn er war jetzt genauso aufgeregt über die dem Affenmenschen drohende Gefahr, wie er schon gestern nachmittag gewesen war. Zuerst dachte er daran, voraus zu laufen und Tarzan abermals zu warnen, aber er hatte Angst, sich zu weit von den Bäumen Opars zu entfernen, wenn schon der Gedanke, sich an den verhaßten Opariern vorbeistehlen zu müssen, nicht genügte, ihn an der Ausführung dieses Planes zu hindern. Er verweilte noch einige Minuten und beobachtete sie, bis alle an dem Felsenkegel vorbeimarschiert waren. Dann bestand keinerlei Zweifel mehr, daß sie genau auf die Stelle zumarschierten, wo der letzte von Tarzans Gruppe beim Abmarsch aus dem Tal verschwunden war – es lag klar auf der Hand, daß sie den Affenmenschen verfolgten.

Manu suchte noch einmal scharf das Tal in Richtung Opar ab. Es gab nichts, was ihn von dem Versuch abhalten konnte, dorthin zurückzukehren, und so flitzte er mit der Behendigkeit seiner Art die senkrecht abfallende Vorderseite des Felsenkegels hinunter und schoß mit großer Geschwindigkeit auf die Stadtmauer zu. Wann genau der Plan Gestalt annahm, dem er letztendlich folgte, ist schwer zu sagen. Vielleicht hatte er sich alles ausgedacht, als er oben auf dem Felsenkegel saß und Cadj und seine Leute der Spur des Affenmenschen folgen sah, vielleicht verfiel er jedoch auch darauf, während er durch das öde Tal Richtung Opar eilte. Es konnte ihm jedoch auch aus heiterem Himmel in den Sinn gekommen sein, als er seine Zufluchtsstätte im Blattwerk der Bäume wieder erreicht hatte. Wie immer es sein mochte, die Tatsache bleibt bestehen, daß zu dem Zeitpunkt, als La, Hohepriesterin und Prinzessin von Opar, in Begleitung von mehreren ihrer Priesterinnen in einem Teich in einem der Tempelgärten badete, sie von dem Geschrei eines Affen aufgeschreckt wurde, der mit dem Schwanz am Zweig eines großen, den Teich überspannenden Baumes hing und wild hin und her baumelte. Es war ein kleiner, grauer Kerl mit einem so klugen und ernsthaften Gesicht, daß man geneigt war zu glauben, das Schicksal von Nationen laste ständig auf den Schultern seines Besitzers.

„La, La, sie sind ausgezogen, um Tarzan zu töten“, rief er. „Sie sind ausgezogen, um Tarzan zu töten.“

Beim Klang dieses Namens war La sofort ganz Ohr. Sie stand bis zur Hüfte im Wasser und blickte fragend zu dem kleinen Affen auf. „Was meinst du damit, Manu?“ fragte sie. „Es ist viele Monde her, seit Tarzan in Opar weilte. Er ist jetzt nicht hier. Wovon redest du?“

„Ich habe ihn gesehen“, schrie Manu. „Ich sah ihn in der letzten Nacht mit vielen Gomangani. Er kam zu dem großen Felsen, der im Tal vor Opar liegt, kletterte mit all seinen Leuten auf dessen Spitze, drang in den Berg ein und kam mit Steinen zurück, die sie ins Tal hinunter warfen. Dann stiegen sie von dem Felsen herab, sammelten die Steine auf und verließen das Tal – dort", und Manu wies mit einem seiner behaarten kleinen Finger nach Nordwesten.

„Woher willst du wissen, daß es Tarzan von den Affen war?" fragte La.

„Sollte Manu seinen Vetter und Freund nicht kennen?" fragte der Affe. „Mit eigenen Augen habe ich ihn gesehen – es war Tarzan von den Affen."

La von Opar runzelte nachdenklich die Stirn. Tief in ihrem Herzen glomm noch immer das Feuer ihrer großen Liebe für Tarzan. Ein Feuer, das, seit sie den Affenmenschen das letzte Mal gesehen hatte, eingedämmt worden war durch die Notwendigkeit, in die Hochzeit mit Cadj einzuwilligen. Denn es steht geschrieben in den Gesetzen von Opar, daß die Hohepriesterin des Flammengottes binnen einer bestimmten Anzahl von Jahren nach ihrer Weihe einen Gatten nehmen muß. Viele Monate hatte sich La danach gesehnt, Tarzan zu ihrem Gatten zu erwählen. Der Affenmensch hatte sie nicht geliebt, und schließlich war sie zu der Erkenntnis gelangt, daß er sie niemals lieben konnte. Danach hatte sie sich in das schreckliche Schicksal gefügt, das sie in die Arme von Cadj geführt hatte.

Als ein Monat nach dem anderen verging, ohne daß Tarzan nach Opar zurückkehrte, wie er versprochen hatte, um sich zu überzeugen, daß ihr kein Leid geschehen war, hatte sie sich allmählich der Ansicht Cadjs angeschlossen, daß der Affenmensch tot war, und obwohl sie den widerlichen Cadj noch immer haßte, war ihre Liebe für Tarzan allmählich zu wenig mehr als einer traurigen Erinnerung verkümmert. Als sie nun erfuhr, er lebe und sei ihr so nahe, riß dies eine alte Wunde auf. Zuerst verstand sie nur, daß Tarzan ganz in der Nähe von Opar gewesen war, aber dann führte das Geschrei von Manu ihr vor Augen, daß der Affenmensch sich in Gefahr befand – in was für einer, wußte sie nicht.

„Wer ist ausgezogen, um ihn zu töten?" fragte sie plötzlich.

„Cadj, Cadj!" antwortete Manu. „Er ist mit vielen, vielen Männern unterwegs und verfolgt die Spur von Tarzan."

La stieg schnell aus dem Teich, entriß ihrer Dienerin den Gürtel und Schmuck, legte beides schnell an und eilte durch den Garten in den Tempel.

„Du mußt ihn opfern"

Vorsichtig stiegen Cadj und seine hundert schrecklichen, mit Keulen und Messern bewaffneten Krieger unbemerkt die Vorderseite der Felsbarriere ins Tal hinab, immer der Spur des Weißen und seiner schwarzen Gefährten folgend. Sie beeilten sich nicht sonderlich, denn sie hatten von den Zinnen der Außenmauer von Opar beobachtet, daß die Gruppe, der sie nachsetzten, sehr langsam vorwärts kam, doch warum, wußten sie nicht, weil die Entfernung zu groß gewesen war, um die Last zu erkennen, die jeder der Schwarzen trug. Auch lag es nicht in Cadj's Absicht, seine Opfer bei Tage einzuholen. Vielmehr sahen seine Pläne einen unverhofften nächtlichen Angriff vor, um den Überraschungseffekt auszunutzen. Angesichts der großen Zahl seines Gefolges konnten sie ein schlafendes Lager leicht in Verwirrung bringen und überwältigen.

Die Spur, der sie folgten, war gut zu erkennen. Ein Fehler war ausgeschlossen, und so bewegten sie sich langsam den nun weniger steilen Hang zur Talsohle hinab. Kurz vor Mittag mußten sie plötzlich halt machen, denn sie entdeckten auf einer Lichtung dicht vor ihnen eine erst kürzlich errichtete Umzäunung aus Dorngestrüpp. Dahinter stieg die dünne Rauchsäule eines erlöschenden Feuers auf. Hier befand sich also das Lager des Affenmenschen.

Cadj sammelte seine Krieger in der Deckung der dichten Büsche, die den Pfad säumten, und schickte einen Mann zur Erkundung voraus. Es dauerte nur wenige Augenblicke, da kehrte dieser mit der Nachricht zurück, das Lager sei verlassen. Abermals setzte sich Cadj mit seinen Männern in Marsch. Sie durchquerten das Lagerterrain und versuchten, die Stärke der Gruppe zu schätzen, die Tarzan begleitete. Während sie noch damit beschäftigt waren, sah Cadj am anderen Ende des Lagerplatzes etwas halb verborgen im Gebüsch liegen. Er näherte sich dem Objekt äußerst wachsam, denn von diesen verschwommenen Umrissen ging etwas aus, das nicht nur seine Neugier weckte, sondern ihn auch zur Vorsicht mahnte. Erinnerten sie doch undeutlich an die Gestalt eines Mannes, der zusammengehockt auf dem Boden lag.

Die Keulen zum Schlag erhoben, gingen ein Dutzend von ihnen zu der Figur, die Cadj's Neugier geweckt hatte, und als sie nahe genug heran waren, sahen sie vor sich die leblose Gestalt Tarzans von den Affen liegen.

„Der Flammengott hat die Hand ausgestreckt, um seinen entweihten Altar zu rächen", rief der Hohepriester, und seine Augen funkelten in einem wahnwitzigen Feuer des Fanatismus. Doch ein anderer Priester, der praktischer veranlagt oder zumindest vorsichtiger war, kniete neben der Gestalt des Affenmenschen nieder und drückte sein Ohr auf Tarzans Brust.

„Er ist nicht tot", flüsterte er. „Vielleicht schläft er nur."

„Dann ergreift ihn schnell", befahl Cadj, und einen Augenblick später war Tarzan über und über von den behaarten Gestalten so vieler schrecklicher Krieger bedeckt, wie auf ihm Platz hatten. Er leistete keinen Widerstand – er schlug nicht einmal die Augen auf, und kurz danach waren seine Arme zuverlässig auf seinem Rücken zusammengebunden.

„Schleppt ihn dorthin, wo das Auge des Flammengottes auf ihm ruhen kann", befahl Cadj. Sie schleiften Tarzan zum Mittelpunkt der Lagerfläche ins volle Sonnenlicht, und Cadj, der Hohepriester, zog das Messer aus seinem Lendentuch, hob es hoch über den Kopf und stand über der lang ausgestreckten Gestalt des ins Auge gefaßten Opfers. Seine Gefolgsleute bildeten einen Kreis um den Affenmenschen, und einige von ihnen schoben sich dicht hinter ihren Führer. Das Ganze schien ihnen nicht zu behagen, sie blickten bald auf Tarzan, bald auf den Hohepriester und schickten verstohlene Blicke zur Sonne, die hoch am leicht bewölkten Himmel stand. Aber welche Gedanken ihr halbwildes Gehirn auch immer beunruhigten, nur einer wagte, sie zu äußern, und das war derselbe Priester, der am Vortage Cadj's Vorschlag, den Affenmenschen zu ermorden, in Frage gestellt hatte.

„Wer bist du, Cadj, daß du dem Flammengott ein Opfer darbringen könntest?" sagte er jetzt. „Es ist das alleinige Vorrecht von La, unserer Hohepriesterin und Königin, und sie wird sehr zornig sein, wenn sie erfährt, was du getan hast."

„Schweig, Dooth!" rief Cadj. „Ich, Cadj, bin der Hohepriester von Opar. Ich, Cadj, bin der Gatte von La, der Königin. Auch mein Wort ist Gesetz in Opar. Und wenn du Priester und am Leben bleiben willst, dann schweig."

„Dein Wort ist nicht Gesetz", erwiderte Dooth zornig. „Und wenn du La, die Hohepriesterin, erzürnst, oder ihn, den Flammengott, dann kannst du wie jeder andere bestraft werden. Bringst du dieses Opfer dar, werden beide sehr ergrimmt sein."

„Genug", rief Cadj. „Der Flammengott hat zu mir gesprochen und verlangt, daß ich ihm diesen Tempelschänder zum Opfer darbringe."

Er kniete neben dem Affenmenschen nieder und setzte ihm die Spitze des scharfen Messers über dem Herzen auf die Brust. Dann hob er die Waffe in Vorbereitung auf den todbringenden Stoß hoch über den Kopf. In diesem Augenblick schob sich eine Wolke vor die Sonne, und ein Schatten legte sich über sie. Ein Murmeln entstand unter den umstehenden Priestern.

„Sieh hin, der Flammengott ist zornig", rief Dooth. „Er hat sein Antlitz vor dem Volk von Opar verhüllt."

Cadj hielt inne und warf einen halb trotzigen, halb erschrockenen Blick auf die Wolke, die die Sonne verdeckte. Dann stand er langsam auf, streckte die Arme in Richtung des verhüllten Gottes des Tages, verharrte schweigend einen Augenblick in anscheinend aufmerksamer und lauschender Haltung und wandte sich dann wieder seinen Gefolgsleuten zu.

„Priester von Opar, der Flammengott hat zu seinem Hohepriester Cadj gesprochen", rief er. „Er ist nicht erzürnt, aber er möchte mit mir allein reden, und er gebietet euch, sofort zurück in den Dschungel zu gehen und zu warten, bis er bei mir gewesen ist und zu mir gesprochen hat. Dann werde ich euch rufen, damit ihr zurückkommen könnt. Hebt euch davon!"

Die meisten schienen durchaus gewillt zu sein, Cadj's Worte als Gesetz anzuerkennen, aber Dooth und einige andere zögerten, wohl weil sie gewisse Zweifel hegten.

„Geht von hinnen!" befahl Cadj. Und die Gewohnheit, zu gehorchen, war so mächtig, daß die Zweifler sich schließlich abwandten und mit den anderen im Dschungel verschwanden. Ein tückisches Lächeln glitt über das grausame Gesicht des Hohepriesters, als der letzte von ihnen aus seinem Blickfeld verschwunden war, und nun wandte er seine Aufmerksamkeit wieder dem Affenmenschen zu. Tief in seinem Herzen hegte er jedoch eine ihm angeborene Furcht vor seiner Gottheit, und dies wurde durch die Tatsache bezeugt, daß er immer wieder fragende Blicke zum Himmel schickte. Er war entschlossen, den Affenmenschen zu ermorden, während Dooth und die anderen nicht zugegen waren, doch die Furcht vor dem Flammengott ließ ihn innehalten, bis dessen Schein wieder auf ihn fallen und ihm Gewißheit verschaffen würde, daß das beabsichtigte Vorhaben der Gottheit genehm sein würde.

Es war jedoch eine große Wolke, die die Sonne verdeckte, und während Cadj wartete, steigerte sich seine Nervosität. Sechsmal hob er das Messer zum unheilbringenden Stoß, doch jedesmal hinderte ihn sein Aberglaube daran, den Akt zu vollziehen. Fünf, zehn, fünfzehn Minuten verstrichen, und noch immer ließ sich die Sonne nicht blicken. Doch schließlich konnte Cadj erkennen, daß sie sich dem Rand der Wolke näherte. Abermals nahm er seine knieende Position neben dem Affenmenschen ein, das Messer für den Moment bereithaltend, da das Sonnenlicht wieder herabfluten und Tarzan das letzte Mal in seinem Leben bescheinen würde. Er sah ihren Schein langsam über die Umzäunung auf ihn zu kriechen, und während dieser Zeit trat ein dämonischer Haß in seine engstehenden, bösen Augen. Noch ein Augenblick, und der Flammengott würde das Siegel seiner Zustimmung auf das Opfer drücken. Cadj zitterte vor Erregung. Er hob das Messer ein wenig höher, die Muskeln gespannt für den Abwärtsstoß, aber da wurde die Stille des Dschungels durch eine Frauenstimme gebrochen, die fast zu einem Schrei anstieg.

„Cadj!“ ertönte es mit all der unerwarteten und überraschenden Wirkung eines Blitzes aus heiterem Himmel.

Das Messer noch immer hoch haltend, wandte sich der Hohepriester in die Richtung, aus der die Störung kam, und erblickte am Rand der Lichtung La, die Hohepriesterin, und hinter ihr Dooth und einige der niederen Priester.

„Was soll das bedeuten, Cadj?“ fragte La zornig und kam schnell über die Lichtung zu ihm. Der Hohepriester erhob sich finster.

„Der Flammengott hat das Leben dieses Ungläubigen gefordert“, sagte er.

„Was du da redest, ist eine Lüge“, erwiderte La. „Der Flammengott spricht nur durch die Lippen seiner Hohenpriesterin mit den Menschen. Schon zu oft hast du versucht, dem Willen deiner Königin zuwiderzuhandeln. Wisse denn, Cadj, daß die Macht über Leben und Tod, die deine Königin ausübt, auch auf dich anwendbar ist. In den unendlich langen Zeitaltern, die Opar zu ertragen hatte, erzählen uns unsere Legenden, daß mehr als ein Hohenpriester dem Flammengott auf dem Altar als Opfer dargebracht wurde. Und es ist gar nicht so unwahrscheinlich, daß noch ein anderer den Weg des Dünkelhaften geht. Zügle daher deine Eitelkeit und deine Machtgelüste, damit sie nicht deinen Untergang herbeiführen."

Cadj steckte sein Messer in die Scheide und wandte sich finster ab, nachdem er noch einen giftigen Blick auf Dooth geworfen hatte, dem er seine Niederlage offenkundig zuschrieb. Man sah deutlich, daß das Auftauchen seiner Königin ihn zeitweise außer Fassung gebracht hatte, aber diejenigen, die Cadj kannten, zweifelten keineswegs daran, daß er sich noch immer mit der Absicht trug, den Affenmenschen zu erledigen, und sobald sich eine Gelegenheit dafür bot, würde er dies tun, denn er hatte eine große Anhängerschaft unter dem Volk und den Priestern von Opar. Viele bezweifelten, daß La jemals wagen würde, das Mißfallen und die Verärgerung eines so bedeutenden Teils ihres Volkes zu erregen, wie der Tod oder die Erniedrigung ihres Hohenpriesters hervorrufen würde. Schließlich übte er dieses Amt kraft von Gesetzen und Gebräuchen aus, deren Ursprung aus ältester Zeit herrührte.

Jahrelang hatte sie eine Entschuldigung nach der anderen gefunden, um die Zeremonien zu verschieben, die sie durch Heirat mit dem Hohenpriester verbinden sollten. Sie hatte durch greifbare Beweise für ihre Zuneigung zu dem Affenmenschen auch die Feindschaft ihres Volkes hervorgerufen, und obwohl sie letztendlich gezwungen gewesen war, Cadj zum Gatten zu nehmen, hatte sie keinen Hehl aus ihrem Haß und Abscheu für diesen Mann gemacht. Wie weit sie ungestraft an dieser Einstellung festhalten konnte, war eine Frage, die vor allem jene bewegte, deren Position in Opar von ihrer Gunst abhing, und da Cadj alle diese Bedingungen sehr wohl kannte, war es nicht zu verwundern, wenn er gegenüber seiner Königin verräterische Gedanken hegte. Er hatte bei diesen Bestrebungen in Oah, einer Priesterin, die auf das Amt und die Würden von La erpicht war, eine Verbündete gefunden.

Konnte La beseitigt werden, so hätte Cadj Einfluß genug, um zu bewirken, daß Oah Hohepriesterin wurde. Er hatte ihr auch das Versprechen abgenommen, daß sie ihn dann zum Gatten erwählen und ihm erlauben würde, als König zu regieren. Vorläufig waren beide jedoch noch durch ihre abergläubische Furcht vor der flammenden Gottheit in ihrer Handlungsweise eingeschränkt, und diese Tatsache machte La's Leben zeitweilig sicher. Es bedurfte jedoch nur des geringsten Funkens, um die Flammen des Verrats auflodern zu lassen, die rings um sie glommen.

So weit war sie durchaus berechtigt, das Opfern von Tarzan durch den Hohenpriester zu untersagen. Aber ihr Schicksal, vielleicht ihr ganzes Leben hing jetzt davon ab, wie sie den Gefangenen fürderhin behandelte. Sollte sie ihn schonen, sollte sie in irgendeiner Weise zu erkennen geben, daß die große Liebe wieder aufgeflammt war, die sie einmal fast öffentlich eingestanden hatte, war es höchst wahrscheinlich, daß dies ihren Untergang besiegeln würde. Es stand völlig außer Frage, daß sie ihm niemals ungestraft das Leben schenken und ihn vielleicht gar freilassen konnte.

Cadj und die anderen beobachteten sie scharf, als sie jetzt an Tarzans Seite trat. Sie stand schweigend und blickte eine Weile auf ihn herab.

„Ist er schon tot?“ fragte sie.

„Als Cadj uns wegschickte, lebte er noch“, gab Dooth zu verstehen. „Wenn er jetzt tot ist, dann hat Cadj ihn getötet, während wir nicht zugegen waren.“

„Das habe ich nicht getan“, sagte Cadj. „Das bleibt allein La, unserer Königin, überlassen, wie sie dir ja auch gesagt hat. Die Augen des Flammengottes blicken auf dich herab, Hohepriesterin von Opar. Das Messer hängt an deinem Gürtel, das Opfer liegt vor dir.“

La überhörte die Worte des Mannes und wandte sich an Dooth. „Wenn er noch lebt, dann zimmert eine Trage und bringt ihn nach Opar zurück“, sagte sie.

So gelangte Tarzan von den Affen einmal mehr in die alte Kolonialstadt der Bewohner von Atlantis. Die Auswirkungen des Betäubungsmittels, das Kraski ihm verabreicht hatte, hielten noch viele Stunden an. Es war Nacht, als er die Augen aufschlug, und eine Zeitlang war er verwirrt durch die Dunkelheit und das Schweigen, das ihn umgab. Das einzige, was er zuerst nur riechen konnte, war, daß er auf einem Stapel von Fellen lag und unverletzt war, denn er spürte keinen Schmerz. Langsam dämmerte ihm durch den Nebel seines benommenen Gehirns die Erinnerung an den letzten Moment, ehe er bewußtlos geworden war, und sofort erriet er, auf welche Weise man ihm so übel mitgespielt hatte, denn er hatte nicht die geringste Ahnung, wie lange er schon ohne Besinnung war, und wo er sich damals befunden hatte. Langsam stellte er sich auf die Füße und entdeckte, daß er, von einer leichten Benommenheit abgesehen, noch immer er selbst war. Vorsichtig tappte er in der Dunkelheit umher, hielt eine Hand ausgestreckt und tastete den Boden sorgfältig nach einem sicheren Halt ab. Fast augenblicklich hinderte eine Mauer ihn am Weitergehen, und nachdem er ihr auf vier Seiten gefolgt war, erkannte er bald, daß er sich in einem kleinen Raum befand, aus dem es nur zwei Ausgänge gab in Gestalt von Türen an zwei gegenüberliegenden Wänden. Hier konnten ihm nur sein Tast- und sein Geruchssinn weiterhelfen. Beide sagten ihm zunächst lediglich, daß er in einer unterirdischen Kammer eingekerkert war, aber als die Auswirkungen des Betäubungsmittels geschwunden waren, erlangten seine Sinnesorgane ihre Schärfe wieder, und sein Gehirn vermittelte ihm auf einmal den beharrlichen Eindruck, daß gewisse Gerüche, die seine Sinne wahrnahmen, ihm in irgendeiner Weise vertraut waren – er hatte mit einemmal das unklare Empfinden, sie schon einmal unter ähnlichen Umständen kennengelernt zu haben. Im gleichen Augenblick drang von oben durch Erde und Mauerwerk der schwache Widerhall eines unheimlichen Schreies an sein Ohr –, es war fast nur eine schwache Andeutung, die das scharfe Gehör des Affenmenschen erreichte, aber sie genügte, um in seinem Kopf lebhafte Erinnerungen wachzurufen und ihm durch Gedankenverbindungen zu ermöglichen, die ihn umgebenden vertrauten Gerüche zu deuten. Er erkannte schließlich, daß er sich in der dunklen Grube unter Opar befand.

Über ihm warf sich La, die Hohepriesterin, in ihrer Kammer im Tempel schlaflos auf ihrer Lagerstatt hin und her. Sie kannte die Einstellung ihres Volkes und die verräterischen Absichten des Hohenpriesters Cadj zur Genüge. Sie kannte den religiösen Fanatismus, der ihre vertierten und unwissenden Anhänger oft zu wahnwitzigen Aktionen veranlaßte, und sie vermutete zu Recht, daß Cadj sie gegen sie aufhetzen würde, sollte sie auch diesmal unterlassen, den Affenmenschen dem Flammengott zu opfern. Ihre Bemühungen, einen Ausweg aus diesem Dilemma zu finden, hatten zu dieser Schlaflosigkeit geführt, denn sie konnte es einfach nicht über sich bringen, Tarzan von den Affen zu opfern. Obwohl sie Hohepriesterin eines schreckliches Kultes und Königin einer Rasse von Halbtieren war, war sie dennoch auch eine Frau, eine Frau, die einmal geliebt und diese Liebe dem gottgleichen Affenmenschen zugewandt hatte, der sich nun abermals in ihrer Macht befand. Schon zweimal war er ihrem Opfermesser entronnen. Im letzten Falle hatte die Liebe über Eifersucht und Fanatismus triumphiert, und La, die Frau, hatte erkannt, daß sie das Leben des Mannes, den sie liebte, nie wieder aufs Spiel setzen konnte, wie hoffnungslos ihre Liebe auch war, denn das wußte sie.

Heute nacht wurde sie nun mit einem Problem konfrontiert, welches zu lösen ihre Kräfte fast überstieg, wie sie spürte. Die Tatsache, daß sie Cadj als Gattin verbunden war, hatte die letzte Spur von Hoffnung getilgt, die sie je gehegt hatte, Frau des Affenmenschen zu werden. Sie war jedoch nicht weniger entschlossen, Tarzan zu retten, wenn es in ihren Kräften stand. Zweimal hatte er ihr das Leben gerettet, einmal angesichts des wahnsinnigen Priesters, das andere Mal gegenüber dem brünstigen Elefanten. Auch hatte sie ihm ihr Wort gegeben, ihm mit Freundschaft zu begegnen, sofern er wieder einmal in gleichfalls freundschaftlicher Absicht nach Opar kam. Doch Cadj's Einfluß war groß, und sie wußte, daß sich dieser Einfluß unablässig gegen den Affenmenschen richtete – sie hatte es in dem Augenblick, als ihr Gefolge Tarzan auf die Trage legte, um ihn zurück nach Opar zu tragen, am Verhalten der einzelnen erkannt. Und sie hatte die bösen Blicke gesehen, die man ihr zugeworfen hatte. Früher oder später würden sie wagen, sie öffentlich bloßzustellen. Das einzige, dessen sie dazu bedurften, war eine neuerliche, winzige Rechtfertigung, weshalb sie auch so begierig verfolgten, wie La sich Tarzan gegenüber verhielt. Es war lange nach Mitternacht, als eine der Priesterinnen, die stets vor ihrer Zimmertür Wache hielten, zu ihr kam.

„Dooth möchte gern mit dir sprechen“, wisperte das Mädchen.

„Es ist schon sehr spät, und Männern ist nicht erlaubt, diesen Teil des Tempels zu betreten“, entgegnete La. „Wie ist er hergekommen, und warum?“

„Er sagt, er komme im Dienst von La, die sich in großer Gefahr befinde“, antwortete das Mädchen.

„Dann bringe ihn her“, sagte La. „Doch wenn dir dein Leben wert ist, sagst du niemandem ein Wort davon.“

„Ich bin stumm wie die Steine des Altars“, erwiderte das Mädchen, als sie sich umwandte und das Zimmer verließ.

Einen Augenblick später kam sie mit Dooth zurück, der einige Fuß von der Hohenpriesterin entfernt stehenblieb und sie grüßte. La gab dem Mädchen ein Zeichen, sich zu entfernen, und blickte den Mann fragend an.

„Sprich, Dooth!“ befahl sie.

„Wir alle kennen La's Liebe zu dem seltsamen Affenmenschen, und es steht mir, einem niederen Priester, nicht zu, die Gedanken und Handlungen meiner Hohenpriesterin in Frage zu stellen. Meine Aufgabe ist es lediglich, zu dienen, wie auch diejenigen besser dienen sollten, die sich jetzt gegen dich verschwören.“

„Was meinst du damit, Dooth? Wer verschwört sich gegen mich?“

„Genau in dieser Minute sind Cadj und Oah sowie einige der Priester und Priesterinnen dabei, einen Plan zu deiner Beseitigung in die Tat umzusetzen. Sie stellen Spione auf, die dich beobachten, da sie wissen, daß du den Affenmenschen vielleicht befreist, denn es wird einer zu dir kommen und dir sagen: Wenn du ihn entkommen ließest, wäre dies die bequemste Lösung deines Problems. Cadj wird diesen Menschen zu dir schicken, und dann werden jene, die dich beobachten, dem Volk und den Priestern mitteilen, sie hätten gesehen, wie du das Opfer in die Freiheit führtest. Aber auch das wird dir wenig nützen, denn Cadj, Oah und die anderen haben auf dem Weg, der von Opar wegführt, viele Männer postiert, die über den Affenmenschen herfallen und ihn töten werden, noch ehe der Flammengott zweimal in den westlichen Wald getaucht ist. Du kannst dich nur auf eine Weise retten, La von Opar.“

„Und die wäre?“ fragte sie.

„Du mußt den Affenmenschen auf dem Altar unseres Tempels eigenhändig dem Flammengott opfern.“

Geheimnis der Vergangenheit

Am folgenden Morgen hatte La gerade gefrühstückt und Dooth mit Nahrung zu Tarzan geschickt, als eine junge Priesterin, die Schwester von Oah, zu ihr kam. Noch ehe das Mädchen den Mund auftat, wußte La, daß sie eine Abgesandte von Cadj war, und daß der Verrat, vor dem Dooth sie gewarnt hatte, bereits im Gange war. Das Mädchen fühlte sich gar nicht wohl in ihrer Haut und hatte ganz offensichtlich Angst, denn sie war jung und hegte große Hochachtung für die Königin, die allmächtig war, wie sie allen Grund hatte zu glauben, und die ihr sogar den Tod schicken konnte, falls sie es so wollte. La hatte sich bereits für eine bestimmte Vorgehensweise entschieden, die ihrer Ansicht nach für Cadj und die Verschwörer höchst peinlich sein würde, und wartete schweigend ab, was das Mädchen ihr zu sagen hatte. Es dauerte jedoch einige Zeit, währenddessen cs Mut faßte und nach geeigneten Worten suchte, um das Gespräch zu eröffnen. La, die Hohepriesterin, genoß das Mißbehagen der Abgesandten.

„Die Schwester von Oah kommt wahrlich nicht oft in die Gemächer ihrer Königin, es sei denn, sie wäre dazu aufgefordert. So freue ich mich zu sehen, daß sie endlich der Hohenpriesterin des Flammengottes ihre Aufwartung macht, wie es ihre Pflicht ist."

„Ich bin hier, um dir zu sagen, daß ich ein Gespräch mitgehört habe, das vielleicht von Interesse für dich ist. Auch bin ich ziemlich sicher, daß dir daran gelegen sein wird, davon zu hören", sagte das Mädchen schließlich, und es klang, als habe sie es auswendig gelernt.

„Meinst du?" fragte La und hob die Augenbrauen.

„Ich hörte Cadj mit den niederen Priestern reden", fuhr das Mädchen fort. „Soviel ich verstanden habe, sagte er, er wäre von Herzen froh, wenn der Affenmensch flüchten würde, da dies dir und auch ihm viele Peinlichkeiten ersparen würden. Da sagte ich mir, daß La, die Königin, sich freuen würde, dies zu erfahren, denn wir alle wissen, daß sie dem Affenmenschen die Freundschaft versprochen hat und ihn deshalb gewiß nicht auf dem Altar des Flammengottes opfern möchte."

„Ich bin mir meiner Pflichten voll bewußt, und ich brauche weder Cadj noch irgendein Dienstmädchen, um sie mir zu erläutern", erwiderte La in hochmütigem Ton. „Auch kenne ich die Privilegien einer Hohenpriesterin zur Genüge, und das Recht, zu opfern, ist eines davon. Deshalb habe ich Cadj auch daran gehindert, den Fremden zu opfern. Keine andere Hand außer der meinen darf sein Herzblut dem Flammengott darbringen, und am dritten Tag wird er auf dem Altar unseres Tempels unter meinem Messer sterben."

Die Wirkung dieser Worte auf das Mädchen war genau so, wie La vorhergesehen hatte. Sie las Enttäuschung und Ärger auf dem Gesicht von Cadj's Abgesandter, die nun um eine Antwort verlegen war, denn ihre Anweisungen hatten diese Einstellung von La nicht vorhergesehen. Das Mädchen trachtete sofort, sich unter einem leicht durchschaubaren Vorwand zurückzuziehen, und als sie La verlassen hatte, konnte die sich eines Lächeln kaum erwehren. Sie hatte nicht die Absicht, Tarzan zu opfern, aber das wußte Oahs Schwester natürlich nicht. So kehrte diese zu Cadj zurück und wiederholte so genau wie möglich, was La ihr gesagt hatte. Der Hohepriester war sehr ergrimmt, denn seine Absicht war weniger gewesen, Tarzans Tod zu erwirken, als vielmehr La dazu zu bringen, etwas zu tun, das ihr den Zorn der Priester und des Volkes von Opar einbringen würde, welches, wenn richtig beeinflußt, als Sühneleistung La's Hinrichtung verlangen würde. Oah war zugegen, als ihre Schwester zurückkehrte, und biß sich auf die Lippen, denn ihre Enttäuschung war groß. Nie zuvor hatte sie sich ihrem langersehnten Ziel, Hohepriesterin zu werden, so nahe gesehen. Tief in Gedanken versunken ging sie einige Minuten auf und ab, dann blieb sie plötzlich vor Cadj stehen.

„La liebt diesen Affenmenschen, und selbst wenn sie ihn opfern sollte, geschähe dies nur aus Furcht vor ihrem Volk", sagte sie. „Sie liebt ihn noch immer –, liebt ihn mehr, als sie jemals dich geliebt hat, Cadj. Der Affenmensch weiß es und vertraut ihr, und weil er es weiß, gibt es einen bestimmten Weg. Hör zu, was Oah dir sagt, Cadj. Wir werden ein Mädchen zum Affenmenschen schicken, das ihm sagen soll, sie komme von La, und diese habe ihr aufgetragen, ihn aus Opar herauszuführen und freizulassen.

Sie wird ihn dann in unseren Hinterhalt führen, und wenn er getötet ist, werden wir oder viele von uns vor La treten und sie des Verrats anklagen. Diejenige, die den Affenmenschen aus Opar herausgeleitet hat, wird sagen, La habe es ihr befohlen, dann werden die Priester und das Volk sehr zornig sein, und du wirst das Leben von La fordern. Das ist alles sehr einfach zu bewerkstelligen, und wir können uns beide mit einemmal vom Hals schaffen."

„Gut!" rief Cadj. „Das werden wir morgen in aller Frühe tun, und noch ehe der Flammengott sich dann am Abend zur Ruhe legt, wird er auf eine neue Hohepriesterin in Opar blicken."

In der Nacht wurde Tarzan durch ein Geräusch an einer Türen zu seiner Gefängniszelle aus dem Schlaf gerissen. Er hörte, wie der Riegel zurückgeschoben wurde und die Tür, in den alten Angeln knarrend, sich langsam spaltbreit öffnete. In der pechschwarzen Finsternis konnte er nicht erkennen, wer dies tat, aber er hörte von Sandalen gedämpfte leise Schritte auf dem Steinfußboden, dann flüsterte eine Frauenstimme in der Dunkelheit seinen Namen.

„Ich bin hier", antwortete er. „Wer bist du, und was willst du von mir?"

„Dein Leben ist in Gefahr", erwiderte die Stimme. „Komm, folge mir."

„Wer hat dich geschickt?" fragte der Affenmensch, während seine empfindsamen Geruchsnerven bemüht waren, herauszufinden, wer dieser nächtliche Besucher war, doch die Luft war dermaßen vom aufdringlichen Duft eines schweren Parfüms geschwängert, mit dem die Frau ihren Körper offensichtlich eingerieben hatte, daß er kein Unterscheidungsmerkmal riechen konnte, woran sich erkennen ließ, ob dies eine der Priesterinnen war, die er gelegentlich seiner früheren Besuche von Opar kennengelernt hatte, oder eine ihm völlig fremde Frau.

„La schickt mich, um dich aus den Gruben von Opar in die Freiheit der Außenwelt jenseits der Stadtmauern zu führen", sagte sie. Sie tastete in der Dunkelheit nach ihm. „Hier sind deine Waffen", sagte sie und gab sie ihm. Dann nahm sie seine Hand, wandte sich um und führte ihn aus dem Verließ durch einen langen, gewundenen und ebenfalls pechschwarzen Korridor, über unzählige, jahrhundertealte Steinstufen und durch Gänge und Korridore, wobei sie immer wieder Türen öffnete und schloß, deren rostige Angeln knirschten und stöhnten. Wie weit sie gingen und in welcher Richtung, konnte Tarzan nicht erkennen. Er hatte, als Dooth ihm das Essen brachte, genug aus ihm herausbekommen, um zu der Ansicht zu neigen, daß er in La eine Freundin besaß, die ihm helfen würde, denn Dooth hatte ihm berichtet, wie sie ihn vor Cadj gerettet hatte, als dieser ihn bewußtlos in dem verlassenen Lager der Europäer entdeckt hatte, die ihn erst betäubt und dann liegengelassen hatten. Deshalb folgte er jetzt der Frau auch bereitwillig, da diese gesagt hatte, sie komme von La. Allerdings mußte er an Janes Prophezeiung von dem Unheil denken, das er hier zu gewärtigen habe, sollte er darauf bestehen, diese dritte Reise nach Opar zu unternehmen, und er fragte sich nach allem, ob sie nicht recht gehabt hatte und er den Fallstricken der fanatischen Priester des Flammengottes nicht mehr werde entrinnen können. Natürlich hatte er nicht damit gerechnet, nach Opar hineinzukommen, doch über dieser verwünschten Stadt schien ein Wache haltender Dämon zu hängen, der das Leben jedes einzelnen bedrohte, welcher sich erkühnte, sich dem verbotenen Ort zu nähern oder den vergessenen Schatzgewölben einen Teil ihres unerhörten Reichtums zu rauben.

Über eine Stunde führte ihn seine Begleiterin durch die pechschwarze Finsternis der unterirdischen Gänge, bis sie schließlich eine Treppenflucht emporstiegen, die an der Oberfläche in einem Gebüsch endete. Die einzelnen Sträucher waren im fahlen Mondlicht kaum zu erkennen. Dennoch sagte ihm die frische Luft, daß sie sich im Freien befanden, und nun folgte die Frau, die seit dem Moment, da sie ihn aus seiner Zelle geführt hatte, kein einziges Wort gesprochen hatte, einem gewundenen Pfad, der in verwirrender Weise durch das dichte Unterholz eines großen Waldes führte, bald dahin, bald dorthin abbog und ständig anstieg.

Aus der Position der Sterne und des Mondes und aus dem Ansteigen des Weges schlußfolgerte Tarzan, daß er in die Berge geführt wurde, die hinter Opar lagen –, eine Gegend, die aufzusuchen ihm nie eingefallen wäre, da das Land hier rauh und abweisend wirkte und höchstwahrscheinlich auch nicht das Wild beherbergte, das er am liebsten jagte. Schon der Charakter der Vegetation verblüffte ihn einigermaßen, denn er hatte geglaubt, die Berge seien kaum bewachsen, sah man von einigen verkrüppelten Bäumen und wirrem Buschwerk ab. Während sie ihren

Weg fortsetzten und weiter bergan kletterten, stieg der Mond am Himmel immer höher, bis sein sanfter Lichtschein den scharfen Augen des Affenmenschen die Topographie des Landes, das sie durchquerten, immer deutlicher enthüllte. Da entdeckte er, daß sie eine schmale, dicht bewaldete Schlucht emporstiegen, und er begriff, warum die üppige Vegetation aus der Ebene vor Opar nicht zu erkennen gewesen war. Von Natur aus nicht sonderlich redselig, empfand er das Schweigen der Frau als nicht besonders auffällig. Hätte er etwas zu sagen gehabt, so hätte er gesprochen. Gleichermaßen glaubte er, daß für sie keine Notwendigkeit bestand, etwas zu sagen, solange keine Veranlassung zum Reden bestand, denn diejenigen, die weit und schnell marschieren, sind nicht interessiert, ihre Atemluft für Gespräche zu vergeuden.

Die Sterne im Osten verblaßten allmählich bei den ersten Anzeichen der anbrechenden Morgendämmerung, als die beiden einen steilen Hang erklommen, der den oberen Rand der Schlucht bezeichnete, und auf relativ ebenes Gelände kamen. Während sie weitermarschierten, erhellte sich der Himmel. Da machte die Frau am Rand einer abschüssigen Stelle halt, und als der Tag anbrach, sah Tarzan unter sich hier im Herzen der Berge eine bewaldete Senke, und durch die Bäume glaubte er in etwa zwei oder drei Meilen Entfernung die Umrisse eines Gebäudes zu erkennen, das im Lichtschein der neuen Sonne glänzte und funkelte. Er wandte sich um und blickte seine Begleiterin an. Überraschung und Verwirrung standen ihm deutlich im Gesicht geschrieben, denn er hatte niemanden anders denn La vor sich, die Hohepriesterin von Opar.

„Du?“ rief er. „Nun hat Cadj freilich den Vorwand, den er nach Dooths Angaben so verzweifelt suchte, um dich aus dem Weg zu räumen.“

„Dazu wird er nie Gelegenheit haben“, erklärte La. „Ich werde nämlich nicht mehr nach Opar zurückkehren.“

„Du willst nicht mehr nach Opar zurück!“ rief er wieder. „Wohin willst du dann gehen? Wohin kannst du gehen?“

„Ich gehe mit dir“, erwiderte sie. „Ich verlange nicht, daß du mich liebst. Ich bitte dich nur, mich von Opar und den Feinden wegzubringen, die mich töten würden. Es gab keinen anderen Weg. Manu, der Affe, hatte gehört, wie sie sich verschworen, kam zu mir und berichtete mir über alles, was sie tun wollten. Ob ich dich rettete oder opferte, es kam für mich auf dasselbe heraus. Sie waren entschlossen, mich zu beseitigen, damit Oah Hohepriesterin und Cadj König von Opar würden. Doch ich hätte dich unter keinen Umständen opfern können, Tarzan, deshalb erschien mir das als der einzige Weg, wodurch wir beide gerettet würden. Wir dürfen nicht nach Norden oder Westen durch die Ebene von Opar gehen, denn dort hat Cadj Krieger in den Hinterhalt gelegt, um dir aufzulauern, und obwohl du Tarzan und ein mächtiger Kämpfer bist, würden sie dich allein durch ihre Anzahl überwältigen und töten."

„Aber wohin führst du mich?" fragte Tarzan.

„Ich habe mich für das geringere von zwei Übeln entschieden. In dieser Richtung liegt ein unbekanntes Land, für uns Oparier erfüllt von Legenden über grimmige Ungeheuer und seltsame Leute. Noch nie hat sich ein Oparier dorthin gewagt und ist nach Opar zurückgekehrt. Doch wenn es auf der ganzen Welt ein Wesen gibt, welches dieses unbekannte Tal durchqueren könnte, dann bist du es, Tarzan von den Affen."

„Aber wenn du nichts von diesem Land oder seinen Bewohnern weißt, wieso kennst du den Weg dann so genau, der dorthin führt?"

„Wir kennen ihn nur bis zum Gipfel, so weit bin ich schon einmal gewesen. Die großen Affen und die Löwen benutzen ihn, wenn sie nach Opar herunterkommen. Die Löwen können uns natürlich nicht sagen, wohin er führt, und die großen Affen werden es auch nicht tun, da wir uns gewöhnlich mit ihnen im Krieg befinden. Sie kommen über diesen Weg nach Opar hinunter, um unsere Leute zu stehlen, und wir erwarten sie dort, um sie zu fangen, denn wir bringen dem Flammengott oft einen großen Affen als Opfer dar, wenigstens war das früher bei uns so Sitte, denn seit vielen Jahren sind sie nun schon zu vorsichtig für uns, hat sich das Blatt gewendet, und wir erleiden Verluste, wobei ich nicht recht weiß, zu welchem Zweck sie unsere Leute stehlen, es sei denn, daß sie sie verzehren. Es ist eine sehr kraftvolle Rasse, sie stehen über Bolgani, dem Gorilla, und sind auch unendlich verschlagener, denn ebenso wie Affenblut in unseren Adern fließt, haben sie menschliches in den ihren. Und diese großen Affen leben in dem Tal über Opar."

„Warum müssen wir dann unbedingt dort hindurch, um aus Opar zu fliehen? Es muß doch noch einen anderen Weg geben."

„Leider nicht, Tarzan von den Affen“, erwiderte sie. „Die großen Straßen durch das Tal werden alle von Cadj’s Leuten bewacht. Unsere einzige Möglichkeit, zu fliehen, liegt in dieser Richtung, und ich habe dich auf dem einzigen Weg hergebracht, der die steilen Felsenklippen durchstößt, die Opar von Süden her schützen. Um eine Möglichkeit zu finden, über diesen Berg und auf der anderen Seite hinunter zu gelangen, müssen wir dieses Tal durchqueren oder umgehen.“

Der Affenmensch blickte in die bewaldete Senke unter ihnen und war ganz mit den augenblicklichen Problemen beschäftigt. Wäre er allein gewesen, so wäre er nicht diesen Weg gekommen, da er genügend Vertrauen in die eigene Gewandtheit hatte, um überzeugt zu sein, daß er das Tal von Opar leicht und verhältnismäßig sicher hätte durchqueren können, ungeachtet der Pläne von Cadj, die das verhindern sollten. Aber er war nicht allein, er hatte jetzt an La zu denken, und er erkannte, daß sie ihn durch ihre Bemühungen, ihn zu retten, moralisch verpflichtet hatte, anders vorzugehen, als er es sonst getan hätte.

Die Senke zu umgehen und sich dabei möglichst fern von dem Gebäude zu halten, das er in der Ferne sehen konnte, schien das Klügste zu sein, das sie unternehmen konnten, da sein einziges Ziel natürlich darin bestand, einen Weg über den Berg und aus diesem ungastlichen Land zu finden. Die wenigen Eindrücke, die er von dem Bauwerk erhaschen konnte, da es vom Blattwerk der großen Bäume halb verborgen wurde, erregten jedoch seine Neugier in einem Maße, daß er einen fast unwiderstehlichen Drang verspürte, es zu erforschen. Er konnte sich nicht vorstellen, daß die Senke von anderen Wesen als den wilden Tieren bewohnt war, und so betrachtete er das Gebäude, das er dort sah, als Werk eines untergegangenen oder abgewanderten Volkes, das entweder zur gleichen Zeit wie die alten Bewohner von Atlantis gelebt hatte, die Opar errichtet hatten, oder den ursprünglichen Opariern zuzurechnen war, die bei ihren Nachkommen in Vergessenheit geraten waren. Das wenige, was er von dem Gebäude sah, deutete auf eine derartige Größe und Pracht, daß schon von einem Palast die Rede sein konnte.

Der Affenmensch kannte keine Furcht, obwohl er in vernünftigem Maße auch jene Vorsicht besaß, die allen wilden Tieren eigen ist. Er hätte nicht gezögert, seinen Scharfsinn und seine

Gewandtheit mit denen von Geschöpfen niederer Gattung zu messen, wie wild sie auch sein mochten, denn im Gegensatz zu dem Menschen konnten sie sich nicht zusammentun, um ihn zu vernichten. Aber wenn Menschen es für gut befanden, ihn in großer Zahl zu verfolgen, dann bestand für ihn eine wirkliche Gefahr, das war ihm klar, denn angesichts ihrer vereinten Stärke und Intelligenz konnte er, auf sich allein gestellt, wenig ausrichten. Dennoch bestand seiner Ansicht nach nur eine geringe Wahrscheinlichkeit, daß die Senke von Menschenwesen bewohnt war. Zweifellos würde eine genauere Untersuchung des Gebäudes, das er dort sah, zu dem Ergebnis führen, daß es sich nur um eine verlassene Ruine handelte, und die schlimmsten Feinde, denen er dort begegnen würde, waren gewiß die großen Affen und die Löwen. Beide flößten ihm keine Furcht ein. Es war durchaus denkbar, daß es ihm gelang, mit ersteren freundschaftliche Beziehungen herzustellen. In der festen Überzeugung, auf der gegenüberliegenden Seite einen Ausgang aus der Senke zu finden, sah er es als völlig natürlich an, den geradesten Weg durch die Niederung zu wählen. Deshalb wurde sein Wunsch, das Tal zu erkunden, auch durch die Erwägung gefördert, schneller und bequemer vorwärtszukommen.

„Komm", sagte er zu La und begann, den Hang, der in die Senke führte, in Richtung des Gebäudes vor ihnen hinabzusteigen.

„Du willst doch nicht dorthin?" fragte sie verwundert.

„Warum nicht?" antwortete er. „Es ist der kürzeste Weg durchs Tal, und so weit ich es beurteilen kann, müssen wir bei Überquerung der Berge mit größerer Wahrscheinlichkeit in diese Richtung als in eine andere."

„Ich fürchte mich aber", sagte sie. „Der Flammengott allein weiß, welche schrecklichen Gefahren in den Tiefen des Waldes dort unter uns lauern."

„Höchstens Numa und die Mangani", antwortete er. „Und vor denen brauchen wir uns nicht zu fürchten."

„Du fürchtest dich nicht, aber ich bin nur eine Frau", sagte sie.

„Wir können nur einmal sterben, und jenes eine Mal müssen wir es dann auch", erwiderte Tarzan. „Sich ständig zu ängstigen, würde dies jedoch nicht abwenden, das Leben indes erbärmlich machen. Deshalb wählen wir den kurzen Weg, und vielleicht sehen wir genug, so daß sich das Wagnis lohnt."

Sie folgten einem gut ausgetretenen Pfad nach unten ins Gebüsch, wobei die Bäume zusehends größer wurden und dichter standen, während sie sich der Talsohle näherten, bis sie schließlich unter dem dichten Laubdach eines großes Waldes dahinschritten. Der hier unten wehende schwache Wind kam von hinten, und obwohl der Affenmensch munter ausschritt, war er doch ständig auf der Hut. Auf der festgebackenen Erde des Weges deuteten nur wenige Anzeichen auf die Gattung der Tiere, die hier entlanggegangen waren, doch hier und da war die Spur eines Löwen deutlich zu erkennen. Tarzan hielt einige Male inne und lauschte. Oft hob er den Kopf, und seine empfindsamen Geruchsnerven suchten nach einer Witterung, die die sie umgebende Luft vielleicht herbeitrug.

„Ich glaube, in diesem Tal befinden sich Menschen", sagte er plötzlich. „Seit geraumer Zeit schon bin ich mir ziemlich sicher, daß wir beobachtet werden. Aber wer immer uns verfolgt, er ist unglaublich schlau, denn ich kann nur äußerst schwache Spuren einer fremden Witterung erfassen."

La schaute sich besorgt um und hielt sich dichter bei ihm. „Ich sehe niemanden", raunte sie leise.

„Ich auch nicht", erwiderte er. „Auch kann ich keine eindeutig bestimmbare Witterung aufnehmen, dennoch bin ich überzeugt, daß uns jemand folgt. Irgendein Wesen, das sich nach dem Geruch orientiert und geschickt genug ist, die eigene Witterung vor uns zu verbergen. Höchstwahrscheinlich bewegt es sich durch die Bäume vorwärts, also genügend hoch, um seine Witterung über uns zu belassen. Die Luft eignet sich dafür, und selbst wenn der Wind aus der Richtung dieses Verfolgers wehen würde, könnten wir seinen Geruch nicht erfassen. Warte hier, ich will mich vergewissern." Damit schwang er sich behend in die Zweige eines nahen Baumes und kletterte mit der Gewandtheit von Manu, dem Affen, weiter nach oben. Einen Augenblick später befand er sich wieder bei dem Mädchen.

„Ich hatte recht, dort ist jemand oder etwas, gar nicht weit weg. Aber ob es ein Mensch ist oder ein Mangani, kann ich nicht sagen, denn der Geruch ist mir fremd und deutet weder auf den einen, noch auf den anderen, vielmehr auf beide zugleich. Aber dieses Spiel können auch andere spielen. Komm!" Damit legte er sich das Mädchen auf die Schulter und trug sie einen Augenblick später hoch hinauf in die Wipfel. „Wenn er nicht nahe genug ist, um uns zu beobachten, was ich bezweifle, dann wird jetzt unsere Witterung über ihn hingweggetragen, und es wird einige Zeit dauern, ehe er sie wieder aufnehmen kann, es sei denn, er ist schlau genug, sich in größere Höhe zu begeben."

La staunte über die Körperkraft des Affenmenschen, der sie mühelos von Baum zu Baum trug, und über die Geschwindigkeit, mit der er sich durch die schwankenden, belaubten Wipfel vorwärts bewegte. Eine halbe Stunde strebte er voran, dann hielt er plötzlich hoch oben auf einem schwankenden Ast inne.

„Sieh dort!" sagte er und wies nach vorn und unter sie. Sie blickte in die Richtung, in der er zeigte, und sah durch das dichte Blattwerk ein kleines, von dicken Palisaden umgebenes Lager, in welchem sich einige Dutzend Hütten befanden, die im Nu ihre Verblüffung und Aufmerksamkeit erregten, während die Neugier des Affenmenschen mehr noch durch eine Erscheinung angestachelt wurde, die er durch das Laub nur undeutlich verfolgen konnte. Es waren ganz offensichtlich Hütten, aber sie schienen sich in der Luft hin und her zu bewegen, die einen sanft rückwärts und vorwärts, andere hüpften hingegen in mehr oder weniger heftiger Erregung auf und ab. Tarzan schwang sich auf einen näherstehenden Baum und stieg zu einem dicken Ast herab, auf dem er La von seiner Schulter gleiten ließ. Nun stahl er sich behutsam weiter nach vorn, während das Mädchen ihm folgte, denn sie war ähnlich den anderen Opariern auch ein wenig an das Leben auf Bäumen gewöhnt. Bald erreichten sie einen Punkt, von dem aus sie das Dorf unter sich deutlich überblicken konnten, und im Nu war das scheinbare Geheimnis der tanzenden Hütten gelüftet.

Sie ähnelten Bienenkörben, wie sie bei vielen afrikanischen Stämmen in Gebrauch sind. Ihr Durchmesser betrug etwa sieben Fuß, die Höhe sechs oder sieben, doch statt auf dem Erdboden zu stehen, war jede Hütte durch eine dicke, tauartige Grastrosse am Ast eines der vielen riesigen Bäume befestigt, die innerhalb der Palisaden wuchsen. Vom Mittelpunkt des Bodens jeder Hütte hing ein weiteres, dünneres Tau herab. Aus seinem Versteck über den Behausungen konnte Tarzan in keiner der Hütten eine Öffnung entdecken, die groß genug gewesen wäre, um den Körper eines Menschen durchzulassen, obwohl jede Hütte an der Seite etwa drei Fuß über dem Boden einige vier oder fünf Zoll breite

Öffnungen aufwies. Mehrere Bewohner des Dorfes – sofern die geringe Zahl hin und her schwingender Häuser die Bezeichnung Dorf verdiente – standen innerhalb der Palisaden auf dem Boden. Auch diese Leute erschienen Tarzan nicht weniger seltsam als ihre eigentümlichen Wohnstätten. Daß es sich um Neger handelte, war offensichtlich, doch einen solchen Typ hatte der Affenmensch noch nie gesehen. Alle waren nackt und trugen keinerlei Schmuck außer einigen grob aufgetragenen Farbklecksen, die offensichtlich aufs Geratewohl auf der Haut verteilt waren. Sie waren groß und wirkten sehr muskulös, obwohl ihre Beine für eine vollkommene Symmetrie viel zu kurz und die Arme zu lang waren, während ihre Gesichter in den Konturen fast tierisch wirkten, die Kinnbacken übertrieben hervorstanden und über den borstigen Brauen keine Stirn zu erkennen war. Die Schädel stellten vielmehr eine fast horizontale Fläche dar.

Während Tarzan dies alles erfaßte, sah er einen anderen Bewohner an einem der Seile, die am Boden jeder Hütte hingen, herabrutschen, und nun verstand er den Zweck der Taue und die seltsame Anordnung der Eingänge in die Behausungen. Die Geschöpfe, die dort am Boden hockten, waren gerade beim Fressen. Einige hielten Knochen, von denen sie mit ihren großen Zähnen das rohe Fleisch abrissen, während andere Früchte und Wurzelknollen verzehrten. Es waren Wesen beiderlei Geschlechts und verschiedenen Alters, Kinder und Erwachsene, doch niemand schien sehr alt zu sein. Alle waren praktisch unbehaart, sieht man von den filzigen, rötlichbraunen Locken auf ihren Köpfen ab. Sie sprachen nur selten und dann in Tönen, die an das Knurren von Tieren erinnerten, auch sah Tarzan, während er sie beobachtete, niemals einen lachen oder auch nur lächeln, was sie, von all den anderen Charakterzügen abgesehen, von dem Durchschnittseingeborenen Afrikas in jeder Weise unterschied. Obwohl Tarzan das Innere der Palisadenumzäunung sorgfältig absuchte, konnte er nirgends einen Hinweis auf Utensilien oder Feuer entdecken. Ihre Waffen lagen neben ihnen auf der Erde, kurze Wurfspeere und eine Art Streitaxt mit scharf geschliffenem Metallteil. Tarzan von den Affen war froh, auf diesem Weg gekommen zu sein, weil er so die Möglichkeit hatte, einen Typ von Eingeborenen zu beobachten, von dessen Existenz er nie zu träumen gewagt hätte –, einen Typ, der dem wilden Tier noch sehr nahestand. Selbst die

Wazi-dons und Ho-dons von Pal-ul-don waren auf der Stufenleiter der Evolution weiter vorangeschritten, verglichen mit diesen Geschöpfen hier.

Während er auf sie herabblickte, mußte er darüber staunen, daß sie intelligent genug waren, die Waffen selbst herzustellen, die sie besaßen und die, das konnte er sogar auf diese Entfernung erkennen, sehr schön gearbeitet und verziert waren. Auch ihre Hütten schienen solid und sinnreich angefertigt zu sein, während der Palisadenzaun, der das kleine Lager umgab, hoch und fest genug war und seinen Zweck ganz offensichtlich erfüllte, sie gegen die Löwen zu schützen, die die Niederung heimsuchten.

Während Tarzan und La noch beobachteten, entdeckten sie plötzlich, daß sich zu ihrer Linken ein Geschöpf näherte, und einen Augenblick später sahen sie einen Mann, der denen im Lager glich, sich von einem Baum schwingen, der über den Palisadenzaun ragte, und innerhalb des Lagers zu Boden springen. Die anderen registrierten sein Eintreffen nur mit einigen gleichgültigen Blicken. Er kam zu ihnen, hockte sich nieder und schien ihnen etwas zu berichten, und obwohl Tarzan die Worte nicht hören konnte, schlußfolgerte er aus seinen Handbewegungen und der Zeichensprache, die er anwandte, um seinen kümmerlichen Wortschatz zu ergänzen, daß er seinen Stammesgenossen von den seltsamen Geschöpfen erzählte, die er vor kurzem noch im Wald gesehen hatte, und der Affenmensch erkannte sofort, daß dies derselbe war, der ihnen beiden im Wald gefolgt war, wie er gespürt hatte, und den er so erfolgreich von ihrer Witterung abgelenkt hatte. Der Bericht erregte ganz offensichtlich große Aufregung, denn einige von ihnen erhoben sich, sprangen mit gebeugten Knien auf und ab und klatschten sich auf groteske Weise mit den Armen auf die Seiten. Dabei änderte sich ihr Gesichtsausdruck jedoch kaum, und einen Augenblick später hockte sich jeder wieder hin wie zuvor.

Noch während sie sich derart benahmen, hallte plötzlich das Echo eines lauten Schreies durch den Wald, der bei dem Affenmenschen wilde Erinnerungen wachrief.

„Bolgani", raunte er La zu.

„Einer der großen Affen", sagte sie und erschauderte.

Da sahen sie ihn auch schon den Dschungelpfad entlang auf das Lager zustürmen. Einen derart riesigen Gorilla hatte Tarzan von den Affen nie zuvor gesehen. Von wahrhaft gigantischer Statur, ging diese Kreatur aufrecht und schritt wie ein Mensch daher, wobei er kaum mit den Fingerknöcheln den Boden berührte. Sein Kopf und sein Gesicht glichen fast genau dem eines Gorillas, dennoch bestand ein Unterschied, wie Tarzan feststellen konnte, als dieses Wesen näher kam –, es war ein Bolgani, jedoch mit der Seele und dem Gehirn eines Menschen. Aber das war nicht alles, was dieses Geschöpf so erstaunlich und einmalig machte. Am allerseltsamsten war die Tatsache, daß es Schmuck trug – und was für welchen! Gold und Diamanten funkelten auf seinem struppigen Fell, und über seinen Ellenbogen prangten zahlreiche Armreifen. Ringe zierten auch seine Beine, und von seinem Gürtel hing etwa in der Mitte vorn und hinten eine lange, dünne Schnur herab, die fast den Boden berührte und völlig aus goldenen, mit Diamanten besetzten Plättchen zu bestehen schien. Nie zuvor hatte John Clayton, Lord Greystoke, eine derartige Zurschaustellung barbarischen Geschmeides gesehen und auch unter den Juwelen von Opar solch einen Reichtum unschätzbarer Edelsteine nicht entdeckt.

Gleich nach dem gräßlichen Schrei, der die relative Stille des Waldes zuerst gestört hatte, konnte Tarzan seine Wirkung auf die Bewohner des Lagers beobachten. Sie sprangen sofort auf. Frauen und Kinder huschten hinter die Baumstämme oder kletterten die Seile zu ihren luftigen Behausungen hinauf, während einige der Männer sich an einer Stelle versammelten, wo sich das Tor zum Lager befand, wie Tarzan jetzt sah. Der Gorilla blieb davor stehen und ließ sich abermals vernehmen. Diesmal war es jedoch eher eine Aufforderung als jener gräßliche Schrei.

Der Todesschacht

Nachdem der riesige, menschenähnliche Gorilla das Lager betreten hatte, schlossen die Krieger das Tor wieder und traten achtungsvoll zurück, während er zum Mittelpunkt des Dorfes ging, hier einen Augenblick verweilte und um sich blickte.

„Wo sind die Weibchen und die Balus?“ fragte er grob. „Ruft sie herbei.“

Frauen und Kinder mußten den Befehl vernommen haben, aber sie blieben in ihren Verstecken. Die Krieger gingen widerwillig umher, offensichtlich von widerstreitenden Empfindungen zerrissen. Einesteils fürchteten sie das Wesen, das den Befehl erteilt hatte, andererseits wollten sie ihm keine Folge leisten.

„Ruft sie oder geht und holt sie“, wiederholte der Gorillamann. Aber schließlich nahm einer der Krieger allen Mut zusammen und wandte sich an ihn.

„Dieses Dorf hat innerhalb eines Mondes bereits eine Frau zur Verfügung gestellt. Jetzt ist ein anderes Dorf an der Reihe.“

„Schweig!“ brüllte der Gorillamann und ging drohend auf ihn zu. „Du bist ein unverschämter Gomangani, wenn du dem Willen eines Bolgani trotzen willst – ich rede mit der Stimme von Numa, dem Herrscher. Gehorche oder stirb!“

Zitternd wandte sich der Schwarze um und rief die Frauen und Kinder, aber niemand folgte der Aufforderung. Der Bolgani machte eine ungeduldige Handbewegung.

„Geht und holt sie“, verlangte er erneut, und die Schwarzen gingen widerwillig und mit düsteren Mienen durchs Lager zu den Verstecken ihrer Frauen und Kinder. Bald darauf kehrten sie zurück und schleiften sie mit sich, manchmal am Arm, gewöhnlich jedoch an den Haaren. Obwohl sie es zu verabscheuen schienen, sie auszuliefern, zeigten sie ihnen gegenüber keine Nachsicht oder auch nur eine Spur von Zuneigung. Für diese ihre Einstellung fand Tarzan jedoch sehr bald eine Erklärung in den nächsten Worten des Kriegers, der zuvor schon gesprochen hatte.

„Großer Bolgani“, sagte er, an den Gorillamann gewandt.

„Wenn Numa immer nur von diesem Dorf nimmt, werden bald nicht mehr genug Frauen für die Krieger da sein, dann wird es zu wenig Kinder geben, und in kurzer Zeit wird niemand von uns übrig sein."

„Was soll das heißen?" brummte der Gorillamann. „Es gibt schon zu viele Gomangani in der Welt. Zu welch anderem Zweck wurdet ihr denn geschaffen, als Numa, dem Herrscher, und seinem auserwählten Volk, den Bolganis, zu dienen?" Während dieser Worte musterte er die Frauen und Kinder, kniff sie ins Fleisch und klopfte Rücken und Brust ab. Dann kehrte er zu einer vergleichsweise jungen Frau zurück, an deren Hüfte sich ein kleines Kind klammerte.

„Das hier wird genügen", sagte er, entriß das Kind seiner Mutter und schleuderte es grob durchs Lager, wo es an den Palisaden liegen blieb und kläglich stöhnte, weil es wahrscheinlich verletzt war und mit dem Tode rang. Die arme, törichte Mutter, offensichtlich mehr Tier als Mensch, stand einen Augenblick zitternd in stumpfem Schmerz und rannte dann zu ihrem Kind. Der Gorillamann packte sie jedoch mit seiner großen Hand und warf sie zu Boden. Im gleichen Augenblick ertönte aus dem schweigenden Blattwerk über ihnen der wilde und furchteinflößende Kampfesruf des Affenmenschen. Voller Angst richteten die einfachen Schwarzen entsetzte Blicke nach oben, während der Gorillamann sein häßliches Gesicht zornig knurrend dem Urheber dieses tierischen Rufes zuwandte.

Da erblickten sie auf einem schwankenden, belaubten Zweig ein Wesen, wie es keiner von ihnen je zuvor gesehen hatte – einen weißen Mann, einen Tarmangani, dessen Körper unbehaart war wie der von Histah, der Schlange. In dem Moment, da sie nach oben blickten, sahen sie die Speerhand des Fremden nach vorn schnellen, die Waffe flog in Blitzesschnelle auf den Bolgani zu und drang ihm tief in die Brust. Mit einem einzigen Schrei von Wut und Schmerz stürzte er zu Boden, wo er krampfhaft zuckend einen Moment lag und dann erstarrte, mausetot.

Der Affenmensch empfand keine sonderlich große Liebe für die Gomangani als Rasse, doch seinem englischen Hirn und Herzen wohnte ein Empfinden für Fair Play inne, das ihn veranlaßte, sich spontan der Sache der Schwachen anzunehmen. Andererseits waren die Bolganis seine Erbfeinde. Seinen ersten Kampf hatte er mit einem Bolgani ausgetragen, und das war auch das erste Mal gewesen, daß er jemanden getötet hatte.

Die armen Schwarzen standen noch starr vor Staunen, als er sich von dem Baum zu Boden fallen ließ. Dann traten sie entsetzt zurück, gleichzeitig hoben sie drohend ihre Speere gegen ihn.

„Ich bin ein Freund", sagte er. „Ich bin Tarzan von den Affen. Senkt eure Waffen!" Dann wandte er sich um und zog seinen Speer aus dem toten Körper des Bolgani. „Wer ist diese Kreatur, die in euer Dorf eindringen, eure Kinder ermorden und eure Frauen stehlen kann? Wer ist der, daß ihr nicht wagt, ihn mit euren Speeren zu durchbohren?"

„Er ist einer der großen Bolganis", sagte der Krieger, der der Sprecher und Anführer im Dorf zu sein schien. „Er gehört zu dem von Numa, der Herrscher, auserwählten Volk, und wenn dieser erfährt, daß er in unserem Dorf getötet wurde, müssen wir alle für das sterben, was du getan hast."

„Wer ist denn Numa?" fragte der Affenmensch, für den dieses Wort in der Sprache der großen Affen nur Löwe bedeutet.

„Numa ist der Herrscher, der mit den Bolganis im Palast der Diamanten wohnt."

Er gebrauchte nicht exakt diese Worte, denn die kümmerliche Sprache der großen Affen war noch immer äußerst primitiv, wenngleich bereichert durch die höhere Intelligenz und Entwicklungsstufe der Oparier. Was er wirklich sagte, bedeutete eher 'Numa, der König der Könige, der in der Königshütte der funkelnden Steine wohnt', doch der Affenmensch wußte mit seinem Verstand den eigentlichen Sinn der Worte zu deuten. Numa war offensichtlich der Name, den der König der Bolganis angenommen hatte, und bezeichnete einschließlich des Titels *Herrscher* lediglich seine herausragende Stellung unter den Häuptlingen.

In dem Augenblick, als der Bolgani zu Boden gefallen war, stürzte die unglückliche Mutter zu ihrem verletzten Kind und nahm es in die Arme. Sie lehnte sich an die Palisade, drückte es an ihre Brust und redete sanft auf die Kleine ein, um ihr Schreien zu beschwichtigen, das, wie Tarzan plötzlich entdeckte, mehr Folge des Schreckens als der Verletzung war. Zuerst war die Mutter sehr verängstigt, als er das Kind untersuchen wollte. Sie hielt es von ihm fern und bleckte die Zähne ganz nach Art eines wilden Tieres. Aber dann schien ihrem stumpfen Hirn die Erkenntnis zu dämmern, daß dieses Wesen sie vor dem Bolgani gerettet und ihr erlaubt hatte, sich das Kind wiederzuholen, und daß er keine Anstalten machte, ihnen beiden ein Leid zuzufügen. Als sich Tarzan überzeugt hatte, daß das Kind nur äußere Verletzungen davongetragen hatte, wandte er sich abermals an die Krieger, die einige Schritte entfernt in einer Gruppe zusammenstanden und aufgeregt miteinander redeten. Als sie ihn auf sich zukommen sahen, bildeten sie mit den Gesichtern zu ihm gewandt einen Halbkreis.

„Wenn die Bolganis erfahren, was in unserem Dorf geschehen ist, werden sie kommen und uns alle ermorden, es sei denn, wir können ihnen das Wesen ausliefern, das den Speer geworfen hat. Deshalb wirst du, Tarmangani, mit uns zum Palast der Diamanten gehen, dort werden wir dich den Bolganis übergeben, und dann wird Numa uns vielleicht vergeben."

Der Affenmensch lächelte. Für was für ein Geschöpf hielten diese einfältigen Schwarzen ihn wohl, daß sie glaubten, er werde sich so ohne weiteres in die rächenden Hände von Numa, dem Herrscher der Bolganis, führen lassen. Obwohl er sich des Wagnisses voll bewußt war, das er eingegangen war, als er das Dorf betreten hatte, wußte er auch, daß für ihn, Tarzan von den Affen, die Möglichkeit größer war, ihnen zu entrinnen, als daß sie ihn festhalten konnten. Er war schon früher wilden Speermännern begegnet und war genau im Bilde, was er im Falle von Feindseligkeiten von ihnen zu erwarten hatte. Indes zog er es vor, mit diesen Leuten in Frieden auszukommen, denn in dem Augenblick, als er ihr in diesem wilden Wald verborgenes Dorf entdeckt hatte, war ihm die Idee gekommen, sie ausführlicher zu befragen.

„Wartet", sagte er deshalb. „Wollt ihr einen Freund verraten, der in euer Dorf gekommen ist, um euch vor einem Feind zu schützen?"

„Wir werden dich nicht töten, Tarmangani. Wir wollten dich nur für Numa, den Herrscher, zu den Bolganis bringen."

„Aber das läuft auf dasselbe hinaus, denn ihr wißt sehr gut, daß dieser mich töten wird", erwiderte Tarzan.

„Das können wir nicht ändern", antwortete der Sprecher. „Wenn wir dich retten könnten, würden wir dies tun, aber sobald die Bolganis entdecken, was in unserem Dorf geschehen ist, sind wir es, die darunter leiden müssen, es sei denn, sie geben sich vielleicht damit zufrieden, statt dessen dich zu bestrafen."

„Aber woher sollten sie erfahren, daß der Bolgani in eurem Dorf getötet wurde?" fragte Tarzan.

„Werden sie nicht seinen Körper daliegen sehen, wenn sie das nächste Mal kommen?" fragte der Sprecher.

„Nicht, wenn ihr ihn beseitigt", erwiderte Tarzan.

Die Schwarzen kratzten sich am Kopf. Ihr stumpfer, unwissender Verstand war bislang noch nicht auf den Gedanken gekommen, daß dies ihr Problem lösen könnte. Was der Fremde sagte, stimmte. Nur sie und er wußten, daß der Bolgani innerhalb ihrer Palisaden getötet worden war. Würden sie den Körper beseitigen, so würden sie damit allen Verdacht von ihrem Dorf ablenken. Aber wo sollten sie ihn hinbringen? Sie stellten Tarzan diese Frage.

„Ich werde ihn für euch wegschaffen", erwiderte dieser. „Beantwortet meine Fragen wahrheitsgemäß, dann verspreche ich euch, ihn mitzunehmen und auf eine Weise zu beseitigen, daß niemand erfahren wird, wie er starb und wo."

„Wie lauten deine Fragen?" erkundigte sich der Sprecher.

„Ich bin ein Fremder in eurem Land und habe mich verirrt", erklärte der Affenmensch. „Gibt es nicht in dieser Richtung einen Weg aus dem Tal?" Damit wies er nach Südosten.

Der Schwarze schüttelte den Kopf. „Möglicherweise, aber was dahinter liegt, weiß niemand, auch ist mir nicht bekannt, ob dort ein Weg hinausführt, und was dann kommt. Es heißt, hinter dem Berg gibt es nur Feuer, und niemand wagt es, hinzugehen und es sich anzusehen. Was mich betrifft, habe ich mich niemals weit von meinem Dorf entfernt –, höchstens einen Tagesmarsch, um für die Bolganis Wild zu jagen oder Früchte, Nüsse und Bananen zu sammeln. Ob dort ein Weg hinausführt, weiß ich nicht. Außerdem würde niemand wagen, ihn zu gehen, falls es einen gibt."

„Verläßt keiner von euch je das Dorf?" fragte Tarzan.

„Ich weiß nicht, wie es die anderen halten", erwiderte der Sprecher. „Aber die Bewohner dieses Dorfes verlassen das Tal niemals."

„Was liegt in dieser Richtung?" fragte Tarzan und wies auf Opar.

„Ich weiß nur, daß die Bolganis manchmal von dort herkommen und dann immer seltsame Geschöpfe mitbringen, kleine Männer mit weißer Haut und viel Haar, mit kurzen, krummen Beinen und langen Armen, und zuweilen auch weiße Weibchen, die aber überhaupt nicht so wie die seltsamen kleinen Tarmangani aussehen. Doch wo sie sie her holen, weiß ich nicht, das haben sie uns auch nie gesagt. Sind das alle Fragen, die du uns stellen wolltest?“

„Ja, das ist alles“, erwiderte Tarzan in der Einsicht, daß er von diesen unwissenden Dorfbewohnern nicht viel erfahren konnte. Ihm war klar geworden, daß er nun selbst nach einem Weg aus dem Tal suchen mußte, und da er wußte, daß ihm dies viel schneller und sicherer gelingen würde, wenn er allein war, beschloß er, die Haltung der Schwarzen zu einem Plan zu erkunden, den er soeben entworfen hatte.

„Wenn ich den Bolgani fortschaffe, so daß die anderen nicht erfahren werden, daß er in eurem Dorf getötet wurde, werdet ihr mich dann als euren Freund ansehen?“ fragte er.

„Ja“, erwiderte der Sprecher.

„Würdet ihr dann meine weiße Gefährtin bei euch aufnehmen, bis ich wieder in euer Dorf zurückkehre? Ihr könnt sie in einer eurer Hütten verstecken, falls ein Bolgani kommt, und niemand braucht zu wissen, daß sie bei euch ist. Was sagt ihr dazu?“

Die Schwarzen blickten in die Runde. „Wir sehen sie nicht“, sagte der Sprecher. „Wo befindet sie sich?“

„Wenn ihr mir versprecht, daß ihr sie beschützen und verbergen wollt, bringe ich sie her“, erwiderte der Affenmensch.

„Ich werde ihr nichts zuleide tun, aber wie die anderen denken, weiß ich nicht“, sagte der Anführer.

Tarzan wandte sich an die Umstehenden, die bisher stumm zugehört hatten. „Ich will meine Gefährtin in eure Dorf bringen“, sagte er. „Ihr werdet sie verstecken, ihr zu essen geben und sie beschützen, bis ich zurück bin. Dafür werde ich diesen toten Bolgani wegschaffen, so daß kein Verdacht auf euch fällt, und wenn ich zurückkehre, erwarte ich, meine Gefährtin heil und unversehrt vorzufinden.“

Er hatte sich überlegt, daß es das beste war, La als seine Gefährtin zu bezeichnen, weil die Schwarzen dann begreifen würden, daß sie unter seinem Schutz stand, und falls sie ihm gegenüber weder Dankbarkeit noch Furcht empfanden, war La dann zumindest sicherer. Er blickte zu dem Baum hoch, wo sie sich versteckt hatte, und rief ihr zu, sie solle herabsteigen. Einen Augenblick später tauchte sie auf den unteren Zweige eines der Bäume im Lager auf und ließ sich in seine Arme fallen.

„Das ist sie“, sagte er zu den versammelten Schwarzen. „Behütet sie gut und versteckt sie vor den Bolganis. Sollte ich bei meiner Rückkehr entdecken, daß ihr ein Leid geschehen ist, teile ich den Bolganis mit, daß ihr es wart, die dies hier taten“, sagte er und wies auf den Leichnam des Gorillamannes.

La blickte ihn flehentlich an, und in ihren Augen lag Furcht. „Du willst mich doch nicht hier lassen?“ fragte sie.

„Nur für kurze Zeit“, antwortete er. „Diese armen Kreaturen glauben, den Zorn der Stammesgenossen des Bolgani fürchten zu müssen, falls bekannt wird, daß er in ihrem Dorf getötet wurde. Deshalb habe ich ihnen versprochen, das Beweisstück auf eine Weise zu beseitigen, daß der Verdacht von ihnen abgelenkt wird. Falls sie auf der Stufenleiter der Evolution vielleicht auch nicht hoch genug stehen, um Gefühle der Dankbarkeit zu empfinden, und das nehme ich an, werden sie sich mir gegenüber wenigstens verpflichtet fühlen, weil ich diese Bestie getötet und verhindert habe, daß der Verdacht auf sie fällt. Aus diesen Gründen sollten sie dich beschützen, aber um ganz sicher zu gehen, habe ich noch ihre Furcht vor den Bolganis ausgenutzt – und diese Eigenschaft haben sie, das weiß ich. Ich bin überzeugt, daß du bis zu meiner Rückkehr hier ebenso sicher bist, als wärst du bei mir, sonst würde ich dich auch nicht verlassen. Aber allein kann ich mich viel schneller fortbewegen, und während ich unterwegs bin, werde ich bestimmt einen Weg aus diesem Tal finden. Dann komme ich zurück, um dich zu holen, und gemeinsam werden wir unsere Flucht leicht bewerkstelligen, zumindest mit größerer Aussicht auf Erfolg, als wenn wir beide aufs Geratewohl hier ewig suchen würden.“

„Aber du kommst bestimmt zurück?“ fragte sie, und in ihren Worten lag Furcht und drängendes Verlangen.

„Ganz bestimmt“, sagte er und wandte sich dann wieder an die Schwarzen. „Macht eine dieser Hütten für meine Gefährtin frei und sorgt dafür, daß sie nicht belästigt und regelmäßig mit Nahrung und Wasser versehen wird. Und denkt an das, was ich euch gesagt habe. Euer Leben hängt von ihrer Sicherheit ab.“

Er bückte sich und nahm den toten Gorillamann auf die Schulter, und die einfältigen Schwarzen staunten über sein außergewöhnliches Können. Obwohl sie selbst mit beträchtlicher physischer Kraft ausgestattet waren, gab es doch keinen unter ihnen, der nicht unter dem Gewicht des Bolgani getaumelt wäre, doch dieser seltsame Tarmangani bewegte sich ganz leicht mit seiner Last, und nachdem sie das Tor im Palisadenzaun geöffnet hatten, trabte er behend den Dschungelpfad entlang, als habe er nichts weiter zu tragen denn sein eigenes Gewicht. Einen Augenblick später verschwand er hinter einer Biegung und wurde vom Wald verschluckt.

La wandte sich an die Schwarzen und sagte: „Bereitet meine Hütte vor!“, denn sie war sehr müde und wollte unbedingt ausruhen. Sie musterten sie verstohlen und flüsterten miteinander. La erkannte deutlich, daß die Meinungen geteilt waren, und konnte Bruchstücken ihrer Unterhaltung, die an ihr Ohr drangen, entnehmen, daß einige der Schwarzen unbedingt dafür waren, Tarzans Anweisungen genauestens Folge zu leisten, andere wiederum starke Einwände erhoben und wünschten, sie möglichst bald los zu werden, damit die Bolganis sie nicht in ihrem Dorf entdeckten und die Bewohner bestraften.

„Es wäre besser, sie sofort den Bolganis auszuliefern und ihnen zu erzählen, daß wir sahen, wie ihr Gefährte Numas Sendboten tötete“, hörte sie einen der Schwarzen sagen. „Wir werden ihnen erklären, daß wir wohl versucht haben, den Tarmangani gefangen zu nehmen, daß er uns jedoch entkommen ist und wir nur seiner Gefährtin habhaft werden konnten. So erlangen wir Numas Wohlwollen, und vielleicht nimmt er uns dann nicht mehr so viel Frauen und Kinder weg.“

„Aber der Tarmangani ist groß, und er ist mächtiger als die Bolganis“, wandte einer der anderen ein. „Wir würden in ihm dann einen schrecklichen Feind haben, und da die Bolganis uns möglicherweise ohnedies nicht glauben würden, hätten wir dann nicht nur sie, sondern auch noch den Tarmangani zu fürchten.“

„Du hast recht, der Tarmangani ist mächtig“, sagte La. „Da ist es für euch schon viel besser, ihr habt ihn zum Freund und nicht zum Feind. Er nimmt es ganz allein mit Numa, dem Löwen, auf und tötet ihn. Ihr habt gesehen, mit welcher Leichtigkeit er den Körper des gewaltigen Bolgani auf die Schulter lud. Ihr habt gesehen, wie leichtfüßig er samt seiner Last den Dschungelpfad entlanglief. Ebenso leicht wird er den Kadaver hoch über dem Erdboden durch die Wipfel der Bäume befördern. In der ganzen Welt gibt es niemanden seinesgleichen, keinen zweiten Tarzan von den Affen. Wenn ihr klug seid, macht ihr euch ihn zum Freund, Gomangani."

Die Schwarzen hörten ihr zu, und ihre stumpfsinnigen Gesichter verrieten nicht, was in ihren einfältigen Gehirnen vor sich ging. Einige Augenblicke standen sie schweigend, die ungeschlachten, unwissenden Schwarzen auf der einen, die schöne, schlanke, weiße Frau auf der anderen Seite. Dann ergriff sie abermals das Wort.

„Geht und bereitet meine Hütte vor", sagte sie gebieterisch. Jetzt sprach La, die Hohepriesterin des Flammengottes, die Königin von Opar, zu ihren Sklaven. Ihr königliches Gebaren, ihre befehlsgewohnte Stimme bewirkten sofort eine Veränderung bei den Dorfbewohnern, und La erkannte, daß Tarzan recht hatte in seiner Annahme, sie könnten nur durch Furcht zu etwas veranlaßt werden, denn nun wandten sie sich schnell um, duckten sich wie geprügelte Hunde und hasteten zu einer nahegelegenen Hütte, um sie schnellstens herzurichten. Sie brachten frische Blätter und Gras für den Fußboden sowie Früchte, Nüsse und Bananen als Nahrung.

Als alles fertig war, kletterte La das Seil hinauf und durch die kreisrunde Öffnung im Boden der hängenden Hütte. Diese war geräumig und luftig und nun ziemlich sauber. Sie zog das Tau hinter sich hoch, ließ sich auf das weiche Lager fallen, das man für sie vorbereitet hatte, und bald wiegten das sanfte Schaukeln der schwingenden Hütte, das leise Murmeln der Blätter über ihr, die Stimmen der Vögel und Insekten im Verein mit ihrer physischen Erschöpfung sie in einen tiefen Schlaf.

Wahnwitziger Verrat

Nordwestlich des Tales von Opar stieg Rauch von den Herdfeuern eines Lagers auf, in dem einige hundert Schwarze und sechs Weiße ihre Abendmahlzeit einnahmen. Die Neger blickten finster und verdrossen und unterhielten sich in gedämpftem Ton über ihr kümmerliches Essen, die Weißen schauten düster und besorgt um sich und hielten ihre Feuerwaffen griffbereit. Eine von ihnen, ein Mädchen, das einzige weibliche Wesen in der Gruppe, wandte sich an ihre Gefährten.

„Wir haben es nur Adolfs Knausrigkeit und Estebans Großmäuligkeit zu verdanken, wenn wir uns jetzt in dieser Situation befinden", sagte sie.

Der fette Bluber zuckte die Schultern, der große Spanier blickte wütend auf.

„Warum soll ich schuld sein?" fragte Bluber.

„Du warst zu knausrig, genug Träger zu mieten. Damals habe ich dir gesagt, wir müßten mindestens zweihundert Schwarze in unserer Truppc haben, aber du wolltest wieder Geld sparen, und was ist das Ergebnis? Fünfzig Mann tragen jeder achtzig Pfund Gold, die anderen Träger sind mit der Lagerausrüstung überlastet, wobei kaum genug Askaris übrig sind, uns richtig zu beschützen. Wir haben sie vorwärtszutreiben wie Tiere, um einigermaßen voranzukommen und zu verhindern, daß sie ihre Last abwerfen, und sie sind erschöpft und zornig. Es bedarf nur eines geringen Vorwands, und sie machen uns alle auf der Stelle nieder. Zu allem sind sie noch unterernährt. Wenn wir immer dafür sorgen könnten, daß ihre Bäuche voll sind, würden wir sie wahrscheinlich bei Laune halten, und sie wären zufrieden, aber ich habe genug Erfahrung mit Eingeborenen, um zu wissen: Wenn sie nichts zu essen haben, sind sie weder glücklich noch zufrieden, selbst wenn es nichts zu tun gibt. Hätte Esteban nicht so viel von seiner Fertigkeit als Jäger geschwafelt, dann hätten wir genug Lebensmittel mitgenommen, wie wir für das Unternehmen brauchen. Jetzt haben wir gerade erst den Rückmarsch angetreten und müssen uns mit weniger als den halben Rationen zufriedengeben."

„Ich kann kein Wild beschaffen, wenn keines da ist“, erwiderte der Spanier grollend.

„Hier gibt es Unmengen davon“, bemerkte Kraski, der Russe. „Jeden Tag sehen wir Spuren.“

Der Spanier warf ihm einen giftigen Blick zu. „Wenn es so viel Wild gibt, dann geh doch los und hol dir welches.“

„Ich habe nie behauptet, ein Jäger zu sein, obwohl ich mit einer Schleuder oder einem Pusterohr die gleichen Ergebnisse erzielen würde wie du“, erwiderte Kraski.

Der Spanier sprang auf und nahm eine drohende Haltung ein, und sofort richtete der Russe einen schweren Dienstrevolver auf ihn.

„Laßt den Unsinn!“ rief das Mädchen scharf und sprang zwischen die beiden.

„Soll'n diese Ochs'n sich doch den Schädel einschlag'n“, bemerkte John Peebles brummig. „Wenn einer von ihn'n den and'ren umbringt, is' einer weniger da, mit dem wir die Beute teil'n müss'en, und das wär' gar nich so schlecht.“

„Warum sollten wir uns streiten?“ fragte Bluber. „Es is genug für alle da – über dreiundvierzigtausend Pfund pro Nase. Wenn ihr wütend auf mich seid, dann beschimpft ihr mich und behauptet, ich sei knausrig, aber weiß Gott, ihr Engländer seid schlimmer. Ihr würdet ein'n eurer Kumpels umbring'n, nur um mehr Geld zu krieg'n, jawohl! Gott sei Dank bin ich kein Engländer.“

„Halt's Maul, oder wir könn'n dreiundvierzigtausend Pfund mehr unter uns aufteil'n.“

Bluber glotzte den großen Engländer furchtsam an. „Komm, komm, Dick“, sagte er so ölig, wie er nur konnte. „Du wirst doch wegen so'n klein' Scherz nich' gleich aus der Haut fahr'n, wo ich dein bester Freund bin?“

„Das Gemecker hängt mir zum Halse 'raus“, sagte Throck. „Ich bilde mir weiß Gott nichts ein, bin nur 'n kleiner Fisch. Aber ich hab Verstand genug um zu sehen, daß Flora die einzige in der ganze Clique hier is, die bißchen Grips im Kopf hat. John, Bluber, Kraski und ich, wir sin' hier, weil wir das Geld aufbring'n konnt'n, um ihren Plan durchzuführ'n. Der Schauspieler dort ist dabei, weil er die geeignete Visage und Figur hat.“ Er wies mit einem Kopfnicken auf Esteban. „Wir brauch'n kein'n Verstand für diese Sache, und keiner von uns hat auch mehr, als wir gerade so benötig'n. Flora is' der Kopf von der ganzen Truppe, un' je eher jeder das löffelt und ihre Befehle ausführt, desto besser sin' wir alle dran. Sie war schon früher mit dem Dingsda, dem Lord Greystoke, hier in Afrika – du warst doch das Dienstmädchen von seiner Frau, stimmt's, Flora? Sie kennt sich bißch'n aus in dem Land hier und mit den Eingebor'nen und den Viechern, und davon hat keiner von uns auch nur 'ne Ahnung."

„Throck hat recht", sagte Kraski schnell. „Es wird Zeit, daß endlich Klarheit herrscht. Wir haben bisher keinen Boß gehabt, und was wir jetzt tun müssen, ist, Flora von nun an zum Boß zu machen. Wenn jemand uns hier herausbringen kann, dann sie, auch aus dem Schlamassel, den wir von den Burschen dort zu erwarten haben", sagte er und wies mit einem Kopfnicken auf die Schwarzen. „Wir können von Glück reden, wenn wir mit heiler Haut davonkommen, ganz zu schweigen von dem Gold, das wir mitschleppen."

„Hör mal! Du willst das Gold doch nicht hierlassen", kreischte Bluber förmlich.

„Ich meine, wir sollten tun, was Flora für richtig hält", erwiderte Kraski. „Wenn sie sagt, wir sollen das Gold hierlassen, dann bleibt es hier."

„Genau so werden wir es mach'n", pflichtete Throck ihm bei.

„Ich bin auch dafür", erklärte Peebles. „Was Flora sagt, wird gemacht."

Der Spanier nickte schweigend zum Zeichen der Zustimmung.

„Die anderen sind alle dieser Meinung, und was ist mit dir, Bluber?" fragte Kraski.

„Na ja – gewiß – wenn ihr meint", stammelte er. „Und wie John sagt, wir sin' nu mal hier, und..."

„Also du hörst, Flora, von jetzt an bist du bei uns die Nummer Eins. Was du sagst, gilt. Was soll als nächstes geschehen?"

„Schön", sagte Flora. „Wir bleiben hier, bis die Leute ausgeruht sind, und morgen werden wir mit Verstand und ganz systematisch losziehen und für sie Fleisch besorgen. Mit ihrer Hilfe können wir es schaffen. Wenn sie ausgeruht sind und gut gegessen haben, werden wir unseren Marsch zur Küste fortsetzen und sehr langsam marschieren, damit sie nicht allzu sehr ermüden. Dies wäre mein erster Plan, aber er hängt von unserer Fähigkeit ab, Fleisch aufzutreiben. Sollten wir keins finden, müssen wir das

Gold hier begraben und dann unser Bestes tun, um die Küste möglichst schnell zu erreichen. Dort werden wir neue Träger mieten – zweimal so viel, wie wir jetzt haben –, und genug Lebensmittel kaufen, so daß wir ins Landesinnere ziehen können und wieder heraus. Unterwegs werden wir auf jedem Lagerplatz für die Rückkehr Lebensmittel deponieren, das erspart uns die Mühe, sie den ganzen Weg hin und zurück mitzuschleppen. Auf diese Weise können wir gut vorankommen, zumal mit doppelt so vielen Trägern, wie wir eigentlich brauchen. Und wenn wir sie schichtweise einsetzen, können wir viel schneller marschieren, und sie werden nicht murren. Dies wären meine Pläne. Ich frage euch nicht, was ihr davon haltet, weil mir das egal ist. Ihr habt mich zur Anführerin gewählt, und ich gedenke, die ganze Sache von jetzt an so durchzuziehen, wie ich es für richtig halte."

„Donnerwetter, das is genau die Sprache, die ich liebe", röhrte Peebles.

„Sag dem Vormann, daß ich ihn sprechen möchte, Karl", sagte das Mädchen zu Kraski, und einen Augenblick später kehrte der Russe mit einem grobschlächtigen Eingeborenen zurück.

„Owaza, uns fehlt es an Lebensmitteln, und die Männer müssen Lasten schleppen, doppelt so schwer, wie sie eigentlich tragen sollten", sagte das Mädchen, als der Schwarze vor ihr stand. „Erkläre ihnen, daß wir hier warten werden, bis sie ausgeruht sind, und morgen ziehen wir alle los und gehen auf die Jagd, damit wir Fleisch haben. Du schickst drei deiner Leute aus, gute Jungen, sie sollen als Treiber mithelfen. Auf diese Weise müßten wir eine Menge Fleisch beschaffen können, und wenn die Leute ausgeruht sind und gut gegessen haben, ziehen wir langsam weiter. Wo es viel Wild gibt, machen wir wieder Rast und gehen auf Jagd. Sag ihnen: Wenn sie gut mitmachen und die ganze Last sicher zur Küste bringen, werde ich ihnen die doppelte Summe von dem zahlen, was ausgemacht war."

„Gott der Gerechte! Das Doppelte von dem, was ausgemacht war?" stammelte Bluber. „Oh, Flora, warum bietest du ihnen nich' gleich zehn Prozent? Das wäre ein guter Zinssatz für ihr Geld."

„Halt's Maul, du Trottel", fuhr Kraski ihn an, und Bluber verstummte, schaukelte nur hin und her und schüttelte mißbilligend den Kopf.

Die Miene des Schwarzen, der in so düsterer, abweisender Haltung zu dem Gespräch gekommen war, hellte sich auf. „Ich werde es ihnen sagen, und ich denke mir, Sie werden keine Probleme mehr haben“, erklärte er.

„Gut“, sagte Flora. „Geh jetzt und sag es ihnen .“ Der Schwarze wandte sich um und entfernte sich.

„Das wär's“, sagte das Mädchen mit einem Seufzer der Erleichterung. „Ich glaube, jetzt sehen wir Licht am Horizont.“

„Zweimal soviel, wie wir ihnen versprochen haben!“ wimmerte Bluber.

Am folgenden Morgen rüsteten sie sich ganz früh zur Jagd. Die Schwarzen lächelten nun glücklich in Erwartung riesiger Mengen von Fleisch, und als sie in den Dschungel marschierten, sangen sie fröhlich. Flora hatte sie in drei Gruppen eingeteilt, jede mit einem Anführer, und genaue Anweisungen gegeben, wo sich jeder Trupp in der Linie der Treiber postieren sollte. Andere waren den Weißen als Gewehrträger zugeteilt, während ein kleiner Trupp der Askaris als Wache im Lager belassen wurde. Mit Ausnahme von Esteban waren alle Weißen mit Gewehren bewaffnet. Er schien als einziger Floras Autorität in Frage stellen zu wollen, denn er hatte darauf bestanden, lieber mit Speer und Pfeilen zu jagen, genau wie es seiner Rolle entsprach. Die Tatsache, daß er wochenlang verbissen gejagt, jedoch nie ein Stück Wild nach Hause gebracht hatte, hatte nicht ausgereicht, seinen Egoismus zu dämpfen. Er hatte sich dermaßen in die Rolle hineingesteigert, daß er wahrhaftig glaubte, Tarzan von den Affen zu sein. Seine Ausrüstung entsprach haargenau der seines Vorbilds, und auf dem Gebiet der Maskenbildnerei hatte er es zu solcher Fertigkeit gebracht, daß er im Verein mit seiner prächtigen Figur und seinem hübschen Gesicht fast das Ebenbild von Tarzan darstellen konnte. So war es kaum zu verwundern, daß er sich selbst nahezu ebenso erfolgreich täuschte wie andere, denn es gab nur einige Träger, die den großen Affenmenschen gekannt hatten, und selbst die ließen sich hinters Licht führen, wenngleich sie sich über die Veränderung wunderten, die mit ihm vorgegangen war, da er sich in kleinen Dingen doch nicht so wie Tarzan benahm, und auf dem Gebiet der Fleischbeschaffung enttäuschte er maßlos.

Flora Hawkes war überdurchschnittlich intelligent und erkannte wohl, daß es nicht gut war, irgendeinen ihrer Kumpane unnötigerweise zu verärgern, deshalb gestattete sie ihm, an diesem Morgen auf seine Weise zu jagen, wenngleich einige der anderen über diese Entscheidung murrten.

„Was macht es schon aus?“ fragte sie sie, nachdem der Spanier allein losgezogen war. „Höchstwahrscheinlich ist er mit dem Gewehr auch nicht besser als mit Speer und Pfeilen. Karl und Dick sind wirklich die einzigen guten Schützen unter uns, und von ihnen hängt es ab, ob unsere Jagd heute erfolgreich verläuft. Esteban ist in seinem Egoismus so schwer verletzt worden, daß er heute möglicherweise bis zum äußersten geht, um Wild zu erlegen. Wollen wir hoffen, er schafft es.“

„Ich hoffe, er bricht sich dabei den Hals“, sagte Kraski. „Er hat seine Rolle gespielt, nun wären wir besser dran, wenn wir ihn los wären.“

Das Mädchen schüttelte verneinend den Kopf. „Nein, so etwas dürfen wir nicht einmal denken. Wir haben dieses Unternehmen gemeinsam in Angriff genommen, also wollen wir bis zum Ende beisammen bleiben. Wenn du wünschst, daß einer von uns draufgeht, wie könntest du dann sicher sein, daß andere nicht genauso über dich denken?“

„Für mich besteht kein Zweifel, daß Miranda meinen Tod wünscht“, erwiderte Kraski. „Nachts lege ich mich nie ohne den Gedanken schlafen, der verdammte Hund könnte versuchen, mir noch vor dem Morgen ein Messer in die Brust zu stoßen. Und wenn ich höre, wie du ihn verteidigst, steigert das meine Sympathie für ihn keineswegs, Flora. Du hast ihn von Anfang an ein bißchen zu weich behandelt.“

„Wenn ja, dann nur im Interesse der Sache“, entgegnete das Mädchen.

So begaben sie sich auf die Jagd, der Russe düster und zornig, erfüllt von Rachegedanken oder noch Schlimmerem gegenüber Esteban, während dieser durch den Wald streifte und sich ganz seinem Haß und seiner Eifersucht hingab. Sein finsteres Gemüt suchte krampfhaft nach einer Möglichkeit, die anderen Männer der Gruppe aus dem Weg zu schaffen und die Frau und das Gold für sich selbst zu behalten. Er haßte sie alle und sah in jedem einen möglichen Rivalen bei seinen Bemühungen um Floras Gunst. Jeder, der den Tod erlitt, war ein Bewerber weniger um ihre Zuneigung, außerdem wären dann dreiundvierzigtausend Pfund mehr unter nun weniger Leuten aufzuteilen. Er war dermaßen mit diesem Problem beschäftigt, daß er den eigentlichen Zweck seines Aufbruchs, die Jagd, völlig aus dem Auge verlor. Kurz Zeit später arbeitete er sich durch einen Abschnitt mit dichtem Unterholz, trat auf eine sonnenüberflutete Lichtung und sah sich einer Gruppe von etwa fünfzig prächtigen, ebenholzschwarzen Kriegern gegenüber. Einen Augenblick stand er wie gelähmt vor Schreck und vergaß völlig die Rolle, die er spielen sollte – er war nichts mehr als einsamer Weißer im tiefsten Inneren des wilden Afrikas, Auge in Auge mit einer großen Schar kriegerischer Eingeborener, womöglich Kannibalen.

Dieser kurze Augenblick sprachloser Stille und Reglosigkeit rettete ihn, denn als er so vor den Waziris stand, sahen sie in seiner schweigenden, majestätischen Gestalt nur ihren geliebten Herrn in der für ihn so typischen Haltung.

„O Bwana, Bwana", rief einer der Krieger und kam auf ihn zugestürzt. „Du bist es in der Tat, Tarzan von den Affen, Herr des Dschungels, den wir bereits als verloren aufgegeben hatten. Wir, deine getreuen Waziris, haben nach dir gesucht, und gerade jetzt waren wir im Begriff, den Gefahren von Opar zu trotzen in der Befürchtung, du hättest dich ohne uns dorthin gewagt und wärst gefangengenommen worden."

Der Schwarze, der Tarzan einmal als Leibdiener nach London begleitet hatte, sprach gebrochen Englisch, eine Errungenschaft, auf die er ungewöhnlich stolz war. Er ließ sich auch keine Gelegenheit entgehen, vor seinen weniger glücklichen Stammesgenossen mit dieser Fertigkeit zu glänzen. Die Tatsache, daß er es war, den das Schicksal erwählt hatte, als Sprecher aufzutreten, war in der Tat ein glücklicher Umstand für Miranda. Obwohl letzterer sich emsig bemüht hatte, den Dialekt der Träger von der Westküste zu erlernen, wäre es ihm schwergefallen, mit jemandem ein Gespräch zu führen, zumal er die Sprache der Waziris überhaupt nicht verstand. Flora hatte ihn sorgfältig und intensiv über Tarzans Lebensweise informiert, so daß er sofort erkannt hatte, daß er es jetzt mit einer Schar der getreuen Waziris des Affenmenschen zu tun hatte. Nie zuvor hatte er solche prächtigen Schwarzen gesehen – wohlgebaute, kräftige Männer mit klugen Augen und gut ausgeprägten Gesichtzügen, die auf der Stufenleiter der Evolution viel höher zu stehen schienen als die Schwarzen der Westküste über den Affen. Zu seinem Glück war Esteban auch ein geistesgegenwärtiger und vortrefflicher Schauspieler, sonst hätte er sich leicht verraten und erkennen lassen, wie verblüfft und verdrossen er war angesichts der Tatsache, daß sich eine Schar von Tarzans grimmigen und getreuen Anhängern in diesem Teil des Landes befand. Einen Augenblick noch stand er schweigend vor ihnen und nahm seinen ganzen Verstand zusammen, dann redete er sie an in der Erkenntnis, daß sein Leben jetzt von einer glaubwürdigen Erklärung abhing. Und während er krampfhaft danach suchte, kam ihm auf einmal eine Erleuchtung.

„Seit ich euch das letzte Mal sah, habe ich herausgefunden, daß eine Gruppe Weißer in das Land eingedrungen ist, um die Schatzgewölbe von Opar auszurauben. Ich bin ihnen bis zu ihrem Lager gefolgt und dann zurückgekehrt, um nach euch zu suchen, denn ihrer sind sehr viele, und sie haben eine Menge Goldbarren bei sich, denn sie waren inzwischen bereits in Opar. Folgt mir, damit wir ihr Lager überfallen und ihnen das Gold abnehmen. Kommt!" Damit wandte er sich um und ging zu dem Lager zurück, das er gerade verlassen hatte.

Auf dem Dschungelpfad blieb Usula, jener Waziri, der ihn auf englisch angeredet hatte, an seiner Seite. Hinter sich konnte Esteban die anderen Krieger in ihrer Eingeborenensprache miteinander reden hören, ohne daß er ein Wort verstand, und er sah ein, daß er in äußerste Verlegenheit kommen würde, sollte man ihn in dieser Sprache anreden, die Tarzan natürlich ausgezeichnet verstand. Während er mit halbem Ohr auf das Geschwätz von Usula lauschte, überlegte er krampfhaft, wie er sich aus der Affäre ziehen konnte. Da traf es ihn wie eine Inspiration. Er mußte an einen Tarzan betreffenden Vorfall denken, von dem Flora ihm berichtet hatte. Es ging um die Verletzung, die ihm in den Schatzgewölben von Opar zugefügt worden war, wobei er nach dem heftigen Schlag auf seinen Kopf das Gedächtnis verloren hatte. Esteban überlegte kurz, ob er sich nicht auch zu sehr kompromittierte, wenn er gewisse Mängel in der Zeichnung der Rolle, die er zu spielen hatte, dem Verlust des Erinnerungsvermögens zuschrieb. Zum gegenwärtigen Zeitpunkt schien es ihm jedoch das beste zu sein, was er tun konnte. Er wandte sich an Usula.

„Entsinnst du dich noch jenes Vorfalls, der mir in den Gewölben von Opar widerfuhr und mir das Gedächtnis raubte?" fragte er.

„Ja, Bwana, ich erinnere mich gut", erwiderte der Schwarze.

„Dasselbe ist wieder mit mir geschehen", berichtete Esteban. „Ein großer Baum fiel auf den Weg, den ich entlangging, und ein dicker Ast schlug mich auf den Kopf mit dem Ergebnis, daß mein Gedächtnis stark beeinträchtigt wurde, und seither erinnere ich mich nur mühsam an viele Dinge. Andere muß ich vollends vergessen haben, denn ich weiß deinen Namen nicht mehr und verstehe auch die Worte nicht, die meine anderen Waziris über mich äußern."

Usula sah ihn mitfühlend an. „Ach, Bwana, Usulas Herz ist voller Schmerz, wenn er hört, was dir wieder zugestoßen ist. Zweifellos wird dieser Zustand bald wieder vergehen, wie es schon beim ersten Mal der Fall war. In der Zwischenzeit werde ich, Usula, dein Gedächtnis sein."

„Gut", sagte Esteban. „Unterrichte die anderen darüber, damit sie verstehen, und sage ihnen, daß ich auch die Erinnerung an andere Dinge verloren habe. Ohne dich würde ich mich jetzt nicht nach Hause finden, und meine anderen Sinne sind gleichfalls eingeschränkt. Aber wie du schon sagtest, wird es sicher bald vorübergehen, und dann werde ich wieder der alte sein."

„Deine getreuen Waziris werden hocherfreut sein, wenn das eintritt", antwortete Usula.

Als sie sich dem Lager näherten, mahnte Usula sein Gefolge, vorsichtig zu sein und zu schweigen, und kurz darauf befahl er ihnen, am Rand der Lichtung anzuhalten, von wo sie eine gute Einsicht auf die Dornenumzäunung und die Zelte hatten. Ein halbes Dutzend Askaris bewachte das Ganze.

„Wenn sie sehen, daß wir in der Überzahl sind, werden sie keinen Widerstand leisten", sagte Esteban. „Deshalb wollen wir das Lager umzingeln und auf ein Signal von mir gemeinsam vorgehen, wobei du sie anreden und ihn erzählen wirst, daß Tarzan von den Affen mit seinen Waziris hier ist, um das Gold zu holen, das sie gestohlen haben, aber daß er sie verschonen wird, sofern sie das Land sofort verlassen und niemals zurückkehren."

Wenn es seinen Zielen dienlich gewesen wäre, hätte er den Waziri ohne Bedenken befohlen, die Männer zu überfallen, die das Lager bewachten, und alle niederzumachen. Seine gerissene Natur hatte ihm jedoch eine raffiniertere Vorgehensweise eingegeben. Er wollte, daß diese Männer ihn mit den Waziris sahen, damit sie den anderen berichten konnten, sie hätten ihn erkannt, und Flora samt ihren Kumpanen die Geschichte wiedergeben konnten, die er einem der Askaris aufzutischen gedachte, während die Waziris die Goldbarren aus dem Lager holten.

Er wies Usula an, seine Männer rings um das Lager zu postieren, schärfte ihnen jedoch ein, sich nicht blicken zu lassen, bevor er auf die Lichtung gekrochen war und die Aufmerksamkeit der zur Bewachung aufgestellten Askaris auf sich gezogen hatte. Vielleicht fünfzehn Minuten vergingen, bis die Männer auf ihren Posten waren, dann kehrte Usula zu Esteban zurück und meldete, alles sei bereit.

„Wenn ich die Hand hebe, heißt das, daß sie mich erkannt haben und du vorrücken kannst", erläuterte er ihm, dann trat er langsam auf die Lichtung. Einer der Askari sah und erkannte ihn. Der Spanier ging einige Schritte näher an die Umzäunung heran und blieb stehen.

„Ich bin Tarzan von den Affen", sagte er. „Euer Lager ist von meinen Kriegern umstellt. Unternehmt nichts gegen uns, dann werden wir euch kein Haar krümmen."

Er hob die Hand und winkte. Fünfzig kräftige Waziri traten aus dem dichten Grün des Dschungels, der sie umgab. Die Askari sahen sie mit kaum verhohlenem Entsetzen an und griffen nach ihren Gewehren.

„Schießt nicht, oder wir werden euch alle töten", warnte Esteban. Er näherte sich ihnen nun noch mehr, seine Waziris verengten den Kreis und umstellten das Lager nun vollends.

„Sprich zu ihnen, Usula", sagte Esteban. Der Schwarze trat vor.

„Wir sind Waziris, und das ist Tarzan von den Affen, der Herr des Dschungels, unser Herr", sagte er. „Wir sind gekommen, um sein Gold zurückzuholen, das ihr aus den Schatzgewölben von Opar gestohlen habt. Diesmal werden wir euch verschonen unter der Bedingung, daß ihr das Land verlaßt und niemals zurückkehrt. Sagt das auch euren Herren. Macht ihnen klar, daß Tarzan sie beobachtet, und seine Waziris auch. Legt eure Gewehre nieder."

Die Askaris waren heilfroh, so leicht davonzukommen, und folgten Usulas Forderungen auf der Stelle. Einen Augenblick später waren die Waziris im Lager und trugen auf Estebans Geheiß die Goldbarren zusammen. Während sie damit beschäftigt waren, ging der Spanier zu einem Askari, der gebrochen Englisch sprach.

„Sag deinem Herrn, sie verdanken es der Gnade Tarzans, daß er für euer Eindringen in sein Land und den Raub der Schätze nur einen Blutzoll gefordert hat. Ich habe die Kreatur getötet, die sich als Tarzan ausgeben wollte, werde seinen Leichnam mit mir nehmen und an die Löwen verfüttern. Sag ihnen, Tarzan vergibt ihnen sogar, daß sie versucht haben, ihn zu vergiften, als er ihr Lager besuchte, jedoch nur unter der Bedingung, daß sie nie nach Afrika zurückkehren und das Geheimnis von Opar keiner Menschenseele anvertrauen. Tarzan beobachtet sie, und seine Waziris beobachten sie, und niemand kann ins Innere von Afrika vordringen, ohne daß Tarzan es erfährt. Ich wußte, daß sie kommen würden, noch ehe sie London verlassen hatten. Sag ihnen das."

Die Waziris brauchten nur wenige Minuten, die Goldbarren zusammenzutragen, und noch ehe sich die Askaris von dem Schrecken erholt hatten, den ihr Auftauchen ausgelöst hatte, waren sie mit Tarzan, ihrem Herren, im Dschungel verschwunden.

Spät am Nachmittag kehrten Flora und die vier Weißen von der Jagd zurück, umringt von glücklichen, lachenden Schwarzen, die das Ergebnis dieser erfolgreichen Pirsch trugen.

„Da du jetzt das Kommando hast, ist das Schicksal uns wirklich hold", sagte Kraski. „Wir haben genug Fleisch für mehrere Tage, und wenn sie sich die Bäuche gefüllt haben, sollten sie auch gut vorankommen."

„Ja, ich muß auch sag'n, daß die Lage jetzt besser aussieht", sagte Bluber.

„Verdammt noch mal, genau so is' es", röhrte Throck. „Ich hab euch ja gesagt: Flora hat Grips."

„Was zum Teufel ist das?" fragte Peebles. „Was ist los mit diesen Kerlen?" Damit wies er auf die Umzäunung, die sie nun sehen konnten und aus der die Askaris herausströmten und ihnen mit aufgeregtem Geschnatter entgegenkamen.

„Tarzan von den Affen war hier", riefen sie atemlos. „Er war mit all seinen Waziris hier – tausend riesenhaften Kriegern, und obwohl wir uns gewehrt haben, wurden wir besiegt, und dann sind sie mit dem Gold auf und davon. Ehe sie gingen, hat Tarzan von den Affen noch seltsame Worte zu mir gesprochen. Er erzählte, er hätte einen von euch getötet, der es gewagt hatte, sich so wie er zu nennen. Wir verstehen das nicht. Als ihr heute morgen auf die Jagd gingt, marschierte er allein los, und kurz danach kam er mit tausend Kriegern zurück, und er hat das ganze Gold genommen und gedroht, uns und euch zu töten, falls ihr jemals wieder in dieses Land kommt."

„Was ist los?" rief Bluber. „Das Gold ist weg? Um Himmels willen!" Nun fingen alle auf einmal an, Fragen zu stellen, bis Flora sie anfuhr, sie sollten schweigen.

„Komm mit", sagte sie zu dem Führer der Askari. „Wir wollen ins Lager gehen, und dort wirst du mir noch einmal langsam und zusammenhängend erzählen, was geschehen ist, seit wir das Lager verlassen haben."

Sie hörte sich seinen Bericht aufmerksam an und stellte zu verschiedenen Dingen genaue Fragen. Schließlich entließ sie ihn. Nun wandte sie sich an ihre Kumpane.

„Für mich ist alles klar", sagte sie. „Tarzan hat sich von den Auswirkungen des Betäubungsmittels, das wir ihm verpaßt haben, erholt. Dann ist er uns mit seinen Waziris gefolgt, hat Esteban geschnappt und getötet, das Lager gefunden und das Gold weggeschleppt. Wir müssen uns in der Tat glücklich schätzen, wenn wir mit heiler Haut aus Afrika wegkommen."

„Nein, mein Gott, dieser elende Lump!" kreischte Bluber hysterisch. „Er stiehlt uns das ganze Gold, und wir büßen bei dem Handel noch zweitausend Pfund ein."

„Halt's Maul, du Feigling", röhrte Throck. „Wärt ihr beide, du un' der Schauspieler, nich' gewes'n, dann wär' so was nie passiert. Der faselt da was von seiner Jagderfahrung un' is nich in der Lage, was zu schießen, un' du knauserst mit jed'm Penny, nu sitz' wir in der Scheiße – genau so isses. Der Tarzan da hat Esteban umgelegt, un' das is 's beste, was er tun konnte. Nur schade, daß du nich mit von der Partie warst, dann hättst du auch dran glauben müssen, aber ich hätte die größte Lust, dir das Messer durch die Kehle zu zieh'n."

„Hör auf mit dem Quatsch, Dick", fuhr Peebles ihn an. „Niemand ist dran schuld, so wie ich das sehen kann. Statt hier groß zu palavern, sollten wir lieber Tarzan nachjagen und und ihm das verdammte Gold wieder abnehmen."

Flora Hawkes lachte. „Dafür haben wir nicht die geringste Chance", sagte sie. „Ich kenne diesen Burschen gut. Wäre er allein, könnten wir es vielleicht mit ihm aufnehmen, aber er hat ja eine Horde Waziris bei sich, und es gibt in ganz Afrika keine besseren Krieger als sie. Sie würden bis zum letzten Mann für ihn kämpfen. Geh hin und erzähle Owaza, du dächtest daran, Tarzan von den Affen und seinen Waziris nachzusetzen und ihnen das Gold abzunehmen, und dann sieh zu, wie lange es dauert, bis wir keinen einzigen Träger mehr bei uns haben. Schon Tarzans Name jagt diesen Schwarzen von der Westküste eine Heidenangst ein. Eher würden sie dem Teufel entgegentreten. Nein, mein Herr, wir haben verloren, und alles, was wir tun können, ist, das Land zu verlassen, und wir wollen unserem Glücksstern danken, wenn wir heil und gesund herauskommen. Der Affenmensch wird uns beobachten. Ich wäre nicht überrascht, wenn er es nicht auch in dieser Minute täte." Ihre Kumpane schauten sich daraufhin besorgt um und warfen nervöse Blicke in den Dschungel. „Er würde uns auch niemals zurück nach Opar lassen, um noch eine Ladung zu holen, selbst wenn wir unsere Schwarzen überreden könnten, ein zweites Mal dorthin zu gehen."

„Zweitausend Pfund, zweitausend Pfund!" jammerte Bluber. „Un' dazu noch der ganz Anzug, der mich zwanzig Goldstücke gekostet hat. Dabei kann ich ihn in England gar nich' mehr trag'n, höchst'ns auf 'nem Maskenball, un' da gehe ich nie hin."

Kraski hatte bisher nichts dazu gesagt, nur dagesessen, auf den Boden gestarrt und den anderen zugehört. Nun hob er den Kopf. „Wir haben unser Gold verloren, und ehe wir nach England zurückkommen, wird der Rest von unseren zweitausend Pfund auch draufgegangen sein", sagte er. „Mit anderen Worten: Unsere Expedition ist das reinste Verlustgeschäft. Ihr mögt euch damit abgefunden haben, völlig mittellos zurückzukehren, aber ich nicht. Es gibt noch andere Dinge in Afrika außer dem Gold von Opar, und wenn wir das Land verlassen müssen, sehe ich nicht ein, warum wir als Entgelt für unsere Zeit und unsere Investitionen nicht etwas anderes mitnehmen sollten."

„Was meinst du damit?" fragte Peebles.

„Ich habe viel Zeit darauf verwendet, mich mit Owaza zu unterhalten, wobei ich versucht habe, ihre verrückte Sprache zu erlernen", erwiderte Kraski. „Dabei habe ich eine Menge über diesen alten Schurken erfahren. Er ist ein rechter Galgenvogel, und wenn er für alle seine Morde baumeln müßte, bräuchte er so viele

Leben wie eine Katze. Nichtsdestotrotz ist er ein verschlagener alter Bursche, und ich habe von ihm noch eine Menge mehr gelernt als nur diese Affensprache – ich habe wirklich genug erfahren, so daß ich behaupten möchte: Wenn wir zusammenhalten, können wir Afrika mit einem ganz schönen Vermögen verlassen. Ich persönlich habe auch das Gold von Opar noch nicht abgeschrieben. Was wir verloren haben, haben wir verloren. Dort, wo das andere herkam, ist noch genug vorhanden, und eines Tages, wenn sich die Gemüter beruhigt haben, komme ich zurück, um mir meinen Anteil zu holen."

„Aber was meintest du mit den anderen Dingen?" fragte Flora. „Inwiefern kann Owaza uns helfen?"

„Hier ist ein kleiner Trupp Araber am Werk, die Sklaven und Elfenbein rauben", erzählte Kraski. „Owaza weiß, wo sie jetzt operieren, und wo sich ihr Hauptlager befindet. Es sind nur wenige, und ihre Schwarzen sind fast alle Sklaven, die sich im Handumdrehen gegen sie wenden würden. Ich denke mir nun folgendes: Wir sind ihnen gegenüber in der Überzahl, also können wir sie überwältigen und ihnen das Elfenbein abnehmen, wenn wir ihre Sklaven veranlassen könnten, sich auf unsere Seite zu schlagen. Wir brauchen sie nicht, was sollten wir mit ihnen auch machen, wenn sie uns gehörten. Deshalb können wir ihnen für ihre Hilfe die Freiheit versprechen und Owaza und seiner Bande einen Teil von dem Elfenbein abgeben."

„Woher willst du wissen, daß er uns helfen wird?" fragte Flora.

„Die Idee stammt doch von ihm, deshalb bin ich mir sicher", erwiderte Kraski.

„Das klingt ganz vernünftig", sagte Peebles. „Ich bin wahrlich nicht erbaut von der Aussicht, mit leeren Händen zurückzukehren." Auch die anderen bekundeten der Reihe nach ihre Zustimmung zu dem Vorhaben.

Seltsamer Weihrauchduft

Als Tarzan den toten Bolgani aus dem Dorf der Gomangani wegschleppte, lenkte er seine Schritte zu dem Gebäude, das er vom Rand des Tales gesehen hatte, wobei die Vorsicht des Menschen die natürliche Vorsicht des Tieres verdrängte. Er ging gegen den Wind, und die Gerüche, die seine Nase erfaßte, sagten ihm, daß er sich der Wohnstadt der Bolganis näherte. Mit der Witterung der Gorillamänner vermischte sich die von Gomanganis und der Geruch gekochter Nahrung sowie Spuren eines sehr süßen Duftes, den der Affenmensch nur mit brennendem Weihrauch in Verbindung bringen konnte, obwohl es unmöglich erschien, daß solcher Duft den Behausungen der Bolganis entströmen konnte. Vielleicht rührte er von dem großen Bauwerk her, das er gesehen hatte, – einem Gebäude, das von Menschenhand errichtet worden sein mußte, und in dem vielleicht noch menschliche Wesen wohnten, doch erfaßte sein hochentwickelter Geruchssinn unter den vielen Witterungen, die ihm entgegenschlugen, auch nicht die geringste Spur des Geruchs von Weißen.

Die zunehmende Bolganiwitterung sagte ihm, daß er ganz in ihrer Nähe war. Deshalb schwang er sich mit seiner Last in die Bäume, weil die Möglichkeit, entdeckt zu werden, dort am geringsten war. Da entdeckte er auch schon durch das Blattwerk vor ihm eine hohe Mauer und dahinter die Umrisse einer höchst absonderlichen Architektur in Gestalt eines seltsamen und geheimnisvollem Gebäudes – seine Konturen deuteten auf das Werk einer anderen Welt, so unirdisch wirkten sie, und von jenseits der Mauer schlug ihm die Witterung der Bolganis und abermals Weihrauchduft entgegen, vermischt mit der Ausdünstung von Numa, dem Löwen. Außerhalb der Mauer, die das Gebäude umgab, war der Dschungel auf fünfzig Fuß gerodet worden, so daß keine Bäume über die Einfassung hingen, aber Tarzan näherte sich so weit, wie er konnte, wobei er von dem Blattwerk dennoch in genügendem Maße verdeckt wurde. Er hatte eine

Stelle ziemlich hoch über dem Boden gewählt, so daß er über die Mauer hinwegblicken konnte.

Das Gebäude innerhalb der Umfriedung war von beträchtlicher Größe, wobei die verschiedenen Teile anscheinend in verschiedenen Zeiträumen errichtet worden waren und jedesmal unter völliger Mißachtung der Einheitlichkeit, so daß letzten Endes ein Konglomerat miteinander verbundener Bauten und Türme entstanden war, von denen keiner dem anderen glich, obwohl das Ganze einen angenehmen, wenngleich etwas bizarren Eindruck machte. Das Gebäude stand auf einer künstlichen Erhebung von etwa zehn Fuß und war von einer Sperrmauer aus Granitblöcken umgeben, von der eine breite Treppe zum Erdboden herabführte. Um das Gebäude herum wuchsen Strauchwerk und Bäume, von denen einige sehr alt sein mußten, während ein besonders großer Turm fast völlig von Efeu umwuchert war. Das hervorstechendste Merkmal des Gebäudes war jedoch sein reicher und barbarischer Schmuck. In den polierten Granit, aus dem es bestand, war ein verschnörkeltes Mosaik aus Gold und Diamanten eingelassen. Abertausende funkelnder Steinen strahlten von den Fassaden, Minaretten, Gewölben und Türmen.

Das Gebäude nahm in dem etwa fünfzehn oder zwanzig Morgen umfassenden Grundstück die größte Fläche ein. Die Terrasse, auf der es stand, war von Wegen überzogen und mit Blumenbeeten, Strauchwerk und Zierbäumen bedeckt, während jener Teil des Grundstücks, das in Tarzans Blickfeld lag, der Aufzucht von Gemüse gewidmet war. Im Garten und auf der Terrasse befanden sich nackte Schwarze, wie er sie auch in dem Dorf gesehen hatte, wo er La zurückgelassen hatte. Sie waren beiderlei Geschlechts und beschäftigten sich mit der Pflege des vielfachen Pflanzenwuchses innerhalb der Mauer. Einige jener gorillaähnlichen Wesen, von denen Tarzan eins in dem Dorf getötet hatte, waren gleichfalls darunter, verrichteten jedoch keine Arbeit, sondern widmeten sich anscheinend eher der Aufgabe, die Arbeit der Schwarzen zu beaufsichtigen, denen sie in anmaßender, herrschsüchtiger und zuweilen sogar brutaler Weise mitspielten. Die Gorillamänner waren in reiche Gewänder ähnlich dem ihres Artgenossen gehüllt, dessen Leichnam jetzt in einer Astgabel hinter dem Affenmenschen hing.

Während Tarzan die Vorgänge unter ihm mit Interesse verfolgte, tauchten zwei Bolganis am Haupteingang auf, einem riesigen, etwa dreißig Fuß breiten und vielleicht fünfzehn Fuß hohen Portal. Beide trugen Kopfbänder mit großen, weißen Federn. Nach ihrem Erscheinen bezogen sie beiderseits des Eingangs Posten, legten die Hände trichterartig an den Mund und stießen mehrere schrille Schreie aus, die Trompetenstößen erstaunlich ähnelten. Die Schwarzen stellten die Arbeit daraufhin sofort ein und eilten zum Fuß der Treppe, die von der Terrasse in den Garten führte. Hier stellten sie sich zu beiden Seiten auf, und dasselbe taten die Bolganis auf der Terrasse vom Hauptportal zur Treppe, so daß sie zusammen eine lebende Gasse bildeten. Kurz darauf ertönten aus dem Inneren des Gebäudes weitere Trompetenstöße, und einen Augenblick später sah Tarzan die Spitze einer Prozession auftauchen. Zuerst kamen vier Bolganis nebeneinander, jeder trug einen gefiederten Kopfschmuck und hielt eine riesige Keule senkrecht vor sich. Dahinter folgten zwei Trompeter, und zwanzig Fuß hinter ihnen schritt ein gewaltiger Löwe mit schwarzer Mähne, den vier kräftige Schwarze, zwei auf jeder Seite, an dicken Goldketten hielten, welche hinter dem Kopf des Löwen an einem funkelnden Diamanthalsring befestigt waren. Nach dem Löwen folgten weitere zwanzig Bolganis jeweils in Viererreihen. Sie trugen Speere, doch ob sie damit den Löwen vor den Menschen oder die Menschen vor dem Löwen schützen wollte, konnte Tarzan nicht herausfinden.

Die Haltung der beiderseits des Weges vom Portal zur Treppe angetretenen Bolganis bezeugte größte Hochachtung, denn sie verbeugten sich tief, während Numa die Gasse entlangschritt. Als das Tier oben am Treppenabsatz angelangt war, hielt die Prozession an, und sofort legten sich die Gomanganis lang ausgestreckt hin und drückten die Stirn auf den Boden. Numa, offensichtlich ein ziemlich alter Löwe, blieb ebenfalls stehen und ließ einen majestätischem Blick über die ausgestreckten menschlichen Wesen vor sich schweifen. Seine bösen Augen glänzten glasig, während er in einer wilden Grimasse die Zähne bleckte, und tief aus seiner Kehle stieg ein unheilvolles Gebrüll, bei dem die Gomanganis in unverhohlenem Entsetzen zitterten. Der Affenmensch runzelte nachdenklich die Stirn. Nie zuvor war es ihm vergönnt gewesen, eine derart eindrucksvolle Darstellung der Erniedrigung des Menschen vor dem Tier mit anzusehen. Da setzte die Prozession aber auch schon ihren Weg die Treppe hinab fort und wandte sich dann nach rechts einem Gartenweg zu, und als sie vorüber war, erhoben sich die Gomanganis und Bolganis und nahmen ihre unterbrochenen Tätigkeiten wieder auf.

Tarzan blieb in seinem Versteck, um sie zu beobachten und eine Erklärung für die seltsamen, paradoxen Vorgänge zu finden, die er soeben mit angesehen hatte. Der Löwe war mit seinem Gefolge zur gegenüberliegenden Ecke des Palastes gegangen und dort verschwunden. Was bedeutete er für diese Leute, diese seltsamen Wesen? Was stellte er dar? Wozu diese auf den Kopf gestellte Anordnung der Arten? Hier stand der Mensch unter dem Halbtier und, der Ergebenheit zufolge, die ihm entgegengebracht wurde, über allen ein richtiges Tier – das wilde Raubtier.

In den fünfzehn Minuten nach Numas Verschwinden am Ostende des Palastes war Tarzan vollständig mit seinen Überlegungen und Beobachtungen beschäftigt. Dann wurde seine Aufmerksamkeit auf den gegenüberliegenden Flügel des Palastes gelenkt, von wo weitere durchdringende Trompetenstöße ertönten. Er schaute hin und sah die Prozession wieder auftauchen. Sie ging auf die Treppe zu, über die sie in den Garten gelangt war. Kaum erreichten die durchdringenden Tompetenstöße die Ohren der Gomanganis und Bolganis, postierten sie sich abermals in derselben Weise wie vorhin vom Fuß der Treppe bis zum Eingang in den Palast auf, und wieder bezeugten sie Numa ihre Ehrerbietung, während er in triumphaler Weise in das Gebäude schritt.

Tarzan von den Affen fuhr sich durch das dichte, zerzauste Haar, doch schließlich schüttelte er entmutigt den Kopf – er konnte einfach keine Erklärung für die Vorgänge finden, die er mit angesehen hatte. Indes war seine Neugier in einem Maße angestachelt worden, daß er beschloß, den Palast und das umliegende Gelände genauer zu erforschen, ehe er seine Suche nach einem Weg aus dem Tal wieder aufnahm.

Er ließ den Körper des Bolgani, wo er ihn verwahrt hatte, und umkreiste langsam das Gebäude, um es aus dem sicheren Versteck des dichten Waldes von allen Seiten zu betrachten. Die Architektur war überall gleichermaßen einzigartig, und der Garten breitete sich um das gesamte Gebäude, wenngleich ein Teil davon an der Südseite des Palastes Viehgehegen und Hühnerställen überlassen worden war, wo zahlreiche Ziegen und eine beträchtliche Schar Hühner gehalten wurden. Auf dieser Seite befanden sich auch mehrere Hundert jener schaukelnden, bienenkorbähnlichen Hütten, wie er sie schon im Dorf der Gomanganis gesehen hatte. Er hielt sie für die Wohnstätten der schwarzen Sklaven, die alle mit der Unterhaltung des Palastes verbundenen schweren und niederen Arbeiten zu verrichten hatten.

Die hochaufragende Granitmauer, die das ganze Anwesen umgab, war nur durch ein Tor gegenüber dem Ostteil des Palastes durchbrochen. Es war groß und solide gebaut und schien dem Ansturm selbst zahlreicher und wohlbewaffneter Kräfte widerstehen zu können. Es wirkte so massiv, daß der Affenmensch sich des Eindrucks nicht erwehren konnte, es sei so gebaut worden, um das Innere gegen Kräfte zu schützen, die mit schweren Rammböcken ausgestattet waren. Indes war höchst unwahrscheinlich, daß eine solche Streitmacht in diesem Gebiet in geschichtlicher Zeit je existiert hatte, deshalb schlußfolgerte er, daß Mauer und Tor vor nahezu undenklicher Zeit errichtet wurden und zweifellos bis ins längst vergessene Zeitalter der Bewohner von Atlantis zurückreichten. Sie wurden vielleicht geschaffen, um die Erbauer des Palastes der Diamanten gegen die wohlbewaffeten Kräfte zu schützen, die von Atlantis hergekommen waren, um die Goldminen von Opar auszubeuten und Zentralafrika zu kolonisieren.

Obwohl Mauer, Tor und selbst der Palast in vieler Hinsicht auf ein fast unglaubliches Alter deuteten, befanden sie sich dennoch in einer so ausgezeichneten Verfassung, daß eines klar zutage trat: Sie wurden von rationell denkenden und intelligenten Wesen bewohnt. Auf der Südseite hatte Tarzan einen im Bau befindlichen neuen Turm gesehen, wo eine Anzahl von Schwarzen unter dem Befehl eines Bolgani Granitblöcke behauten und an die vorgesehene Stelle setzten.

Tarzan hatte sich in einem Baum in der Nähe des Osttores niedergelassen, um das Leben und Treiben zu beobachten, das auf dem Gelände des alten Portals vor sich ging, insbesondere den Verkehr durch das Tor, und während er noch hinschaute, kam eine lange Kolonne kräftiger Gomanganis aus dem Wald marschiert und rückte in das Palastgelände ein. Jeweils vier Mann transportierten in Häuten, die an zwei dicken Stangen befestigt waren, rohbehauene Granitblöcke. Zwei oder drei Bolganis begleiteten die lange Reihe der Träger, an deren Spitze und Ende ein Trupp schwarzer, mit Streitäxten und Speeren bewaffneter Krieger ging. Das Verhalten der schwarzen Träger wie auch der Bolgani erinnerten den Affenmenschen mehr oder weniger an eine Karawane von Eseln, die, von ihren Treibern angestachelt, stumpfsinnig ihres Weges zog. Fiel einer zurück, wurde er mit der Speerspitze angetrieben oder mit dem Schaft geschlagen. Dabei wurde keine größere Brutalität an den Tag gelegt, als sie in der ganzen Welt Lasttieren gegenüber üblich ist. Auch war bei den Schwarzen keine Spur von Widerspruch oder Empörung zu erkennen, wie es ja auch bei so mancher langen Reihe Lasten schleppender Maultiere der Fall ist. Sie waren in jeder Hinsicht stumpfsinniges, von anderen angetriebenes Vieh. Langsam zogen sie durchs Tor und verschwanden aus Tarzans Blickfeld.

Wenige Augenblicke später tauchte eine andere Gruppe aus dem Wald auf und begab sich auf das Gelände des Palastes. Sie bestand aus fünfzig bewaffneten Bolganis und doppelt soviel Kriegern mit Speeren und Streitäxten. In ihrer Mitte gingen vier bronzefarbene Männer mit einer kleinen Trage, auf der eine verzierte, etwa zwei Fuß breite, vier Fuß lange und zwei Fuß hohe Truhe befestigt war. Sie bestand aus dunklem, vom Wetter gezeichneten Holz und war durch Bänder und Ecken verstärkt, die aus reinem Gold zu bestehen schienen, in das viele Diamanten gesetzt waren. Natürlich konnte Tarzan nicht ergründen, was die Truhe enthielt, aber daß sie von beträchtlichem Wert war, ersah man aus den Sicherheitsvorkehrungen, von denen sie begleitet wurde. Die Träger beförderten sie geradewegs in den großen, von Efeu überwachsenen Turm an der Nordostecke des Palastes, dessen Eingang, wie Tarzan jetzt erst entdeckte, von ebenso großen und soliden Torflügeln gesichert wurde wie das Osttor.

Sobald sich eine Gelegenheit dazu ergab, überquerte er den Dschungelpfad ungesehen und kehrte auf demselben Weg wie vorhin durch die Bäume zu der Stelle zurück, wo er den Körper des Bolgani in der Astgabel hatte liegen lassen. Er nahm ihn auf die Schulter, begab sich zu einem Punkt dicht am Weg in der Nähe des Osttores, paßte eine Lücke im dort herrschenden Verkehr ab und schleuderte den toten Körper so nahe wie möglich ans Portal.

Nun sollen sie sich den Kopf zerbrechen, wer ihren Stammesgenossen wohl getötet hat, dachte er.

Nun schlug er die Richtung nach Südosten ein und näherte sich den Bergen, die hinter dem Tal des Palasts der Diamanten lagen. Oft mußte er einen Bogen schlagen, um Eingeborenendörfer zu umgehen oder von den zahlreichen Gruppen von Bolganis nicht entdeckt zu werden, die in allen Richtungen durch den Wald zu streifen schienen. Spät am Nachmittag erreichte er den Rand der Hügel und hatte nun eine gute Sicht auf die dahinterliegenden Berge, rauhe Granitfelsen, deren steilaufragende Gipfel sich weit über die Baumgrenze erhoben. Direkt vor ihm führte ein gut erkennbarer Weg zu einem Cañon, der sich, wie er sehen konnte, zum Gipfel hinaufwand. Dies war genau die richtige Stelle, seine Erkundungen zu beginnen. Als er sah, daß die Luft rein war, stieg er von den Bäumen und strebte unter Ausnutzung des Unterholzes beiderseits des Weges lautlos, jedoch schnell, den Bergen zu. Dabei mußte er sich größtenteils einen Weg durchs Dickicht bahnen, denn der Weg wurde ständig von Gomanganis und Bolganis benutzt, die mit leeren Händen vorüberkamen und mit Granitblöcken zurückkehrten. Als er sich tiefer in den Bergen befand, wich das dichte Unterholz verstreuter stehenden Büschen, durch die er viel leichter vorankam, indes war das Risiko, entdeckt zu werden, hier auch größer. Der Instinkt des Ticres, die wesentlichste Grundvoraussetzung für seine Fähigkeit, im Wald zu leben, gestattete ihm jedoch, Deckung zu finden, wo sich ein anderer dem Blick des Gegners in voller Größe dargeboten hätte. Auf halbem Weg bergauf verlief der Weg durch eine enge Schlucht, die nicht breiter als zwanzig Fuß war und aus soliden Granitfelsen bestand. Hier gab es keine Deckungsmöglichkeit, und der Affenmensch war sich im klaren, daß er auf der Stelle entdeckt würde, sollte er sich hineinwagen. Er blickte um sich und erkannte, daß er durch einen leichten Umweg den Gipfelpunkt der Schlucht erreichen konnte, wo er zwischen verstreuten Granitblöcken und verkümmerten Bäumen und Sträuchern Deckung genug finden konnte und vielleicht eine ungehindertere Sicht auf den dahinterliegenden Weg hatte.

Doch er irrte sich, denn als er den günstigen Punkt weit über dem Weg erreicht hatte, erblickte er vor sich einen offenen Talkessel. Die ihn einschließenden Felswände waren von zahlreichen Öffnungen bedeckt, die seiner Ansicht nach nichts anderes darstellten als die Ausgänge von Tunneln. Grob zusammengezimmerte Leitern führten zu den der Talsohle am nächsten liegenden, während von anderen Strickleitern herunterhingen. Aus einem dieser Tunnel tauchten Männer auf, die kleine Säcke voll Erde trugen. Sie schütteten diese auf einen gemeinsamen Haufen neben dem Flüßchen, das durch die Schlucht rann. Hier waren andere Schwarze unter Aufsicht der Bolganis beschäftigt, das Erdreich auszuwaschen, aber was sie zu finden hofften oder tatsächlich fanden, konnte Tarzan nicht ergründen.

An einer Seite des Talkessels waren viele andere Schwarze dabei, den Granit von den Felswänden zu hauen, die durch eben solche Verfahren in eine Reihe von Terrassen verwandelt worden waren. Sie stiegen von der Sohle des Talkessels zum obersten Rand der Felskuppe an. Nackte Schwarze mühten sich hier mit primitiven Werkzeugen unter der Aufsicht der wilden Bolganis. Die Tätigkeiten der Steinbrucharbeiter waren deutlich genug zu erkennen, aber was die anderen aus den Tunnelausgängen schleppten, konnte Tarzan nicht feststellen. Die naheliegendste Vermutung war, daß es sich um Gold handelte. Aber woher stammten dann die Diamanten? Auf jeden Fall nicht aus diesen massiven Granitfelsen.

Die wenigen Minuten, die er mit der Beobachtung der Vorgänge verbrachte, überzeugten Tarzan, daß der Weg, dem er vom Wald an gefolgt war, in diesem kleinen Kessel endete, und so suchte er weiter aufwärts und ringsum nach einem Paß über den Felsgrat.

Er widmete den Rest dieses Tages und nahezu den ganzen nächsten diesen Bemühungen, um letzten Endes zu der Einsicht zu gelangen, daß es auf dieser Seite keinen Weg aus dem Tal gab. Oft stieg er bis weit über die Baumgrenze hinauf, gelangte jedoch immer wieder an senkrecht aufragende, glatte Granitwände, an deren Oberfläche selbst er keinen Halt hätte finden können. Er erkundete auch das Gebiet südlich und östlich des Talkessels, jedoch mit ähnlich enttäuschendem Ergebnis, und so wandte er seine Schritte schließlich zurück zum Wald in der Absicht, gemeinsam mit La nach Einbruch der Dunkelheit einen Ausgang durch das Tal von Opar zu suchen.

Die Sonne war gerade aufgestiegen, als Tarzan das Eingeborenendorf wieder erreichte, in dem er La zurückgelassen hatte, und kaum hatte er es vor Augen, spürte er, daß etwas nicht in Ordnung war. Nicht nur, daß das Tor weit offen stand. Innerhalb der Palisaden war keine Menschenseele zu entdecken, auch hingen die Hütten völlig reglos von den Bäumen, ein Zeichen, daß sie unbewohnt waren. Stets auf der Hut vor einem Hinterhalt, erkundete er sorgfältig, ehe er in das Dorf hinunterstieg. Mit geübtem Auge entdeckte er sofort, daß es seit mindestens vierundzwanzig Stunden verlassen war. Er eilte zu der Hütte, in der er La versteckt hatte, kletterte schnell das Seil hoch und inspizierte das Innere – sie war leer, und von der Hohenpriesterin war keine Spur zu entdecken. Der Affenmensch ließ sich wieder auf die Erde hinab und unterzog das gesamte Dorf einer gründlichen Durchsuchung in der Hoffnung, Aufschlüsse über das Schicksal seiner Bewohner und Las zu bekommen. Er hatte bereits mehrere Hütten durchstöbert, als sein scharfes Auge bei einer der hängenden, bienenkorbähnlichen Behausungen, die in einiger Entfernung von ihm baumelte, eine leichte Bewegung feststellte. Schnell eilte er hin. Beim Näherkommen stellte er fest, daß kein Tau aus der Türöffnung hing. Er blieb unter der Korbhütte stehen und blickte hinauf, doch konnte er durch die Öffnung nur das Dach sehen.

„Gomangani, ich bin es, Tarzan von den Affen", rief er. „Komm zur Tür und erzähle mir, was aus deinen Stammesgenossen und meiner Gefährtin geworden ist, die ich unter dem Schutz eurer Krieger zurückgelassen habe."

Niemand antwortete, und er rief abermals, denn er war überzeugt, daß sich jemand in der Hütte verbarg.

„Komm herab, oder ich komme hinauf und hole dich", rief er wieder.

Abermals erfolgte keine Antwort. Ein grimmiges Lächeln glitt über sein Gesicht. Er zog sein Jagdmesser aus der Scheide, klemmte es zwischen die Zähne, sprang katzengleich zur Türöffnung hoch, hielt sich an den Seiten fest und zog sich ins Innere der Hütte.

Er stieß auf keine Gegenwehr, hatte auch keine erwartet, konnte in dem trübe beleuchteten Inneren jedoch zuerst gar nicht sehen, ob jemand da war. Als sich seine Augen jedoch an das Halbdunkel gewöhnt hatten, entdeckte er an der gegenüberliegenden Wand der Behausung einen Haufen Blätter und Gras. Er zerstreute ihn und fand die zusammengekrümmte Gestalt einer völlig verängstigten Frau vor. Er packte sie bei den Schultern und zog sie in eine sitzende Position hoch.

„Was ist geschehen?" fragte er. „Wo sind die Dorfbewohner? Wo ist meine Gefährtin?"

„Töte mich nicht! Töte mich nicht!" flehte sie. „Ich trage keine Schuld. Ich habe damit nichts zu tun."

„Ich will dich auch gar nicht töten", erwiderte er. „Sag mir die Wahrheit, und dir wird kein Haar gekrümmt."

„Die Bolganis haben sie weggeschleppt", berichtete die Frau. „Sie kamen, als die Sonne am Tag deiner Ankunft ganz tief stand, und sie waren sehr zornig, denn sie hatten den Körper ihres Stammesgenossen am Tor des Palastes der Diamanten gefunden. Sie wußten, daß er zu unserem Dorf gegangen war, und seit er den Palast verlassen hatte, hatte niemand ihn mehr lebendig gesehen. Also kamen sie her, bedrohten unsere Leute und folterten sie, bis sie ihnen schließlich alles erzählten. Ich habe mich versteckt. Ich weiß nicht, warum sie mich nicht gefunden haben. Aber schließlich zogen sie ab und nahmen all die anderen mit. Auch deine Gefährtin. Sie kehren bestimmt niemals zurück."

„Glaubst du, die Bolganis werden sie töten?" fragte Tarzan.

„Gewiß", antwortete sie. „Sie töten alle, die ihnen mißfallen."

Nun allein auf sich gestellt und der Verantwortung für La ledig, hätte er nachts leicht durch das Tal von Opar und jenseits der Felsbarriere in Sicherheit gelangen können. Indes wäre ihm dieser Gedanke nie gekommen. Dankbarkeit und Loyalität gehörten zu seinen hervorstechendsten Eigenschaften. La hatte ihn vor dem Fanatismus und den heimtückischen Machenschaften ihres Volkes bewahrt, und das alles auf Kosten dessen, was sie am meisten schätzte, Macht und Geltung, Frieden und Sicherheit. Sie hatte ihr Leben für ihn aufs Spiel gesetzt und war zur Verbannten ihres Landes geworden. Die bloße Tatsache, daß die Bolganis La in der Absicht mitgenommen hatten, sie zu töten, genügte dem Affenmenschen noch nicht. Er wollte herausfinden, ob sie noch lebte oder nicht, und wenn ja, mußte er alle Energien einsetzen, um sie zu befreien und den Gefahren dieses Tales letztendlich zu entreißen.

Tarzan verbrachte den Tag damit, das Gelände außerhalb des Palastes zu erkunden und nach einer Möglichkeit zu fahnden, einzudringen, ohne entdeckt zu werden, aber das war unmöglich, weil sich ständig irgendwelche Gomanganis oder Bolganis im äußeren Garten herumtrieben. Mit Einbruch der Dunkelheit wurde das große Osttor jedoch geschlossen, die Bewohner der Hütten und des Palastes zogen sich in ihre vier Wände zurück und ließen nicht einmal eine Wache draußen stehen – eine Tatsache, die darauf hindeutete, daß die Bolganis keinen Grund hatten, einen Angriff zu fürchten. Die Unterwerfung der Gomanganis war anscheinend vollkommen, so daß die hoch aufragende Wand, die den Palast umgab und völlig ausreichte, Löwen vom Palastgelände fernzuhalten, eher nur eine Erinnerung an frühere Zeiten darstellte, als ein vormals mächtiger, inzwischen verschwundener Feind ihren Frieden und ihre Sicherheit bedrohte.

Als die Dunkelheit schließlich vollkommen war, näherte sich Tarzan dem Tor, warf die Schlinge seines Grasseils über einen der geschnitzten Löwen auf der Spitze des Torpfostens, erklomm schnell die Zinnen der Mauer und sprang von dort leichtfüßig in den dahinterliegenden Garten. Um für den Fall, daß er La fand, ein schnelles Entkommen zu sichern, schob er den Riegel der schweren Torflügel zurück und öffnete sie weit. Dann schlich er lautlos zu dem efeubedeckten Ostturm, da die am Tage durchgeführte Erkundung ihm Anlaß zu der Vermutung gegeben hatte, daß er von hier aus am leichtesten in den Palast eindringen konnte. Der Erfolg seines Unternehmens hing weitestgehend vom Alter und der Stärke des Efeus ab, der fast bis zur Turmspitze wucherte, und zu seiner großen Erleichterung konnte er feststellen, daß er sein Gewicht ohne weiteres tragen würde.

Von den Bäumen, die den Palast umgaben, hatte er hoch oben über dem Erdboden und nahe der Turmspitze ein offenes Fenster entdeckt, welches im Gegensatz zu den übrigen in diesem Teil des Palastes nicht vergittert war. Trüber Lichtschein brach aus einigen der Turmfenster wie auch aus denen in anderen Teilen des Palastes. Unter Vermeidung dieser beleuchteten Öffnungen stieg Tarzan schnell, aber vorsichtig, zu jenem unvergitterten Fenster hoch, und als er es erreicht hatte und vorsichtig über den Fenstersims lugte, stellte er zu seiner Freude fest, daß es in ein unbeleuchtetes Gemach führte, dessen Inneres jedoch so in Dunkelheit gehüllt war, daß er nichts erkennen konnte. Er zog sich behutsam aufs Gesims und stieg leise ins Zimmer. Vorsichtig tastete er sich im Dunkeln durch den Raum. Seine Hände berührten eine geschnitzte, seltsam geformte Bettstatt, einen Tisch und ein paar Bänke. Auf dem Bett lagen mehrere gewobene Decken und darunter leicht gegerbte Felle von Antilopen und Leoparden.

Gegenüber dem Fenster, durch das er eingestiegen war, befand sich eine geschlossene Tür. Er öffnete sie langsam und lautlos, bis er durch den schmalen Spalt in einen trübe beleuchteten Korridor oder kreisrunden Hallengang blickte, in dessen Mittelpunkt sich eine im Durchmesser etwa vier Fuß messende Öffnung befand. Aus ihrer Mitte ragte eine gerade Stange, die in einer genau darüberliegenden Deckenöffnung verschwand. Daran waren in einem Abstand von etwa einem Fuß kurze Querstäbe befestigt. Diese primitive Steigleiter stellte ganz offensichtlich die Verbindung zwischen den verschiedenen Etagen des Turmes her. Drei senkrechte Säulen, in gleichmäßigem Abstand um die kreisrunde Öffnung im Mittelpunkt des Fußbodens angeordnet, trugen die darüberliegende Decke. An den Wänden der kreisrunden Diele befanden sich weitere Türen ähnlich derjenigen, die in den Hallengang führte, in dem er sich jetzt befand.

Da er kein Geräusch hörte und kein Anzeichen darauf hinwies, daß außer ihm noch jemand hier war, öffnete er die Tür und trat in die Halle. Sein feiner Geruchssinn erfaßte jetzt wieder deutlich den schweren Weihrauchgeruch, der ihm bereits vor einigen Tagen aufgefallen war, als er sich dem Palast genähert hatte. Im Inneren des Turmes war er jedoch viel intensiver und überlagerte praktisch alle anderen Gerüche. Das erlegte dem Affenmenschen bei seiner Suche nach La ein fast unüberwindliches Handikap auf. In der Tat erfüllte ihn der Anblick der Türen allein auf dieser Ebene des Turmes mit großer Unruhe angesichts der nahezu unlösbaren Aufgabe, der er sich nun gegenübersah. Ganz allein diesen großen Turm zu durchsuchen, ohne sich dabei auf seinen scharfen Geruchssinn verlassen zu können, schien ein schwer zu verwirklichendes Unterfangen zu sein, selbst wenn er alle notwendigen Vorsichtsmaßregeln gegen eine Entdeckung ergriff.

Das Selbstvertrauen des Affenmenschen war keineswegs törichte Selbstüberschätzung. Er kannte seine Grenzen, er wußte, daß er kaum eine Chance hatte, sich auch nur weniger Bolganis zu erwehren, würden sie ihn hier im Palast entdecken, wo ihnen alles vertraut, ihm jedoch fremd war. Hinter ihm lagen das offene Fenster, die schweigsame Dschungelnacht und die Freiheit. Vor ihm lauerte die Gefahr, erwartete ihn ganz bestimmt ein Fehlschlag und als dessen Folge der Tod. Wofür würde er sich entscheiden? Einen Augenblick blieb er stehen und überlegte, dann hob er den Kopf, reckte die breiten Schultern, warf trotzig die schwarzen Locken zurück und trat unverzagt auf die nächste Tür zu. Er untersuchte rundum jeden Raum, jedoch ohne auch nur eine Spur von La oder einen Hinweis auf sie zu entdecken. Er fand seltsame Möbel, Teppiche, Gobelins und mit Gold und Diamanten verzierte Gewänder, und in einem trübe erleuchteten Gemach traf er auf einen schlafenden Bolgani, doch er bewegte sich so lautlos, daß der Schläfer nichts von ihm spürte, obwohl er um sein Bett herumging, das in der Mitte des Raumes stand, und einen dahinterliegenden, von einem Vorhang verdeckten Alkoven untersuchte.

Nachdem Tarzan alle Räume auf diesem Stockwerk durchforscht hatte, beschloß er, zunächst nach oben zu gehen und die unteren Etagen später zu ergründen. Demgemäß stieg er die seltsame Treppe hinauf. Er kam an drei Stockwerken vorbei, ehe er die oberste Spitze des Turmes erreichte. Auch hier umgab ihn ein Ring von Türen, die alle geschlossen waren, während flache, goldene Lichtschalen, die anscheinend mit Talg gefüllt waren, und in denen als Docht ein Stück Faden schwamm, jeden Treppenabsatz trübe erleuchteten.

Im obersten Geschoß gab es nur drei Türen, die ebenfalls alle geschlossen waren. Das gewölbeähnliche Dach des Turmes bildete die Decke dieses dielenartigen Raumes. In ihrer Mitte befand sich eine weitere kreisrunde Öffnung, durch die man den dunklen Nachthimmel erkennen konnte.

Als er die nächstgelegene Tür öffnete, knarrte sie in den Angeln. Dies war das erste deutlich vernehmbare Geräusch, das er bei seinen Nachforschungen bisher verursacht hatte. Das Innere des Raumes vor ihm war unbeleuchtet, und als er nach dem Knirschen der Angeln einige Sekunden wie versteinert in der Tür stehenblieb, spürte er plötzlich hinter sich eine Bewegung – die kaum erfaßbare Andeutung eines Geräusches. Er fuhr blitzartig herum und erblickte in einer offenen Tür auf der gegenüberliegenden Seite des Stockwerks die Figur eines Mannes.

Die Goldbarren

Esteban Miranda hatte die Rolle Tarzans von den Affen den Waziris gegenüber gerade erst vierundzwanzig Stunden gespielt, als ihm die Einsicht kam, daß es selbst mit der Entschuldigung, die ihm sein angeblich verletztes Gehirn lieferte, dennoch ein äußerst schwieriges Unterfangen sein würde, diese Verstellung endlos weiterzuführen. Zunächst schien Usula von der Idee, den Eindringlingen das Gold einfach abzunehmen und dann vor ihnen davonzulaufen, überhaupt nicht begeistert zu sein. Seine Kampfgefährten schienen seine Ansicht zu teilen. Außerdem konnten sie nicht ganz begreifen, daß ein paar Schläge auf den Kopf ihren Tarzan von den Affen in einen Feigling verwandeln und dazu bringen konnten, vor diesen Schwarzen von der Westküste und einer Handvoll unerfahrener Weißer wegzulaufen. Das kam ihnen nicht weniger feige vor.

Am Nachmittag war es dann noch zu einem Vorfall gekommen, der dem Spanier ein für allemal klar machte, daß er sich in eine höchst mißliche Situation hineinmanöveriert hatte, und daß seine Lebenserwartung um so größer sein würde, je eher er eine Vorwand fand, die Gesellschaft der Waziris zu verlassen.

Sie durchquerten gerade ein ziemlich offenes Dschungelgebiet. Das Buschwerk war nicht sonderlich dicht, die Bäume standen ziemlich weit auseinander, als plötzlich ein Nashorn sie unvermittelt angriff. Zum größten Erstaunen der Waziris wandte sich Tarzan von den Affen im selben Augenblick, da er das angreifende Buto erblickte, um und rannte zum nächsten Baum. In seiner Hast trat er fehl und stürzte, und als er den Baum schließlich erreichte, sprang er nicht gewandt auf die unteren Zweige, sondern versuchte, den gewaltigen Stamm auf dieselbe Weise zu erklimmen, wie ein Schuljunge einen Telegrafenmast hochklettert, jedoch nur, um abzurutschen und auf den Boden zu fallen.

In der Zwischenzeit war das Nashorn, das sich infolge seines nur schwach entwickelten Sehvermögens bei seinen Angriffen mehr auf die Witterung und auf das Gehör verläßt, von einem der

Waziris aus seiner ursprünglichen Angriffsrichtung abgelenkt worden und, nachdem es diesen auch noch verfehlt hatte, prasselnd im Dickicht auf der anderen Seite verschwunden.

Als Esteban sich schließlich erhob und gewahrte, daß das Nashorn verschwunden war, sah er sich von einigen riesigen Schwarzen umringt, deren Mienen deutlich Mitleid und Besorgnis bekundeten, bei einigen jedoch vermischt mit einer Spur von Verachtung. Der Spanier erkannte, daß er in seiner Angst einen nicht wiedergutzumachenden Schnitzer begangen hatte. Dennoch griff er in seiner Verzweiflung weiter nach dem Strohhalm, der ihm bisher schon dienlich gewesen war.

Er preßte die Hände an die Schläfen und sagte: „Mein armer Kopf!"

„Jener Schlag hat deinen *Kopf* getroffen, Bwana", sagte Usula. „Deine getreuen Waziris dachten jedoch, es sei das *Herz* ihres Herrn, das keine Furcht kennt."

Esteban sagte nichts darauf, und sie marschierten schweigend weiter. Keiner sagte ein Wort, bis sie vor Einbruch der Dunkelheit am Ufer des Flusses gleich über dem Wasserfall ein Lager aufschlugen. Während des Nachmittags hatte Esteban einen Plan ausgeheckt, wie er sich einigermaßen mit Anstand aus der Affäre ziehen konnte, und kaum war das Lager aufgeschlagen, befahl er den Waziris, den Schatz zu vergraben.

„Wir werden ihn hierlassen, und morgen werden wir die Suche nach den Räubern fortsetzen, denn ich habe beschlossen, sie zu bestrafen", erklärte er. „Ihnen muß eingetrichtert werden, daß sie nicht ungestraft in Tarzans Dschungel eindringen können. Nur meine Kopfverletzung hat mich abgehalten, sie auf der Stelle zu töten, als ich ihre Schurkerei entdeckte."

Diese Einstellung sagte den Waziris mehr zu. Sie sahen einen Hoffnungsschimmer. Tarzan war im Begriff, wieder der alte zu werden. Und so geschah es, daß sie am nächsten Morgen ihren Marsch leichteren Herzens und mit neuer Hoffnung fortsetzten, um das Lager der Engländer zu suchen. Usulas scharfer Spürsinn veranlaßte sie, quer durch den Dschungel zu dringen. Sie wollten die Fremden überrumpeln, wenn sie gerade ihr Nachtlager aufschlugen. Lange bevor sie sie erreichten, rochen sie schon den Rauch ihrer Lagerfeuer und hörten den Gesang und das Geschwätz der Träger von der Westküste.

Da versammelte Esteban die Waziris um sich. „Meine Kinder, diese Fremden sind hergekommen, um Tarzan unrecht zu tun", sagte er, an Usula gewandt, auf englisch. „Folglich gehört Tarzan die Rache. Geht deshalb und überlaßt es mir allein, meine Feinde zu bestrafen und dann meiner Wege zu gehen. Kehrt nach Hause zurück und laßt das Gold, wo es ist, denn es wird lange dauern, ehe ich seiner bedarf."

Die Waziris waren enttäuscht, denn dieser neue Plan entsprach keineswegs ihrem Wunsch, der ein fröhliches Massaker unter den Schwarzen von der Westküste vorsah. Aber sie hatten noch immer Tarzan vor sich, ihren großen Bwana, dem sie nie den Gehorsam verweigerten. So verharrten sie einige Augenblicke schweigend, nachdem Esteban ihnen seine Absicht kundgetan hatte, traten unschlüssig von einem Bein aufs andere und tauschten schließlich in der Sprache der Waziris ihre Meinungen aus. Was sie sagten, verstand der Spanier nicht, aber offensichtlich bedrängten sie Usula, denn er wandte sich kurz danach an ihn.

„O Bwana, wie könnten wir zu Lady Jane heimkehren und ihr mitteilen, wir hätten dich allein angesichts der Gewehre dieser Weißen und ihrer Askaris und verwundet zurückgelassen? Das kannst du nicht von uns verlangen, Bwana. Wärst du völlig wiederhergestellt, so brauchten wir nicht um deine Sicherheit zu bangen, aber seit deiner Kopfverletzung bist du nicht mehr derselbe, und wir hegen Bedenken, dich allein im Dschungel zurückzulassen. Laß deshalb uns, deine getreuen Waziris, diese Leute bestrafen. Danach werden wir dich sicher nach Hause geleiten, wo du dich von den Unbilden erholen kannst, die über dich hereingebrochen sind."

Der Spanier lachte. „Ich bin völlig wiederhergestellt und befinde mich, allein auf mich gestellt, in keiner größeren Gefahr, als wenn ich noch mit euch zusammen wäre", sagte er, besser als sie wissend, daß dies eine milde Übertreibung war. „Ihr werdet meinen Wünschen nachkommen", fuhr er in ernstem Ton fort. „Kehrt sofort auf demselben Weg zurück, auf dem wir gekommen sind. Nach mindestens zwei Meilen könnte ihr euer Nachtlager aufschlagen, und am Morgen setzt ihr den Rückmarsch fort. Verursacht keinen Lärm, ich möchte nicht, daß sie von meiner Anwesenheit Kenntnis erhalten. Und macht euch um mich keine

Sorgen, ich bin völlig in Ordnung und werde euch wahrscheinlich einholen, ehe ihr daheim ankommt. Geht!"

Bekümmert kehrten die Waziris auf demselben Weg zurück, auf dem sie gerade gekommen waren, und einen Augenblick später war der letzte von ihnen aus dem Blickfeld des Spaniers verschwunden.

Dieser wandte sich mit einem Seufzer der Erleichterung dem Lager der Seinen zu. In der Befürchtung, ein plötzliches Auftauchen könnte eine Gewehrsalve der überraschten Askaris auslösen, pfiff er laut im Gehen und rief sie an, als er sich dem Lager näherte.

„Es ist Tarzan!" brüllte der erste der Schwarzen bei seinem Anblick. „Nun geht es uns allen an den Kragen!"

Esteban sah die wachsende Aufregung unter den Trägern und Askaris, er bemerkte, wie letztere nach ihren Gewehren griffen und im Begriff waren, auf ihn zu schießen.

„Ich bin's, Esteban Miranda", rief er laut. „Flora! Flora! Sag diesen Trotteln, sie sollen die Gewehre weglegen."

Die Weißen waren gleichfalls aufgestanden und musterten ihn, doch beim Klang seiner Stimme gebot Flora den Schwarzen: „Es ist schon in Ordnung, das ist nicht Tarzan. Legt die Gewehre weg!"

Lächelnd trat Esteban ins Lager. „Hier bin ich!" sagte er.

„Wir glaubten schon, du wärst tot", erwiderte Kraski. „Einige dieser Burschen behaupteten, Tarzan hätte ihnen erzählt, daß er dich getötet hätte."

„Er hatte mich geschnappt, doch wie ihr seht, hat er mich nicht umgebracht", antwortete Esteban. „Ich hatte schon damit gerechnet, aber er hat's nicht getan, mich vielmehr im Dschungel freigelassen. Vielleicht dachte er, ich würde darin umkommen und er sein Ziel also erreichen, ohne sich die Hände schmutzig gemacht zu haben."

„Der muß dich gekannt ham'", sagte Peebles. „Wenn du allzu lange im Dschungel zurückgelass'n word'n wärst, wärst du garantiert vor die Hunde gegang'n."

Esteban achtete nicht auf diesen Einwurf, sondern fragte Flora: „Freust du dich nicht, mich zu sehen?"

„Was macht das schon aus", antwortete sie schulterzuckend. „Unsere Expedition ist fehlgeschlagen. Einige von ihnen denken, du bist schuld daran.“ Damit wies sie mit einem Kopfnicken auf die andere Weißen.

Der Spanier verzog finster das Gesicht. Keiner von ihnen war sonderlich erbaut, ihn zu sehen. Die Meinung der anderen kümmerte ihn auch nicht, indes hatte er gehofft, daß sich Flora über seine Rückkehr freuen würde. Nun gut, würde sie seine Absichten kennen, wäre sie vielleicht glücklicher, ihn zu sehen, und nur zu bereit, eine gewisse Zuneigung für ihn zu zeigen. Aber sie hatte keine Ahnung, sie wußte nicht, daß Esteban Miranda die Goldbarren versteckt hatte und bei passender Gelegenheit hingehen und sie holen würde. Seine Absicht war es gewesen, sie zu überreden, die anderen zu verlassen. Später würden sie beide dann zurückkehren und den Schatz holen. Aber nun war er gekränkt und beleidigt, keiner von denen würde auch nur einen Schilling bekommen, er würde warten, bis sie Afrika verlassen hatten, danach zurückkommen und alles für sich allein holen. Die einzige Fliege in der Suppe war der Gedanke, daß die Waziris den Ort genau kannten, wo er den Schatz versteckt hatte. Früher oder später würden sie gewiß mit Tarzan zurückkehren und ihn holen. Das war die Schwachstelle seines Planes, und sie mußte beseitigt werden, aber dazu bedurfte er fremder Hilfe. Dies bedeutete wiederum, sein Geheimnis mit einem anderen zu teilen, aber mit wem?

Als sehe er die finsteren Blicke seiner Kumpane nicht, nahm er bei ihnen Platz. Es war offenkundig, daß sie keineswegs erbaut waren, ihn zu sehen , doch warum, wußte er nicht, da er keine Ahnung von dem Plan hatte, den Kraski und Owaza ausgeheckt hatten, nämlich, die Beute der Elfenbeinräuber zu stehlen. Sie freuten sich nicht im geringsten, ihn wieder bei sich zu haben, bedeutete es doch, die Beute mit ihm teilen zu müssn. Kraski ergriff als erster das Wort und sagte, was alle dachten, Esteban ausgenommen.

„Miranda, wir sind allgemein der Ansicht, daß du und Bluber die Hauptschuld am Fehlschlagen unseres Unternehmens tragt“, sagte er. „Das soll kein Vorwurf sein. Ich stelle es als Tatsache fest. Aber während deiner Abwesenheit sind wir auf die Idee gekommen, aus Afrika etwas mitzunehmen, das uns für den Verlust des Goldes einigermaßen entschädigt. Wir haben alles gründlich durchdacht und entsprechende Pläne geschmiedet. Dazu brauchen wir dich nicht. Wir haben nichts dagegen, daß du mitkommst, wenn du willst, um uns Gesellschaft zu leisten, aber wir möchten dir von vornherein klar zu verstehen geben, daß du nichts von dem bekommst, was wir gewinnen werden."

Der Spanier lächelte und winkte gelassen ab. „Das ist schon in Ordnung", sagte er. „Ich will gar nichts haben. Fällt mir nicht ein, einem von euch was wegzunehmen." Innerlich frohlockte er bei dem Gedanken, daß er eines Tages über eine Viertelmillion Pfund in Gold aus Afrika herausholen würde, und zwar ganz allein für sich.

Angesichts seiner überraschend gelassenen Haltung waren die anderen sehr erleichtert, und sofort war die Atmosphäre entspannt.

„Bist 'n Kumpel, Esteban", sagte Peebles. „Das hab' ich immer schon gesagt, daß du das Richtige tun wirst, un' ich möchte jetzt mal feststell'n, daß ich mich mächtig freue, dich heil un' gesund wiederzuseh'n. Ich war völlig am Bod'n zerstört, als ich hörte, sie hätt'n dich allegemacht. Das kannste mir glaub'n."

„Stimmt", sagte Bluber. „Den John hat das so mitgenomm'n, daß er jeden Ab'nd vorm Schlafengeh'n geflennt hat, stimmt's, John?"

„Mach dich nich' über mich lustig, Bluber", knurrte Peebles und funkelte den fetten Mann wütend an.

„Das wollte ich gar nich'", antwortete Adolf, da er erkannte, daß der Engländer wütend war. „Natürlich war'n wir alle bedeppert, weil wir glaubt'n, der Esteban wäre abgemurkst word'n. Um so mehr freut's uns, daß er wieder da is'."

„Un' nichts von der Beute ham will", ergänzte Throck.

„Keine Bange", erklärte Esteban. „Heilfroh werd' ich sein, wenn ich wieder in London bin – ich hab' für den Rest meines Lebens die Nase voll von Afrika."

Ehe der Spanier in dieser Nacht Schlaf fand, lag er ein oder zwei Stunden wach und entwickelte emsig einen Plan, wonach er das Gold ausschließlich für sich behalten konnte, ohne befürchten zu müssen, daß es später von den Waziris abgeholt wurde. Er wußte, daß er die Stelle leicht wiederfinden würde, wo er es begraben hatte, und es zu einer anderen, nahegelegenen bringen konnte, vorausgesetzt, er konnte möglichst bald auf demselben Weg zurückkehren, den Usula sie an jenem Tag geführt hatte.

Dies ließ sich allein bewerkstelligen, und dadurch konnte er sichergehen, daß niemand außer ihm das neue Versteck des Goldes kannte. Ihm war jedoch ebenso klar, daß er später schwerlich von der Küste dorthin zurückfinden und die Stelle wiedererkennen würde, wo er es versteckt hatte. Das bedeutete, er mußte sein Geheimnis mit einem anderen teilen, mit jemandem, der das Land kannte und das Versteck jederzeit und aus jeder Richtung kommend wiederfinden würde. Aber wo war derjenige, dem er vertrauen konnte? In Gedanken ging er alle Teilnehmer der Expedition durch, und ständig kam er auf einen ganz bestimmten zurück. Zwar hegte er nicht das geringste Vertrauen in die Integrität dieses gerissenem alten Schurken, aber es gab sonst niemandem, der für die Durchführung seines Planes geeignet war, und so gelangte er schließlich zu der Einsicht, sein Geheimnis mit diesem Schwarzen teilen zu müssen und sich dabei eher auf dessen Gier zu verlassen, als zu erwarten, daß er sich für das Entgegenkommen erkenntlich zeigen würde. Er konnte den Burschen reichlich belohnen, ihn in einem Maße reich machen, das seine kühnsten Erwartungen übertraf, und dazu war er durchaus imstande angesichts des riesigen Vermögens, um das es hier ging. So fiel er mit dem Gedanken in den Schlaf, was er wohl mit dem vielen Gold im Wert von über einer Viertelmillion Pfund Sterling in den von Leben erfüllten Hauptstädten der Welt alles anstellen konnte.

Beim Frühstück am folgenden Morgen ließ Esteban die Bemerkung fallen, er sei tagszuvor unweit des Lagers an einer großen Antilopenherde vorbeigekommen, und schlug vor, mit vier oder fünf Mann loszuziehen und zu jagen. Niemand erhob Einwände, vielleicht weil sie annahmen: Je mehr er jagte und sich von der Gruppe entfernte, desto größer waren die Chancen, daß er getötet wurde, ein Ereignis, das keiner von ihnen sonderlich bedauert hätte, da sie ihn im tiefsten Herzen weder mochten noch ihm vertrauten.

„Ich will Owaza mitnehmen“, sagte er. „Er ist der geschickteste Jäger von allen, dazu fünf oder sechs Leute seiner Wahl.“ Als er danach jedoch zu Owaza ging, erhob der Schwarze Einwände.

„Wir haben genug Fleisch für zwei Tage“, sagte er. „Besser wäre, wir würden so schnell wie möglich weiterziehen, weg vom Land der Waziris und Tarzans. Ich kann zwischen hier und der Küste überall genug Wild finden. Noch zwei Tagesmärsche, dann will ich mit dir jagen."

„Hör zu, es ist mehr als eine Antilope, worauf ich aus bin", raunte Esteban. „Hier im Lager kann ich es dir nicht erklären, aber wenn wir die anderen verlassen haben, sage ich es dir. Für dich zahlt es sich mehr aus, heute mit mir zu kommen, als das ganze Elfenbein wert ist, das du bei euren Raubzügen ergattern könntest." Owaza lieh ihm ein aufmerksames Ohr und kratzte sich nachdenklich am Kopf.

„Es ist ein guter Tag zum Jagen, Bwana", sagte er. „Ich komme und bringe noch fünf Boys mit."

Nachdem Owaza den Marschplan für die Hauptgruppe und die Stelle für das nächste Nachtlager festgelegt hatte, so daß er und der Spanier sie wiederfinden konnten, brach die Jägergruppe auf und folgte dem Weg, den Usula am Vortage von dem Ort, wo der Schatz vergraben war, eingeschlagen hatte. Sie waren noch nicht weit gegangen, als Owaza die frische Spur der Waziris entdeckte.

„Gestern sind hier viele Männer entlanggegangen", sagte er zu Esteban und sah ihn spöttisch an.

„Ich weiß nichts von ihnen", erwiderte der Spanier. „Sie müssen nach mir vorbeigekommen sein."

„Sie sind fast bis zu unserem Camp gelangt, dann umgekehrt und wieder gegangen", sagte Owaza. „Paß auf, Bwana, ich trage ein Gewehr, deshalb solltest du vor mir gehen. Wenn diese Spuren von deinen Leuten herrühren und du mich in einen Hinterhalt führen willst, bist du der erste, der dran glauben muß."

„Hör zu, Owaza, wir sind weit genug vom Lager weg, so daß ich dir jetzt alles erzählen kann", sagte Esteban. „Diese Spuren stammen von Tarzans Waziris. Sie haben das Gold einen Tagesmarsch von hier für mich vergraben. Ich habe sie nach Hause geschickt und möchte, daß du jetzt mit mir dorthin gehst und es in ein anderes Versteck schaffst. Wenn die anderen ihr Elfenbein haben und nach England zurückgekehrt sind, werden wir zwei zurückkommen und das Gold holen, und dann wirst du wahrhaft fürstlich belohnt werden."

„Wer bist du denn nun?" fragte Owaza. „Ich habe oft gezweifelt, daß du Tarzan von den Affen bist. An dem Tag, als wir das Lager außerhalb von Opar verließen, erzählte mir einer meiner Männer, du wärst von deinen eigenen Leuten vergiftet und im Lager zurückgelassen worden. Er behauptete, es mit eigenen Augen gesehen zu haben – dein Leichnam lag hinter ein paar Büschen verborgen –, und doch bist du den ganzen Tag mit uns zusammen gewesen. Erst glaubte ich, er hätte mich belogen, aber dann sah ich, wie verdattert er war, als er dich erblickte, und so habe ich mich oft gefragt, ob es nicht zwei Tarzans von den Affen gibt."

„Ich bin es nicht", sagte Esteban. „Tarzan von den Affen wurde von den anderen in unserem Lager vergiftet. Sie verabreichten ihm jedoch nur etwas, das ihn für längere Zeit bewußtlos machte, vielleicht in der Hoffnung, wilde Tiere würden ihn töten, ehe er erwachte. Ob er noch lebt oder nicht, wissen wir nicht. Deshalb hast du meinetwegen nichts von den Waziris oder Tarzan zu befürchten, Owaza, denn mir ist noch mehr als dir daran gelegen, jede Begegnung mit ihnen zu vermeiden."

Der Schwarze nickte. „Vielleicht sagst du die Wahrheit", erklärte er, ließ ihn dennoch stets vorangehen und hielt das Gewehr schußbereit.

Sie hielten scharf Ausschau aus Angst, die Waziris zu überholen, aber kurz nachdem sie die Stelle passiert hatten, wo letztere ihr Lager aufgeschlagen hatten, sahen sie, daß die Waziris eine andere Richtung eingeschlagen hatten, und daß keine Gefahr mehr bestand, mit ihnen in Berührung zu kommen.

Als sie etwa noch eine Meile von der Stelle entfernt waren, wo das Gold vergraben lag, befahl Esteban Owaza, seine Jungen anzuweisen, sie sollten bleiben, wo sie waren. Dann gingen sie beide allein weiter, um die Goldbarren in ein anderes Versteck zu schaffen.

„Je weniger davon wissen, desto sicherer sind wir", sagte er zu dem Schwarzen.

„Bwana spricht Worte der Weisheit", erwiderte der Schwarze verschmitzt.

Esteban fand die Stelle in der Nähe des Wasserfalls ohne Schwierigkeiten wieder und ersah durch Befragen von Owaza, daß sich dieser hier sehr gut auskannte und ebenfalls keine Schwierigkeiten haben würde, von der Küste direkt wieder hierher zu kommen. Sie trugen das Gold nur ein kurzes Stück weit und versteckten es in dichtem Gebüsch nahe dem Flußufer, fest überzeugt, daß es hier ebensowenig zu entdecken war, als wenn sie es hundert Meilen weiter transportiert hätten, denn die Chancen waren äußerst gering, daß die Waziris oder sonst jemand von dem ursprünglichen Versteck erfahren würde und auf den Gedanken verfiele, jemand hätte sich der Mühe unterzogen, es nur einige Yards weiter zu verlagern.

Als sie ihr Werk beendet hatten, blickte Owaza zur Sonne auf. „Wir werden das Lager heute abend nicht mehr erreichen und müssen sogar sehr schnell weiterziehen, um sie morgen einzuholen", erklärte er.

„Damit habe ich gerechnet, aber das konnte ich ihnen natürlich nicht sagen", erwiderte Esteban. „Wenn wir sie überhaupt nicht wiederfinden, wär's mir auch recht." Owaza grinste. In seinem verschlagenen Gehirn reifte ein Plan.

Warum in einem Kampf mit arabischen Elfenbeinräubern das Leben aufs Spiel setzen, nur um ein paar Stoßzähne zu ergattern, wenn all dieses Gold förmlich darauf wartet, daß es zur Küste transportiert wird und uns gehört, dachte er.

Ein seltsamer, flacher Turm

Tarzan wandte sich um und sah den Mann hinter ihm im obersten Stock des mit Efeu überwachsenen Ostturms des Palastes der Diamanten stehen. Sein Messer schnellte aus der Scheide, kaum daß seine behenden Finger es berührt hatten, doch fast gleichzeitig sank seine Hand herab, und er musterte den anderen mit einem Ausdruck ungläubigen Staunens, der indes nur dasselbe Empfinden widerspiegelte, welches der Miene des Fremden abzulesen war. Denn wen Tarzan da vor Augen hatte, das war weder ein Bolgani noch ein Gomangani, sondern ein Weißer, alt, kahlköpfig, das Gesicht voller Runzeln und mit einem langen, weißen Bart – ein Weißer, völlig nackt bis auf den barbarischen Schmuck von Spangen und Diamanten.

„Mein Gott!" stieß die fremde Erscheinung hervor.

Tarzan musterte den anderen, sprachlos vor Staunen. Dieses einzelne englische Wort eröffnete derart beklemmende Möglichkeiten für jedwede Mutmaßungen, daß er einen Augenblick ganz benommen war.

„Was bist du? Wer bist du?" fragte der alte Mann, aber diesmal in der Sprache der großen Affen.

„Du hast eben noch ein englisches Wort benutzt", sagte Tarzan. „Sprichst du diese Sprache?" fragte er jetzt auch auf englisch.

„Gott der Gerechte!" sagte der alte Mann. „Daß ich diese wundervolle Sprache noch einmal hören würde!" Er sprach jetzt auch Englisch, wenngleich etwas stockend wie jemand, der schon lange nicht mehr gewöhnt ist, sich in dieser Sprache zu verständigen.

„Wer bist du, und was machst du hier?" fragte Tarzan.

„Dieselbe Frage habe ich dir gestellt", erwiderte der Alte. „Scheue dich nicht, mir zu antworten. Du bist offensichtlich Engländer, und da hast du von mir nichts zu befürchten."

„Ich bin auf der Suche nach einer Frau, die die Bolganis entführt haben", entgegnete Tarzan.

Der andere nickte. „Ja, ich weiß. Sie ist hier“, sagte er.

„Ist sie heil und gesund?“ fragte Tarzan.

„Man hat ihr nichts zuleide getan, und das wird so bleiben bis morgen oder übermorgen“, erwiderte der alte Mann. „Aber wer bist du, und wie hast du aus der Außenwelt hierhergefunden?“

„Ich bin Tarzan von den Affen“, erwiderte der Affenmensch. „Ich wollte hier nach einem Weg aus dem Tal von Opar suchen, wo sich meine Gefährtin in größter Gefahr befand. Und du?“

„Ich bin ein alter Mann und schon seit meiner Jugend hier“, antwortete der andere. „Ich bin auf dem Schiff, das Stanley nach Errichtung der Station in Stanley Pool nach Afrika brachte, als blinder Passagier mitgefahren und mit ihm ins Innere Afrikas vorgedrungen. Eines Tages habe ich das Lager ganz allein verlassen, um zu jagen. Dabei habe ich mich verirrt, und später wurde ich von feindseligen Eingeborenen entführt. Sie brachten mich noch weiter ins Landesinnere zu ihrem Dorf, aus dem ich schließlich fliehen konnte, aber ich war völlig verwirrt und hatte nicht die geringste Ahnung, in welche Richtung ich marschieren mußte, um den Weg zur Küste zu finden. So wanderte ich monatelang umher, bis ich schließlich an einem verwünschten Tag den Zugang zu diesem Tal entdeckte. Ich weiß nicht, warum sie mich nicht sofort getötet haben, jedenfalls taten sie es nicht, und später entdeckten sie, daß meine Kenntnisse ihnen von Nutzen sein konnten. Seitdem helfe ich ihnen in ihren Steinbrüchen, Bergwerken und auf ihren Diamantenfeldern. Ich habe ihnen zu eisernen Bohrern mit gehärteten Spitzen und solchen mit Diamantenspitzen verholfen. Nun bin ich praktisch einer von ihnen, doch tief in meinem Herzen hoffe ich noch immer, eines Tages aus diesem Tal entrinnen zu können – es ist jedoch eine aussichtslose Hoffnung, das kann ich dir versichern.“

„Führt kein Weg hinaus?“ fragte Tarzan.

„Doch, aber er wird ständig bewacht.“

„Wo befindet er sich?“

„Er stellt die Fortführung eines Bergwerksstollens dar und führt durch den ganzen Berg zu dem dahinterliegenden Tal. Die Bergwerke wurden eine fast unvorstellbare Zeit lang von den Vorfahren dieser Rasse betrieben. Die Berge sind überall von ihren Schächten und Stollen durchzogen. Hinter dem goldhaltigen Quarzflöß befindet sich eine ungeheure Lagerstätte veränderten Olivingesteins, welches Diamanten enthält. Auf der Suche danach hat es sich offenbar als notwendig erwiesen, einen der Stollen bis zur anderen Seite des Berges vorzutreiben, vielleicht zum Zwecke der Luftzufuhr. Dieser Stollen und der Weg, der hinunter nach Opar führt, sind die einzigen Zugänge zu dem Tal. Seit undenklichen Zeiten wird der Stollen bewacht, ich denke, wohl eher, um die Flucht von Sklaven zu verhindern, als den Einfällen von Feinden zu wehren, da sie fest überzeugt sind, letzteres nicht befürchten zu müssen. Der Weg nach Opar ist unbewacht, weil die Oparier längst keine Bedrohung mehr darstellen und die Bolganis sehr wohl wissen, daß keiner ihrer Gomanganisklaven wagen würde, das Tal der Sonnenanbeter zu betreten. So können die Sklaven nicht entrinnen, und aus demselben Grund müssen auch wir hier für immer und ewig Gefangene bleiben."

„Wie wird der Stollen bewacht?" fragte Tarzan.

„Zwei Bolganis und etwa ein Dutzend Gomanganikrieger stehen dort ständig auf Posten", erwiderte der Alte.

„Würden die Gomanganis nicht gern fliehen?"

„Dem Vernehmen nach haben sie es in der Vergangenheit mehrfach versucht, doch seit ich hier bin, wurden sie stets wieder eingefangen und gefoltert", erzählte der Alte. „Außerdem wurde ihre ganze Rasse bestraft und mußte ob dieser Fluchtversuche einiger weniger nur um so härter arbeiten."

„Sind es viele – diese Gomanganis?"

„Im Tal befinden sich höchstwahrscheinlich fünftausend", erwiderte der alte Mann.

„Und mit wie vielen Bolganis haben sie es zu tun?" fragte der Affenmensch.

„Mit zehn- bis elfhundert."

„Fünf zu eins, und dennoch fürchten sie sich, einen Fluchtversuch zu unternehmen", murmelte Tarzan.

„Du mußt bedenken, daß die Bolganis die dominierende und intelligente Rasse sind – die anderen stehen intellektuell kaum über den Tieren des Waldes."

„Und dennoch sind es Menschen", hielt Tarzan dagegen.

„Nur in ihrer äußeren Gestalt", erwiderte der alte Mann. „Sie können sich nicht zusammenschließen, wie die Menschen es tun. Sie haben die Gemeinschaftsstufe der Evolution noch nicht erreicht. Es stimmt, daß die einzelnen Familien jeweils ein Dorf bewohnen, indes waren es die Bolganis, die ihnen diesen Gedanken begreiflich machten und sie auch mit Waffen versahen, damit sie nicht völlig von Löwen und Panthern ausgerottet wurden. Dem Vernehmen nach hat früher jeder einzelne Gomangani, wenn er alt genug war, selbst auf Jagd zu gehen, sich abseits von den anderen eine Hütte errichtet und ein Einsiedlerleben geführt, so daß es zu jener Zeit nichts gab, was auch nur im entferntesten an ein Familienleben erinnerte. Dann lehrten die Bolganis sie, wie man von Palisaden umgebene Dörfer errichtet, und zwangen Männer und Frauen, darin zu bleiben und ihre Kinder aufzuziehen, bis sie erwachsen waren. Danach mußten diese in den Dörfern bleiben, so daß einige Dorfgemeinschaften jetzt vierzig, fünfzig Leute zählen. Ihre Sterblichkeitsrate ist jedoch sehr hoch, und sie können sich nicht so schnell vermehren wie Menschen, die unter normalen Bedingungen in Frieden und Sicherheit leben. Die Bolganis töten viele durch ihre Brutalität, und die Raubtiere fordern gleichfalls einen beträchtlichen Tribut."

„Fünf zu eins, und dennoch bleiben sie Sklaven – was für Feiglinge müssen das sein", sagte der Affenmensch.

„Im Gegenteil, sie sind alles andere als das", erwiderte der alte Mann. „So treten sie einem Löwen stets äußerst mutig entgegen. Doch haben sie sich so viele Menschenalter dem Willen der Bolganis unterordnen müssen, daß dies bei ihnen zur festen Gewohnheit geworden ist. So wie uns die Furcht vor Gott in Fleisch und Blut übergegangen ist, fürchten sie sich von Geburt an vor den Bolganis."

„Das ist interessant", sagte Tarzan. „Aber sage mir jetzt, wo sich die Frau befindet, die zu suchen ich hergekommen bin."

„Ist sie deine Gefährtin?" fragte der alte Mann.

„Nein. Den Gomanganis sagte ich, sie sei es, damit sie sie beschützten", entgegnete Tarzan. „Sie ist La, die Königin von Opar und Hohepriesterin des Flammengottes."

Der alte Mann schaute ihn ungläubig an. „Unmöglich!" sagte er. „Es kann nicht sein, daß die Königin von Opar ihr Leben aufs Spiel setzt, indem sie die Behausung ihrer Erzfeinde aufsucht."

„Sie war dazu gezwungen, da ein Teil ihres Volkes ihr nach dem Leben trachtete, weil sie sich geweigert hatte, mich ihrem Gott zu opfern", berichtete Tarzan.

„Wenn die Bolganis dies herausfinden, würde der Jubel keine Grenzen kennen“, bemerkte der alte Mann.

„Sag mir, wo sie sich befindet“, drängte Tarzan. „Sie hat mich vor ihrem Volk bewahrt, und jetzt muß ich sie vor dem Schicksal retten, das die Bolganis für sie vorgesehen haben.“

„Das ist aussichtslos“, erwiderte der alte Mann.

„Ich kann es ja versuchen“, wandte der Affenmensch ein.

„Es wird mißlingen, und du wirst sterben.“

„Wenn es für mich wirklich keine Möglichkeit gibt, aus dem Tal herauszukommen, wie du sagst, kann ich ebensogut hier sterben“, sagte der Affenmensch. „Nur bin ich in dieser Hinsicht anderer Meinung.“

Der alte Mann zuckte die Schultern. „Du kennst die Bolganis nicht“, sagte er.

„Sag mir, wo die Frau ist“, forderte Tarzan.

„Dann komm mit!“ gebot der Alte und winkte Tarzan, ihm in sein Gemach zu folgen. Sie traten an ein Fenster, das nach Westen blickte, und er wies auf einen seltsamen flachen Turm, der dicht beim Westflügel des Palastes über das Dach des Hauptgebäudes ragte. „Sie ist wahrscheinlich irgendwo im Inneren dieses Turmes“, erklärte der Alte. „Doch so weit es dich betrifft, könnte sie sich ebensogut am Nordpol befinden.“

Tarzan stand einen Augenblick schweigend, doch seine scharfen Augen erfaßten jede Einzelheit der vor ihm liegenden Szenerie. Er sah den seltsamen Turm mit der abgeflachten Spitze, die seiner Ansicht nach leicht vom Dach des Hauptgebäudes zu erreichen war. Er sah die Zweige der alten Bäume hier und dort über das Dach ragen und konnte außer dem trüben Lichtschein in einigen der Palastfenster kein Lebenszeichen entdecken.

„Ich kenne dich nicht, aber ich glaube, ich kann dir vertrauen, denn Blutsbande sind stark, und wir sind die einzigen Menschen unserer Rasse in diesem Tal“, sagte er. „Du könntest dir einige Vorteile verschaffen, wenn du mich verrätst, aber ich kann nicht glauben, daß du das tätest.“

„Keine Angst“, sagte der alte Mann. „Ich hasse sie. Könnte ich dir helfen, so würde ich es tun, aber ich weiß, daß keine Erfolgsaussichten bestehen, welche Pläne du auch immer haben magst – die Frau wird nie gerettet werden, und du wirst nie aus dem Tal des Palastes der Diamanten herauskommen – du wirst niemals auch nur den Palast verlassen können, wenn die Bolganis es nicht wollen."

Der Affenmensch grinste. „Du bist schon so lange hier, daß du dir die Geisteshaltung zu eigen gemacht hast, die die Gomanganis in ständiger Sklaverei hält", erklärte er. „Willst du von hier fliehen, dann komm mit mir. Vielleicht mißglückt es, aber schließlich hast du wenigstens eine Chance, wenn du es versucht, als wenn du für immer in diesem Turm bleibst."

Der alte Mann schüttelte den Kopf. „Nein, es ist aussichtslos", sagte er. „Wenn ein Entkommen möglich wäre, wäre ich längst von hier verschwunden."

„Dann leb wohl", sagte Tarzan, schwang sich aus dem Fenster und kletterte am dicken Geäst des uralten Efeus auf das darunterliegende Dach hinab.

Der alte Mann sah ihm einen Augenblick nach, wie er sich vorsichtig über das Dach auf den abgeflachten Turm zu bewegte, wo er La zu finden und zu befreien hoffte. Dann wandte er sich um und kletterte schnell das grob zusammengezimmerte, leiterähnliche Gestell hinab, das zum Zentrum des Turmes führte.

Tarzan setzte seinen Weg über das unebene Dach des Hauptgebäudes fort, erklomm die Seitenflächen höherer Giebel und ließ sich dann wieder auf die unteren Dächer fallen, wobei er vom Ostturm und bis zu dem seltsam konstruierten, abgeflachten Gebäude, in dem La eingekerkert sein sollte, eine beträchtliche Entfernung zurücklegte. Das dauerte ziemlich lange, denn er bewegte sich mit der Wachsamkeit eines Raubtieres und hielt oft im dichten Schatten inne, um zu lauschen.

Als er schließlich den Turm erreichte, entdeckte er viele Öffnungen, die auf das Dach führten und nur mir Vorhängen aus schwerem, gobelinähnlichen Material verhängt waren, wie er es auch im Turm gesehen hatte. Er schob einen davon leicht zur Seite und blickte in ein großes Gemach ohne jede Möbel, in dessen Mitte aus einer kreisrunden Öffnung abermals die Spitze einer Treppenleiter ragte, ähnlich der, die er im Ostturm gesehen hatte. Im Zimmer war niemand zu entdecken, so trat er unverzüglich an die Leiter. Er blickte vorsichtig hinunter und sah, daß sie in großer Tiefe verschwand und viele Stockwerke durchlief. Wie tief es war, konnte er nicht beurteilen, nur deutete alles darauf hin, daß sie auch durch die unterirdischen Gemächer unter dem Palast führte.

Geschäftiges Lärmen drang durch den Schacht zu ihm herauf, ferner allerhand Gerüche, die für ihn jedoch von keinem großen Nutzen waren, da die verschiedenen Unterscheidungsmerkmale, auf die er angewiesen war, von dem schweren Weihrauchduft überlagert wurden, der den ganzen Palast erfüllte.

Eben dieser Duft wurde dem Affenmenschen zum Verhängnis, denn sonst hätte ihm sein so empfindsamer Geruchssinn die Witterung des ganz in der Nähe befindlichen Gomangani verraten. Der Bursche lag hinter einem der Vorhänge in einer Nische. Seine Position ermöglichte ihm, genau zu beobachten, wie Tarzan das Gemach betrat, und nun verfolgte er, wie dieser den Leiterschacht hinabblickte. Die Augen des Gomangani hatten sich zuerst vor Entsetzen geweitet, als die seltsame Erscheinung in sein Blickfeld trat, hatte er dergleichen doch noch nie gesehen. Wäre er mit genügend Phantasie ausgestattet gewesen, die ihn für Aberglauben anfällig gemacht hätte, so hätte er Tarzan bestimmt für einen Gott gehalten, der von oben herabgestiegen war. Aber da er einer zu niederen Gattung angehörte, um auch nur ein geringes Vorstellungsvermögen zu besitzen, wußte er so nur, daß er ein fremdes Wesen erblickte, und seiner Überzeugung nach waren alle fremden Wesen Feinde. Seine Pflicht war es, seine Herren von der Anwesenheit dieser Kreatur im Palast zu unterrichten, jedoch wagte er nicht, sich zu bewegen, bis die Erscheinung weit genug von ihm entfernt war, so daß er sicher sein konnte, der Eindringling würde seine Bewegungen nicht bemerken. Ihm lag nicht das geringste daran, dessen Aufmerksamkeit zu erregen, denn er hatte herausgefunden: Je unauffälliger man sich in Gegenwart der Bolganis verhielt, desto weniger hatte man zu leiden. Der Fremde starrte lange den Leiterschacht hinab, und ebenso lange lag der Gomangani mucksmäuschenstill und beobachtete ihn. Schließlich stieg ersterer jedoch die Treppenleiter hinab und verschwand aus dem Blickfeld des Beobachters, der sofort aufsprang und über das Dach des Palastes zu dem großen Turm am Westende eilte.

Als Tarzan die Leiter hinabstieg, wurde der Weihrauchgeruch immer lästiger. Wo er sich sonst schnell durch den Geruchssinn hätte orientieren können, war er nun gezwungen, auf jedes Geräusch zu achten und in vielen Fällen die an dem zentralen Gang liegenden Räume zu ergründen, indem er hineinblickte. Waren die Türen abgeschlossen, legte er sich flach hin und drückte das Ohr lauschend unten an den Spalt. Mehrmals wagte er es, La beim Namen zu rufen, doch erhielt er niemals eine Antwort.

Er hatte bereits vier Stockwerke durchsucht und stieg ins fünfte hinab, als er in einer der Türen auf dieser Ebene einen offensichtlich äußerst erregten, vielleicht auch nur veränstigten Schwarzen entdeckte. Der Bursche war von riesiger Gestalt und völlig unbewaffnet. Er blickte den Affenmenschen mit weit aufgerissenen Augen an, als dieser leichtfüßig von der Treppe sprang und ihm nun genau gegenüberstand.

„Was willst du?“ stammelte er schließlich. „Suchst du nach der weißen Frau, deiner Gefährtin, die die Bolganis geraubt haben?“

„Ja“, erwiderte Tarzan. „Was weißt du über sie?“

„Ich weiß, wo sie versteckt wird“, antwortete der Schwarze. „Und wenn du mir folgst, will ich dich zu ihr führen.“

„Warum machst du mir dieses Angebot?“ fragte Tarzan, dessen Argwohn sofort geweckt wurde. „Warum gehst du nicht zu deinen Herren und erzählst ihnen, daß ich hier bin, damit sie Männer ausschicken können, mich gefangenzunehmen?“

„Ich weiß nicht, aus welchem Grund sie mich hergesandt haben, dir dies zu sagen“, entgegnete der Schwarze. „Die Bolganis waren es. Ich wollte gar nicht herkommen, denn ich hatte Angst.“

„Was sagten sie, wohin du mich führen sollst?“ fragte Tarzan.

„In einen Raum, dessen Tür hinter uns sofort verriegelt wird. Dann bist du ein Gefangener.“

„Und du?“ fragte Tarzan.

„Ich werde mit dir eingekerkert. Den Bolganis ist es gleichgültig, was aus mir wird. Vielleicht tötest du mich, aber das kümmert sie nicht.“

„Wenn du mich in die Falle führst, werde ich dich in der Tat töten“, erwiderte Tarzan. „Aber wenn du mich zu der Frau bringst, können wir vielleicht alle entkommen. Du würdest doch gern von hier fliehen, oder nicht?“

„Natürlich würde ich gern, aber ich kann nicht.“

„Hast du es je versucht?“

„Nein. Warum sollte ich etwas versuchen, das nicht vollbracht werden kann?“

„Führst du mich in die Falle, werde ich dich ganz gewiß töten. Bringst du mich jedoch zu der Frau, hast du zumindest die gleichen Überlebenschancen wie ich. Was wirst du tun?“

Der Schwarze kratzte sich nachdenklich am Kopf. Langsam fand der Vorschlag Eingang in sein stumpfes Gehirn. Schließlich sagte er:

„Du bist sehr weise. Ich will dich zu der Frau bringen."

„Dann geh voran, ich folge dir", gebot Tarzan. Der Schwarze stieg ins nächste Stockwerk hinab und öffnete eine Tür, die auf einen langen, geraden Korridor führte. Während der Affenmensch ihm folgte, hatte er Zeit zu überlegen, wie die Bolganis wohl von seiner Anwesenheit im Turm erfahren hatten. Die einzige Schlußfolgerung, zu der er gelangte, war, daß der alte Mann ihn verraten hatte, denn soweit Tarzan das sehen konnte, war er der einzige, der über sein Eindringen in den Palast Bescheid wußte. Der Korridor, den der Schwarze ihn jetzt entlang führte, war sehr dunkel, denn er wurde nur schwach und unzureichend von dem ebenfalls spärlich beleuchteten Korridor erhellt, den sie soeben verlassen hatten, und dessen Tür hinter ihnen offen geblieben war. Da blieb der Schwarze vor einer anderen Tür stehen.

„Die Frau ist hier drinnen", sagte er und wies darauf.

„Ist sie allein?" fragte Tarzan.

„Nein", erwiderte der Schwarze. „Sieh hin." Er öffnete die Tür, hinter der ein schwerer Vorhang hing, und hielt ihn auseinander, damit Tarzan das Innere des Raumes überblicken konnte.

Er packte den Schwarzen am Handgelenk, so daß er ihm nicht entkommen konnte, trat vor und lugte durch die Öffnung. Vor ihm lag ein großes Gemach, an dessen einem Ende ein Podest stand, dessen Sockel aus dunklem, schön geschnitzten Holz bestand. Die zentrale Gestalt auf diesem Podium war ein riesiger Löwe mit schwarzer Mähne – derselbe, den Tarzan gesehen hatte, als er durch die Palastgärten geleitet wurde. Seine Goldketten waren nun an Ringen im Fußboden befestigt, während die vier Schwarzen reglos wie Statuen zu beiden Seiten des Tieres standen. Auf goldenen Thronen hinter dem Löwen saßen drei prachtvoll geschmückte Bolganis. Am Fuß der Stufen, die zu dem Podest führten, erkannte er La zwischen zwei Gomanganiwächtern. Beiderseits des Ganges in der Mitte standen geschnitzte Bänke mit Blick zum Podest. Auf den vorderen saßen etwa fünfzig Bolganis, unter denen Tarzan sofort den kleinen alten Mann erspähte, den er im Turm getroffen hatte. Sein Anblick bestätigte ihn in seiner Überzeugung, daß er Verrat begangen haben mußte.

Hunderte von Leuchtfackeln erhellten das Gemach. Sie verbrannten eine Substanz, die sowohl Licht lieferte als auch den schweren Weihrauchduft erzeugte, der Tarzan schon in die Nase gestiegen war, als er das Herrschaftsgebiet der Bolganis das erste Mal betreten hatte. Die hohen Fenster auf einer Seite des Raumes, die an die von Kathedralen erinnerten, waren weit geöffnet und ließen die milde Luft der Dschungelsommernacht herein. Draußen konnte Tarzan das Palastgelände sehen. Ihm fiel auf, daß dieses Gemach sich auf gleicher Höhe wie die Terrasse befand, auf der der Palast stand. Hinter den Fenstern stand ein Tor offen, das in den Dschungel und in die Freiheit führte. Doch zwischen ihm und den Fenstern hatten sich fünfzig bewaffnete Gorillamänner aufgestellt. Vielleicht war Strategie daher eine bessere Waffe als Gewalt, um sich und La einen Weg in die Freiheit zu bahnen. Indes gewann bei ihm immer mehr der Gedanke die Oberhand, daß er letzten Endes wahrscheinlich eher Gewalt denn Strategie werde einsetzen müssen, um ans Ziel zu gelangen. Er wandte sich an den Schwarzen neben ihm.

„Würden die Gomanganis, die den Löwen bewachen, den Bolganis nicht lieber entfliehen?“ fragte er.

„Sie würden alle davonlaufen, wenn sie könnten“, erwiderte der Schwarze.

„Würdest du, falls ich mich gezwungen sehen würde, den Raum zu betreten, mit mir gehen und den anderen Gomanganis sagen, daß ich sie aus dem Tal führen werde, wenn sie für mich kämpfen?“

„Das will ich gern tun, aber sie werden dir nicht glauben“, erwiderte der Schwarze.

„Dann sage ihnen, daß sie sterben werden, falls sie mir nicht helfen“, erklärte Tarzan.

„Ich werde es ihnen sagen.“

Als Tarzan seine Aufmerksamkeit wieder dem vor ihm liegenden Gemach zuwandte, sah er, daß der Bolgani, der auf dem goldenen Thron in der Mitte saß, sich anschickte, eine Ansprache zu halten.

„Ihr Edlen von Numa, dem König der Tiere, dem Herrscher über Alle Geschaffenen Dinge“, sagte er mit tiefer, dröhnender Stimme. „Numa hat die Worte vernommen, die sie gesprochen hat, und es ist Sein Wille, daß sie sterben soll. Der Große Herrscher ist hungrig. Er selbst wird sie hier in Gegenwart seiner Edlen und des Königlichen Rates der Drei verschlingen. Es ist Numas Wille."

Beifälliges Brummen stieg von der tierähnlichen Zuhörerschaft auf, während der große Löwe die gräßlichen Zähne bleckte und brüllte, daß der Palast erbebte, wobei er die Frau vor ihm mit seinen bösen, gelbgrünen Augen furchteinflößend anstarrte. Daraus war zu ersehen, daß diese Zeremonien oft genug durchgeführt wurden, so daß sich der Löwe bereits an das zu erwartetende Ende gewöhnt hatte.

„Übermorgen wird der Gefährte dieser Kreatur, der inzwischen im Turm der Herrscher zuverlässig verwahrt wurde, zwecks Aburteilung vor Numa gebracht werden", fuhr der Sprecher fort. Dann sprang er plötzlich auf, funkelte die Wachen, die La hielten, gebieterisch an und rief mit lauter Stimme: „Ihr Sklaven, schleift die Frau zu eurem Herrscher."

Augenblicklich geriet der Löwe außer Rand und Band, peitschte die Flanken mit dem Schweif, zog an den soliden Ketten, richtete sich brüllend und knurrend auf den Hinterpranken auf und versuchte, La anzuspringen, die nun mit Gewalt die Stufen des Podests hinauf dem juwelengeschmückten Menschenfresser zugeführt wurde, der so ungeduldig auf sie wartete.

Sie schrie nicht vor Angst, versuchte jedoch krampfhaft, sich den fest zupackenden Händen der kräftigen Gomanganis zu entwinden – indes vergeblich.

Diese hatten bereits die letzte Stufe erreicht und waren im Begriff, sie unter die Krallen des Löwen zu stoßen, als ein lauter Ruf von einer Seite des Gemachs ihnen Einhalt gebot — ein Ruf, der die Gomanganis verharren und die versammelten Bolganis voller Erstaunen und Zorn aufspringen ließ, denn was sie erblickten, war in höchstem Maße geeignet, diese Reaktion hervorzurufen. Ein fast nackter Weißer, von dem sie wohl gehört hatten, den jedoch keiner von ihnen bislang gesehen hatte, sprang mit erhobenem Speer in den Raum. Er war so schnell, daß er im gleichen Moment seines Eindringens – sogar noch ehe sie richtig auf den Füßen standen – auch schon den Speer schleuderte.

Das Gemach des Schreckens

Ein Löwe mit schwarzer Mähne stapfte durch die Dschungelnacht. Mit majestätischer Nichtachtung für alle anderen Geschöpfe ringsum nahm er erhaben seinen Weg durch den Urwald. Er war nicht auf Jagd, darum auch nicht um heimliches Anschleichen bemüht, andererseits gab er auch keinen Laut von sich. Er bewegte sich schnell, wenngleich er manchmal mit erhobener Nase stehenblieb, um zu wittern und zu lauschen. So gelangte er schließlich an eine hohe Mauer, der er folgte, wobei er ihre Oberfläche gründlich beroch, bis die Mauer durch ein halb geöffnetes Tor unterbrochen wurde und er hier auf das Anwesen gelangte.

Vor ihm ragte ein großes Gebäude auf, und während er es noch beäugte und lauschte, drang aus dem Inneren das donnernde Gebrüll eines zornigen Löwen.

Der mit der schwarzen Mähne neigte den Kopf auf eine Seite und stahl sich leise vorwärts.

Im gleichen Augenblick, als La den Krallen von Numa vorgeworfen werden sollte, sprang Tarzan von den Affen mit einem lauten Ruf ins Zimmer, der die Gomanganis, die sie ihrem Verhängnis entgegenschleiften, reglos verharren ließ, und in dieser kurzen Phase der Erstarrung, die der Affenmensch nach seinem Eindringen auch erwartet hatte, schleuderte er blitzschnell seinen Speer. Voller Zorn und Verwirrung sahen die Bolganis, wie dieser sich ihrem Herrscher, dem großen Löwen mit der schwarzen Mähne, ins Herz bohrte.

Der Gomangani, den Tarzan erpreßt hatte, damit er ihm zu Diensten zu sein, stand auf seiner Seite, und als Tarzan zu La stürzte, folgte ihm der Schwarze eilends und rief seinen Stammesgenossen zu, wenn sie diesem Fremden jetzt helfen würden, könnten sie sich für immer von den Bolganis befreien und flüchten.

„Ihr habt zugelassen, daß der große Herrscher ermordet wurde“, rief er den armen Gomanganis zu, die Numa bewacht hatten. „Dafür werden die Bolganis euch töten. Also helft, den fremden Tarmangani und seine Gefährtin zu retten, dann habt ihr zumindest eine Chance, euer Leben zu retten und frei zu kommen.“ Dann wandte er sich an die beiden, die La bewacht hatten, und fügte hinzu: „Euch werden sie gleichfalls verantwortlich machen – eure einzige Hoffnung sind wir.“

Tarzan hatte La jetzt erreicht und zog sie die Stufen des Podests hoch in der Hoffnung, dort zeitweilig den fünfzig Bolganis standhalten zu können, die von ihren Sitzen aufgesprungen waren und jetzt auf ihn zustürmten.

„Tötet die drei, die auf dem Podest sitzen“, rief Tarzan den Gomanganis zu, die ganz offensichtlich noch immer überlegten, auf welche Seite sie sich stellen sollten. „Tötet sie, wenn ihr die Freiheit wollt! Tötet sie, wenn ihr am Leben bleiben wollt!“

Der gebieterische Ton seiner Stimme, die magische Ausstrahlung seiner Persönlichkeit und die ihm angeborenen Führereigenschaften bewirkten, daß sie sich für jenen kurzen Moment ihm zuwandten, den er brauchte, um sie gegen die verhaßte Autorität zu beeinflussen, die jene drei Bolganis auf dem Podest repräsentierten, und als sie ihre Speere in die zottigen, schwarzen Körper ihrer Herren stießen, wurden sie ein für allemal Geschöpfe Tarzans von den Affen, denn im Land der Bolganis konnte es keine Hoffnung mehr für sie geben.

Der Affenmensch umfaßte mit einer Hand La's Taille und trug sie auf den Podest, wo er seinen Speer packte und aus dem Körper des toten Löwen riß. Dann wandte er sich um, um die vorrückenden Bolganis gebührend zu empfangen, setzte einen Fuß auf den Kadaver des Löwen und erhob die Stimme zum furchterregenden Siegesruf der Affen von Kerchak.

Die Bolganis vor ihm hielten inne, die Gomanganis hinter ihm bebten vor Entsetzen.

„Halt!“ rief Tarzan und hob abwehrend die Hand gegen die Bolganis. „Hört zu! Ich bin Tarzan von den Affen. Ich habe mit eurem Volk keinen Streit gesucht, vielmehr nur nach einem Weg durch euer Land in mein eigenes Ausschau gehalten. Also laßt mich und diese Frau in Frieden ziehen, wobei ich diese Gomanganis mit mir nehme.“

Als Antwort schlug ihm seitens der Bolganis ein allgemeines wildes Murren entgegen, wobei sie gegen das Podest vorrückten.

Da sprang plötzlich der alte Mann aus dem Ostturm aus ihren Reihen und gesellte sich eilends zu Tarzan.

„Komm her, Verräter!" rief der Affenmensch. „Du möchtest wohl der erste sein, der Tarzans Zorn zu spüren bekommt?" Er sprach Englisch, und der alte Mann antwortete in derselben Sprache.

„Verräter?" fragte er verwundert.

„Ja, Verräter!" donnerte Tarzan. „Bist du nicht hierher geeilt, um den Bolganis zu erzählen, daß ich im Palast bin, damit sie den Gomangani schicken, mich in die Falle zu locken?"

„Ich habe nichts dergleichen getan", erwiderte der andere. „Ich bin hergeeilt, um in der Nähe der weißen Frau zu sein, weil ich mir sagte, daß ich ihr oder dir zu Diensten sein könnte, falls ich gebraucht würde. Ich komme nun, um an deiner Seite zu stehen und zu sterben, Engländer, denn sterben wirst du, so wahr es einen Gott im Himmel gibt. Nichts kann dich jetzt noch vom Zorn der Bolganis retten, deren Herrscher du getötet hast."

„Dann komm und beweise mir deine Loyalität", entgegnete Tarzan. „Es ist besser, jetzt zu sterben, als für immer ein Sklavenleben zu fristen."

Die sechs Gomanganis hatten sich jeweils zu dritt beiderseits von Tarzan und La aufgestellt, während der siebente, der mit Tarzan hereingekommen und unbewaffnet gewesen war, sich jetzt Waffen von den drei Bolganis nahm, die auf dem Podest getötet worden waren.

Für die Bolganis war eine solche Anordnung der Kräfte völlig neu, deshalb blieben sie zunächst verdattert am Fuße der zum Podest führenden Stufen stehen, allerdings nur einen kurzen Augenblick, denn sie waren ihrer fünfzig gegen neun Gomanganis, und so stürmten sie die Stufen hinauf. Tarzan und seine Kampfgefährten traten ihnen mit Streitaxt, Speer und Keule entgegen. Für einen Moment konnten sie sie zurücktreiben, aber die Übermacht war zu goß, und schon wieder brandete eine Welle zu ihnen herauf, und abermals deutete alles darauf hin, daß sie nun überwältigt wurden, als den Streitern ein furchterregendes Gebrüll an die Ohren schlug, das, da es aus unmittelbarer Nähe zu kommen schien, zu einer jähen, wenngleich kurzen Kampfpause führte.

Sie blickten in die Richtung, aus der das Gebrüll erscholl, und sahen einen großen Löwen mit schwarzer Mähne an einem der

Fenster stehen. Einen Augenblick verharrte er reglos wie eine goldene Bronzestatue, dann erbebte das Gebäude wieder von seinem ohrenbetäubenden Gebrüll.

Tarzan von den Affen stand am höchsten von allen, blickte vom Podest auf das riesige Tier unter ihnen herab und ließ alsbald in freudiger Erregung seine Stimme erschallen, wobei er das Knurren der Bolganis übertönte.

„Jad-bal-ja, töte! Töte!" rief er und wies auf die Bolganis.

Kaum hatte er diese Worte gesprochen, fiel das riesige Ungeheuer, ein wahrer Teufel in Tiergestalt, über die behaarten Gorillamänner her. Im gleichen Augenblick kam dem Affenmenschen ein kühner Gedanke, wie er sich und die anderen, die auf ihn angewiesen waren, retten konnte.

„Macht die Bolganis schnell nieder", rief er den Gomanganis zu. „Das hier ist der echte Numa, König der Tiere und Herrscher über alle Schöpfung. Er tötet seine Feinde, aber er wird Tarzan von den Affen und die Gomanganis schützen, die seine Freunde sind."

Als diese ihre verhaßten Herren vor den schrecklichen Angriffen des Löwen zurückweichen sahen, stürzten sie sich mit Streitäxten und Knüppeln in den Kampf, während Tarzan den Speer beiseite warf und mit gezogenem Messer seinen Platz unter ihnen einnahm, wobei er dicht bei Jad-bal-ja blieb und den Löwen von einem Opfer zum andern lenkte, damit er nicht aus Versehen über die Gomanganis, den kleinen, alten, weißen Mann oder gar La herfiel. Zwanzig Bolganis lagen tot auf dem Boden, ehe der Rest aus dem Gemach entkommen konnte. Da rief Tarzan Jad-bal-ja zu sich.

„Geht hin und schleppt den Körper des falschen Numa vom Podest", befahl er den Gomanganis. „Entfernt ihn aus dem Raum, denn der wahre Herrscher ist gekommen, seinen Thron zu beanspruchen."

Der alte Mann und La blickten Tarzan und den Löwen verwirrt an.

„Wer bist du, daß du an einem wilden Tier aus dem Dschungel solche Wunder verbringen kannst?" fragte ersterer. „Wer bist du, und was beabsichtigst du zu tun?"

„Wartet und seht", sagte Tarzan mit einem grimmigen Lächeln. „Ich denke, daß wir jetzt alle sicher sind, und daß die Gomanganis fortan für lange Zeit ein ungestörtes Leben werden fristen können."

Als die Schwarzen den Kadaver des Löwen vom Podest entfernt und aus einem der Fenster des Gemachs geworfen hatten, hieß Tarzan Jad-bal-ja den Platz auf dem Podest einnehmen, der vorher von dem anderen Löwen, Numa, besetzt worden war. Dann wandte er sich an die Gomanganis.

„Hier seht ihr den wahren Herrscher, den man nicht an seinen Thron anketten muß", sagte er. „Drei von euch werden jetzt hinter den Palast zu den Hütten eures Volkes gehen und alle zum Throngemach rufen, damit auch sie sehen können, was geschehen ist. Eilt, damit wir viele Krieger hier haben, ehe die Bolganis in großer Zahl zurückkehren."

Erfüllt von einer Aufregung, die in ihren stumpfsinnigen Gehirnen fast so etwas Ähnliches wie einen Denkprozeß auslöste, eilten drei der Gomanganis, Tarzans Befehl auszuführen, während die anderen ihn mit einem derart ehrfürchtigen Ausdruck anstarrten, wie sie ihn sonst nur beim Anblick einer Gottheit zur Schau trugen. Nun stellte sich La neben ihn und blickte mit Augen zu ihm auf, die eine ebenso große Ehrfurcht bekundeten wie die der Schwarzen.

„Ich habe dir noch gar nicht für all das gedankt, was du für mich gewagt und getan hast, Tarzan von den Affen", sagte sie. Ich weiß, daß du herkommen mußtest, um nach mir zu suchen und mich von diesen Kreaturen zu retten, und ich weiß auch, daß nicht Liebe dich zu dieser heldenhaften und schier aussichtslosen Tat getrieben hat. Daß dir all dies bislang geglückt ist, grenzt an ein Wunder, doch ich, Angehörige eines Volkes, in dessen Legenden die Taten der Bolganis wiedergegeben werden, weiß, daß es keine Hoffnung auf ein letztendliches Entrinnen geben kann, zumindest nicht für uns alle, und so flehe ich dich an, sofort aufzubrechen und allein die Flucht zu wagen, sofern dies möglich ist, denn nur du allein hast Aussicht, von hier zu entkommen."

„Ich kann dir nicht zustimmen, daß wir keine Fluchtmöglichkeit hätten, La", erwiderte der Affenmensch. „Mir scheint vielmehr, daß wir jetzt nicht nur jeden Grund zur Annahme haben, die Flucht wirklich sicher bewältigen zu können, sondern daß wir auch diese armen Gomanganis von der Sklaverei und der Tyrannei der Bolganis befreien können. Aber das ist nicht alles. Ich werde mich damit nicht zufrieden geben. Nicht nur diese Kreaturen müssen bestraft werden, die Fremden keine Gastfreundschaft gewähren, sondern auch deine Priester, die dir die Loyalität verweigert haben. Zu diesem Zweck gedenke ich, mit einer Gomanganistreitmacht, die ausreicht, um Cadj zum Verzicht auf die Macht zu bewegen, welche er an sich gerissen hat, aus dem Tal des Palastes der Diamanten gegen die Stadt Opar zu ziehen und dich wieder auf den Thron zu setzen. Nur dies kann mich zufriedenstellen, und ehe ich das nicht vollbracht habe, werde ich dich nicht verlassen."

„Du bist ein tapferer Mann und hast weit mehr erreicht, als ich für möglich hielt", sagte der alte Mann. „Aber La hat recht, du kennst die Wildheit und die Hilfsmittel der Bolganis nicht, auch nicht die Macht, die sie über die Gomanganis ausüben. Könntest du den Dämonen der Angst aus den stumpfen Gemütern der Schwarzen vertreiben, der sie so tief niederdrückt, so könntest du eine genügende Anzahl auf deine Seite ziehen, um heil und unversehrt aus dem Tal herauszukommen, aber das übersteigt sogar deine Möglichkeiten, fürchte ich. Unsere einzige Hoffnung besteht darin, aus dem Palast zu fliehen, solange sie noch in Verwirrung sind, und unserer Schnelligkeit und dem Glück zu vertrauen, daß es uns aus dem Tal bringen möge, ehe wir ergriffen werden."

„Seht dort!" rief La und zeigte in eine bestimmte Richtung. „Selbst dazu ist es schon zu spät – sie kehren zurück."

Tarzan blickte in die gewiesene Richtung und sah eine große Anzahl Gorillamänner in der Tür am anderen Ende des Gemachs auftauchen. Sein Blick schweifte schnell zu den Fenstern in der Wand. „Wartet, es gibt noch einen anderen Faktor in dieser Gleichung!"

Nun schauten alle zu den Fenstern, die auf die Terrasse blickten, und sahen draußen eine Menge von einigen hundert Schwarzen schnell zum Haus gelaufen kommen. Ihre Stammesgenossen auf dem Podest riefen aufgeregt: „Sie kommen! Sie kommen! Wir werden frei sein, und nie wieder werden die Bolganis uns zur Arbeit zwingen, bis wir vor Erschöpfung umfallen, oder uns schlagen, quälen und Numa zum Fraß vorwerfen!"

Als die ersten Bolganis die in den Raum führende Tür erreichten, kletterten bereits die ersten Gomanganis durch die verschiedenen Fenster in der gegenüberliegenden Wand. Sie wurden von den dreien angeführt, die Tarzan ausgeschickt hatte, sie zu holen, und diese hatten ihre Botschaft so wirksam übermittelt, daß die Schwarzen bereits einen ganz anderen Eindruck machten, so hatte die Vorstellung, binnen kurzem frei zu sein, sie verwandelt. Bei ihrem Anblick befahl der Führer der Bolganis ihnen mit lauter Stimme, die Eindringlinge auf dem Podest zu ergreifen, aber die einzige Antwort war ein Speer, von dem ihm am nächsten stehenden Schwarzen geschleudert, und als er tot vornüber stürzte, ging der Kampf los.

Wohl waren die Bolganis im Palast in der Überzahl, aber die Schwarzen hatten den Vorteil, in ausreichender Zahl den Thronraum zu füllen, so daß sie verhindern konnten, daß allzu viele Bolganis gleichzeitig eindrangen. Tarzan erfaßte die Stimmung der Schwarzen im Nu, gebot Jad-bal-ja, ihm zu folgen, stieg vom Podest und übernahm das Kommando über die Gomanganis. Er stellte genügend Leute zur Bewachung an jede Tür und hielt die übrigen in der Mitte des Raumes als Reserve bereit. Dann rief er den alten Mann, um sich mit ihm zu beraten.

„Das Tor in der Ostmauer steht offen“, sagte er. „Ich habe es auch so belassen, als ich eindrang. Ob zwanzig oder dreißig Schwarze es wohl sicher erreichen, in den Wald entkommen und den Dorfbewohnern berichten können, was hier im Palast vor sich geht? Und ob sie sie veranlassen könnten, sofort alle Krieger herzuschicken, um das von uns begonnene Befreiungswerk zu Ende zu führen?“

„Ein ausgezeichneter Plan“, erwiderte der alte Mann. „Auf dieser Seite des Palastes gibt es keine Bolganis zwischen uns und dem Tor, und wenn das je gelingen sollte, dann jetzt. Ich werde dir deine Leute aussuchen. Es müssen die Anführer sein, weil ihr Wort bei den Dorfbewohnern außerhalb der Palastmauern das meiste Gewicht besitzt.“

„Gut!“ sagte Tarzan. „Suche sie schnell aus, erzähle ihnen, was wir vorhaben, und mache ihnen begreiflich, daß wir uns sputen müssen.“

Der alte Mann wählte dreißig Krieger aus, wobei er jedem einzelnen seinen Auftrag genau erläuterte. Sie waren begeistert von dem Plan und versicherten Tarzan, die ersten Verstärkungen würden in weniger als einer Stunde eintreffen.

Der Affenmensch schärfte ihnen noch ein: „Wenn ihr das Palastgelände verlaßt, dann zerstört das Torschloß, so daß die Bolganis das Tor nicht wieder abschließen und unsere Verstärkungen aussperren können. Sagt ihnen auch noch, die ersten, die hier ankommen, sollen außerhalb der Mauer warten, bis genügend Leute beisammen sind, um ungehindert in das Palastgelände einzudringen – zumindest so viele, wie sich jetzt in diesem Raum befinden."

Die Schwarzen gaben ihm zu verstehen, daß sie begriffen hatten, und einen Augenblick später kletterten sie durch eines der Fenster und verschwanden in der nächtlichen Dunkelheit.

Kurz nach ihrem Abgang unternahmen die Bolganis einen entschlossenen Vorstoß gegen die Gomanganis, die den Haupteingang zum Thronraum bewachten, mit dem Ergebnis, daß es einer ganzen Schar Gorillamänner glückte, sich einen Weg in den Saal zu bahnen. Beim ersten Anzeichen dieser Entwicklung ließen die Schwarzen Zeichen der Unschlüssigkeit erkennen, die ihnen innewohnende Furcht vor den Bolganis zeigte sich jetzt in einer schwankenden Haltung und offensichtlichem Widerstreben, einen Gegenangriff zu wagen. Tarzan stürzte vor, um ihnen zu helfen, das Eindringen der Bolganis in den Thronraum aufzuhalten, und rief er nach Jad-bal-ja. Als der große Löwe an seiner Seite war, deutete der Affenmensch auf den nächsten Bolgani und rief: „Töte! Töte!"

Jad-bal-ja sprang ihm an die Kehle, und nur einmal schlossen sich seine Kiefer über dem angstverzerrten Gesicht des erschrokkenen Gorillamannes, dann ließ der Löwe nach kurzem Schütteln den Toten fallen und sprang den nächsten an. Drei starben so in schneller Folge, da wandten sich die übrigen Bolganis zur Flucht, um dieses Gemach des Schreckens in Panik zu verlassen. Die Leichtigkeit, mit denen dieser furchtbare Verbündete Tod und Schrecken unter den Tyrannen säte, erfüllte die Gomanganis wieder mit Zuversicht, sie postierten sich zwischen den Bolganis und der Tür und schnitten ihnen den Rückweg ab.

„Haltet sie fest! Haltet sie fest!" rief Tarzan. „Tötet sie jedoch nicht!" Und zu den Bolganis gewandt: „Ergebt euch, und euch wird nichts geschehen!"

Jad-bal-ja blieb dicht bei seinem Herrn, funkelte und knurrte die Bolganis an und blickte ab und zu bittend zu dem Affenmenschen auf, und diese Geste sagte beredter als Worte: „Schick mich unter sie!“

Von den Bolganis, die in den Raum gedrungen waren, waren fünfzehn noch am Leben. Sie zögerten einen Augenblick, dann ließ der erste seine Waffen zu Boden fallen. Sofort taten die anderen es ihm nach.

„Zurück!“ sagte Tarzan zu dem Löwen und wies auf den Podest, und als das Tier sich umgedreht hatte und zu dem ihm zugewiesenen Platz schlich, wandte Tarzan sich an die Bolganis.

„Einer von euch soll hingehen und den anderen sagen, daß ich die sofortige Unterwerfung verlange.“

Die Bolganis flüsterte eine Weile untereinander, dann erklärte einer, er werde das übernehmen. Als er den Raum verlassen hatte, trat der Alte zu Tarzan.

„Sie werden sich nie ergeben“, sagte er. „Hüte dich vor ihrer Heimtücke!“

„Ist in Ordnung“, erwiderte Tarzan. „Ich bin darauf eingestellt, aber so gewinne ich Zeit, und die brauchen wir am nötigsten. Gäbe es hier in der Nähe ein Gelaß, wo ich die anderen einsperren könnte, würde ich mich wohler fühlen, denn dies würde die Zahl unserer Feinde zumindest um diese Gruppe verringern.“

„Dort ist ein solcher Raum“, sagte der alte Mann und wies auf eine der Türen, die in den Thronraum führten. „Dort kannst du sie einsperren – im Turm der Herrscher gibt es viele solche Räume.“

„Gut“, sagte Tarzan, und einen Augenblick später waren die Bolganis gemäß den Anweisungen des Affenmenschen in einem der Nebenräume des Thronsaals sicher verwahrt. Auf den Korridoren draußen konnte man die Hauptmacht der Gorillamänner miteinander debattieren hören. Zweifellos erörterten sie die Botschaft, die Tarzan ihnen hatte zukommen lassen. Fünfzehn Minuten verstrichen, vielleicht dreißig, ohne daß eine Antwort der Bolganis eintraf oder die Feindseligkeiten wiederaufgenommen wurden, dann kehrte der Bursche, den Tarzan mit seiner Kapitulationsforderung hinausgeschickt hatte, zum Haupteingang des Thronsaals zurück.

„Nun, wie lautet ihre Antwort?“ fragte der Affenmensch.

„Sie wollen sich nicht ergeben, aber sie wollen dir gestatten, das Tal zu verlassen, vorausgesetzt, du läßt diejenigen frei, die du gefangengenommen hast, und tust den anderen nichts zuleide.“

Der Affenmensch schüttelte den Kopf. „Kommt nicht in Frage“, erwiderte er. „Ich habe die Macht, die Bolganis aus dem Tal der Diamanten zu vernichten. Sieh hin, dort ist der wahre Numa!“, und er wies auf Jad-bal-ja. „Die Kreatur, die euren Thron einnahm, war nur ein wildes Tier, aber das ist Numa, König der Tiere, Herrscher Über Alle Geschaffenen Dinge. Sieh ihn dir an. Muß er mit goldenen Ketten festgehalten werden wie ein Gefangener oder Sklave? Nein! Er ist wirklich ein Herrscher. Es gibt jedoch jemanden, der noch größer ist als er, einen, von dem er Befehle entgegennimmt, und das bin ich, Tarzan von den Affen. Erzürne mich, und du wirst nicht nur den Grimm Numas zu spüren bekommen, sondern auch den von Tarzan. Die Gomanganis sind meine Leute, die Bolganis werden meine Sklaven sein. Geh und sag das deinen Genossen, und wenn ihnen ihr Leben lieb ist, dann kommen sie am besten sofort und bitten um Gnade. Geh!“.

Als der Bote wieder verschwunden war, sah Tarzan zu dem alten Mann, und dieser musterte ihn mit einem Ausdruck, der pure Ehrfurcht und Hochachtung hätte bekunden können, wäre da nicht ein winziges Zwinkern in den Augenwinkeln gewesen. Der Affenmensch seufzte tief vor Erleichterung. „Das wird uns mindestens eine weitere halbe Stunde verschaffen“, sagte er.

„Und die werden wir brauchen, vielleicht auch noch mehr“, erwiderte der alte Mann. „Dabei hast du bist jetzt weit mehr erreicht, als ich für möglich gehalten hätte, denn du hast zumindest Zweifel in die Herzen der Bolganis gesät, die vorher nie Veranlassung hatten, ihre Macht in Frage zu stellen.“

Im gleichen Moment wich draußen auf den Gängen der Lärm von Wortgefechten und Diskussionen dem von Bewegung unter den Bolganis. Eine etwa fünfzig Mann zählende Gruppe stellte sich gleich vor dem Haupteingang zum Thronsaal auf, wo sie schweigend verharrten, ihre Waffen einsatzbereit haltend, als wollten sie jeden Fluchtversuch der im Raum Befindlichen im Keim ersticken. Dahinter sah man die übrigen Gorillamänner sich entfernen und durchs Tor und die von der Haupthalle des Palastes wegführenden Gänge verschwinden. Die Gomanganis, La und der alte Mann hielten ungeduldig Ausschau, ob die schwarzen Verstärkungen nicht bald einträfen, während Tarzan, den einen

Arm um Jad-bal-jas Hals gelegt, zurückgelehnt am Rande des Podests saß.

„Sie führen etwas im Schilde", sagte der alte Mann. „Wir müssen scharf aufpassen, um vor Überraschungen gewappnet zu sein. Würden die Schwarzen jetzt kommen, wo die Tür von nur fünfzig Mann bewacht wird, könnten wir sie leicht überwinden und hätten doch eine gewisse Chance, aus dem Palastgelände zu fliehen, wie ich jetzt wirklich glaube."

„Dein langer, erzwungener Aufenthalt hier hat dich mit derselben unbegründeten Furcht vor den Bolganis erfüllt, wie sie auch den Gomanganis eigen ist. Von dieser Warte betrachtet, erscheinen sie den meisten von euch als eine Art Übermenschen, doch sie sind nur Tiere, mein Freund, und wenn wir fest an unsere Sache glauben, werden wir sie besiegen."

„Möglich, daß es Tiere sind, doch es sind welche mit den Gehirnen von Menschen", erwiderte der alte Mann. „Ihre Verschlagenheit und Grausamkeit ist teuflisch."

Eine lange Stille folgte, die nur durch aufgeregtes Flüstern der Gomanganis unterbrochen wurde, deren Kampfmoral offensichtlich unter der nervlichen Anspannung des erzwungenen Wartens und des Unvermögens ihrer Stammesgefährten aus dem Wald, schnell zu Hilfe zu eilen, zusehends abnahm. Hinzu kam noch die demoralisierende Wirkung des Herumrätselns, was die Bolganis wohl vorhatten, und welche Absicht sie jetzt gerade in die Tat umsetzten. Das bloße Schweigen der Gorillamänner war schrecklicher als der Lärm eines tatsächlichen Angriffs. La war die erste von den Weißen, die das Schweigen brach.

„Wenn dreißig Gomanganis den Palast so leicht verlassen konnten, warum sind wir dann nicht gleichfalls auf diesem Weg verschwunden?" fragte sie.

„Aus zwei Gründen", erwiderte Tarzan. „Der eine ist folgender: Hätten wir den Raum gleichzeitig mit den dreißig verlassen, so hätten uns die Bolganis, die uns zahlenmäßig weit überlegen sind, arg in Bedrängnis bringen und uns genügend lange zurückhalten können, um ihren Boten zu ermöglichen, die Dorfbewohner vor unseren Läufern zu erreichen, mit dem Ergebnis, daß wir in kürzester Frist von Tausenden feindlicher Krieger umzingelt gewesen wären. Der zweite Grund ist, daß ich diese Kreaturen bestrafen will, so daß ein Fremder sich in Zukunft ungefährdet im Tal des Palasts der Diamanten aufhalten kann." Er hielt kurz inne. „Und nun will ich dir noch einen dritten Grund nennen, warum wir nicht trachten sollten, jetzt noch zu fliehen." Er wies auf die Fenster, die auf die Terrasse blickten. „Schau hin, die Terrasse und die Gärten sind voller Bolganis", sagte er. „Was immer sie im Schilde führen, ich vermute, der Erfolg ihres Vorhabens hängt von unserem Versuch ab, diesen Raum durch die Fenster zu verlassen, denn wenn ich mich nicht irre, sind sie krampfhaft bemüht, sich auf der Terrasse und in den Gärten vor uns zu verstecken."

Der alte Mann begab sich in jenen Teil des Thronsaals, von wo er den größeren Teil des bezeichneten Gebietes besser überblikken konnte.

„Du hast recht", sagte er, als er wieder bei dem Affenmenschen war. „Mit Ausnahme der Bolganis, die den Haupteingang bewachen, und vielleicht noch einigen vor den anderen Türen, die aus dem Thronsaal führen, sind alle vor diesen Fenstern versammelt. Letzteres läßt sich ja leicht nachprüfen." Er ging rasch zur gegenüberliegenden Seite des Gemachs, schob schnell die Vorhänge vor einem der Ausgänge beiseite und entdeckte dahinter eine kleine Schar Bolganis. Sie standen regungslos und unternahmen nichts, ihn zu ergreifen oder ihm sonstwie zunahe zu treten. Er ging zum nächsten Ausgang, danach zu noch einem, und die im Raum Befindlichen entdeckten jedesmal die ähnliche Gruppen schweigender Gorillas, die dort Wache standen. Er machte die Runde durch den Raum, ging an dem Podest hinter den drei Thronen vorbei und kehrte dann zu Tarzan und La zurück.

„Genau, wie ich vermutet habe", sagte er. „Wir sind völlig eingekreist. Wenn nicht bald Hilfe kommt, sind wir verloren."

„Aber ihre Kräfte sind zerteilt", entgegte Tarzan.

„Dennoch, sie reichen aus, um uns zu vernichten", erwiderte der alte Mann.

„Vielleicht hast du recht, aber zumindest werden wir unser Leben teuer verkaufen", erklärte Tarzan.

„Was ist das!" rief La, aber da richteten die anderen, durch dasselbe Geräusch aufmerksam gemacht, auch schon ihre Blicke zur Decke, wo sie etwa ein Dutzend geöffnete Falltüren entdeckten, durch die die grimmigen Gesichter zahlreicher Trupps von Gorillamännern herabblickten.

„Was soll das jetzt werden?“ fragte Tarzan, und wie zur Antwort auf diese Frage begannen die Bolganis, Bündel brennender, ölgetränkter Lumpen, die in Ziegenhäute gewickelt waren, in den Thronsaal zu schleudern, der sich sofort mit dichtem, erstickenden Rauch füllte, vermischt mit dem Gestank brennender Häute und Haare.

Die mit Blut gezeichnete Karte

Nachdem Esteban und Owaza das Gold vergraben hatten, kehrten sie zu der Stelle zurück, wo sie die fünf Boys gelassen hatten, marschierten mit ihnen weiter zum Fluß und schlugen dort ihr Nachtlager auf. Hier erörterten sie ihre Pläne und beschlossen, den Rest der Gruppe, der auf schnellstem Weg zur Küste marschierte, zu verlassen und selbst zu einem anderen Küstenabschnitt vorzustoßen, wo sie genügend Träger mieten konnten, um das Gold herauszuschaffen.

„Warum müssen wir erst zur Küste, um dort Träger zu mieten, wenn wir sie doch im nächsten Dorf anheuern könnten?" fragte Esteban.

„Diese Männer würden nicht mit uns zur Küste gehen", erwiderte Owaza. „Sie sind keine Träger. Bestenfalls würden sie unser Gold ins nächste Dorf bringen."

„Und warum nicht?" fragte der Spanier weiter. „Dort könnten wir dann wieder welche mieten, die das nächste Stück begleiten, bis wir schließlich andere finden, die mit uns weitermarschieren."

Owaza schüttelte den Kopf. „Der Plan ist gut, Bwana, aber nicht durchführbar, weil wir nichts haben, womit wir unsere Träger bezahlen können."

Esteban kratzte sich am Kopf. „Du hast recht, aber es würde uns die verdammte Reise zur Küste und zurück ersparen", sagte er. Sie saßen eine Weile schweigend und dachten nach. „Ich hab's!" rief der Spanier schließlich. „Selbst wenn wir die Träger jetzt hätten, könnten wir dennoch nicht direkt zur Küste marschieren, weil wir dort womöglich Flora Hawkes' Trupp begegnen würden – wir müssen warten, bis sie Afrika verlassen haben, ehe wir das Gold zur Küste bringen können. Zwei Monate Wartezeit sind nicht zu lange, denn sie werden von Glück reden können, mit dieser aufrührerischen Horde von Trägern die Küste überhaupt zu erreichen. Inzwischen können wir einen der Goldbarren zum nächsten Handelspunkt bringen, um ihn dort gegen Waren einzutauschen. Dann kommen wir zurück und mieten Träger, die uns von Dorf zu Dorf weiterhelfen."

„Der Bwana spricht Worte der Weisheit", erwiderte Owaza. „Bis zum nächsten Handelsposten ist es längst nicht so weit wie zurück zur Küste, und so sparen wir nicht nur Zeit, sondern auch viele lange, beschwerliche Märsche."

„Also kehren wir morgen früh zurück und graben einen der Barren aus, aber wir müssen sicher gehen, daß keiner deiner Leute uns begleitet, denn niemand darf wissen, wo das Gold begraben liegt, bis es nicht länger zu verheimlichen ist. Wenn wir es abholen kommen, erfahren die anderen natürlich auch, wo es sich befindet, aber da wir anschließend ständig mit ihnen zusammen sind, besteht kaum Gefahr, daß man es uns raubt."

So kehrten der Spanier und Owaza am folgenden Morgen zu dem vergrabenen Schatz zurück, wo sie einen einzelnen Barren ausgruben.

Ehe sie die Stelle verließen, zeichnete der Spanier auf der Innenseite des Leopardenfells, das er über der Schulter trug, eine Karte mit dem genauen Lageort des Schatzes. Er benutzte dazu einen angespitzten Stock, den er in das Blut eines kleinen Nagetieres tauchte, das er eigens zu diesem Zweck erlegt hatte. Dann ließ er sich von Owaza in der Eingeborenensprache die Namen des Flusses und markanter Punkte in der Umgebung nennen, die von der Stelle, wo der Schatz vergraben lag, zu sehen waren, sowie möglichst genaue Hinweise geben, wie der Ort von der Küste aus zu erreichen war. Diese Angaben notierte er unter die Karte, und als er damit fertig war, fühlte er sich sehr erleichtert, da er nicht mehr befürchten mußte, daß er das Gold nicht wiederfand, sollte Owaza etwas zustoßen.

Als Jane Clayton die Küste erreichte, um die Reise nach London anzutreten, fand sie ein Telegramm vor, das ihr mitteilte, ihr Vater befinde sich außer Gefahr, es bestehe für sie also keine Notwendigkeit mehr, ihn zu besuchen. Nach einigen Ruhetagen machte sie sich deshalb wieder auf den Heimweg und trat abermals die lange, heiße, ermüdende Reise an, die sie gerade erst hinter sich gebracht hatte. Als sie endlich wieder in ihrem Bungalow eintraf, erfuhr sie zu ihrer Bestürzung, daß Tarzan von seiner Expedition in die Stadt Opar noch nicht zurückkehrt war, wo er aus den Schatzkammern neues Gold holen wollte. Sie fand Korak in einem sehr erregten Zustand vor, doch wagte er nicht, irgendwelche Zweifel an der Fähigkeit seines Vaters zu äußern, auf sich selbst achtzugeben. Sie erfuhr auch von der Flucht des goldenen Löwen und bedauerte dies, denn sie wußte, daß Tarzan sehr an dem edlen Tier hing.

Am zweiten Tag nach ihrer Rückkehr trafen die Waziris wieder ein, die Tarzan begleitet hatten, jedoch ohne ihn. Nun bangte sie doch sehr um das Schicksals ihres Herrn und Meisters. Sie befragte die Männer genauestens, und als sie erfuhr, Tarzan sei abermals etwas zugestoßen, das sein Erinnerungsvermögen beeinträchtigt habe, kündigte sie sofort an, sie werde sich am folgenden Tag auf die Suche nach ihm begeben, wobei sie den Waziris, die gerade erst zurückgekehrt waren, anbefahl, sie zu begleiten.

Korak versuchte, es ihr auszureden, hatte damit jedoch keinen Erfolg und bestand nun darauf, sie zu begleiten.

„Wir dürfen nicht alle auf einmal von hier weg", sagte sie. „Du bleibst hier, mein Sohn. Bleibt mir der Erfolg versagt, dann kehre ich zurück und lasse dich gehen."

„Ich kann dich nicht allein losziehen lassen, Mutter", erwiderte Korak.

„Ich bin nicht allein, wenn die Waziris bei mir sind", antwortete sie lachend. „Und du weißt ganz genau, mein Junge, daß ich in ihrer Gesellschaft im Herzen Afrikas ebenso sicher bin wie hier auf der Ranch."

„Das mag schon sein, dennoch wünschte ich, ich könnte mit dir gehen, oder daß Meriem hier wäre."

„Das wünschte ich mir auch", erwiderte Lady Greystoke. „Mach dir dennoch keine Sorgen. Du weißt genau, daß meine Kenntnisse vom Leben im Dschungel sich zwar nicht mit denen von Tarzan oder den deinen messen können, indessen auch kein zu unterschätzender Pluspunkt sind, und daß ich mich angesichts der Loyalität und Tapferkeit der Waziris sicher fühlen kann."

„Da magst du recht haben, dennoch sehe ich es gar nicht gern, daß du ohne mich aufbrichst."

Ungeachtet seiner Einwände machte sich Jane Clayton am nächsten Morgen mit fünfzig Waziris auf den Weg, um nach ihrem wilden Gefährten zu suchen.

Als Esteban und Owaza nicht ins Lager zurückkehrten, wie sie versprochen hatten, waren die anderen Mitglieder der Gruppe zuerst nur sehr verärgert, doch wich dieses Gefühl später der Besorgnis, wobei sie sich weniger um die Sicherheit des Spaniers Gedanken machten, sondern vielmehr befürchteten, Owaza könne etwas zugestoßen sein, so daß er sie nicht sicher zur Küste geleiten konnte, denn von all den Schwarzen schien er allein mit den verdrossenen und aufmüpfigen Trägern umgehen zu können. Die Neger kamen gar nicht auf die Idee, Owaza sei verlorengegangen, sondern neigten eher zu der Ansicht, daß er und Esteban sie vorsätzlich verlassen hatten. Luvini, der in Owazas Abwesenheit als Vormann auftrat, entwickelte eine eigene Theorie.

„Owaza und der Bwana haben sich auf die Suche nach den Elfenbeinräubern gemacht. Mit List können sie ebenso viel erreichen wie wir mit Gewalt, und so gibt es dann nur zwei, unter die das Elfenbein aufzuteilen ist."

„Wie sollten zwei Männer eine Bande von Räubern überwältigen?" fragte Flora skeptisch.

„Sie kennen Owaza nicht", antwortete Luvini. „Wenn er sich bei den Sklaven Gehör verschaffen kann, zieht er sie auf seine Seite, und sobald die Araber sehen, daß Tarzan von den Affen Owaza begleitet und an der Spitze der aufrührerischen Sklaven kämpft, machen sie sich entsetzt aus dem Staub."

„Ich glaube, da hat er recht", murmelte Kraski. „Es sähe dem Spanier ähnlich." Dann wandte er sich an Luvini und fragte: „Kannst du uns zum Lager der Räuber führen?"

„Ja", antwortete der Neger.

„Sehr schön", rief Kraski. „Was hältst du von dem Plan, Flora? Wir schicken einen schnellen Läufer zu den Räubern, um sie vor Owaza und dem Spanier zu warnen und ihnen zu stecken, daß letzterer gar nicht Tarzan von den Affen ist, sondern ein Doppelgänger. Wir bitten sie, die beiden zu ergreifen und festzuhalten, bis wir kommen, und wenn wir da sind, können wir weiter entscheiden, soweit die Umstände es zulassen. Aller Wahrscheinlichkeit können wir dann unser ursprüngliches Vorhaben verwirklichen, nachdem wir erst mal ihr Lager als Freunde betreten haben."

„Ja, das klingt vernünftig, auf so was kann gewiß nur ein Gauner kommen – eben so einer wie du."

Der Russe wurde rot. „Gleich und gleich gesellt sich gern“, zitierte er.

Das Mädchen zuckte gleichgültig die Schultern, aber Bluber, der, wie auch Peebles und Throck, bisher nur still zugehört hatte, brauste auf.

„Was heißt hier gleich un’ gleich?“ fragte er. „Wer is’ ‘n Gauner? Ich will Ihn’n was sag’n, Mister Kraski: Ich bin ‘n anständiger Mann, un’ niemand darf von Adolf Bluber sag’n, er wär’n Gauner.“

„Halt’s Maul!“ gab Kraski zurück. „Wenn was zu holen ist, bist du immer dabei – vorausgesetzt, es besteht kein Risiko. Die Burschen haben das Elfenbein für sich allein gestohlen und dabei wahrscheinlich einen Haufen Leute umgelegt. Außerdem haben sie Sklaven genommen, die wir befreien werden.“

„Nun gut, wenn es anständig un’ gerecht is’, warum nich’, awwer denk’n Se dran, Mr. Kraski, daß ich ein anständiger Mensch bin.“

„Verdammt noch mal, das sin’ wir alle!“ rief Throck. „In mein’m ganz’n Leb’n hab ich nie so’n feinen Haufen von Gemeindepriestern geseh’n wie den hier.“

„Un’ ob wir alle anständig sin’“, dröhnte John Peebles. „Wenn jemand das Geg’nteil behauptet, dem hau ich ‘n Schädel ein, un’ das wär’s dann auch.“

Das Mädchen lächelte müde. „Anständige Menschen erkennt man eben sofort“, sagte sie. „Sie kommen daher und erzählen aller Welt, wie anständig sie sind. Aber lassen wir das jetzt. Die entscheidende Frage ist doch jetzt, ob wir Kraskis Vorschlag aufgreifen sollen oder nicht. Das ist etwas, wo wir alle zustimmen müssen, ehe wir es in Angriff nehmen können. Wir sind unserer fünf. Also stimmen wir ab. Sollen wir es tun oder nicht?“

„Werden diese Männer uns begleiten?“ fragte Kraski, an Luvini gewandt.

„Wenn man ihnen einen Teil des Elfenbeins verspricht, kommen sie mit“, erwiderte der Schwarze.

„Also, wer ist für Karls Plan?“ fragte Flora.

Sie sprachen sich einstimmig dafür aus, und so wurde entschieden, daß sie das Wagnis unternehmen würden. Demzufolge wurde eine halbe Stunde später ein Läufer zum Lager der Elfenbeinräuber geschickt mit einer Nachricht für deren Chef. Kurz danach brach die Truppe das Lager ab und marschierte in derselben Richtung davon.

Als sie eine Woche später das Lager der Räuber erreichten, stellten sie fest, daß ihr Bote wohlbehalten angelangt war, und daß man sie erwartete. Esteban und Owaza waren noch nicht aufgetaucht, auch hatte man in der Umgebung noch nichts von ihnen gehört. Die Folge war, daß die Araber ihnen mißtrauisch und unfreundlich begegneten in der Befürchtung, die ihnen übermittelte Botschaft sei nur eine List gewesen, um zu erreichen, daß diese beachtliche Gruppe von Weißen und bewaffneten Schwarzen ungeschoren in ihr Lager gelangte.

Jane Clayton und ihre Waziris kamen schnell voran und nahmen in der Nähe des Lagers, wo diese Esteban, den sie noch immer für Tarzan von den Affen hielten, zuletzt gesehen hatten, die Spur von Flora Hawkes' Safari auf. Diese war deutlich genug zu sehen, und da Jane und ihre Waziris schneller als die anderen marschierten, schlugen sie nur etwa eine Woche, nachdem die Hawkes'sche Safari bei den Elfenbeinräubern angekommen war und sich auch noch dort aufhielt, um entweder auf die Ankunft von Owaza und Esteban oder auf einen geeigneten Moment zu warten, damit sie ihren heimtückischen Überfall auf die Araber durchführen konnten, etwa eine Meile entfernt ihr Lager auf. In der Zwischenzeit hatten Luvini und einige andere Schwarze insgeheim unter den Sklaven der Araber recht erfolgreich Propaganda für eine Revolte gemacht. Wenn Luvini Flora Hawkes täglich über den Fortgang der Aktion Bericht erstattete, verschwieg er wohlweislich, daß auch sein eigener kleiner Plan gediehen war und sich entwickelte. Dieser sah außer der Revolte der Sklaven und der Ermordung der Araber auch den Tod aller Weißen im Lager vor, mit Ausnahme von Flora Hawkes, die Luvini entweder für sich beanspruchte oder zum Verkauf an irgendeinen schwarzen Sultan im Norden anbot. Der hinterhältige Bursche plante zunächst die Ermordung der Araber mit Hilfe der Weißen, um danach über letztere herzufallen und sie zu ermorden, nachdem deren Leibdiener ihnen die Waffen entwendet hatten.

Zweifellos hätte Luvini dieses Vorhaben mühelos in die Tat umsetzen können, wäre nicht ein junger schwarzer Boy, der Flora Hawkes zu persönlichen Diensten zur Verfügung stand, ihr gegenüber zu loyal und anhänglich gewesen.

Diese junge Weiße war ungeachtet der Mühen, die sie auf sich nahm, nur um ihre Geldgier und Habsucht zu befriedigen, dennoch eine leutselige und nachsichtige Herrin. Die Freundlichkeiten, die sie diesem unwissenden kleinen Schwarzen erwiesen hatte, wurden ihr nunmehr um ein Vielfaches entgolten.

An einem bestimmten Nachmittag tauchte Luvini bei ihr auf, um ihr mitzuteilen, daß alles bereit sei, und daß die Revolte der Sklaven und die Ermordung der Araber noch am gleichen Abend nach Einbruch der Dunkelheit vonstatten gehen sollten. Längst schon hatte der reiche Vorrat an Elfenbein, über den die Räuber verfügten, die Gier der Weißen angestachelt, mit dem Ergebnis, daß alle diesen letzten Schritt des Unternehmens, das sie in den Besitz beträchtlichen Reichtums setzen sollte, kaum mehr erwarten konnten.

Kurz vor dem Abendessen kam der kleine Negerjunge in Flora Hawkes' Zelt geschlichen. Er war sehr verängstigt und starrte sie mit weit geöffneten Augen an.

„Was ist los?" fragte sie.

„Psst!" ermahnte er sie. „Sie dürfen nicht hören, daß du mit mir sprichst, deshalb neige dein Ohr dicht zu mir herab, während ich dir ganz leise erzähle, was Luvini plant."

Das Mädchen beugte sich tief zu den Lippen des kleinen Schwarzen herab. „Du bist immer freundlich zu mir gewesen, und nun, da Luvini dir großes Leid zufügen will, bin ich gekommen, dir das zu sagen", flüsterte er.

„Was meinst du?" fragte Flora ganz leise.

„Ich meine, daß Luvini den schwarzen Boys Befehl erteilt hat, nach der Ermordung der Araber alle weißen Männer zu töten und dich gefangen zu nehmen. Er will dich entweder für sich behalten oder gegen eine große Geldsumme im Norden verkaufen."

„Aber woher weißt du das alles?" fragte das Mädchen.

„Alle Schwarzen im Lager wissen es", erwiderte der Junge. „Ich sollte dein Gewehr und deine Pistole stehlen, wie jeder der Jungen die Waffen seines weißen Herren stehlen wird."

Das Mädchen sprang auf. „Ich werden dem Verräter eine Lektion erteilen", sagte sie, ergriff die Pistole und trat zum Zelteingang.

Der Junge packte sie bei den Knien und hielt sie auf. „Nein! Nein!" rief er. „Tu das nicht. Sage nichts. Es würde nur bedeuten, daß sie die weißen Männer eher töten und dich dennoch gefangennehmen. Jeder schwarze Junge im Lager ist gegen dich. Luvini hat fest versprochen, das Elfenbein genau unter ihnen allen zu verteilen. Sie sind jetzt bereit, und wenn du Luvini bedrohst oder sie auf andere Weise erfahren, daß du über die Verschwörung Bescheid weißt, fallen sie sofort über dich her."

„Was erwartest du dann von mir?" fragte sie.

„Die einzige Hoffnung liegt in der Flucht. Du mußt mit den weißen Männern in den Dschungel fliehen. Nicht einmal ich kann dich begleiten."

Das Mädchen schaute den kleinen Jungen eine Weile schweigend an, dann sagte sie schließlich: „Gut, ich will tun, was du sagst. Du hast mir das Leben gerettet. Vielleicht werde ich dir das niemals entgelten können, vielleicht aber doch. Geh nun, ehe du dich verdächtig machst."

Der Schwarze verließ das Zelt, indem er unter der Rückwand durchkroch, um nicht von seinen Gefährten gesehen zu werden, die sich in der Mitte des Lagers aufhielten, von wo aus sie die Vorderseite des Zeltes sehr gut sehen konnten. Kaum war er verschwunden, trat Flora wie zufällig hinaus und ging zu Kraskis Zelt, das dieser zusammen mit Bluber bewohnte. Sie fand die zwei Männer darin vor und unterrichtete sie mit gedämpfter Stimme über das, was der Schwarze ihr erzählt hatte. Kraski rief daraufhin Peebles und Throck herbei, und sie vereinbarten, sich nicht anmerken zu lassen, daß sie irgendwelchen Verdacht hegten. Die beiden Engländer wären am liebsten sofort über die Schwarzen hergefallen und hätten sie niedergemacht, aber Flora Hawkes redete ihnen diese übereilte Handlungsweise aus, indem sie auf die große Überzahl der Eingeborenen verwies und ihnen vor Augen führte, wie aussichtslos der Versuch sein würde, sie zu überwältigen.

Bluber neigte dank seiner angeborene Schläue und Arglist stets zu doppeltem Spiel, sofern sich Gelegenheit dazu bot, und riet, die Araber heimlich wissen zu lassen, was sie soeben erfahren hatten, sich mit ihnen zu verbünden, im Lager eine möglichst günstige Position zu beziehen und das Feuer auf die Schwarzen zu eröffnen, ohne erst ihren Angriff abzuwarten.

Abermals stimmte Flora Hawkes dagegen. „Das wird nicht klappen, denn die Araber sind innerlich ebenso gegen uns eingestellt wie die Schwarzen", entgegnete sie. „Sollte es uns glücken, letztere niederzuwerfen, ist es nur eine Frage von Minuten, bis die Araber jede Einzelheit unseres Vorhabens gegen sie in Erfahrung bringen, und dann ist unser Leben nicht mal das hier mehr wert." Dabei schnippte sie mit den Fingern.

„Ich glaube, Flora hat wie immer auch diesmal recht", brummte Peebles. „Aber was zum Teufel wird dann aus uns, wenn wir dann im Dschungel umherstiefeln ohne jemand'n, der für uns jagt, oder kocht, oder unser'n Kram schleppt, oder den Weg für uns sucht, das hätt' ich doch noch gern gewußt, un' das wär's dann mal."

„Ich vermute, was ann'res bleibt uns nich' übrig, doch verdammt will ich sein, wenn ich gern von hier abhau'n würde."

Da drang aus weiter Ferne im Dschungel das Gebrüll eines Löwen an ihr Ohr.

„Du meine Güte! Un' wir soll'n ganz allein dort im Dschungel umherstampf'n?" jammerte Bluber. „Weiß Gott ! Eher will ich hier bleib'n un' wie 'n Weißer den Tod erleid'n."

„Die werden dich nicht einfach töten", sagte Kraski. „Die foltern dich, falls du bleibst."

Bluber rang die Hände, kalter Angstschweiß rann ihm über das fettglänzende Gesicht. „Ach herrje! Warum hab ich das getan! Warum hab ich das getan!" jammerte er. „Warum bin ich nur nich' in London geblieb'n, wo ich hingehöre?"

„Halt den Mund!" fuhr Flora ihn an. „Kapierst du nicht, daß diese Burschen sofort über uns herfallen, wenn du irgend was tust, was ihren Verdacht erregt? Uns bleibt nur eins übrig, und das ist, zu warten, bis sie die Araber angreifen. Noch haben wir unsere Waffen, denn sie gedenken nicht, sie uns zu stehlen, bevor die Araber getötet sind. Im allgemeinen Kampfgetümmel müssen wir in den Dschungel fliehen, und was dann kommt, weiß Gott allein, und er mag uns auch helfen!"

„Ja, Gott mag uns helfen!" wiederholte Bluber, der eine Heidenangst hatte.

Einen Augenblick später kam Luvini zu ihnen. „Alles ist fertig, Bwanas", sagte er. „Sobald das Abendessen beendet ist, haltet euch bereit. Ihr werdet einen Schuß hören, das ist das Signal. Dann eröffnet ihr das Feuer auf die Araber."

„Schön", sagte Kraski. „Wir haben gerade alles besprochen und entschieden, daß wir uns am besten in der Nähe des Tores aufhalten, um zu verhindern, daß sie entkommen."

„Das ist gut, aber ihr müßt hier bleiben“, entgegnete Luvini. Dann wandte er sich an Flora. „Deine Sicherheit steht auf dem Spiel, wenn du dich dort befindest, wo gekämpft wird. Bleib besser in deinem Zelt, und wir werden den Kampf auf die andere Seite des Dorfes und möglicherweise auf das Tor begrenzen, falls einer von ihnen einen Fluchtversuch unternimmt.“

„In Ordnung“, sagte Flora. „Ich werde hier bleiben, wo es sicher ist.“

Zufrieden, daß sich die Dinge so gestalteten, wie es besser für ihn nicht sein konnte, ging der Schwarze seiner Wege, und sofort machten sich alle ans Abendessen. Im ganzen Lager herrschte eine gespannte Atmosphäre und verdächtige Stille, und dies hätte selbst den Arabern auffallen müssen, aber sie hatten als einzige von der ganzen Kumpanei keine Ahnung von den bevorstehenden Ereignissen. Bluber war so verängstigt, daß er keinen Bissen hinunterbekam, sondern bleich und zitternd dasaß und wild um sich glotzte, zuerst die Schwarzen anstarrte, dann die Araber und schließlich das Tor. In Gedanken hatte er gewiß hundertmal die Entfernung dorthin abgeschätzt, während er auf den Schuß wartete, der das Signal für das Massaker sein sollte, worauf er wie der Blitz in den Dschungel flitzen sollte, um dort, davon war er fest überzeugt, dem ersten auf Jagd befindlichen Löwen, der vorüberkam, als Fraß zu dienen.

Peebles und Throck nahmen in aller Ruhe ihre Mahlzeit ein, sehr zu Blubers Mißfallen. Kraski, der sehr empfindliche Nerven hatte, aß nur wenig, ließ aber keine Anzeichen von Furcht erkennen, ebensowenig Flora Hawkes, obwohl sie sich über die Aussichtslosigkeit ihrer Lage völlig im klaren war.

Die Dunkelheit war hereingebrochen. Einige der Schwarzen und Araber aßen noch, als die allgemeine Stille plötzlich durch den scharfen Knall eines Gewehrschusses zerrissen wurde. Ein Araber sank lautlos zu Boden. Kraski erhob sich und packte Flora am Arm. „Komm!“ sagte er.

Gefolgt von Peebles und Throck, rannten sie auf das Tor im Palisadenzaun zu, während Bluber, dessen Füßen die Angst Flügel verlieh, ihnen vorausstürmte.

Inzwischen war die Luft erfüllt vom rauhen Geschrei kämpfender Männer und vom Krachen der Gewehre. Die Araber, etwa ein Dutzend an der Zahl, lieferten den Schwarzen einen schneidigen Kampf, und da sie weit bessere Schützen waren als diese, stand der Ausgang des Gefechts noch in Frage, als Kraski das Tor öffnete und die fünf Weißen in die Dunkelheit des Dschungels flohen.

Das Ergebnis des Kampfes im Lager konnte indes nicht anders sein, als zu erwarten war, denn die Schwarzen befanden sich gegenüber den Arabern in derartiger Überzahl, daß sie schließlich ungeachtet ihrer mangelnden Treffsicherheit den letzten der Nomaden des Nordens niederstrecken konnten. Nun wandte Luvini seine Aufmerksamkeit den anderen Weißen zu, jedoch nur, um zu entdecken, daß sie aus dem Dorf geflohen waren. Zwei Dinge waren ihm sofort klar: erstens, daß jemand ihn verraten hatte, und zweitens, daß die Weißen in der kurzen Zeit, seit sie das Lager verlassen hatten, nicht weit gekommen sein konnten.

Er versammelte seine Krieger um sich, erläuterte ihnen, was geschehen war, und hielt ihnen vor Augen, daß die Weißen, sollte ihnen die Flucht gelingen, später mit Verstärkungen zurückkehren würden, um die Schwarzen zu bestrafen. So verdeutlichte er seinen Anhängern, die nun über zweihundert Krieger zählten, die Notwendigkeit, den Flüchtlingen sofort nachzusetzen und sie einzuholen, ehe sie die Kunde von den Geschehnissen auch nur in die Nachbardörfer tragen konnten, und davon war das nächste höchstens einen Tagesmarsch entfernt.

Der Diamantenhort

Als die primitiven Rauchbomben den Thronsaal des Turms der Herrscher mit erstickenden Schwaden füllten, drängten sich die Gomanganis um Tarzan und flehten ihn an, sie zu retten, denn sie hatten gleichfalls die großen Trupps der Bolganis vor jedem Eingang und die gewaltige Schar gesehen, die draußen in den Gärten und auf der Terrasse wartete.

„Geduldet euch eine Minute, bis der Rauch dick genug ist, unsere Bewegungen vor ihnen zu verbergen, dann werden wir zu den Fenstern eilen, die auf die Terrasse blicken, denn sie sind dem Osttor näher als jeder andere Ausgang, und so werden einige von uns größere Chancen haben, davonzukommen."

„Ich habe einen besseren Plan", sagte der alte Mann. „Wenn der Rauch uns verbirgt, dann folgt mir. Ein Ausgang wird nicht bewacht, wahrscheinlich, weil sie sich nicht träumen lassen, daß wir ihn benutzen würden. Als ich hinter dem Thron über das Podest ging, hatte ich Gelegenheit zu sehen, daß dort keine Bolganis standen."

„Wohin führt er?" fragte Tarzan.

„Ins Kellergeschoß des Turmes der Diamanten, jenes Turms, in dem ich dich entdeckt habe. Dieser Teil des Palasts liegt dem Osttor am nächsten, und wenn wir ihn erreichen können, ehe sie unsere Absicht ahnen, besteht kaum Zweifel, daß wir zumindest in den Wald kommen."

„Hervorragend!" sagte der Affenmensch. „Es dauert gewiß nicht mehr lange, bis der Rauch uns vor den Bolganis verbirgt."

In der Tat war er inzwischen so dick, daß die Leute im Thronsaal Schwierigkeiten hatten zu atmen. Viele von ihnen husteten und rangen nach Luft, und allen tränten die Augen infolge des beißenden Qualmes. Und dennoch waren sie der Beobachtung durch die Wächter um sie herum noch nicht völlig entzogen.

„Ich weiß nicht, wieviel mehr wir noch ertragen können", sagte Tarzan. „Mir reicht es es jetzt langsam."

„Er soll sich doch noch ein wenig verdichten“, sagte der alte Mann. „Einen Moment noch, dann können wir uns unbemerkt davonmachen, denke ich mir.“

„Ich kann es nicht länger durchstehen“, rief La. „Ich ersticke und bin schon halb blind.“

„Schon gut. Ich bezweifle, daß sie uns jetzt sehen können“, sagte der alte Mann. „Der Rauch ist ziemlich dick. Kommt, folgt mir.“ Damit führte er sie die Stufen des Podests hinauf zu einer Öffnung hinter den Thronen – einer kleinen Pforte, die durch Vorhänge verborgen wurde. Der alte Mann ging voran, dann kam La, gefolgt von Tarzan und Jad-bal-ja, der die Grenzen seiner Geduld und seines Gleichmuts nahezu erreicht hatte, so daß Tarzan ihn nur mit Mühe zurückhalten konnte und er seinem Ingrimm durch tiefes Knurren Luft machte. Dies konnte den Bolganis ihren Fluchtweg verraten. Hinter Tarzan und dem Löwen drängten sich die hustenden Gomanganis, aber da Jad-bal-ja vor ihnen ging, folgten sie der kleinen Gruppe ganz vorn nicht so dicht, wie es sonst wahrscheinlich der Fall gewesen wäre.

Durch die Pforte gelangten sie in einen dunklen Korridor, der über eine Flucht rohbehauener Stufen in ein unteres Stockwerk führte und dann eine beträchtliche Strecke, die den Turm der Diamanten vom Turm der Herrscher trennte, weiter geradeaus durch absolute Dunkelheit. Die allgemeine Erleichterung, den dichten Rauchschwaden des Thronsaals entkommen zu sein, war so groß, daß keiner von ihnen sich von der Dunkelheit des Ganges abschrecken ließ, sondern gehorsam dem alten Mann folgte, der ihnen erklärt hatte, daß die ersten Stufen nach unten, die sie vorhin hinabgestiegen waren, die einzige Beschwernis war, die ihrer im Tunnel harrte.

Am Ende des Korridors blieb der alte Mann vor einer schweren Tür stehen, die er mit beträchtlicher Mühe auch zu öffnen vermochte.

„Wartet einen Augenblick, bis ich eine Leuchtpfanne finde und den Weg beleuchten kann.“

Sie hörten ihn eine Weile hinter der Tür rumoren, dann flammte schwaches Licht auf, und kurz danach brannte der Docht in der Pfanne. In ihrem trüben Schein sah Tarzan einen großen, rechteckigen Raum vor sich, dessen genaue Ausmaße im schwankenden Schein der Leuchtpfanne nur teilweise zu erkennen waren.

„Kommt alle herein und schließt die Tür", sagte der alte Mann, und als sie dies getan hatten, rief er Tarzan zu sich. „Komm mit! Ehe wir diesen Raum verlassen, möchte ich dir etwas zeigen, das noch kein menschliches Auge je gesehen hat."

Er führte ihn zur gegenüberliegenden Seite des Gemachs, wo Tarzan beim Schein der Leuchtpfanne mehrere Regale erblickte, auf denen kleine, aus Häuten hergestellte Beutel lagen. Der alte Mann setzte die Leuchtpfanne auf einem der Regale ab, nahm einen Beutel, öffnete ihn und schüttete sich etwas von dem Inhalt auf die Hand. „Diamanten", sagte er. „Jedes dieser Päckchen wiegt fünf Pfund und enthält Diamanten. Seit undenklichen Zeiten sind sie hier gesammelt worden, denn die Bolganis fördern weit mehr, als sie selbst verwenden können. Ihren Legenden zufolge werden die Bewohner von Atlantis eines Tages zurückkehren, dann hoffen sie, diese Steine an sie zu verkaufen. Deshalb fördern sie sie nach wie vor und bewahren sie hier auf, als gebe es ständig einen aufnahmebereiten Markt dafür. Hier, nimm einen davon mit", sagte er und übergab Tarzan einen Beutel und La einen anderen.

„Zwar glaube ich nicht, daß wir das Tal jemals lebend verlassen werden, aber möglich ist alles." Damit nahm er sich ebenfalls einen.

Danach führte er sie aus dem Diamantengewölbe über eine primitive Leiter ins darüberliegende Stockwerk und von dort schnell zum Haupteingang des Turmes. Nun lagen nur noch zwei schwere Tore, innen verriegelt, zwischen ihnen und der Terrasse. Ein kleines Stück dahinter befand sich das geöffnete Osttor. Der alte Mann war im Begriff, das erste Tor zu öffnen, als Tarzan ihm Einhalt gebot.

„Warte einen Augenblick, bis die restlichen Gomanganis hier sind. Es dauert eine Weile, bis alle die Leiter heraufgestiegen sind. Öffne erst, wenn alle hinter uns sind. Dann brichst du mit La und den zehn oder zwölf Gomanganis, die jetzt bei uns sind, zum Osttor durch. Die übrigen von uns stellen die Nachhut dar und wehren die Bolganis ab, falls sie uns angreifen. Halte dich bereit", fügte er einen Moment später hinzu. „Ich glaube, jetzt sind alle da."

Nun erläuterte Tarzan den Gomanganis genau, was er im Sinn führte, wandte sich dann zu dem alten Mann und befahl: „Jetzt!"

Der Riegel glitt zurück, das Tor schwang auf, und sofort stürmte die ganze Gruppe so schnell wie möglich auf das Osttor zu.

Die Bolganis drängten sich noch immer um das Throngemach und hatten gar nicht bemerkt, daß ihre Opfer ihnen entschlüpft waren, bis Tarzan mit der Nachhut und Jad-bal-ja durch das Osttor rannte. Da entdeckten sie ihn und huben sofort an, laut zu schreien und zu lärmen, bis einige Hundert von ihnen in wahnsinniger Eile die Verfolgung aufnahmen.

„Hier kommen sie“, rief Tarzan den anderen zu. „Lauft weiter, La – immer das Tal entlang Richtung Opar.“

„Und du?“ fragte die Hohepriesterin.

„Ich bleibe einen Augenblick mit den Gomanganis hier und versuche, diese Burschen zu bestrafen.“

La blieb auf der Stelle stehen. „Ohne dich gehe ich keinen Schritt, Tarzan von den Affen“, sagte sie. „Zu groß ist schon das Wagnis, das du für mich auf dich genommen hast. Nein, ich gehe nicht ohne dich.“

Der Affenmensch zuckte die Schultern. „Ganz wie du willst. Hier kommen sie“, sagte er.

Mit großer Mühe konnte er einen Teil der Gomanganis um sich scharen, die, einmal hinter dem Tor, nur noch ein Ziel vor Augen hatten, nämlich, eine möglichst große Entfernung zwischen sich und dem Palast der Diamanten zu bringen. Etwa fünfzig Krieger folgten seinem Ruf, und mit diesen stellte er sich in den Torweg, gegen den nun einige Hundert Bolganis anstürmten.

Der alte Mann kam zu ihm und zupfte ihn am Arm. „Du solltest besser fliehen. Die Gomanganis werden nicht standhalten und beim ersten Angriff davonlaufen.“

„Damit haben wir überhaupt nichts gewonnen, eher verlieren wir nur, was wir mit den Gomanganis erreicht haben, und dann werden sie im ganzen Tal um uns herumschwärmen wie Hornissen.“

Kaum hatte er das gesagt, da rief einer der Gomanganis: „Seht dort! Seht! Sie kommen.“ Damit wies er auf den Weg, der in den Wald führte.

„Und genau zur rechten Zeit“, bemerkte Tarzan, als er die ersten eines Schwarms von Gomanganis aus dem Wald auf das Osttor zuströmen sah. „Kommt!“ rief er den herbeieilenden Schwarzen zu. „Die Bolganis greifen uns an. Kommt herbei und rächt das euch zugefügte Unrecht!" Dann wandte er sich um, rief die Schwarzen in seiner Umgebung und sprang nach vorn, den anstürmenden Gorillamännern entgegen. Hinter ihnen ergoß sich eine Welle Gomanganis nach der anderen durch das Osttor des Palasts der Diamanten, und sie rissen auf ihrem Weg alles mit sich, um schließlich wie eine Brandung gegen die wankende Kampflinie der Bolganis anzurennen und sie erbarmungslos gegen die Palastmauern zu werfen.

Das Geschrei, der Kampfeslärm und das Blut versetzten Jad-bal-ja in solch wahnwitzige Aufregung, daß Tarzan ihn nur mit Mühe daran hindern konnte, über Freund und Feind gleichermaßen herzufallen, mit dem Ergebnis, daß er so viel Zeit darauf verwenden mußte, seinen wilden Verbündeten zu bändigen, daß er nur wenig am Gefecht teilnehmen konnte. Doch er sah, daß es für ihn günstig verlief und daß, sollten nicht widrige Umstände eintreten, die vollständige Niederlage der Bolganis besiegelt war.

Seine Schlußfolgerung bewahrheitete sich in der Tat. Die Gomanganis waren dermaßen von blutrünstiger Rache erfüllt und so berauscht von den ersten Früchten des Sieges, daß sie ebenso tollwütig waren wie Jad-bal-ja. Sie gaben kein Pardon, erwarteten auch keines, und der Kampf fand erst ein Ende, als keine Bolganis mehr zu töten waren.

Nach Beendigung des Kampfes kehrte Tarzan mit La und dem alten Mann in den Thronsaal zurück, aus dem der Qualm der Rauchbomben inzwischen abgezogen war. Sie beriefen die Ältesten jedes Dorfes zu sich, und als sich alle vor dem Podest versammelt hatten, auf dem die drei Weißen nebst dem großen Löwen Jad-bal-ja mit der schwarzen Mähne standen, hielt Tarzan folgende Ansprache:

„Gomanganis aus dem Tal des Palasts der Diamanten, in dieser Nacht habt ihr eure Freiheit von den tyrannischen Herren erkämpft, die euch seit einer Zeit unterdrückt haben, die so weit zurückliegt, daß sich nicht einmal die ältesten von euch erinnern können. Mehrere Menschenalter lang seid ihr geknechtet worden, so daß sich unter euch nie ein Führer hat entwickeln können, der euch weise und gerecht regieren könnte. Deshalb müßt ihr einen Regenten aus einer anderen Rasse denn der euren wählen."

„Dich! Dich!“ ertönten mehrere Stimmen, als die Dorfältesten nun das Wort ergriffen, um Tarzan von den Affen zu ihrem König zu machen.

„Nein“, sagte der Affenmensch und hob die Hand, um sich Ruhe zu verschaffen. „Aber es gibt hier einen, der eure Sitten und Gebräuche, eure Hoffnungen und Bedürfnisse besser kennt als jeder andere. Wenn er bei euch bleiben und euch regieren will, so bin ich überzeugt, daß er einen guten König darstellen wird.“ Damit wies er auf den alten Mann.

Dieser blickte Tarzan verwirrt an. „Aber ich möchte von hier fort“, sagte er. „Ich möchte in die Welt der Zivilisation zurückkehren, von der ich all die Jahre getrennt worden war.“

„Du weißt nicht, wovon du redest“, entgegnete der Affenmensch. „Du bist sehr lange weg gewesen. Du wirst dort, von wo es dich einst hierher verschlagen hat, keine Freunde mehr finden. Du wirst Lug und Trug vorfinden, Heuchelei, Gier, Habsucht und Grausamkeit. Du wirst feststellen, daß niemand sich für dich interessiert, und daß du an niemandem dort Interesse findest. Ich, Tarzan von den Affen, habe meinen Dschungel mehrfach verlassen und bin in die von Menschenhand errichteten Städte gegangen, doch hat mich dies stets erneut angewidert, so daß ich froh war, in meinen Dschungel zurückzukehren – zu den edlen Tieren, die in ihrer Liebe und in ihrem Haß dennoch stets ehrlich sind, zurück in die Freiheit und unverfälschte Natur.

Kehrst du zurück, dann wirst du enttäuscht sein und sehr bald erkennen, daß du dir hast eine Gelegenheit entgehen lassen, ein lohnenswertes Werk zu vollbringen. Diese armen Kreaturen brauchen dich. Ich kann nicht bleiben, um sie aus der Finsternis hinauszuführen, du aber vermagst es, du kannst sie so umgestalten, daß sie ein fleißiges, tugendhaftes und freundliches Volk sein werden, jedoch nicht ungeübt in der Kriegskunst, denn wenn wir etwas besitzen, was gut ist, wird es stets auch Neider geben und solche, die, sollten sie mächtiger sein als wir, versuchen werden, herzukommen und uns mit Gewalt zu entreißen, was wir besitzen. Deshalb mußt du dein Volk darin üben, sein Land und seine Rechte zu verteidigen, und um dies zu können, müssen sie die Fähigkeit und Sachkenntnis besitzen, erfolgreich zu kämpfen, sowie auch Waffen zu fertigen, die zur Kriegführung taugen.“

„Du sprichst die Wahrheit, Tarzan von den Affen", erwiderte der alte Mann. „In jener anderen Welt gibt es nichts für mich, so werde ich hier bleiben, wenn die Gomanganis wollen, daß ich ihr Häuptling bin."

Tarzan befragte die Dorfältesten, und diese versicherten ihm: Wenn sie nicht ihn zum Häuptling haben könnten, würden sie sich glücklich schätzen, diesen alten Mann zu haben, den alle kannten, sei es von Angesicht zu Angesicht oder infolge seines Rufes, an den Gomanganis niemals Grausamkeiten begangen zu haben.

Die wenigen überlebenden Bolganis, die in verschiedenen Teilen das Palastes Zuflucht gesucht hatten, wurden aufgespürt und in den Thronsaal gebracht. Hier stellte man sie vor die Wahl, entweder als Sklaven im Tal zu bleiben, oder das Land ganz zu verlassen. Die Gomanganis wären am liebsten über sie hergefallen und hätten sie getötet, aber das wollte ihr neuer König nicht zulassen.

„Wohin sollen wir denn gehen, wenn wir das Tal des Palasts der Diamanten verlassen?" fragte einer der Bolganis. „Was hinter der Stadt Opar liegt, wissen wir nicht, und in Opar finden wir nur Feinde."

Tarzan blickte sie spöttisch an und sagte lange kein Wort, während einige der Gomanganiältesten und auch welche der Bolganis Vorschläge für die Zukunft der Gorillamänner unterbreiteten. Schließlich erhob sich der Affenmensch und sagte mit einem Kopfnicken in Richtung der Gefangenen:

„Eurer sind noch etwa einhundert, und alle sind mächtige Geschöpfe und sollten wilde Kämpfer darstellen. Neben mir sitzt La, die Hohepriesterin und Königin von Opar. Ein tückischer Priester, der auf Macht versessen ist, hat sie vom Thron vertrieben, aber morgen marschieren wir mit den tapfersten Gomanganis aus dem Tal des Palasts der Diamanten gen Opar, und dort bestrafen wir Cadj, den Hohenpriester, der ein Verräter an seiner Königin geworden ist. La besteigt abermals den Thron von Opar. Wo indes einst die Saat des Verrats verstreut wurde, kann jederzeit wieder die Pflanze aufsprießen, und meist dort, wo man es am wenigsten erwartet. Demnach wird es lange dauern, bis La von Opar wieder volles Vertrauen in die Loyalität ihres Volkes setzen kann – eine Tatsache, die euch eine Möglichkeit und ein Land bietet. Begleitet uns deshalb nach Opar, kämpft mit uns, um La wieder auf den Thron zu setzen, und bleibt, wenn der Kampf vorüber ist, als Las

Leibwache dort, um sie zu beschützen, nicht nur vor äußeren, sondern auch vor inneren Feinden."

Die Bolganis erörterten die Angelegenheit einige Minuten lang, dann kam einer von ihnen zu Tarzan und sagte: „Wir werden tun, was du uns vorschlägst."

„Und werdet ihr auch stets loyal zu La sein?" fragte der Affenmensch.

„Ein Bolgani ist niemals ein Verräter", erwiderte der Gorillamann.

„Gut!" rief Tarzan. „Und bist du mit dieser Vereinbarung einverstanden, La?"

„Ich nehme sie in meine Dienste", antwortete sie.

Am nächsten Morgen brachen Tarzan und La in Begleitung von dreitausend Gomanganis und einhundert Bolganis auf, den treulosen Cadj zu bestrafen. Sie unternahmen gar nicht erst den Versuch, strategisch oder unter Täuschung des Gegners vorzugehen, sondern marschierten einfach durch das Tal des Palasts der Diamanten, stiegen durch die Felsenschlucht ins Tal von Opar hinab und zogen geradewegs zur Rückseite von La's Palast.

Ein kleines graues Äffchen saß zwischen den Schling- und Kriechpflanzen auf den Zinnen der Tempelmauern und sah sie kommen. Es neigte den Kopf zuerst zur einen Seite, dann zur anderen, und wurde so gefesselt und hingerissen, daß es einen Augenblick vergaß, sich den Bauch zu kratzen – eine Betätigung, der es seit geraumer Zeit intensiv nachgegangen war. Je näher die Kolonne kam, desto aufgeregter wurde Manu, und als es die große Zahl der Gomanganis einigermaßen erkennen konnte, geriet es außer sich, aber der letzte Auslöser dafür, daß es wie von Sinnen zum Palast von Opar flitzte, war der Anblick der Bolganis – der schrecklichsten Ungeheuer in seiner kleinen Welt.

Cadj befand sich im Hof des inneren Tempels, wo er bei Sonnenaufgang dem Flammengott ein Opfer dargebracht hatte. Eine Anzahl niederer Priester war bei ihm, außerdem Oah und ihre Priesterinnen. Aus den düsteren Gesichtern wie auch aus den Worten, die Oah an Cadj richtete, war deutlich zu ersehen, daß es zwischen ihnen eine Meinungsverschiedenheit gab.

„Abermals bist du zu weit gegangen, Cadj", stellte Oah bitter fest. „Nur die Hohepriesterin des Flammengottes darf ein Opfer darbringen. Immer wieder bestehst du darauf, das heilige Messer mit deinen unwürdigen Händen zu entweihen."

„Schweig, Weib“, knurrte der Hohepriester. „Ich bin Cadj, König von Opar, Hohenpriester des Flammengottes. Was du jetzt bist, verdankst du nur der Gunst von Cadj. Stell meine Geduld nicht zu sehr auf die Probe, oder du wirst in der Tat erfahren, wie sich das heilige Messer anfühlt.“ Es konnte keine Zweifel über die düstere Drohung geben, die in seinen Worten lag. Einige Priester seiner Umgebung konnten ihr Entsetzen und ihre Verwunderung über diese gotteslästerlichen Haltung gegenüber der Hohenpriesterin nur schlecht verbergen. Wie wenig sie auch von Oah hielten, die Tatsache blieb bestehen, daß sie für die höchste Stellung unter ihnen gewählt worden war, und alle diejenigen, die an La's Tod glaubten – was Cadj ihnen ja unermüdlich eingehämmert hatte –, begegneten Oah voll und ganz mit der Ehrerbietung, auf die sie kraft ihres hohen Amtes Anspruch hatte.

„Hüte deine Zunge, Cadj“, warnte einer der älteren Priester. „Es gibt eine Grenze, die selbst du nicht überschreiten darfst.“ „Du wagst mir zu drohen?“ erwiderte Cadj, und seine Augen glühten in wahnsinniger, fanatischer Wut. „Du wagst, mir zu drohen, Cadj, dem Hohenpriester des Flammengottes?“ Bei diesen Worten sprang er auf den Mann zu, der ihm die Stirn geboten hatte, das heilige Messer drohend über dem Kopf erhoben. Doch genau in diesem Augenblick kam ein kleines, graues Äffchen schnatternd und kreischend durch eine Schießscharte in der den Tempelhof überragenden Mauer geflitzt.

„Die Bolganis! Die Bolganis!“ rief sie. „Sie kommen! Sie kommen!“

Cadj blieb jählings stehen und fuhr zu Manu herum, und die Hand, die das Messer hielt, sank herab. „Hast du sie gesehen, Manu?“ fragte er. „Sagst du die Wahrheit? Wenn dies wieder einer deiner Späße ist, dann wird das der letzte sein, den du dir Cadj gegenüber geleistet hast.“

„Ich sage die Wahrheit“, schnatterte das kleine Äffchen. „Ich habe sie mit eigenen Augen gesehen.“

„Wie viele sind es?“ fragte Cadj. „Und wie nahe sind sie schon an Opar heran?“

„Ihrer sind so viele, wie es Blätter an den Bäumen gibt“, erwiderte Manu. „Und sie stehen schon dicht vor der Tempelmauer – die Bolganis und Gomanganis kommen dicht wie das Gras, das in den Schluchten wächst, wo es kühl und feucht ist.“

Cadj wandte sich um, warf den Kopf zurück, blickte zur Sonne auf und stieß einen langgezogenen Schrei aus, der in einem durchdringenden Kreischen endete. Dreimal ließ er sich auf diese gräßliche Weise vernehmen, dann eilte er nach einem kurzen Befehl an die anderen im Hof Befindlichen schnellen Schrittes zum eigentlichen Palast. Während er zu der alten, breiten Straße ging, auf die der Palast von Opar herabblickte, strömten aus jedem Korridor und Torweg Gruppen der knorrigen und behaarten Männer von Opar, die alle mit schweren Keulen und Messern bewaffnet waren. Unzählige kleine, graue Äffchen schnatterten und schrien in den Bäumen über ihnen.

„Nicht hier, nicht hier", riefen sie und wiesen zur Südseite der Stadt.

Wie ein ungeordneter Haufen drängte die Horde der Priester und Krieger dicht hinter Cadj wieder in den Palast und strömte nun zur gegenüberliegenden Seite des Bauwerks. Hier kletterten sie zu den Zinnen der hohen Mauer empor, die den Palast umgab, gerade in dem Moment, als Tarzans Kräfte davor haltmachten.

„Steine! Steine!" schrie Cadj, und in Befolgung dieses Befehls begannen die Frauen unten im Hof, lose Mauerbruchstücke aufzusammeln, die von den Zinnen und vom Palast herabgefallen waren, und sie den Kriegern oben zuzuwerfen.

„Schert euch fort!" rief Cadj der vor den Toren stehenden Streitmacht zu. „Schert euch fort! Ich bin Cadj, Hohepriester des Flammengottes, und das ist sein Tempel. Entweiht diesen Tempel nicht, oder ihr werdet den Zorn des Gottes erfahren!"

Tarzan trat ein wenig vor und hob die Hand zum Zeichen, daß er etwas sagen wolle.

„La, eure Hohepriesterin und Königin, ist hier", rief er den Opariern auf der Mauer zu. „Cadj ist ein Verräter und Betrüger. Öffnet die Tore und heißt eure Königin willkommen. Überliefert die Verräter der Gerechtigkeit, dann wird euch kein Haar gekrümmt werden. Solltet ihr La den Einzug in ihre Stadt jedoch verweigern, sind wir gezwungen, mit Gewalt und Blutvergießen das zu nehmen, was ihr rechtens gehört."

Als er geendet hatte, trat La an seine Seite, so daß all ihre Leute sie sehen konnten, und sofort erschollen hier und dort Sympathierufe nach ihr, und ein oder zwei Stimmen gegen Cadj wurden vernehmbar. In der Erkenntnis, daß nicht mehr viel fehlte, und die

Stimmung würde gegen ihn umschlagen, befahl Cadj seinen Männern, anzugreifen. Gleichzeitig warf er einen Stein nach Tarzan. Nur dessen erstaunliche Gewandtheit rettete ihn. Das Geschoß sauste an ihm vorbei, traf einen Gomangani in der Herzgegend und warf ihn zu Boden. Im Nu prasselte ein Hagel ähnlicher Geschosse auf sie herab, dann rief Tarzan seinen Anhängern zu, sie sollten angreifen. Brüllend und knurrend stürmten sie vor. Katzengleich erklommen sie die aus groben Steinen errichtete Mauer ungeachtet der drohenden Keulen über ihnen. Tarzan hatte sich Cadj zum persönlichen Feind erwählt und war unter den ersten, die die Zinnen erreichten. Ein behaarter, knorriger Krieger schlug mit der Keule nach ihm und hielt sich dabei mit einer Hand an den Zinnen fest. Tarzan packte die Waffe und entwand sie seinem Angreifer. In dem Moment sah er, wie Cadj kehrt machte und im dahinterliegenden Hof verschwand. Schnell schwang sich Tarzan über die Mauer, wo er sofort von zwei anderen Kriegern von Opar angegriffen wurde. Mit der Waffe, die er ihrem Kampfgefährten entwunden hatte, schlug er unter Ausnutzung des Vorteils, den seine überdurchschnittliche Körpergröße und Kraft ihm verschafften, nach links und rechts auf sie ein, dann dachte er nur noch daran, daß Cadj, der Anstifter dieser Revolte gegen La, keinesfalls entkommen durfte. So sprang er hinunter aufs Pflaster, gerade als der Hohepriester in einem Bogengang an der gegenüberliegenden Seite des Hofes verschwand.

Einige Priester und Priesterinnen versuchten, ihn am weiteren Vordringen zu hindern. Da packte er einen von ihnen bei den Fußgelenken, schwenkte ihn im Kreis um sich und bahnte sich so einen Weg zum gegenüberliegenden Ende des Hofes. Hier blieb er stehen, wirbelte herum, legte alle Kraft seiner wohlentwickelten Muskeln in den Schwung, holte noch einmal mächtig aus und schleuderte den Körper des Priesters den Verfolgern auf die Köpfe.

Ohne auf das Ergebnis dieses Kraftaktes zu warten, drehte er sich abermals um und nahm die Verfolgung von Cadj wieder auf.

Der Bursche war ihm ständig ein Stück voraus, weil er den Weg durch das Labyrinth der Gänge im Palast und im Tempel sowie die verschiedenen Höfe besser kannte als er. Tarzan war überzeugt, daß der Weg sie in die inneren Höfe des Tempels führen würde. Dort würde Cadj sehr leicht Zugang zu den Gruben unter dem Palast finden und damit ein Versteck, aus dem es schwierig würde, ihn herauszutreiben, so zahlreich und verworren waren die dunklen, unterirdischen Tunnel. Deshalb gab sich Tarzan jetzt größte Mühe, den für die Opfer vorgesehenen Hof rechtzeitig zu erreichen, um zu verhindern, daß Cadj in die relative Sicherheit der unterirdischen Gänge gelangte. Aber als er schließlich durch das Tor in den Hof sprang, schloß sich eine listig ausgelegte Schlinge um seine Fußknöchel, und er schlug schwer auf die Erde. Als er, noch halb benommen von dem Sturz, am Boden lag, fielen mehrere der knorrigen kleinen Männer von Opar über ihn her, und noch ehe er seine kämpferischen Fähigkeiten wiedergewonnen hatte, hatten sie ihn zuverlässig gefesselt.

Noch immer nicht richtig bei Bewußtsein, spürte er, wie sie ihn aufhoben und forttrugen, dann wurde er auf eine kalte Steinplatte gelegt. Nun kehrte das Bewußtsein zu ihm zurück, und er erkannte, daß er wieder einmal ausgestreckt auf dem Opferaltar des inneren Hofes im Tempel des Flammengottes lag, und über ihm stand Cadj, der Hohepriester, das grausame Gesicht verzerrt zu einer Grimasse des Hasses und der Vorfreude auf die langersehnte Rache.

„Endlich!" frohlockte diese Kreatur der Bosheit. „Diesmal wirst du den Zorn nicht des Flammengottes, sondern den von Cadj, dem Manne, zu spüren bekommen. Auch wird es kein langes Warten noch sonst eine Störung geben."

Er schwang das Opfermesser hoch über den Kopf. Jenseits der Messerspitze erblickte Tarzan von den Affen die Zinnen der Hofmauer und den Kopf und die Schultern eines riesigen Löwen mit schwarzer Mähne, der sie gerade erklomm.

„Jad-bal-ja!" rief er. „Töte! Töte!"

Cadj zögerte, das Messer hoch erhoben. Seine Augen folgten dem Blick des Affenmenschen, und in dem Moment sprang der Löwe herab aufs Pflaster und war mit zwei Riesensätzen bei dem Hohepriester von Opar. Das Messer fiel scheppernd zu Boden, und der riesige Rachen schloß sich über dem entsetzten Gesicht.

Die niederen Priester, die Tarzan ergriffen hatten und geblieben waren, um seinen Tod unter den Händen von Cadj mit anzusehen, waren im selben Augenblick, als der goldene Löwe ihren Meister ansprang, schreiend aus dem Hof geflohen, und nun waren Tarzan, Jad-bal-ja und der Leichnam von Cadj die einzigen im Opferhof des Tempels.

„Nun gib acht, Jad-bal-ja, und laß nicht zu, daß jemand Tarzan von den Affen ein Haar krümmt", befahl Tarzan.

Eine Stunde später überrannten die siegreichen Kräfte von La den alten Palast und die Tempel von Opar. Die Priester und Krieger, die nicht getötet worden waren, ergaben sich eilends und erkannten La als ihre Königin und Hohepriesterin an, und nun suchten alle auf Las Geheiß die Stadt nach Tarzan und Cadj ab. Und so kam es, daß La, die selbst einen Suchtrupp anführte, den Opferhof betrat. Der Anblick, der sich ihr bot, ließ sie jählings erstarren, denn dort lag Tarzan von den Affen auf den Altar gefesselt, doch bei ihm hockte Jad-bal-ja, der goldene Löwe, und blickte sie knurrend und mit funkelnden Augen an.

„Tarzan!" rief La angstvoll und tat einen Schritt auf den Altar zu. „Cadj hat also sein Ziel doch erreicht. Du Gott meiner Väter, hab Mitleid mit mir – Tarzan ist tot."

„Nein", rief der Affenmensch. „Davon ist er weit entfernt. Komm und befrei mich. Ich bin nur gefesselt, doch wäre Jad-bal-ja nicht gewesen, so hätte ich unter deinem Opfermesser den Tod gefunden."

„Gott sei Dank", rief La und wollte zu dem Altar treten, hielt jedoch inne angesichts der drohenden Haltung der Raubkatze.

„Hinlegen!" befahl Tarzan. „Laß sie herankommen!" Jad-bal-ja ließ sich neben seinem Herrn nieder und legte das schnurrbärtige Kinn auf die Brust des Affenmenschen.

La kam heran, hob das Opfermesser auf und schnitt die Fesseln durch, die den Herren des Dschungels gefangen hielten. Da sah sie den Leichnam von Cadj hinter dem Altar liegen.

„Dein schlimmster Feind ist tot", sagte Tarzan. „Und für diesen Tod kannst du dich bei Jad-bal-ja bedanken, so wie ich ihm mein Leben verdanke. Du sollst jetzt in Frieden und Glück regieren, und in ewiger Freundschaft mit dem Volk aus dem Tal des Palasts der Diamanten."

An diesem Abend saßen Tarzan, die Bolganis, die Ältesten der Gomanganis und die Priester und Priesterinnen von Opar im großen Bankettsaal des Palastes von Opar als Gäste von La, der Königin, beisammen und speisten von den goldenen Platten der alten Bewohner von Atlantis – Platten, die auf einem Kontinent hergestellt worden waren, der heute nur noch in den Legenden der alten Zeit existiert. Am folgenden Morgen setzten Tarzan und Jad-bal-ja ihre Rückreise ins Land der Waziris und nach Hause fort.

Die Feuerfolter

Flora Hawkes und ihre vier Kumpane stolperten, verfolgt von Luvini und seinen zweihundert Kriegern, durch die Dunkelheit der Dschungelnacht. Sie hatten kein Ziel, denn da sie stets von Schwarzen geführt worden waren, wußten sie überhaupt nicht, wo sie sich befanden, und hatten sich verirrt. Der einzige Gedanke, der jeden einzelnen erfüllte, war der, eine möglichst große Entfernung zwischen sich und das Lager der Elfenbeinräuber zu bringen, denn wie immer der Kampf ausgegangen sein mochte, sie würden das Schicksal der Unterlegenen teilen, sollte die siegreiche Seite ihrer habhaft werden. Sie waren etwa eine halbe Stunde davongehastet, als sie während einer kurzen Rast deutlich hinter sich den Lärm der Verfolger hörten, und wieder stürzten sie, von Panik erfaßt, ziellos weiter.

Da entdeckten sie zu ihrer Überraschung vor sich Lichtschein. Was mochte das sein? Waren sie etwa im Kreis gelaufen und befanden sich wieder bei dem Lager, aus dem sie geflohen waren? Sie schlichen sich näher, um zu erkunden, bis sie schließlich ein Stück voraus die Umrisse eines Lager erblickten, das von einer Umzäunung aus Dornengestrüpp umgeben war, und in dessen Mitte ein kleines Lagerfeuer brannte. Im Kreis darum lagerten etwa fünfzig schwarze Krieger, und als sich die Flüchtlinge näher heranpirschten, sahen sie unter den Schwarzen, im Lichtschein deutlich erkennbar, die Gestalt einer weißen Frau stehen. Der Lärm der Verfolger hinter ihnen schwoll an.

Aus den Gesten und den lebhaften Bewegungen der Schwarzen am Lagerfeuer war zu ersehen, daß sie sich über den Kampfeslärm austauschten, den sie kürzlich aus der Richtung des Araberlagers vernommen hatten, denn sie wiesen oft in die Richtung. Nun hob die Frau die Hand, gebot ihnen zu schweigen, und alle lauschten. Jetzt hörten sie offensichtlich auch die Krieger näherkommen, die Flora Hawkes und ihren Kumpanen auf den Fersen waren.

„Dort ist eine weiße Frau dabei“, sagte Flora zu den anderen. „Wir wissen nicht, wer sie ist, aber sie ist unsere einzige Hoffnung, denn unsere Verfolger werden uns schnell eingeholt haben. Vielleicht kann sie uns schützen. Kommt, ich werde das schon herausfinden."

Sie waren erst ein kurzes Stück gegangen, da erspähten die Waziris sie schon mit ihren scharfen Augen, und im Nu starrte die Umzäunung von Speeren.

„Halt!" rief einer von ihnen. „Wir sind die Waziris von Tarzan. Wer seid ihr?"

„Ich bin Engländerin", antwortete Flora. „Ich habe mich mit meinen Gefährten im Dschungel verirrt. Die Leute von unserer Safari haben uns verraten – unser Vorarbeiter verfolgt uns jetzt mit Kriegern. Wir sind nur unserer fünf und bitten um euren Schutz."

„Laßt sie hereinkommen", sagte Jane zu den Waziris.

Als Flora Hawkes und die vier Männer unter den wachsamen Blicken von Jane Clayton und den Waziris durch die Umzäunung traten, beobachtete noch ein anderes Augenpaar sie aus dem Blattwerk des großen Baumes, der auf der gegenüberliegenden Seite ins Lager ragte, graue Augen, in die ein seltsames Leuchten trat, als sie die junge Frau und ihre Begleiter erkannten.

Als die Ankömmlinge auf Lady Greystoke zugingen, äußerte sie laut ihre Überraschung. „Flora!" rief sie. „Flora Hawkes. Was in aller Welt tun Sie hier?"

Das Mädchen stutzte gleichfalls und blieb stehen. „Lady Greystoke!" stieß sie hervor.

„Ich verstehe nicht", fuhr die Lady fort. „Ich hatte keine Ahnung, daß Sie in Afrika sind."

Einen kurzen Moment war Flora doch um eine Antwort verlegen, so verwirrt war sie, aber dann kam ihre Geistesgegenwart ihr zu Hilfe. „Ich bin mit Mr. Bluber und seinen Freunden hier", sagte sie. „Er wollte wissenschaftliche Untersuchungen vornehmen und hat mich mitgenommen, weil ich mit Ihnen und Lord Greystoke schon einmal hier war und über die Sitten und Gebräuche im Land ein wenig Bescheid weiß. Nun haben sich unsere Boys gegen uns gewandt, und wenn Sie uns nicht helfen, sind wir verloren."

„Sind es welche von der Westküste?" fragte Jane.

„Ja", antwortete Flora.

„Ich denke, meine Waziris werden mit ihnen fertig. Wie viele sind es denn?"

„Etwa zweihundert", sagte Kraski.

Lady Greystoke schüttelte den Kopf.

„Das ist eine ziemlich große Übermacht", bemerkte sie. Dann rief sie Usula herbei, der die Waziris anführte. „Zweihundert Männer von der Westküste sind diesen Leuten hier auf den Fersen", sagte sie. „Wir werden wohl kämpfen müssen, um sie zu schützen."

„Wir sind Waziris", erwiderte Usula schlicht, da tauchte auch schon die Spitze von Luvinis Kriegerschar am äußersten Rand des Lichtscheins vom Lager auf.

Angesichts der waffenstarrenden Waziris, die bereit waren, ihnen einen heißen Empfang zu bereiten, blieben die Leute von der Westküste stehen. Luvini erfaßte mit einem Blick die zahlenmäßige Unterlegenheit des Gegners, trat einige Schritte vor und fing an, Beschimpfungen und Schmähworte auszustoßen und die Kapitulation der Weißen zu fordern. Er begleitete seine Worte mit seltsamen und grotesken Schritten, gleichzeitig schwang er sein Gewehr und schüttelte die Faust. Sofort griffen seine Anhänger dieses alberne Gebaren auf, bis die ganze Bande von zweihundert Mann gellend schrie, kreischte und drohte, wobei sie auf und ab sprangen und sich in eine gewisse Ekstase hineinsteigerten, um Mut für den Angriff zu sammeln.

Tarzan hatte seine hinter der Umzäunung aufgestellten Waziris genügend gedrillt und ausgebildet, so daß sie die phantastischen Darbietungen vor Eröffnung eines Kampfes, die anderen kriegerischen Stämmen so ungemein am Herzen lagen, längst aufgegeben hatten und statt dessen standfest und grimmig auf den Ansturm des Gegners warteten.

„Sie haben eine Anzahl Gewehre", stellte Lady Greystoke fest. „Das sieht nicht gut für uns aus."

„Dafür sind dort drüben höchstens ein halbes Dutzend, die damit etwas treffen können", erwiderte Kraski.

„Ihre Männer sind alle bewaffnet. Postieren Sie sich zwischen meinen Waziris und schärfen Sie Ihren Leuten ein, ja nicht zurückzuweichen und uns allein zu lassen. Feuern Sie erst, wenn die dort angreifen, bei der ersten offenkundigen Kampfhandlung, und hören Sie damit nicht auf – nichts entmutigt einen Schwarzen von der Westküste mehr als das Gewehrfeuer von Weißen. Flora und ich werden im hinteren Teil des Lagers bei dem großen Baum bleiben." Sie sprach mit gebieterischer Stimme wie jemand, der gewohnt ist, Befehle zu erteilen, und weiß, wovon er spricht. Die Männer gehorchten, sogar Bluber, obwohl er erbärmlich zitterte, als er nach vorn trat, um seinen Platz in den ersten Reihen der Waziris einzunehmen.

Luvini konnte all diese Manöver im hellen Lichtschein des Lagerfeuers deutlich erkennen, ebenso wie jener andere, der aus dem Blattwerk des Baumes zusah, unter dem Jane Clayton und Flora Hawkes nun Deckung suchten. Luvini war jedoch nicht an einem Kampf interessiert. Er war hergekommen, um Flora Hawkes zu entführen. Also wandte er sich an seine Männer und sagte: „Sie sind nur fünfzig Mann stark. Wir könnten sie leicht töten, aber wir sind nicht hermarschiert, um Krieg zu führen, sondern um das weiße Mädchen zurückzuholen. Bleibt hier und veranstaltet vor diesen Söhnen von Schakalen ein großes Theater. Sie sollen ständig nur auf euch blicken. Rückt ein Stück vor und weicht dann wieder zurück, und während ihr sie auf diese Weise ablenkt, werde ich mich mit fünfzig Mann zur Rückseite des Lagers vorarbeiten und das weiße Mädchen holen. Sobald ich sie habe, gebe ich euch Bescheid, dann könnt ihr unverzüglich in euer Dorf zurückkehren, wo wir hinter den Palisaden vor Angriffen sicher sind."

Den Schwarzen von der Westküste sagte dieser Plan sehr zu, da sie nicht die geringste Lust hatten, sich hier auf einen Kampf einzulassen. Also tanzten, schrien und drohten sie noch wilder als zuvor, denn sie spürten, daß sie dies völlig ungestraft tun konnten, da sie sich nach dem unblutigen Sieg in die Sicherheit ihrer Palisaden zurückziehen würden.

Während sich Luvini noch in einem Bogen durch das Deckung bietende Dschungeldickicht zur Rückseite des Lagers vorarbeitete, und der Lärm seiner Schwarzen nahezu ohrenbetäubende Ausmaße annahm, ließ sich plötzlich die Gestalt eines weißen Hünen vor den zwei Frauen aus dem Baum über ihnen zu Boden fallen. Er war nackt bis auf einen Lendenschurz und ein Leopardenfell, und im flackernden Lichtschein des Lagerfeuers traten die Umrisse seiner gottähnlichen Gestalt deutlich hervor.

„John!" rief Lady Greystoke. „Gott sei Dank, du bist es."

„Psst!" warnte der weiße Hüne und legte den Finger auf die Lippen. Dann fuhr er plötzlich zu Flora Hawkes herum. „Du bist's, die ich haben will!" sagte er, packte das Mädchen, warf es sich mühelos über die Schulter, und noch ehe Lady Greystoke eingreifen konnte, ehe sie auch nur halb erfaßte, was da vor sich ging, hatte er die schützende Umzäunung auf der Rückseite des Lagers behend überwunden und war im dahinterliegenden Dschungel verschwunden.

Jane Clayton stand einen Augenblick schwankend, als habe sie einen betäubenden Schlag erhalten, dann sank sie mit einem unterdrückten Stöhnen schluchzend zu Boden und vergrub das Gesicht in den Armen.

So fanden Luvini und seine Krieger sie vor, als sie im Rücken der Verteidiger auf der dem Feuer gegenüberliegenden Seite unbemerkt über die Umzäunung geklettert waren und sich nun im Lager befanden. Sie wollten sich eine weiße Frau holen, und hier fanden sie eine. Sie rissen sie grob vom Boden hoch, unterdrückten ihre Schreie mit rauhen, schmutzigen Händen und schleppten sie hinaus in den Dschungel zu dem von Palisaden geschützten Dorf der Elfenbeinräuber.

Zehn Minuten später sahen die Weißen und die Waziris, wie die Schwarzen von der Westküste sich langsam in den Dschungel zurückzogen, noch immer schreiend und drohend, als wären sie ganz versessen, ihre Feinde zu vernichten. Der Kampf war vorüber, ohne daß auch nur ein Schuß abgefeuert oder ein Speer geschleudert worden war.

„Verdammt noch mal, wozu der ganze Klamauk?" sagte Throck. „Erst dachte ich, sie wollt'n uns mit Haut un' Haar auffress'n, dabei ham die nichts weiter gemacht als herumzubrüll'n, und das wär's dann auch."

Bluber tönte mit geschwollener Brust: „Da müssen schon mehr als ein paar Eingebor'ne komm'n, um Adolf Bluber Angst einzujag'n", schwadronierte er großmäulig.

Kraski blickte den abziehenden Schwarzen nach, kratzte sich am Kopf und schaute zum Lagerfeuer. „Das kapier ich nicht", sagte er. „Wo sind Flora und Lady Greystoke?"

Erst jetzt entdeckten sie, daß die beiden Frauen fehlten.

Die Waziris waren außer sich. Sie riefen laut nach ihrer Herrin, aber keine Antwort war zu hören. „Kommt!" befahl Usula. „Jetzt werden wenigstens wir Waziris kämpfen." Damit rannte er zu der Umzäunung, übersprang sie und machte sich, gefolgt von seinen fünfzig Kriegern, an die Verfolgung der Burschen von der Westküste.

Binnen kürzester Zeit hatten sie sie eingeholt, und was nun folgte, erinnerte eher an ein Gemetzel als an einen Kampf. Die Schwarzen rannten, von Entsetzen gepackt, auf ihren Palisadenzaun zu, dicht gefolgt von den Waziris, und warfen unterwegs ihre Gewehre weg, um schneller laufen zu können. Luvini und sein Trupp hatten jedoch einen genügend großen Vorsprung, so daß sie das Dorf erreichen und sich in die Sicherheit der Palisaden zurückziehen konnten, noch ehe Verfolgte und Verfolger dort anlangten. Einmal innerhalb der Palisadenwand, blieben sie stehen, denn ihnen war klar, daß die Waziris sie alle niedermetzeln würden, falls es ihnen glückte, ins Dorf zu gelangen, und so kämpften sie wie eine in die Enge getriebene Ratte, mit dem Ergebnis, daß sie die Angreifer aufhalten konnten, bis das Tor geschlossen und verriegelt war. Da das Dorf als Wehranlage gegen eine wesentlich größere Anzahl von Angreifern errichtet worden war, ließ es sich leicht verteidigen, denn draußen standen jetzt weniger als fünfzig Waziris, während sich im Dorf nahezu zweihundert kampfbereite Männer befanden, um jeden Angriff zurückzuschlagen.

Usula sah ein, wie nutzlos ein blinder Angriff war, und zog seine Streitmacht ein Stück von der Palisadenwand zurück. Dort hockten sie sich hin und blickten mit wilden, düsteren Gesichtern auf das Tor, während Usula sich den Kopf zerbrach, wie er den Gegner, der ganz offensichtlich nicht mit bloßer Gewalt zu besiegen war, auf irgendeine Weise überlisten konnte.

„Wir wollen nur Lady Greystoke haben, die Rache können wir auf einen anderen Tag verschieben“, sagte er.

„Wir wissen ja nicht einmal, ob sie sich im Dorf befindet“, bemerkte einer seine Männer.

„Wo sonst sollte sie sein?“ fragte Usula. „Stimmt, du könntest recht haben – vielleicht ist sie gar nicht im Dorf, aber das werde ich herauszufinden. Ich habe einen Plan. Paßt auf! Der Wind weht von der gegenüberliegenden Seite des Dorfe hierher. Zehn von euch gehen mit mir, ihr anderen rückt gegen das Tor vor und macht großen Lärm, als wärt ihr drauf und dran anzugreifen. Nach einer Weile werden sie das Tor öffnen und herauskommen. Darauf könnt ihr euch verlassen. Ich versuche, wieder hier zu sein, ehe das geschieht, doch wenn ich es nicht schaffe, teilt ihr euch in zwei Gruppen, stellt euch beiderseits des Tores auf und laßt die Burschen von der Westküste fliehen. Die interessieren uns nicht. Haltet nur nach Lady Greystoke Ausschau, und sobald ihr sie seht, nehmt ihr sie denjenigen weg, die sie bewachen. Versteht ihr mich?“ Seine Gefährten nickten. „Dann los!“ sagte er, wählte die zehn Mann aus und verschwand im Dschungel.

Luvini trug Jane Clayton zu einer Hütte unweit des Tores. Hier fesselte er sie zuverlässig und band sie an einen Pfahl, noch immer des Glaubens, sie sei Flora Hawkes. Dann verließ er sie und eilte zum Tor, um dort das Kommando über die Kriegerschar zu übernehmen, die das Dorf verteidigte.

Die Ereignisse der vergangenen Stunde hatten sich dermaßen schnell entwickelt, daß Jane Clayton noch immer halb benommen war von den vielen Schocks, die sie hatte erleiden müssen. Die bedrohliche Lage, in der sie sich jetzt befand, trat völlig in den Hintergrund angesichts der Ungeheuerlichkeit, daß Tarzan sie in der Stunde der Not verlassen und eine andere Frau in den Dschungel getragen hatte. Sie ließ sich nicht einmal durch Usulas Hinweis auf den Unfall, den Tarzan erlitten und der vermutlich sein Gedächtnis in Mitleidenschaft gezogen hatte, dazu bringen, darin eine mögliche Erklärung für seinen Treuebruch zu sehen. Mit dem Gesicht nach unten lag sie im Schmutz der Araberhütte und weinte, wie sie viele Jahre nicht geweint hatte.

Während der Schmerz sie derart niederdrückte, schlichen sich Usula und seine zehn Männer lautlos und unbemerkt um die Palisaden herum zur Rückseite des Dorfes. Hier fanden sie große Mengen dürren Strauchwerks vor, das die Araber hatten roden müssen, als sie ihr Dorf errichteten. Sie trugen es zusammen und häuften es dicht an der Palisadenwand bis zu einer Höhe von fast drei Vierteln der Balkenlänge auf. Usula sah jedoch, daß es schwierig war, dieses Werk in aller Stille zu verrichten, und schickte deshalb einen Mann zur Hauptstreitmacht auf der anderen Seite des Dorfes mit der Anweisung, sie sollten ständig lärmen und schreien, um die Geräusche zu übertönen, die ihre Gefährten bei diesen Vorbereitungen machten. Der beabsichtigte Effekt wurde erzielt, doch obwohl Usula und seine Leuten nun mit doppelter Anstrengung arbeiten konnten, dauerte es doch über eine Stunde, bis das dürre Reisig zu ihrer Befriedigung aufgetürmt war.

Luvini beobachtete die Hauptstreitmacht der Waziris, deren Verhaltensweise ihm nun durch den aufsteigenden Mond erkennbar wurde durch eine Öffnung in der Palisadenwand und gelangte zu dem Schluß, daß sie nicht beabsichtigten, in der Nacht anzugreifen. Also brauchte er nicht mehr so scharf aufzupassen, sondern konnte seine Zeit auf andere und angenehmere Weise verbringen. Er schärfte den am Tor versammelten Kriegern ein, dort zu bleiben, stets auf der Hut zu sein und ihn sofort zu rufen, sollte sich das Verhalten der Waziris in irgendeiner Weise ändern. Dann kehrte er zu der Hütte zurück, in der er Lady Greystoke gelassen hatte.

Er war ein riesiger Bursche mit niedriger, fliehender Stirn und hervorstehenden Backenknochen. Er steckte die brennende Fackel, die er in der Hand hielt, im Inneren der Hütte in den Erdboden und musterte mit blutunterlaufenen Augen begierig die reglose Gestalt der Frau, die ausgestreckt vor ihm lag. Sich die dicken Lippen leckend, trat er näher, streckte die Hand aus und tippte sie an. Jane Clayton blickte auf, fuhr angewidert zurück und krümmte sich zusammen. Als der Schwarze das Gesicht der Frau sah, war er höchst überrascht.

„Wer bist du?“ fragte er im Pidginenglish der Küste.

„Ich bin Lady Greystoke, Gattin Tarzans von den Affen“, erwiderte sie. „Und wenn du klug bist, läßt du mich sofort frei.“

Luvinis Augen spiegelten Verblüffung und Schrecken und noch ein anderes Gefühl, aber welches davon in seinem stumpfem Hirn die Oberhand gewinnen würde, war schwer vorauszusagen. Lange Zeit saß er da und starrte sie an, und bald zeigte seine Miene nur noch den gierigen, lüsternen Ausdruck und nicht mehr die Furcht, die zuerst in seinen Zügen zu lesen war, und in dieser Veränderung erkannte Jane Clayton ihr Verhängnis.

Mit fummelnden Fingern löste er die Knoten ihrer Fesseln an Hand- und Fußgelenken. Sie spürte seinen heißen Atem, sah die blutunterlaufenen Augen und die rote Zunge, als er sich kurz die Lippen leckte. Im selben Augenblick, als sie spürte, daß die letzte Schnur, mit der sie gebunden war, zu Boden fiel, sprang sie auf und stürzte zum Eingang der Hütte, aber eine große Hand langte nach ihr und packte sie, und als er sie an sich zog, fuhr sie wie eine tollwütige Tigerin herum und schlug ihn wiederholt in das häßlich grinsende Gesicht. Mit roher Gewalt brach er unbarmherzig ihren schwachen Widerstand und zog sie langsam und verbissen an sich.

Beide achteten nicht auf das, was um sie vorging, sie hörten weder die Schreie der Waziris vorm Tor, noch fiel ihnen auf, daß das Dorf plötzlich in Bewegung kam. Sie rangen miteinander, wobei die Niederlage der Frau von vornherein besiegelt schien.

Inzwischen hatte Usula bereits an mehreren verschiedenen Stellen brennende Fackeln an das Strauchwerk vor der hinteren Palisadenwand gehalten. Der sanfte Dschungelwind entfachte die Flammen, so daß sie im Nu zu einem prasselnden Feuer aufloderten, in dem das trockene Holz der Palisaden mit einem rötlichen Funkenregen zerplatzte. Der Wind trug die Funken zu den Strohdächern der nächststehenden Hütten, bis sich das ganze Dorf in unglaublich kurzer Zeit in ein tosendes Flammeninferno verwandelt hatte. Genau wie Usula vorausgesagt hatte, tat sich das Tor weit auf, und die Schwarzen von der Westküste stürmten entsetzt in den Dschungel. Die Waziris hatten eine Gasse gebildet und hielten nach ihrer Herrin Ausschau, aber obwohl sie schweigend warteten und aufpaßten, bis niemand mehr aus dem Tor kam und die innere Fläche der Palisadenumrandung ein brodelndes Flammenmeer darstellte, war keine Spur von ihr zu entdecken.

Sie warteten noch lange voller Hoffnung, obwohl sie längst überzeugt waren, daß kein menschliches Wesen diese Hölle hätte überstehen können. Dann brach Usula die nutzlose Wache ab.

„Sie war niemals dort. Also müssen wir jetzt die Schwarzen verfolgen und einige von ihnen fangen, damit wir herauskriegen, wo Lady Greystoke sich befindet“, sagte er.

Es war bereits Tag, als sie auf eine kleine Schar Versprengter stießen, die einige Meilen westlich ein Lager aufgeschlagen hatten. Sie umzingelten sie schnell und erreichten mit der Zusage, daß sie ungestraft davonkämen, sofern sie wahrheitsgemäß alle Fragen beantworteten, die Usula stellen würde, die sofortige Kapitulation der Schwarzen.

„Wo ist Luvini?“ fragte er als erstes. Er hatte den Namen des Anführers dieser Leute am Vorabend von den Europäern erfahren.

„Das wissen wir nicht. Wir haben ihn nicht mehr gesehen, seit wir das Dorf verließen“, antwortete einer der Schwarzen. „Wir gehörten zu den Sklaven der Araber, und als wir letzte Nacht aus der Umzäunung flohen, haben wir uns von den anderen getrennt, denn wir glaubten, allein sicherer zu sein als bei Luvini, der noch grausamer ist als die Araber.“

„Hast du die weiße Frau gesehen, die er gestern abend ins Lager gebracht hat?"

„Er hat nur eine weiße Frau hergebracht", erwiderte der andere.

„Und was hat er mit ihr getan? Wo ist sie jetzt?" fragte Usula.

„Das weiß ich nicht. Nachdem er sie hergebracht hatte, fesselte er sie an Händen und Füßen und schleppte sie in die Hütte in der Nähe des Dorftores, in der er wohnte. Seither haben wir sie nicht mehr gesehen."

Usula wandte sich um blickte seine Gefährten an. Seine Augen spiegelten eine große Angst, die sich auch auf den Gesichtern der anderen abzeichnete.

„Kommt, wir gehen zurück ins Dorf", sagte er. „Und ihr kommt mit uns", fügte er hinzu, an die Schwarzen von der Westküste gewandt. „Und solltet ihr uns belogen haben..." Hier machte er eine vielsagende Bewegung mit dem Zeigefinger über der Kehle.

„Wir haben euch nicht belogen", entgegneten die anderen.

Schnell gingen sie den gleichen Weg zurück zu den Resten des Araberdorfes, von dem nichts weiter geblieben war als einige Haufen glimmender Asche.

„Wo stand die Hütte, in der die weiße Frau eingesperrt war?" fragte Usula, als sie durch die rauchenden, verkohlten Reste streiften.

„Hier", sagte einer der Schwarzen und ging schnell ein paar Schritte über die Stelle hinaus, wo einmal das Dorftor gestanden hatte. Plötzlich blieb er stehen, zeigte auf etwas vor ihm auf dem Boden und sagte:

„Hier ist die weiße Frau, die ihr sucht."

Usula und die anderen eilten sofort hin. Zorn und Trauer erfüllten ihre Herzen, als sie vor sich die verkohlten Überreste eines Menschen sahen.

„Sie ist es", sagte Usula und wandte sich ab, um seinen tiefen Schmerz zu verbergen. Tränen rollten über seine ebenholzschwarzen Wangen. Die anderen Waziris waren ebenfalls ganz niedergeschlagen, denn alle liebten die Gattin des großen Bwana.

„Vielleicht ist sie es gar nicht", wandte einer von ihnen ein. „Vielleicht ist das jemand anders."

„Das läßt sich leicht feststellen", sagte ein dritter. „Finden sich ihre Ringe in der Asche, dann sind es tatsächlich ihre Gebeine."

Damit kniete er sich hin und suchte nach den Ringen, die Lady Greystoke gewöhnlich trug.

Usula schüttelte verzweifelt den Kopf. „Sie ist es bestimmt", sagte er. „Hier ist noch der Pfosten, an den sie gebunden war." Er wies auf den schwarzverkohlten Rest eines Balkens gleich neben den sterblichen Überresten. „Und was die Ringe betrifft – selbst wenn sie sich nicht in der Asche finden, besagt das gar nichts, denn bestimmt hat Luvini sie ihr abgenommen, als er sie gefangennahm. Alle hatten Zeit, das Dorf zu verlassen, nur sie nicht, weil sie angebunden war und nicht weg konnte – nein, das kann nicht jemand anders sein."

Die Waziris hoben ein flaches Grab aus, versenkten die Asche feierlich darin und bezeichneten die Stelle mit einem kleinen Steinhaufen.

Die Spur der Rache

Da Tarzan von den Affen seine Geschwindigkeit der von Jad-bal-ja anpassen mußte, dauerte sein Heimweg relativ lange, so daß er Gelegenheit hatte, die Erfahrungen der vergangenen Woche noch einmal zu überdenken, wobei ihn verschiedenste Empfindungen bewegten. Zwar war sein Versuch mißglückt, die Schatzkammern von Opar auszuräumen, doch wurde er durch den Beutel mit Diamanten, den er bei sich trug, für das Fehlschlagen seiner Pläne mehr als entschädigt. Ihn erfüllte einzig und allein die Sorge um die Sicherheit seiner Waziris und vielleicht noch das lästige Verlangen, die Weißen aufzuspüren, die ihn betäubt hatten, und ihnen die gerechte Strafe zuteil werden zu lassen. Da der Wunsch, nach Hause zurückzukehren, jedoch größer war, beschloß er, sich nicht um ihre Festnahme zu bemühen, zumindest nicht zum gegebenen Zeitpunkt.

Der Mensch und der große Löwe, die gemeinsam jagten, gemeinsam aßen und gemeinsam schliefen, trotteten über wilde Dschungelpfade nach Hause. Gestern hatten sie sich das Fleisch von Bara, dem Hirsch, geteilt, heute hatten sie sich an dem von Horta, dem Eber, gütlich getan, so daß die Möglichkeit äußerst gering war, daß einer von ihnen Hunger leiden mußte.

Sie waren noch etwa einen Tagesmarsch vom Bungalow entfernt, als Tarzan die Spur einer ansehnlichen Schar von Kriegern entdeckte. Wie einige Leute gespannt die letzten Börsenkurse verschlingen, als hänge ihre ganze Existenz davon ab, daß sie genauestens darüber informiert sind, so griff Tarzan von den Affen begierig selbst nach der winzigsten Information , die der Dschungel für ihn bereit hielt, denn in der Tat war die genaue Kenntnis all dessen, was die verschiedenen Informationen enthielten, das ganze Leben lang eine *conditio sine qua non* seiner Existenz gewesen. Also untersuchte er sorgfältig die Spur, die jetzt vor ihm lag und zwar schon einige Tage alt und seit ihrer Entstehung durch andere hier entlanglaufende Tiere etwas verwischt war, seinen scharfen Augen und seiner Nase jedoch noch genug Erkenntnisse vermittelte. Die teilweise routinemäßige Überprüfung wich plötzlich scharfem Interesse, denn unter den Fußspuren der großen Krieger entdeckte er hier und dort die kleinen einer Weißen –, Fußspuren, die er nur zu gut kannte und liebte.

Bestimmt sind die Waziris zurückgekommen und haben ihr berichtet, ich sei verschwunden, dachte er bei sich. Deshalb hat sie sich mit ihnen auf die Suche nach mir gemacht. Dann wandte er sich an den Löwen: Nun gut, Jad-bal-ja, wieder einmal lenken wir unsere Schritte weg von zu Hause – aber nein, unser Zuhause ist dort, wo sie ist.

Die Richtung der Spuren gab Tarzan von den Affen Rätsel auf, verliefen sie doch nicht auf direktem Wege nach Opar, sondern viel südlicher. Am sechsten Tag erfaßten seine scharfen Ohren die Geräusche sich nähernder Menschen und kurz danach sein Geruchssinn die Witterung von Schwarzen. Tarzan schickte Jad-bal-ja in die Deckung des Dickicht, schwang sich in die Bäume und bewegte sich rasch auf die herannahenden Neger zu. In dem Maße, in dem sich der Abstand zwischen ihnen verringerte, wurde die Witterung stärker, bis er, noch ehe er sie erblickte, schon genau wußte, daß er seine Waziris vor sich hatte. Doch jener eine Duft, der sein Herz mit unbändiger Freude erfüllt hätte, war nicht ausfindig zu machen.

Usula, der an der Spitze der traurigen und niedergeschlagenen Waziris marschierte, staunte nicht schlecht, als er an einer Wegbiegung plötzlich seinem Herrn von Angesicht zu Angesicht gegenüberstand.

„Tarzan von den Affen!“ rief er. „Du bist es doch?“

„Wer sollte ich sonst sein?“ fragte der Affenmensch. „Aber wo ist Lady Greystoke?“

„Ach, Herr, wie sollen wir dir das sagen!“ erwiderte Usula.

„Du meinst doch nicht...“ stieß Tarzan hervor. „Das kann nicht sein. Solange sie von meinen Waziris beschützt wird, kann ihr niemals etwas zustoßen!“

Die Krieger ließen beschämt und bekümmert die Köpfe hängen. „Wir bieten dir unser Leben für das ihre“, sagte Usula schlicht. Er legte Speer und Schild nieder, breitete die Arme weit aus und reckte Tarzan die breite Brust entgegen. „Stoß zu, Bwana“, sagte er.

Der Affenmensch wandte sich mit gesenktem Haupt ab. Dann sah er Usula wieder an. „Berichte mir genau, was geschehen ist, und vergiß deine törichten Worte, wie auch ich den Vorschlag vergessen habe, den sie enthielten."

Usula zählte kurz die Ereignisse auf, die zu Janes Tod geführt hatten, und als er geendet hatte, sagte Tarzan von den Affen nur drei Worte in Form einer Frage, die typisch für ihn war.

„Wo ist Luvini?"

„Das wissen wir leider nicht", erwiderte Usula.

„Aber ich werde es herausfinden", sagte Tarzan. „Setzt euren Marsch fort, meine Kinder, geht zurück zu euren Hütten, euren Frauen und Kindern, und wenn ihr Tarzan von den Affen das nächste Mal erblickt, dann wißt ihr, daß Luvini tot ist."

Sie baten um Erlaubnis, ihn begleiten zu dürfen, aber er wollte nichts davon hören.

„Zu dieser Jahreszeit werdet ihr daheim gebraucht", sagte er. „Allzu lange wart ihr schon von den Herden und Feldern fort. Kehrt deshalb zurück und berichtet Korak, sagt ihm jedoch, es ist mein Wunsch, daß auch er zu Hause bleibt – sollte mir der Erfolg versagt bleiben, dann kann er kommen und das unvollendete Werk zu Ende führen, wenn er will." Nach diesen Worten wandte er sich in die Richtung, aus der er gekommen war, und pfiff einmal laut und langgezogen, und einen Augenblick später kam Jad-bal-ja, der goldene Löwe, den Dschungelweg entlanggetrabt.

„Der goldene Löwe!" rief Usula bei seinem Anblick. „Als er aus Keewazi verschwand, geschah dies also, weil er nach seinem geliebten Bwana suchen wollte."

Tarzan nickte. „Er ist mir viele Tagesmärsche in ein fremdes Land gefolgt, bis er mich fand", sagte er. Dann sagte er den Waziris Lebewohl und wandte seine Schritte abermals weg von daheim, um Luvini aufzuspüren und sich zu rächen.

John Peebles hockte in der Astgabel eines großen Baumes und begrüßte die anbrechende Morgendämmerung mit müden Augen. Neben ihm hatte sich Dick Throck gleichfalls in einer Astgabel niedergelassen, während Kraski, der intelligenter, mithin auch erfinderischer war, sich auf zwei parallelen Ästen aus Zweigen eine kleine Plattform errichtet hatte, so daß er es vergleichsweise bequem hatte. Zehn Fuß über ihm hing Bluber, halb erschöpft und durch und durch verängstigt, auf einem kleineren

Ast und klammerte sich an dessen Gabelung, da ihm dies eine gewisse Sicherheit bot.

„O Gott", stöhnte Peebles. „Eh'r laß ich mich von den verdammt'n Löw'n fress'n, als daß ich noch so 'ne Nacht wie die letzte hier verbringe, un' das wär's dann auch!"

„Das stimmt, verdammt noch mal", pflichtete Throck ihm bei. „Ich schlaf' 's nächste Mal unt'n, ob Löw'n da sin' oder nich."

„Wenn die kombinierte Intelligenz von euch drein gleich der eines Walrosses wäre, hätten wir die letzte Nacht unten auf der Erde und in relativer Sicherheit und Bequemlichkeit verbringen können", warf Kraski ein.

„He du da ob'n, Bluber, *Mister* spricht zu dir", rief Peebles, in feinem Sarkasmus den 'Mister' betonend.

„Is' mir egal, ich kümm're mich nich drum, was jemand sagt", jammerte Bluber.

„Er möchte, daß wir ihm jede Nacht 'ne Bude bau'n, während er 'rumsteht und uns sagt, wie wir's mach'n soll'n. 'N feiner Herr, der er is', braucht natürlich nich' mit anzufass'n."

„Warum soll ich mit meinen zwei Händen arbeiten, während ihr zwei Riesenlulatsche ohnehin nichts weiter habt, mit dem ihr arbeiten könnt?" fragte Kraski. „Ihr wärt inzwischen schon längst verhungert, wenn ich für euch nicht was zu essen gefunden hätte. Am Ende seid ihr dann doch nur Futter für die Löwen, oder ihr sterbt vor Erschöpfung, wenn ihr nicht auf mich hört – aber so ein großer Verlust wäre das auch nicht."

Die anderen achteten nicht auf diese letzte Ausfälligkeit. In der Tat hatten sie sich so lange schon gestritten, daß keiner den anderen mehr ernst nahm. Mit Ausnahme von Peebles und Throck haßten sich alle von Herzen und hielten nur zusammen, weil sie Angst hatten, allein auf sich gestellt zu sein. Bedächtig ließ Peebles seine mächtige Figur zu Boden gleiten. Throck folgte ihm, dann kam Kraski und als letzter Bluber, der einen Augenblick schweigend dastand und auf seine arg mitgenommene Kleidung blickte.

„Mein Gott!" sagte er. „Seht mich an! Dieser Anzug, was mich zwanzig Goldstücke gekostet hat – seht ihn euch an. Zerfetzt. Völlig zerfetzt. Er würde nich' mal mehr 'n Penny pro Pfund bring'n."

„Pfeif auf deine Klamotten!" rief Kraski. „Da stehen wir nun hier, halb verhungert, ständig von wilden Tieren bedroht, vielleicht auch noch von Kannibalen, nach allem, was wir wissen. Keiner hat eine Ahnung, wo's lang geht, Flora ist im Dschungel verschwunden, und da kommst du mit deinem 'Zwanzig-Goldstücke-Anzug'. Du gehst mir auf die Nerven, Bluber. Aber los nun, was sollen wir noch länger herumstehen."

„Welche Richtung soll'n wir einschlag'n?" fragte Throck.

„Die nach Westen natürlich", erwiderte Kraski. „Dort liegt die Küste, und das einzige, was uns noch bleibt, ist zu versuchen, dorthin zu kommen."

„Die erreich'n wir nie, wenn wir nach Osten geh'n, stimmt's? Un' das wär's dann auch", dröhnte Peebles.

„Wer sagt denn, daß wir das tun?" fragte Kraski.

„Na ja, gestern sin' wir den ganzen Tag nach Ost'n marschiert", erklärte Peebles. „Mir schwante die ganze Zeit, daß wir was falsch macht'n, un' jetzt weiß ich, was es war."

Throck glotzte seinen Kumpan verdattert an. „Was meinst du damit?" brummte er. „Wieso kommst du auf die Idee, wir wär'n nach Ost'n marschiert?"

„Das is' leicht genug zu beweis'n", erwiderte Peebles. „Weil dieser Herr dort so viel mehr weiß als der Rest von uns, sin' wir, seit die Eingebornen uns verlass'n ham, immer nur landeinwärts gestiefelt." Er wies mit einem Kopfnicken auf den Russen, der, die Arme in die Seiten gestemmt, ihn spöttisch ansah.

„Wenn du glaubst, ich führe dich in die falsche Richtung, dann mach doch einfach kehrt und geh in die entgegengesetzte. Ich jedenfalls behalte die Richtung bei, die wir gegangen sind, weil das die richtige ist."

„Isse nich'", gab Peebles zurück. „Un' ich kann dir's zeigen. Hör zu. Wenn du nach West'n gehst, hast du de Sonne imm'r an dein'r link'n Seite, stimmt's? Das heißt, nur bis zum Mittag. So, un' als wir ohne die Eingebornen marschiert sin', war de Sonne an unsrer rechten. Ich dachte die ganze Zeit: Hier stimmt doch was nich'! Ich kam nur nich' drauf, was es war, bis jetzt. Das is so einfach wie die Nase in dein'm Gesicht. Wir sin' die ganze Zeit stramm nach Ost'n marschiert."

„Verdammt noch mal, recht hat er!" sagte Throck. „Immer nach Ost'n, un' dieses Arschloch da bildet sich ein, alles zu wiss'n."

„Meine Güte!" jammerte Bluber. „Soll das heiß'n, wir müss'n die ganze Strecke wieder zurücklatsch'n?"

Kraski lachte und wandte sich ab, um in der Richtung weiterzugehen, die er als die richtige ansah. „Ihr Kerle könnt euren eignen Weg gehen, wenn ihr unbedingt wollt", sagte er. „Aber wenn ihr dann so dahinwandert, denkt mal über die Tatsache nach, daß ihr euch südlich des Äquators befindet, und daß die Sonne deshalb immer im Norden steht, ohne jedoch von ihrer althergebrachten Gewohnheit zu lassen, im Westen unterzugehen."

Bluber war der erste, der die Richtigkeit von Kraskis Feststellung erfaßte. „Weiter geht's, Leute." Damit wandte er sich um und folgte dem Russen.

Peebles stand noch eine Weile und kratzte sich am Kopf, voll in Anspruch genommen von dem komplizierten Problem, über das auch Throck sich den Kopf zerbrach. Dann wandte letzterer sich um und ging Bluber und Kraski nach. „Komm nur, John", sagte er zu Peebles. „Ich kapier's zwar nich, aber ich vermute, die hab'n recht. Sie geh'n genau dorthin, wo die Sonne gestern ahmd unterging, un' das muß ja nun West'n sein."

Peebles folgte Throck, da seine Theorie ins Wanken geraten war, doch überzeugt war er nicht.

So schleppten sich die vier Männer hungrig, müde und mit wundgelaufenen Füßen einige Stunden lang den Dschungelpfad entlang nach Westen und hielten vergeblich nach Wild Ausschau. Ohne die geringsten Voraussetzungen für das Leben in der Wildnis zu besitzen, stolperten sie weiter. Zu beiden Seiten des Weges hätten wilde Raubtiere oder feindliche Krieger lauern können – die Sinne des zivilisierten Menschen sind dermaßen abgestumpft, daß der plumpste Gegner sich unentdeckt hätte an sie heranpirschen können.

Und so geschah es, daß kurz nach Mittag, als sie gerade eine kleine Lichtung überquerten, ein Pfeil ganz knapp an Blubers Kopf vorbeisurrte und sie vor Schreck wie gelähmt stehenblieben. Adolf ließ sich mit einem schrillen Angstschrei zu Boden fallen. Kraski riß das Gewehr an die Schulter und schoß.

„Dort hinter den Büschen!" rief er, aber da durchbohrte ein zweiter Pfeil aus einer anderen Richtung seinen Unterarm. Peebles und Throck, zwar kräftig, aber schwerfällig, traten weniger hurtig in Aktion als der Russe, zeigten jedoch ebenfalls keinerlei Furcht.

„Hinlegen!" rief Kraski und warf sich zu Boden. „Haut euch hin, und dann laßt sie kommen!"

Kaum lagen die drei Männer im hohen Gras, tauchte vor ihnen eine ganze Schar von Pygmäenjägern auf, surrte ein Hagel von Pfeilen über die in Deckung liegenden Männer hinweg, während aus einem Baum in der Nähe zwei stahlgraue Augen das Geschehen verfolgten.

Bluber lag auf dem Bauch, das Gesicht in den Armen vergraben, das Gewehr ungenutzt an seiner Seite, aber Kraski, Peebles und Throck kämpften um ihr Leben und überschütteten die Bande schreiender Pygmäen mit Blei.

Kraski und Peebles streckten jeder einen Eingeborenen durch Gewehrschuß nieder, dann zog sich der Gegner in die Deckung und Sicherheit des Dschungels zurück. Eine Weile ruhten die Feindseligkeiten. Äußerste Stille herrschte, die mit einem Mal durch eine Stimme aus dem dichten Grün eines in der Nähe stehenden Urwaldriesen gebrochen wurde.

„Feuern Sie nicht, bevor ich es sage, dann will ich Sie retten", tönte es auf englisch.

Bluber hob den Kopf. „Komm'n Sie schnell! Komm'n Sie schnell!" rief er. „Wir werd'n nich schieß'n. Rett'n Sie mich, rett'n Sie mich – ich geb Ihn'n fünf Pfund."

Aus dem Baum, von dem sie die Stimme gehört hatten, ertönte jetzt ein einmaliges, leises Pfeifen, dann herrschte wieder Stille.

Die Pygmäen waren durch die geheimnisvolle Stimme aus dem Blätterwerk des Baumes vor Überraschung wie gelähmt, aber da sie nichts weiter hörten, was ihnen Angst einjagte, tauchten sie wieder aus der Deckung der Büsche auf und überschütteten die vier im Gras liegenden Männer mit einem weiteren Pfeilhagel. Im gleichen Augenblick, als sich eine hünenhafte weiße Gestalt von den unteren Ästen des uralten Baumriesen fallen ließ, sprang ein großer Löwe mit schwarzer Mähne aus dem darunter wuchernden Dickicht.

„Jetzt isses aus!" kreischte Bluber und vergrub das Gesicht wieder in den Armen.

Einen Moment standen die Pygmäen wie vom Donner gerührt, dann rief ihr Anführer: „Das ist Tarzan!" machte auf der Stelle kehrt und floh in den Dschungel.

„Jawohl, es ist Tarzan – Tarzan von den Affen", rief Lord Greystoke. „Es ist Tarzan und der goldene Löwe", sagte er in der Pygmäensprache, so daß die Weißen von dem, was er sagte, kein Wort verstanden. Dann wandte er sich auf englisch an sie: „Die Gomanganis sind fort, stehen Sie auf."

Die vier Männer rappelten sich auf. „Wer sind Sie, und was tun Sie hier?" fragte Tarzan von den Affen. „Aber eigentlich erübrigt sich die Frage. Sie sind die Männer, die mich betäubt und hilflos in ihrem Lager zurückgelassen haben, eine leichte Beute für den ersten Löwen oder Wilden, der vorbeigekommen wäre."

Bluber stolperte händeringend nach vorn, lächelte kriecherisch und sagte: „Aber nein, Mr. Tarzan! Wir kannt'n Sie ja nich'. Nie hätt'n wir so was getan, hätt'n wir gewußt, dasses sich um Tarzan von den Affen handelt. Rett'n Sie mich! Zehn Pfund – zwanzig Pfund – soviel Sie woll'n. Nenn'n Se 'nen Preis. Rett'n Se mich, un' das Geld gehört Ihn'n."

Tarzan achtete gar nicht auf ihn, sondern wandte sich an die anderen. „Ich suche einen Ihrer Leute", sagte er, „einen Schwarzen namens Luvini. Er hat meine Frau getötet. Wo ist er?"

„Davon wissen wir nichts", sagte Kraski. „Luvini hat uns verraten und im Stich gelassen. Zu der Zeit befanden sich Ihre Gattin und eine andere weiße Frau in unserem Lager. Niemand von uns weiß, was aus ihnen geworden ist. Sie waren hinter uns, als wir in Stellung gingen, um das Lager gegen unsere Schwarzen und die Sklaven der Araber zu verteidigen. Ihre Waziris waren auch dort. Als sich der Feind zurückgezogen hatte, entdeckten wir, daß die beiden Frauen verschwunden waren. Wir wissen nicht, was aus ihnen geworden ist. Wir suchen gerade nach ihnen."

„Meine Waziris haben mir das auch erzählt, und seither haben Sie Luvini nicht zu Gesicht bekommen?"

„Nein", antwortete Kraski.

„Was tun Sie hier?" fragte Tarzan.

„Wir haben Mr. Bluber auf einer wissenschaftlichen Expedition begleitet", erwiderte der Russe. „Dabei ergaben sich große Schwierigkeiten. Unsere Häuptlinge, Askaris und Träger meuterten und verließen uns. Wir sind absolut allein und hilflos."

„Jawohl!" warf Bluber ein. „Rett'n Sie uns! Rett'n Sie uns! Awwer halt'n Sie den Löwen zurück. Der macht mich nervös."

„Der rührt Sie nicht an – sofern ich es ihm nicht sage", erklärte Tarzan.

„Dann sag'n Sie's ihm bitte nich!" flehte Bluber.

„Wohin wollten Sie denn jetzt?" fragte Tarzan.

„Wir versuchen, zur Küste zu gelangen und von dort nach London", antwortete Kraski.

„Dann kommen Sie mit mir", sagte Tarzan. „Vielleicht kann ich Ihnen helfen. Verdienen tun Sie es zwar nicht, aber ich kann nicht zusehen, wie ein paar Weiße hier im Dschungel umkommen."

Sie folgten ihm nach Westen und schlugen in der folgenden Nacht ihr Lager neben einem kleinen Dschungelfluß auf.

Den vier Londonern fiel es schwer, sich an die Anwesenheit des großen Löwen zu gewöhnen, und Bluber befand sich ständig in einem Zustand maßloser Angst.

Als sie nach dem von Tarzan zubereiteten Abendessen ums Feuer saßen, machte Kraski den Vorschlag, doch eine Art Schutz gegen wilde Tiere zu errichten.

„Das wird nicht nötig sein", sagte Tarzan. „Jad-bal-ja wird Sie bewachen. Er schläft hier neben mir, und was der eine von uns nicht hört, hört der andere."

Bluber seufzte. „Mein Gott! Ich zahle zehn Pfund, wenn ich eine Nacht durchschlaf'n kann."

„Das können Sie diese Nacht für weit weniger haben, denn solange Jad-bal-ja und ich hier sind, wird Ihnen nichts geschehen", entgegnete Tarzan.

„Gut, dann denk ich, ich sage gute Nacht", erklärte Bluber, rückte einige Schritte vom Feuer weg, rollte sich zusammen und schlief bald ganz fest. Throck und Peebles folgten seinem Beispiel, ein wenig später auch Kraski.

Während der Russe bereits im Einschlafen mit halbgeschlossenen Augen dalag, sah er, wie sich der Affenmensch aus der Hockhaltung, die er am Feuer eingenommen hatte, aufrichtete und auf einen Baum in der Nähe zuging. Dabei glitt ihm etwas unter dem Lendenschurz hervor – ein kleiner, aus Häuten hergestellter Beutel. Ein kleiner Beutel, jedoch prallvoll.

Kraski war im Nu hellwach und verfolgte, wie der Affenmensch in Begleitung von Jad-bal-ja ein kurzes Stück wegging und sich zum Schlafen niederlegte.

Der große Löwe rollte sich neben dem Menschen zusammen, und bald konnte der Russe überzeugt sein, daß beide schliefen. Sofort kroch er langsam und vorsichtig auf den kleinen Beutel zu, der neben dem Feuer lag. Nach jedem Vorrücken hielt er inne und blickte auf die reglosen Gestalten der zwei wilden Geschöpfe, aber beide schliefen friedlich. Schließlich befand sich der Beutel in seiner Reichweite, er ergriff ihn, nahm ihn an sich und steckte ihn schnell unters Hemd. Dann wandte er sich um und kroch ebenso langsam und vorsichtig wieder zu seinem Platz am Feuer. Hier legte er den Kopf auf einen Arm, als schlafe er tief, und betastete den Beutel sorgsam mit der anderen Hand.

„Fühlt sich an wie kleine Steine", murmelte er vor sich hin. „Und zweifellos sind es welche, die diesem wilden Barbaren, der ein Peer von England ist, vielleicht als Schmuck dienen. Man sollte es nicht für möglich halten, daß dieses wilde Tier jemals im englischen Oberhaus saß."

Lautlos löste Kraski den Knoten, der den Beutel zusammenhielt, und ließ einen Augenblick später einen Teil des Inhalts auf seine Hand rieseln.

„Mein Gott!" murmelte er. „Diamanten!"

Gierig schüttete er alle aus und betrachtete sie frohlockend – große, strahlende Steine von erstklassiger Qualität – fünf Pfund reine, weiße Diamanten, die ein so märchenhaftes Vermögen darstellten, daß dem Russen vom bloßen Ansehen der Kopf schwindelte.

„Mein Gott!" stammelte er. „Der Reichtum eines Krösus in meinen Händen."

Schnell sammelte er die Steine ein und steckte sie wieder in den Beutel, wobei er immer wieder einen Blick auf Tarzan und Jad-bal-ja warf, aber keiner der beiden rührte sich. Bald war alles wohl verwahrt, und nun steckte er das Ledertäschchen abermals unters Hemd.

„Morgen ... morgen ...", murmelte er. „Ich wünschte bei Gott, daß ich den Nerv hätte, es schon heute nacht zu versuchen."

Am späten Vormittag des folgenden Tages näherte sich Tarzan mit den vier Londonern einem ziemlich großen, von Palisaden umgebenen Dorf, das aus vielen Hütten bestand. Man empfing ihn nicht nur freundlich, sondern mit allen Ehren, die einem Herrscher zustehen.

Die Weißen waren sichtlich beeindruckt, als sie sahen, mit welcher Ehrerbietung der schwarze Häuptling und seine Krieger Tarzan begegneten.

Nach der üblichen Begrüßungszeremonie wandte sich Tarzan um und wies auf die vier Europäer. „Dies sind meine Freunde, und sie möchten ungefährdet die Küste erreichen", sagte er zu dem schwarzen Häuptling. „Gib ihnen deshalb genügend Krieger mit, die sie auf der Reise mit Nahrung versorgen und beschützen können. Tarzan von den Affen ist es, der dich um diesen Gefallen bittet."

„Tarzan von den Affen, der große Häuptling, Herr des Dschungels, braucht nur zu befehlen", erwiderte der Schwarze.

„Schön! Gib ihnen reichlich zu essen und behandle sie gut. Ich habe noch eine andere Sache zu erledigen und kann nicht bleiben."

„Ihre Bäuche werden stets gefüllt sein, und sie werden die Küste heil und gesund erreichen", erklärte der Häuptling.

Ohne ein Wort des Abschieds, ja sogar ohne ein Zeichen, daß er von ihrer Anwesenheit Kenntnis hatte, verschwand Tarzan von den Affen aus dem Blickfeld der vier Europäer, dicht gefolgt von Jad-bal-ja, dem goldenen Löwen.

Tod durch den Speer

Kraski verbrachte eine schlaflose Nacht. Er konnte die Vorstellung nicht loswerden, daß Tarzan den Verlust seines Diamantentäschchens früher oder später entdecken, daraufhin zurückkehren und die vier Londoner zur Rechenschaft ziehen würde, die er so freundschaftlich unterstützt hatte. So kam es, daß sich der Russe, kaum daß der erste Streifen der Morgendämmerung den östlichen Horizont überzog, von seiner Lagerstatt aus trockenem Gras in der Hütte erhob, die der Häuptling ihm und Bluber zugewiesen hatte, und vorsichtig auf die Dorfstraße trat.

„Mein Gott!" murmelte er vor sich hin. „Die Chancen, daß ich die Küste allein erreiche, stehen eins zu tausend, aber dies hier" – dabei betastete den Beutel mit Diamanten unter seinem Hemd – „ist jede Anstrengung wert, und gelte es, das eigene Leben zu opfern! Dieses Vermögen von eintausend Königen – mein Gott, was könnte ich damit nicht alles tun in London, Paris oder New York!"

Unentdeckt schlich er sich aus dem Dorf, und kurz danach schloß sich der grüne Vorhang des Dschungels hinter Karl Kraski, dem Russen, als er für immer aus dem Leben seiner Kumpane verschwand.

Bluber war der erste, der seine Abwesenheit bemerkte. Eigentlich waren sie sich nicht sonderlich zugetan. Ihrer beider Freundschaft mit Peebles und Throck hatte sie zusammengebracht.

„Hast du Karl heute morgen schon gesehen?" fragte er Peebles, als die drei Männer sich um den Topf versammelten, der die ihnen als Frühstück zugedachte geschmacklose Fleischsuppe enthielt.

„Nein", sagte Peebles. „Er schläft bestimmt noch."

„Er ist nicht in der Hütte", erwiderte Bluber. „Als ich aufwachte, war er schon nich' mehr da."

„Der kann schon auf sich selbst aufpass'n", brummte Throck und frühstückte ungestört weiter. „Wahrscheinlich findet ihr ihn bei einer der Damen", setzte er hinzu und grinste über diesen kleinen, Kraskis sattsam bekannte Schwäche betreffenden Scherz.

Sie beendeten ihr Frühstück und versuchten, sich mit einigen der Krieger zu verständigen, um herauszufinden, wann sie nach Ansicht des Häuptlings ihren Marsch zur Küste fortsetzen sollten. Kraski war noch immer nicht aufgetaucht. Nun machte sich Bluber doch gewisse Sorgen, wobei er weniger um Kraskis Sicherheit bangte als um die eigene, denn wenn dem Russen in diesem freundlichen Dorf zu stiller Nachtstunde etwas zugestoßen war, so konnte auch ihn dieses Schicksal ereilen, und als er diese Ansicht den anderen unterbreitete, lieferte er einen Anlaß für allgemeines Nachsinnen, so daß die drei Männer, die wenig später um eine Audienz beim Häuptling baten, recht besorgt dreinschauten.

Mittels Gesten, einigen Brocken Pidgin-Englisch und arg entstellten Worten des Eingeborenendialekts, von dem jeweils einer der drei dann und wann etwas verstand, gelang es ihnen, den Häuptling über Kraskis Verschwinden aufzuklären. Nun wollten sie wissen, was mit ihm geschehen war.

Der Häuptling war natürlich nicht weniger betroffen als sie und ordnete sofort eine gründliche Durchsuchung des Dorfes an, mit dem Ergebnis, daß eins sehr bald klar war: Kraski befand sich nicht mehr innerhalb der Palisaden. Kurz darauf entdeckte man Fußspuren, die durchs Tor in den Dschungel führten.

„Meine Güte!“ rief Bluber. „Der is’ einfach hinausspaziert, ganz allein, und das mitten in der Nacht. Der muß ‘n Verstand verlor’n ham.“

„Herrgott, was sollte das für Sinn hab’n?“ sagte Throck.

„Ihr vermißt doch nichts, oder?“ fragte Peebles die anderen zwei. „Vielleicht hat er was geklaut?“

„Ach herrje, was gibt’s hier wohl zu klau’n?“ fragte Bluber. „Unsere Gewehre, die Munition – alles is’ noch da. Er hat sie nich’ mitgenomm’n. Un’ sonst ham wir ja nichts Wertvolles außer mein’n Anzug für zwanzig Goldstücke.“

„Aber wozu hat er das dann gemacht?“ fragte Peebles.

„Bestimmt ist er im Schlaf aufgestand’n und weggelauf’n“, sagte Throck, und das war die naheliegendste Erklärung für Kraskis mysteriöses Verschwinden, die ihnen in den Sinn kam. Eine Stunde später brachen sie unter dem Schutz einer beträchtlichen Kriegerschar zur Küste auf.

Kraski stapfte, das Gewehr über der Schulter, verbissen den Dschungelpfad entlang, die schwere automatische Pistole in der rechten Hand. Er lauschte ständig auf irgendwelche Anzeichen einer Verfolgung oder andere Gefahren, die beiderseits des Weges lauern konnten. Allein im geheimnisvollen Dschungel, durchlebte er einen Alptraum des Schreckens, und mit jeder Meile, die er zurücklegte, verringerte sich der Wert der Diamanten immer mehr im Vergleich zu den schrecklichen Prüfungen, die er seiner Ansicht nach zu bestehen hatte, ehe er hoffen konnte, die Küste zu erreichen.

Einmal versperrte ihm Histah, die Schlange, den Weg. Sie hing an einem unteren Ast genau vor ihm, und er wagte nicht, auf sie zu schießen, um die Aufmerksamkeit möglicher Verfolger nicht auf sich zu lenken und seinen Standort zu verraten. Also war er gezwungen, sie durch das dichte Gewirr des Unterholzes zu umgehen, das zu beiden Seiten des schmalen Wegs wucherte. Als er diesen hinter der Schlange wieder erreichte, war seine Kleidung noch mehr zerrissen und mitgenommen als zuvor, und seine Haut war zerkratzt und zerschunden und blutete infolge der vielen Dornen, durch die er sich hatte durcharbeiten müssen. Er war schweißnaß und keuchte vor Erschöpfung, und seine Kleidung füllte sich mit Ameisen, deren boshafte Angriffe auf seine Haut ihn vor Schmerz fast wahnsinnig machten.

Wieder auf dem Weg angelangt, riß er sich die Kleidung vom Leib und versuchte krampfhaft, die Quälgeister loszuwerden.

Die Kleidungsstücke waren dermaßen von Ameisen bevölkert, daß er sie gar nicht erst wieder anzog. Er entriß diesen wütenden Heerscharen, deren Anzahl rasch zunahm und wohl bald in die Millionen ging, als sie immer wieder trachteten, über ihn herzufallen und ihn zu verspeisen, nur schnell den Beutel mit Diamanten, die Munition und die Waffen.

Nachdem er die Hauptmasse der Insekten von diesen Gegenständen entfernt hatte, stürmte er nackt, wie er auf die Welt gekommen war, und halb von Sinnen weiter den Weg entlang, und als er eine halbe Stunde später taumelte, schließlich erschöpft hinfiel und keuchend auf der feuchten Dschungelerde lag, dämmerte ihm die Einsicht, wie vergeblich dieses wahnwitzige Unterfangen doch war, die Küste allein zu erreichen, wesentlich deutlicher, als es unter anderen Umständen der Fall gewesen wäre, denn nichts lähmt den Mut und das Selbstvertrauen eines zivilisierten Menschen mehr, als wenn er der Kleidung beraubt ist.

Wie kümmerlich der Schutz auch gewesen sein mochte, den die zerrissenen und zerfetzten Kleidungsstücke ihm geboten hatten, bis er sie von sich geschleudert hatte – er hätte sich nicht hilfloser gefühlt, wenn er statt dessen die Waffen und Munition verloren hätte. So sehr sind wir geprägt von Gewohnheit und Umgebung, und so kroch ein äußerst verängstigter Kraski jetzt furchtsam den Dschungelpfad entlang, in seinen Bemühungen von vornherein zum Scheitern verurteilt.

Des Nachts schlief er hungrig und frierend in der Astgabel eines Baumes, während die auf Jagd gehenden Raubtiere im pechschwarzen Dschungel ringsum brüllten, knurrten und husteten. Angstbebend fuhr er dann immer wieder kurz auf, lag eine Weile, von Panik erfaßt, und sank dann vor Erschöpfung wieder in einen flachen Schlaf, weniger um zu ruhen, als von Schrecknissen zu träumen, die ein plötzliches Gebrüll dann Wirklichkeit werden ließ. So dehnten sich die langen Stunden dieser angsterfüllten Nacht endlos und eintönig, bis ihm schien, als werde der Tag niemals anbrechen. Aber das tat er dennoch, und so nahm Kraski seinen unsicheren Marsch nach Westen wieder auf.

Angst, Erschöpfung und Schmerzen hatten ihn in einen Zustand versetzt, der an halbe Bewußtlosigkeit grenzte. Er taumelte weiter, wobei er mit jeder Stunde eindeutig schwächer wurde, denn er hatte ohne Nahrung und Wasser auskommen müssen, seit er seine Kumpane vor über dreißig Stunden verlassen hatte.

Mittag rückte heran. Kraski bewegte sich immer noch vorwärts, aber langsam und mit häufigen Pausen, und in einer davon erfaßten seine abgestumpften Sinne in gar nicht allzu großer Entfernung die schwache Andeutung menschlicher Stimmen. Schnell schüttelte er die Benommenheit ab und versuchte, sein gleichfalls arg mitgenommenes Auffassungsvermögen zu aktivieren. Er lauschte gespannt, dann erhob er sich mit erneuerter Kraft.

Es konnte keinen Zweifel geben. Er hörte Stimmen gar nicht weit von ihm entfernt, und sie klangen nicht wie die von Eingeborenen, sondern von Europäern. Doch er war auf der Hut und pirschte sich bedachtsam vorwärts, bis er hinter einer Wegbiegung eine kleine, mit einzelnen Bäumen bestandene Lichtung sah, deren eine Seite von einen schlammigen Fluß gesäumt wurde. An seinem Ufer stand eine kleine, aus Gras geflochtene und von einer grob behauenen Palisadenwand umgebene Hütte, die zudem noch durch eine äußere Umzäunung aus Dornenbüschen geschützt wurde.

Die Stimmen kamen aus Richtung der Hütte, und er unterschied nun deutlich die einer Frau, die ihrem Protest und ihrem Ärger Luft machte, und der eine tiefe Männerstimme antwortete.

Langsam weiteten sich Karl Kraskis Augen in ungläubigem Staunen, vermischt mit einer Spur von Angst, denn die Männerstimme, die er vernahm, klang ganz wie die des toten Esteban Miranda, und die der Frau glich der der vermißten Flora Hawkes, die er ebenfalls schon seit langem für tot hielt. Aber Karl Kraski glaubte nicht an übernatürliche Dinge. Gestaltlose Geister brauchen keine Hütten oder Palisaden, keine Umzäunungen aus Dorngestrüpp. Die Besitzer dieser Stimmen waren lebendig – und so materiell wie er selbst.

Er ging auf die Hütte zu, und sein Haß und die Eifersucht auf Esteban waren nahezu vergessen, so erleichtert fühlte er sich im Bewußtsein, sich nun wieder in Gesellschaft von Wesen seinesgleichen zu befinden. Er hatte sich jedoch gerade erst ein paar Schritte vom Saum des Dschungels entfernt, als abermals die Frauenstimme an sein Ohr drang und er sich plötzlich seiner Nacktheit bewußt wurde. Nachdenklich blieb er stehen und hielt Umschau, und kurz danach sah man ihn emsig damit beschäftigt, das lange, breitblättrige Dschungelgras auszureißen, aus dem er einen primitiven, aber zweckdienlichen Rock anfertigte, den er mit einem zusammengedrehten Strick aus demselben Material an der Hüfte befestigte. Nun ging er mit einem Gefühl erneuten Selbstvertrauens auf die Hütte zu. Da er befürchtete, sie könnten ihn zuerst nicht erkennen, für einen Feind halten und angreifen, rief er Esteban laut beim Namen, ehe er am Eingang an der Palisadenwand war. Sofort trat der Spanier aus der Hütte, gefolgt von dem Mädchen. Hätte Kraski nicht vorher seine Stimme gehört und ihn daran erkannt, so hätte er ihn jetzt für Tarzan von den Affen gehalten. Die Ähnlichkeit war wirklich verblüffend.

Die beiden starrten die seltsame Erscheinung einen Augenblick sprachlos an.

„Erkennt ihr mich nicht?“ fragte Kraski. „Ich bin Karl – Karl Kraski. Du kennst mich doch, Flora.“

„Karl!“ rief das Mädchen und wollte zu ihm stürzen, aber Esteban packte sie beim Handgelenk und hielt sie zurück.

„Was machst du hier, Kraski?“ fragte er barsch.

„Ich versuche, mich zur Küste durchzuschlagen“, erwiderte der Russe. „Aber ich bin halbtot vor Hunger und Strapazen.“

„Der Weg dort führt zur Küste“, sagte der Spanier und wies auf einen Pfad, der in westlicher Richtung verschwand. „Laß dich nicht aufhalten, Kraski, die Luft hier ist nicht gesund für dich.“

„Willst du damit sagen, ihr wollt mich ohne Lebensmittel und Wasser weiterschicken?“ fragte der Russe.

„Dort ist Wasser“, entgegnete Esteban und zeigte auf den Fluß. „Und der Dschungel hält für jemanden, der mutig und intelligent genug ist, sie sich zu beschaffen, genug Nahrung bereit.“

„Du kannst ihn nicht wegschicken“, sagte das Mädchen. „Nie hätte ich für möglich gehalten, daß du so grausam sein könntest.“ Und an den Russen gewandt, fügte sie hinzu: „Karl, geh nicht fort! Rette mich! Rette mich vor diesem Tier!“

„Dann stell dich neben mich“, sagte Kraski, und als das Mädchen sich dem Griff Mirandas entwunden hatte, hob der Russe die automatische Pistole und schoß dem Spanier ins Gesicht. Die Kugel verfehlte ihr Ziel, die leere Hülse verklemmte. Kraski drückte noch einmal ab, ohne daß ein Schuß sich löste. Er warf einen kurzen Blick auf die Waffe, entdeckte den Defekt und schleuderte sie mit einem Fluch von sich. Während er sich fieberhaft bemühte, das Gewehr in Aktion zu bringen, streckte Esteban die Hand mit dem kurzen, schweren Speer, mit welchem umzugehen er inzwischen gut gelernt hatte, weit nach hinten, und noch ehe der andere den Abzug betätigen konnte, fuhr ihm der mit einem Widerhaken versehene Speer durch Brust und Herz. Ohne einen Laut sank Karl Kraski seinem Feind und Rivalen tot zu Füßen, während die Frau, die beide geliebt hatten, jeder auf seine eigensüchtige oder brutale Weise, in Abgründe der Verzweiflung stürzte und schluchzend zu Boden sank.

Als Esteban sah, daß Kraski tot war, trat er vor, zog den Speer aus dem Körper und nahm seinem toten Feind auch die Munition und die Waffen ab. Dabei fiel sein Blick auf einen kleinen, aus Häuten gefertigten Beutel, den Kraski an jenem Grasseil um die Hüfte befestigt hatte, das seinen primitiven Rock hielt.

Der Spanier betastete den Beutel und versuchte zu ergründen, was er enthielt. Er gelangte zu dem Schluß, daß es sich wohl um Munition handele, untersuchte ihn jedoch nicht genauer, sondern trug zunächst die Waffen des Toten in die Hütte, wohin er auch das Mädchen gebracht hatte. Sie kauerte schluchzend in einer Ecke.

„Armer Karl! Armer Karl!" jammerte sie, dann schleuderte sie ihm die Worte: „Du Tier!" ins Gesicht.

„Jawohl, ich bin ein Tier", sagte er lachend. „Ich bin Tarzan von den Affen, und dieser dreckige Russe wagte es, mich Esteban zu nennen. Ich bin Tarzan! Ich bin Tarzan von den Affen!" wiederholte er laut kreischend. „Wer mich anders nennt, stirbt. Ich werde es ihnen zeigen. Ich werde es ihnen zeigen", murmelte er.

Das Mädchen blickte ihn mit weit aufgerissenen, funkelnden Augen an und erschauderte.

„Du bist wahnsinnig!", stammelte sie. „Wahnsinnig! Mein Gott – im Dschungel allein mit einem Wahnsinnigen!" Esteban Miranda war tatsächlich in einer Beziehung wahnsinnig – es war der Wahnsinn des Künstlers, der die Rolle lebt, die er spielen soll. Und er hatte sie nun schon so lange gespielt und war in der Interpretation des edlen Charakters zu solcher Meisterschaft gelangt, daß er sich selbst für Tarzan hielt und in seiner äußeren Erscheinung vielleicht gar den besten Freund des Affenmenschen hätte täuschen können. Doch in dieser gottgleichen Gestalt schlug das Herz eines Halunken, steckte die Seele eines Feiglings.

„Er wollte Tarzans Gefährtin rauben", murmelte Esteban. „Tarzan, dem Herrn des Dschungels! Hast du gesehen, wie ich ihn mit einem einzigen Speerwurf getötet habe? Könntest du wirklich einen Schwächling lieben, wenn du die Liebe des großen Tarzan erfahren könntest?"

„Ich verabscheue dich", sagte das Mädchen. „Du bist wirklich ein Tier. Du stehst noch unter den Tieren."

„Und dennoch gehörst du mir", sagte der Spanier. „Du wirst nie jemand anders gehören – eher werde ich dich töten. Aber nun laß uns doch mal nachsehen, was der Russe in diesem kleinen Lederbeutel hatte. Fühlt sich an wie genug Munition, um ein ganzes Regiment zu erschießen." Damit löste er den Knoten, mit dem der Beutel verschlossen war, und schüttete etwas von dem Inhalt auf den Boden der Hütte. Als die funkelnden, glitzernden Steine vor ihren verwunderten Augen umherrollten, atmete das Mädchen in ungläubigem Staunen tief durch.

„Heilige Maria!" rief der Spanier. „Das sind Diamanten."

„Hunderte davon“, murmelte das Mädchen. „Woher mag er sie haben?“

„Ich weiß es nicht, und das kümmert mich auch nicht“, sagte Esteban. „Sie gehören jetzt mir. Sie gehören alle mir – ich bin reich, Flora. Ich bin reich, und wenn du ein gutes Mädchen bist, sollst du an meinem Reichtum teilhaben.“

Flora Hawkes' Augen verengten sich. In ihrer Brust erwachte wieder die noch immer vorhandene Gier und ergriff von ihr Besitz. In gleichem Maße beseelte sie jedoch auch abgrundtiefer Haß auf den Spanier. Wenn er gewußt hätte, daß der Anblick der glitzernden Steine in ihr einen Entschluß reifen ließ, den sie lange schon mit sich getragen hatte, nämlich, ihn im Schlaf zu töten! Bislang war sie davor zurückgeschreckt, allein im Dschungel zu bleiben, aber jetzt verdrängte das Verlangen, diesen großen Reichtum an sich zu bringen, ihre Ängste.

Tarzan streifte durch den Dschungel, verfolgte die Spuren der verschiedenen Scharen von Burschen von der Westküste und von flüchtigen Sklaven der Araber, überholte alle der Reihe nach und forschte fieberhaft nach Luvini, wobei er die Schwarzen jedesmal so einschüchterte, daß sie die Wahrheit sagten, und sie in einem Zustand der Angst wieder verließ. Aber wen immer er befragte, sie erzählten alle dieselbe Geschichte. Niemand hatte Luvini seit der Nacht des Kampfes und des Feuers wiedergesehen, und jeder war überzeugt, daß er mit einer anderen Schar entkommen war.

Sein ganzes Sinnen und Trachten hatte während der letzten Tage nur dieser Sorge und seinen Nachforschungen gegolten, so daß er Angelegenheiten von geringerem Rang keine große Beachtung geschenkt hatte. Auf diese Weise war ihm auch entgangen, daß der Beutel mit den Diamanten nicht mehr da war. In der Tat hatte er sie praktisch vergessen, bis er sich aus geringfügigem Anlaß ihrer plötzlich wieder erinnerte und nun feststellte, daß sie nicht mehr vorhanden waren. Aber wann er sie verloren hatte und unter welchen Umständen, dessen konnte er sich nicht entsinnen.

„Diese hundsgemeinen Europäer müssen sie mir abgenommen haben“, murmelte er zu Jad-bal-ja, und bei diesem Gedanken flammte die dunkelrote Narbe auf seiner Stirn blutrot auf, während der Zorn über die Gemeinheit und Undankbarkeit jener Männer, die er gerettet hatte, ihn übermannte. „Komm“, sagte er zu Jad-bal-ja. „Während wir nach Luvini suchen, können wir auch nach den anderen Ausschau halten.“ Und so kam es, daß Peebles, Throck und Bluber auf ihrem Weg zur Küste erst ein kurzes Stück zurückgelegt hatten, als sie bei einer Mittagsrast zu ihrer Überraschung plötzlich die Gestalt des Affenmenschen majestätisch auf sie zukommen sahen, während an seiner Seite der große Löwe mit der schwarzen Mähne schritt.

Tarzan beachtete ihre überschwengliche Begrüßung gar nicht, sondern stellte sich schweigend mit verschränkten Armen vor sie hin. Seine Gesicht hatte einen grimmigen, anklagenden Ausdruck, der dem feigen Bluber einen Schauer den Rücken hinunterjagte und die zwei abgebrühten englischen Dickschädel erbleichen ließ.

„Was is' los?“ fragten sie einstimmig. „Is' was nich' in Ordnung? Was is' passiert?“

„Ich will den Beutel mit den Steinen wiederhaben, den Sie mir weggenommen haben“, sagte Tarzan schlicht.

Jetzt blickte jeder der drei die anderen argwöhnisch an.

„Ich versteh' nich', was Sie mein'n, Mr. Tarzan“, stammelte Bluber händeringend. „Bestimmt liegt da ein Irrtum vor, es sei den...“ Er warf noch einmal einen mißtrauischen Blick auf Peebles und Throck.

„Ich weiß nichts von 'nem Beutel mit Stein'n“, erklärte Peebles, „awwer ich möchte sag'n, daß Sie vielleicht Ihr'n Leut'n nich' trau'n könn'n.“

„Ich traue keinem von Ihnen und will Ihnen fünf Sekunden geben, mir den Beutel mit Steinen auszuhändigen, und falls Sie ihn in dieser Zeit nicht zutage fördern, werde ich Sie gründlich durchsuchen lassen.“

„Aber bitte, durchsuch'n Sie mich, durchsuch'n Sie mich, so viel Sie woll'n, Mr. Tarzan. Für nichts würd' ich Ihn'n nie was wegnehm'n.“

„Hier läuft was schief“, brummte Throck. „Ich hab nichts von Ihn'n un' bin ziemlich sicher, daß die zwei hier auch nichts hab'n.“

„Wo ist der andere?“ fragte Tarzan.

„Ach, Kraski? Der is' noch in derselb'n Nacht verschwund'n, als Sie uns in das Dorf da bracht'n. Seither hab'n wir ihn nich' mehr gesehen — das war's dann. Aber jetzt isses mir klar – wir ham uns gewundert, warum er abgehau'n is', un' nu' seh' ich 's klar vor mir wie meine Nas'nspitze. Bestimmt hat der den Beutel mit Stein'n gestohlen. Genau das hat er getan. Seit er weg is', ham wir uns immer wieder 'n Kopf zerbroch'n, ob er was geklaut hat, un' nun seh' ich 's klar genug."

„Stimmt", rief Peebles. „Das isses, un' das wär's dann auch."

„Das hätt'n wir wiss'n müss'n, das hätt'n wir wiss'n müss'n", pflichtete Bluber bei.

„Trotzdem werde ich Sie jetzt alle durchsuchen lassen", sagte Tarzan, und nachdem er dem Anführer der Schwarzen seinen Wunsch klargemacht hatte, wurden die drei Weißen schnell von ihrer Kleidung befreit und gründlich durchsucht. Man durchstöberte sogar ihre wenigen Habseligkeiten, doch wurde kein Beutel mit Steinen gefunden.

Wortlos wandte sich Tarzan wieder dem Dschungel zu, und einen Augenblick später hatte das dichte Blattwerk den Affenmenschen und den Löwen verschluckt.

„Gott helfe Kraski!" sagte Peebles.

„Was meinst du, was will er mit dem Beutel voll Stein'n?" fragte Throck. „Der läuft nich' ganz rund, möchte ich sag'n."

„Von wegen!" erwiderte Bluber. „Es gibt nur eine Sorte Steine in Afrika, die Kraski klau'n un' mit den'n er allein in'n Dschungel abhau'n würde – Diamanten."

Peebles und Throck rissen verwundert die Augen auf. „Dieser verdammte Russe!" rief ersterer. „Angeschmiert hat er uns, möchte ich sag'n."

„Aber höchstwahrscheinlich hat er uns damit auch das Leben gerettet, meine ich", sagte Throck. „Wenn dieser Affenbursche Kraski und die Diamanten bei uns gefunden hätte, wär's uns bestimmt all'n drei'n an den Kragen gegangen – mach dem doch mal klar, daß wir diesmal nich' die Hand im Spiel hatt'n. Un' Kraski hätte kein Wort verlaut'n lass'n, um uns 'rauszuhalten."

„Ich hoffe, er erwischt das Schwein!" sagte Peebles inbrünstig.

Einen Augenblick später verstummten sie wieder angstvoll, da sie Tarzan zum Lager zurückkehren sahen, aber er beachtete die Weißen gar nicht, sondern ging geradewegs zum Häuptling, mit dem er sich einige Minuten lang besprach. Dann wandte er sich wieder um und ging.

Auf Grund der Informationen, die der Häuptling ihm gegeben hatte, schlug Tarzan die allgemeine Richtung quer durch den

Dschungel zu jenem Dorf ein, wo er die vier Weißen in der Obhut der Häuptlings zurückgelassen hatte, und aus dem Kraski später allein geflohen war. Er bewegte sich schnell vorwärts und überließ es Jad-bal-ja, ihm nachzufolgen, wobei er die Entfernung zum Dorf in einer vergleichsweise kurzen Zeit zurücklegte, da er sich wieder durch die obersten Wipfel der Bäume schwang, wo kein dichtes Unterholz ihn behinderte, so daß er fast in Luftlinie abkürzte.

Vor dem Dorftor nahm er Kraskis Spur auf, die inzwischen zwar fast schon verwischt, für die scharfen Augen des Affenmenschen jedoch durchaus noch erkennbar war. Er folgte ihr schnell, da Kraski sich beharrlich an den Weg gehalten hatte, der ganz allgemein nach Westen führte.

Die Sonne berührte fast schon die Baumspitzen im Westen, als Tarzan plötzlich auf eine Lichtung am Ufer eines schlammigen Flusses stieß, auf der eine kleine, grob zusammengezimmerte Hütte stand, umgeben von einem Palisadenzaun und einem Wall aus Dornengestrüpp.

Der Affenmensch hielt inne, lauschte und versuchte, mit seinen hochentwickelten Geruchsnerven eine Witterung zu erfassen. Dann überquerte er lautlos die Lichtung und ging auf die Hütte zu. Im Gras außerhalb der Palisadenwand lag ein toter Weißer, und ein einziger Blick des Affenmenschen sagte ihm, daß dies der Flüchtling war, den er suchte. Er sah auch sofort, wie nutzlos es war, den Leichnam nach dem Beutel mit Diamanten zu durchsuchen, denn es lag auf der Hand, daß sie sich jetzt im Besitz jener Person befanden, die den Russen getötet hatte. Eine flüchtige Untersuchung bestätigte ihn in dieser Ansicht, soweit es das Fehlen der Diamanten betraf.

Sowohl in der Hütte als auch innerhalb der Palisaden deuteten viele Anzeichen auf den kürzlichen Aufenthalt eines Mannes und einer Frau, wobei die Spur des Mannes mit der jener Kreatur identisch war, die Gobu, den großen Affen, getötet und auf den Besitzungen des Affenmenschen Bara, den Hirsch, erlegt hatte.

Aber wer war die Frau? Man sah deutlich, daß sie sich die Füße wundgelaufen hatte und sehr erschöpft war, und daß sie in Ermanglung von Schuhen ihre Füße mit einem Tuch umwickelt hatte.

Tarzan folgte der Spur des Mannes und der Frau von der Hütte in den Dschungel. Je weiter er vorwärtsdrang, desto offensichtlicher wurde, daß die Frau zurück blieb und immer stärker hinkte, da sie ganz gewiß Schmerzen hatte. Sie kam nur sehr langsam voran, und Tarzan konnte erkennen, daß der Mann nicht auf sie gewartet hatte, sondern an einigen Stellen ein beträchtliches Stück vorausgelaufen war.

In der Tat lag Esteban eine beachtliche Strecke vor Flora Hawkes, deren wundgelaufene und blutige Füße sie kaum noch tragen konnten.

„Warte auf mich, Esteban", hatte sie gebeten. „Verlaß mich nicht! Laß mich in diesem schrecklichen Dschungel nicht allein."

„Dann halte Schritt mit mir", hatte der Spanier gebrummt. „Du glaubst doch nicht, daß ich mit diesem Vermögen, was ich nun besitze, hier mitten im Dschungel ewig warte, bis womöglich jemand kommt und es mir wegnimmt? Nein, ich marschiere so schnell ich kann zur Küste. Kannst du Schritt halten, dann schön und gut. Wenn nicht, dann sieh, wo du bleibst."

„Aber du kannst mich doch nicht verlassen, Esteban. Nach allem, wozu du mich gezwungen hast, kannst du doch nicht so ein Unmensch sein."

Der Spanier lachte. „Du bist für mich nicht mehr wert als ein alter Handschuh, und mit dem hier" – er hielt den Beutel mit den Diamanten hoch – „kann ich mir in den Hauptstädten der Welt die elegantesten Handschuhe kaufen – neue dazu." Er lachte hämisch über seinen kleinen Scherz.

„Esteban, Esteban, komm zurück, komm zurück", rief sie. „Ich kann nicht mehr. Verlaß mich nicht. Komm bitte zurück und rette mich." Aber er lachte sie nur aus, und als eine Wegbiegung ihn ihren Blicken entzog, sank sie hilflos und erschöpft zu Boden.

Die Toten kehren zurück

In dieser Nacht schlug Esteban sein einsames Lager neben einem Dschungelpfad auf, der sich durch das ausgetrocknete Bett eines alten Flusses wand, in dessen Mitte noch ein winziges Bächlein rann, so daß der Spanier über das ersehnte Wasser verfügte.

Die wahnwitzige Vorstellung, wahrhaftig Tarzan von den Affen zu sein, beseelte ihn mit einem trügerischen Mut, so daß er sein Lager auf dem Boden aufschlug, ohne zu irgendwelchen Schutzmaßnahmen zu greifen, und das Schicksal begünstigte ihn in dieser Hinsicht auch, indem es keine gefräßigen Raubtiere vorbeischickte, die ihn bei solch wagehalsigem Auftreten hätten aufspüren können. Solange Flora Hawkes bei ihm gewesen war, hatte er ihr stets ein Obdach errichtet, aber da er sie nun im Stich gelassen hatte und allein war, durfte er angesichts der Rolle, die er übernommen hatte, ein so unmännliches Verhalten wie die Errichtung auch nur einer Dornenumzäunung zum Schutz in nächtlicher Dunkelheit nicht einmal in Erwägung ziehen.

Er entfachte jedoch ein Feuer, denn er hatte Wild erlegt und noch nicht jene Stufe primitiver Wildheit erreicht, die ihm gestattet hätte, den Genuß rohen Fleisches als erstrebenswert zu erachten.

Nachdem er soviel Fleisch gegessen hatte, wie er wollte, und an dem kleinen Flüßchen seinen Durst gestillt hatte, setzte er sich wieder ans Feuer, wo er das Täschchen mit den Diamanten aus seinem Lendenschurz zog, es öffnete und einige der kostbaren Steine in die Hand schüttete. Der flackernde Lichtschein wurde von ihnen zurückgeworfen und sandte funkelnde Strahlenblitze in die Finsternis des Dschungels ringsum, als der Spanier ein dünnes Rinnsal der funkelnden Steine immer wieder von einer Hand in die andere rieseln ließ, und diese reizvollen Lichtspiele weckten bei ihm Visionen der Zukunft – Macht, Luxus, schöne Frauen –, all die Dinge, die großer Wohlstand einem Mann zugänglich machen kann. Mit halbgeschlossenen Augen träumte er von seiner weltweiten Suche nach der idealen Frau, nach der er in der ganzen

Welt Ausschau halten wollte –, jener Traumfrau, nach der er sich immer schon gesehnt, die er jedoch niemals gefunden hatte, der einzig richtigen Gefährtin für die Persönlichkeit, die Esteban Miranda sich einbildete zu sein. Und während er durch die halbgeschlossenen Augen vor sich hin starrte, glaubte er plötzlich im flackernden Lichtschein des Lagerfeuers ganz verschwommen die fleischgewordene Erscheinung jener Gestalt aus seinen Träumen vor sich zu sehen, die Gestalt einer Frau, in fließendes, durchsichtiges Weiß gekleidet, das an der äußersten Grenze des Lichtscheins über dem Flußufers auf und ab zu wogen schien.

Seltsam, daß diese Vision nicht schwand! Esteban kniff fest die Augen zusammen und öffnete sie wieder spaltbreit, doch abermals sah er dieses Trugbild vor sich. Nun öffnete er die Augen ganz weit, und noch immer schien die Frauengestalt in Weiß über ihm zu schweben.

Er wurde plötzlich totenblaß. „Heilige Mutter Gottes! Das ist Flora. Sie ist tot und nun zurückgekehrt, um mich heimzusuchen", murmelte er.

Mit starrem Blick erhob er sich langsam, um der Erscheinung entgegenzutreten, als diese plötzlich mit sanfter Stimme zu ihm sprach.

„Gebieter meines Herzens, bist du es wirklich?" fragte sie.

Sofort erkannte Esteban, daß er es weder mit einem gestaltlosen Geist zu tun hatte noch mit Flora — aber wer war es dann? Wer war diese Vision von Schönheit, hier mutterseelenallein in der afrikanischen Wildnis?

Ganz langsam kam sie jetzt die Uferböschung herab auf ihn zu. Esteban steckte die Diamanten wieder in das Täschchen und verwahrte es in seinem Lendenschurz.

Die Frau kam mit ausgestreckten Armen auf ihn zu. „Mein Liebster, mein Liebster. Sag mir nicht, du erkennst mich nicht", bemerkte sie schelmisch. Sie befand sich nun so nahe bei ihm, daß er die auf und ab wogenden Brüste und die vor Liebe und Leidenschaft bebenden Lippen sehen konnte. Eine plötzliche Welle heißen Verlangens kam über ihn, und er stürzte ihr mit ausgestreckten Armen entgegen, um sie an seine Brust zu drücken.

Tarzan ging, immer der Spur des Mannes und der Frau folgend, gemächlich den Dschungelpfad entlang, denn er hatte erkannt, daß er sich nicht sonderlich beeilen müsse, um die beiden einzuholen. Auch war er keineswegs überrascht, als er plötzlich mitten auf dem Weg die zusammengekrümmte Gestalt einer Frau liegen sah. Er kniete sich neben sie und legte ihr die Hand auf die Schulter. Sie fuhr mit einem leichten Schrei auf.

„O Gott! Das ist das Ende!“ stieß sie hervor.

„Ihnen droht keine Gefahr. Ich werde Ihnen nichts zuleide tun“, sagte der Affenmensch.

Sie wandte sich zu ihm und blickte ihn an. Zuerst glaubte sie, den Spanier vor sich zu haben. „Bist du zurückgekommen, um mich zu retten, Esteban?“ fragte sie.

„Esteban? Ich bin nicht Esteban. Das ist nicht mein Name“, antwortete er. Da erkannte sie ihn.

„Lord Greystoke! Sind Sie es wirklich?“ sagte sie.

„Ganz recht. Und wer sind Sie?“ fragte er.

„Ich bin Flora Hawkes. Ich war Lady Greystokes Zimmermädchen.“

„Ich erinnere mich“, sagte er. „Was machen Sie hier?“

„Ich fürchte mich, es Ihnen zu sagen. Ich habe Angst vor Ihrem Zorn“, erwiderte sie.

„Erzählen Sie ruhig“, befahl er. „Sie wissen doch, daß ich Frauen nichts zuleide tue.“

„Wir sind hergekommen, um das Gold aus den Gewölben von Opar zu holen“, sagte sie. „Aber das wissen Sie ja.“

„Ich weiß gar nichts“, erklärte er. „Wollen Sie damit sagen, Sie gehören zu jenen Europäern, die mir ein Betäubungsmittel verabreicht und mich dann in ihrem Lager zurückgelassen haben?“

„Ja“, sagte sie. „Wir haben das Gold geholt, aber dann kamen Sie mit Ihren Waziris und haben es uns abgenommen.“

„Das war nicht ich, ich habe Ihnen nichts abgenommen“, sagte Tarzan. „Ich verstehe Sie nicht.“

Sie runzelte erstaunt die Stirn, denn sie wußte, daß Tarzan von den Affen niemals log.

„Wir wurden getrennt, nachdem sich unsere Leute gegen uns verschworen hatten“, sagte sie. „Esteban hat mich den anderen entführt, aber Kraski spürte uns nach einer Weile auf. Das war der Russe. Er kam mit einem Beutel voll Diamanten, und dann hat Esteban ihn ermordet und die Diamanten an sich genommen.“

Nun war es an Tarzan, seinem Erstaunen Ausdruck zu verleihen.

„Ist Esteban der Mann, der Sie begleitet?" fragte er.

„Ja", sagte sie. „Aber er hat mich im Stich gelassen. Ich konnte mit meinen wunden Füßen nicht weitergehen. Also verschwand er und ließ mich hier zurück, wo ich sterben sollte. Die Diamanten hat er mitgenommen."

„Wir finden ihn", sagte der Affenmensch. „Kommen Sie."

„Ich kann nicht gehen", sagte das Mädchen.

„Das ist kein Problem", erwiderte er, bückte sich und hob sie auf seine Schulter.

Mit Leichtigkeit trug er das erschöpfte Mädchen den Weg entlang. „Nur ein kurzes Stück noch, dann haben wir Wasser, und das ist es, was Sie jetzt am nötigsten brauchen", sagte er. „Es wird Sie wieder auf die Beine bringen und Ihnen Kraft verleihen, und vielleicht finde ich sehr bald auch etwas zu essen für Sie."

„Warum sind Sie so gut zu mir?" fragte das Mädchen.

„Sie sind eine Frau. Ich könnte Sie niemals hier allein im Dschungel zurücklassen und dem Tod überantworten, egal, was Sie vielleicht getan haben", erwiderte der Affenmensch. Und Flora konnte nur noch mit schluchzender Stimme um Vergebung bitten für all das Unrecht, das sie ihm zugefügt hatte.

Es wurde schon ganz dunkel, doch sie gingen weiter den stillen Dschungelpfad entlang, bis Tarzan auf einmal in der Ferne den Lichtschein eines Feuers erblickte.

„Ich denke, wir werden Ihren Freund bald finden", flüsterte er. „Verhalten Sie sich still."

Einen Augenblick später erfaßte sein scharfes Gehör den Klang von Stimmen. Er blieb stehen und setzte das Mädchen ab.

„Wenn Sie mir nicht folgen können, dann warten Sie hier", sagte er. „Ich möchte nicht, daß er uns entwischt. Ich komme dann zurück und hole Sie. Doch wenn Sie langsam nachkommen können, so tun Sie's." Damit verließ er sie und ging vorsichtig auf den Lichtschein und die Stimmen zu. Er hörte, daß Flora Hawkes ihm dichtauf folgte. Offensichtlich konnte sie den Gedanken nicht ertragen, wieder allein im dunklen Dschungel zurückgelassen zu werden. Fast gleichzeitig vernahm er einige Schritte rechts von ihm ein leises Jaulen. „Jad-bal-ja, geh bei Fuß!" befahl er im Flüsterton, und der große Löwe mit der schwarzen Mähne tauchte dicht bei ihm auf. Flora Hawkes unterdrückte einen Angstschrei, kam an Tarzans Seite und packte ihn am Arm.

„Leise“, ermahnte er sie abermals. „Jad-bal-ja wird Ihnen nichts tun.“

Einen Augenblick später erreichten die drei den Rand des alten Flußufers und blickten durch das hohe Gras, das hier wuchs, auf das kleine Lager vor ihnen.

Tarzan sah zu seiner Verblüffung ein Ebenbild seiner selbst vor dem kleinen Feuer stehen, während eine in fließende weiße Gewänder gehüllte Frau mit ausgestreckten Armen langsam auf den Mann zuging. Er vernahm ihre Worte, sanfte Worte der Liebe und Zuneigung, und beim Klang dieser Stimme und bei dem Duft, den ein leichter Wind ihm plötzlich zutrug, überwältigte ihn eine seltsame Mischung von Gefühlen – Glück, Verzweiflung, Zorn, Liebe und Haß.

Er sah den Mann am Feuer mit ausgebreiteten Armen vortreten, um die Frau an seine Brust zu drücken. Da teilte er das Gras und trat an die Kante der Uferböschung, während seine Stimme die Stille des Dschungels mit einem einzigen Wort brach.

„Jane!“ rief er, und sofort wandten sich der Mann und die Frau ihm zu und blickten zur Uferböschung auf, wo seine Gestalt vom Schein des Lagerfeuers undeutlich beleuchtet wurde. Bei seinem Anblick fuhr der Mann herum und rannte zur anderen Seite des Flusses, und nun sprang Tarzan in das Flußbett hinab und lief auf die Frau zu.

„Jane, du bist es, du bist es!“ sagte er.

Man sah der Frau die Verwirrung deutlich an. Zuerst schaute sie der sich entfernenden Gestalt des Mannes nach, den zu umarmen sie im Begriff gewesen war, dann blickte sie sich nach Tarzan um. Sie fuhr sich mit der Hand über die Stirn und sah abermals Esteban nach, aber der war schon nicht mehr zu sehen. Nun ging sie zögernd auf den Affenmenschen zu.

„Mein Gott, was soll das bedeuten?“ fragte sie. „Wer bist du, und wenn du Tarzan bist, wer war er dann?“

„Ich bin Tarzan, Jane“, sagte der Affenmensch.

Sie sah Flora Hawkes hinter ihm herankommen. „Ja, du bist Tarzan. Ich sah dich mit Flora Hawkes im Dschungel verschwinden“, erklärte sie. „Ich kann das nicht begreifen, John. Mir will einfach nicht in den Sinn, daß du einer solchen Tat fähig bist, selbst wenn du durch den Unfall eine Kopfverletzung davongetragen hast."

„Ich wäre mit Flora Hawkes im Dschungel verschwunden?" fragte er in unverhohlener Verblüffung.

„Ich habe dich gesehen", sagte Jane.

Der Affenmensch wandte sich an Flora. „Ich begreife das nicht", sagte er.

„Das war Esteban, der mit mir in den Dschungel rannte, Lady Greystoke", sagte das Mädchen. „Und er war drauf und dran, Sie abermals zu täuschen. Dies hier ist der wirkliche Lord Greystoke. Der andere war ein Doppelgänger, der mich vor kurzem erst hilflos im Dschungel zurückließ, wo mich gewiß der Tod ereilt hätte. Wäre Lord Greystoke nicht rechtzeitig gekommen, so wäre ich bestimmt schon tot."

Lady Greystoke trat mit schwankenden Schritten zu ihrem Gatten. „Ach, John, ich wußte, daß du es nicht sein konntest", erklärte sie. „Mein Herz sagte es mir, aber meine Augen haben mich getäuscht. – Schnell, dieser Betrüger muß gefaßt werden. Beeil dich, John, ehe er entkommt!"

„Laß ihn gehen", sagte der Affenmensch. „So gern ich ihn mir greifen möchte, so sehr ich wiederhaben will, was er mir gestohlen hat – ich werde dich nicht wieder allein im Dschungel lassen, Jane, auch nicht, um seiner habhaft zu werden."

„Aber Jad-bal-ja", rief sie. „Was ist mit ihm?"

„Ach, den habe ich ja ganz vergessen!" sagte der Affenmensch, wandte sich an den Löwen, wies in die Richtung, in der der Spanier verschwunden war, und befahl: „Hol ihn, Jad-bal-ja". Mit einem Satz war das dunkelbraune Raubtier seinem Opfer auf der Spur.

„Wird er ihn töten?" fragte Flora Hawkes erschaudernd. Im Grunde ihres Herzens frohlockte sie jedoch über das gerechte Schicksal, das den Spanier nun ereilte.

„Das wird er nicht", erwiderte Tarzan von den Affen. „Vielleicht behandelt er ihn etwas unsanft, aber er bringt ihn lebendig zurück, wenn es möglich ist." Dann wandte er sich wieder seiner Gattin zu, als hätte er das Schicksal des Flüchtlings schon vergessen.

„Jane, Usula sagte mir, du seist tot", erklärte er. „Er behauptete, deine verbrannten Gebeine im Dorf der Araber gefunden und dort begraben zu haben. Wie kommt es, daß du hier lebendig und unverletzt vor mir stehst? Ich habe auf der Suche nach Luvini den Dschungel durchstreift, um deinen Tod zu rächen. Vielleicht ist es ganz gut, daß ich ihn nicht gefunden habe."

„Du hättest ihn niemals gefunden", erwiderte Jane Clayton. „Aber ich kann nicht verstehen, warum Usula behauptete, er habe meine Gebeine gefunden und begraben."

„Er hatte einige Gefangene gemacht, und die hatten ihm erzählt, Luvini habe dich an Händen und Füßen gefesselt in eine der Araberhütten in der Nähe des Tores geschleppt, und dort habe er dich zusätzlich noch an einen Pfosten gebunden, der in den Boden gerammt war. Als das Dorf völlig niedergebrannt war, kehrten Usula und die anderen Waziris zurück, um mit einigen der Gefangenen, die ihnen den Standort der Hütte bezeichnen sollten, nach dir zu suchen. Und dort, wo die Hütte gestanden hatte, fanden sie die verkohlten Überreste eines Menschen neben einem versengten Pfosten, an den er offensichtlich angebunden gewesen war."

„Aha, jetzt wird's mir klar", sagte Lady Greystoke. „Luvini fesselte mich an Händen und Füßen und band mich an den Pfosten, kehrte aber später zurück und entfernte die Fesseln. Er versuchte, über mich herzufallen – wie lange wir miteinander rangen, weiß ich nicht, aber wir waren davon so in Anspruch genommen, daß keiner von uns gewahr wurde, wie das Dorf ringsum in Flammen aufging. Während ich ihn hartnäckig abwehrte, entdeckte ich ein Messer in seinem Gürtel, und dann ließ ich zu, daß er mich ergriff, und als er mich mit den Armen umfaßte, packte ich das Messer, zog es aus der Scheide und stieß es ihm von hinten unter der linken Schulter ins Herz – das war das Ende. Luvini sank leblos zu Boden. Fast gleichzeitig erfaßten die Flammen die Rückwand und das Dach der Hütte.

Ich war nahezu nackt, denn er hatte mir im Kampf fast die ganze Kleidung vom Leibe gerissen. An der Wand der Hütte hing jedoch dieser weiße Burnus, zweifellos das Eigentum eines der ermordeten Araber. Ich nahm ihn an mich, warf ihn mir über und rannte auf die Dorfstraße. Inzwischen standen alle Hütten in Flammen, und der letzte der Eingeborenen verschwand durchs Tor. Zu meiner Rechten befand sich ein Stück Palisadenwand, das noch nicht von den Flammen erfaßt war. Wäre ich durchs Tor in den Dschungel geflüchtet, so wäre ich meinen Feinden direkt in die Arme gelaufen. So gelang es mir jedoch auf irgendeine Weise, die Palisaden zu erklimmen und mich in den Dschungel fallen zu lassen, ohne daß mich jemand sah.

Allerdings hatte ich beträchtliche Schwierigkeiten, den verschiedenen Scharen von Schwarzen auszuweichen, die aus dem Dorf geflohen waren. Ich suchte lange nach den Waziris, die übrige Zeit hielt ich mich versteckt. So wollte ich mich gerade etwa eine halbe Meile von hier in der Astgabel eines Baumes etwas ausruhen, als ich den Lichtschein dieses Feuers entdeckte, und als ich herkam, um nachzusehen, war ich ganz benommen vor Freude, da ich mir einbildete, ich wäre auf meinen Tarzan gestoßen."

„Demnach waren es Luvinis Überreste, die sie begraben haben", sagte Tarzan.

„Richtig, und es war dieser Mann, der vorhin davongelaufen ist, den ich mit Flora im Dschungel verschwinden sah, und nicht du, wie ich glaubte."

Flora Hawkes blickte plötzlich auf. „Dann muß es auch Esteban gewesen sein, der mit den Waziris auftauchte und uns das Gold abnahm. Er hat unsere Männer getäuscht, und er muß die Waziris gleichfalls getäuscht haben."

„Wenn es ihm sogar bei mir gelang, hat er jeden täuschen können", sagte Jane Clayton. „Zweifellos hätte ich den Betrug wenige Minuten später entdeckt, doch im flackernden Lichtschein des Lagerfeuers und unter dem Einfluß der großen Freude, Lord Greystoke wiederzusehen, war ich zu schnell bereit, zu glauben, was ich glauben wollte."

Der Affenmensch fuhr sich mit den Fingern der gespreizten Hand durch das dichte, schwarze Haar, wie er es immer zu tun pflegte, wenn er nachdachte. „Ich kann nur nicht verstehen, wie er Usula am hellichten Tage täuschen konnte", sagte er kopfschüttelnd.

„Aber ich kann es", sagte Jane. „Er hat ihm erzählt, eine Kopfverletzung habe bei ihm zu einem teilweisen Verlust des Gedächtnisses geführt – ganz gewiß wollte er damit eine Erklärung für die vielen Patzer liefern, die ihm bei der Darstellung deiner Person unterliefen."

„Ein raffinierter Teufel", bemerkte der Affenmensch.

„Ein Teufel fürwahr", sagte Flora.

Es dauerte über eine Stunde, bis das hohe Gras am Ufer sich plötzlich teilte und Jad-bal-ja lautlos in Erscheinung trat. In den Zähnen hielt er die zerfetzten und blutigen Reste eines Leopardenfells, das er seinem Herrn zu Füßen legte.

Der Affenmensch hob den Fellfetzen auf, untersuchte ihn und verzog mißbilligend das Gesicht. „Ich glaube, Jad-bal-ja hat ihn doch getötet", sagte er.

„Vielleicht hat er Widerstand geleistet, so daß dem Löwen in einer Art Notwehr nichts anderes übrig blieb, als ihn zu töten."

„Wollen Sie damit sagen, er hat ihn aufgefressen?" stieß Flora Hawkes hervor und trat ängstlich von dem Tier weg.

„Nein, dazu reichte die Zeit nicht", sagte Tarzan. „Am Morgen werden wir der Spur folgen, da finden wir bestimmt den Leichnam. Ich möchte doch gern meine Diamanten wiederhaben." Und nun erzählte er Jane von den seltsamen Geschehnissen, in deren Verlauf er zu dem großen Reichtum gelangt war, den der kleine Beutel mit Steinen repräsentierte.

Am nächsten Morgen machten sie sich auf die Suche nach Estebans sterblichen Überresten. Die Spur führte durch dichtes Buschwerk und Dornen wieder zum Rand des Flüßchens, nur weiter stromab, und verschwand hier, und obwohl der Affenmensch beide Ufer mehrere Meilen oberhalb und unterhalb des Punktes absuchte, wo er die Spur verloren hatte, fand er keinerlei Anzeichen, die auf den Spanier wiesen. Allerdings waren Blutspuren beiderseits der Schleifspur, die Esteban hinterlassen hatte, und auch im Gras am Rand des Flusses.

Schließlich kehrte der Affenmensch zu den zwei Frauen zurück. „Das ist das Ende des Mannes, der Tarzan sein wollte", sagte er.

„Du glaubst, er ist tot ?" fragte Jane.

„Ich bin dessen sicher", erwiderte er. „Aus den Blutspuren schließe ich, das Jad-bal-ja ihn grob behandelte, aber daß er es schaffte, ihm zu entkommen und in den Fluß zu springen. Da nichts darauf hindeutet, daß er das andere Ufer in entsprechender Entfernung von dieser Stelle erreicht hat, neige ich zu der Annahme, daß die Krokodile ihn verschlungen haben."

Wieder erschauderte Flora Hawkes. „Er war ein böser Mensch, aber selbst dem bösesten würde ich nicht so ein Schicksal wünschen."

Der Affenmensch zuckte die Schultern. „Er hat es selbst heraufbeschworen, und die Welt ist zweifellos ohne ihn besser dran."

„Es war mein Fehler", sagte Flora. „Meine üblen Pläne haben ihn und die anderen hierhergeführt. Ich hatte ihnen berichtet, was ich über das Gold in den Schatzkammern von Opar erfahren hatte –, es war meine Idee, einen Mann zu finden, der sich als Lord Greystoke ausgeben konnte, sodann herzukommen und es zu stehlen. Wegen meines schlechten Charakter sind viele Menschen ums Leben gekommen, und Sie und Ihre Gattin hätten beinahe auch den Tod gefunden, Lord Greystoke. Ich wage gar nicht, Sie um Vergebung zu bitten."

Jane Clayton legte den Arm um die Schulter der jungen Frau. „Seit die Welt besteht, ist Habgier nur zu oft die Ursache vieler Verbrechen gewesen, und wenn das Verbrechen zu Hilfe gerufen wird, nimmt es die gräßlichsten Formen an und führt meistens auch zur Bestrafung des Missetäters, wie du ja jetzt bezeugen kannst. Ich meinerseits vergebe dir. Ich glaube, daß du diese Lehre beherzigen wirst."

„Du hast für deine Torheit einen hohen Preis bezahlt", sagte der Affenmensch. „Das war Strafe genug. Wir bringen dich jetzt zu deinen Freunden, die sich unter dem Schutz eines befreundeten Stammes auf dem Weg zur Küste befinden. Sie können nicht weit sein, denn in dem Zustand, in dem ich sie antraf, übersteigen lange Märsche ihre physischen Kräfte."

Das Mädchen sank vor ihnen auf die Knie. „Wie kann ich Ihnen für diese Großherzigkeit danken?" sagte sie. „Aber ich würde lieber mit Ihnen und Lady Greystoke hier in Afrika bleiben, für Sie arbeiten und Ihnen durch meine Loyalität beweisen, daß ich das Unrecht von Herzen bereue, das ich Ihnen zugefügt habe."

Tarzan blickte seine Gattin fragend an, und Jane Clayton gab ihre Zustimmung zur Bitte des Mädchens zu erkennen.

„Also gut", sagte der Affenmensch. „Du darfst bei uns bleiben, Flora."

„Sie werden es nie bereuen", sagte das Mädchen. „Ich arbeite für Sie bis zum Umfallen."

Die drei und Jad-bal-ja befanden sich schon drei Tage auf dem Heimmarsch, als Tarzan, der an der Spitze ging, stehenblieb, den Kopf hob und tief die Dschungelluft einatmete. Dann wandte er sich lächelnd zu ihnen. „Meine Waziris gehorchen mir wieder einmal nicht“, sagte er. „Ich habe sie nach Hause geschickt, und hier sind sie. Sie kommen uns entgegen, geradewegs von zu Hause.“

Wenige Minuten später trafen sie auf den Vortrupp der Waziris, und die Freude der Schwarzen war groß, als sie ihren Herren und seine Gattin heil und unversehrt wiedersahen.

Als die allgemeine Begrüßung vorüber war und unzählige Fragen gestellt und beantwortet waren, sagte Tarzan: „Und nun sagt mir, was ihr mit dem Gold gemacht habt, das ihr aus dem Lager der Europäer abtransportiert habt.“

„Wir haben es an eben der Stelle versteckt, wo wir es auf dein Geheiß hin vergraben sollten, o Bwana“, antwortete Usula.

„Ich war nicht bei euch, Usula“, antwortete der Affenmensch. „Das war ein anderer, der selbst Lady Greystoke täuschen konnte, wie er euch getäuscht hat – ein böser Mensch, der sich so geschickt als Tarzan von den Affen ausgab, daß man sich nicht zu wundern braucht, wenn ihm das auch bei dir gelang.“

„Dann hast nicht du uns erzählt, du hättest eine Kopfverletzung erlitten und könntest dich deshalb nicht an die Sprache der Waziris erinnern?“ fragte Usula.

„Nein, das war ich nicht, denn ich habe weder eine Kopfverletzung gehabt noch eure Sprache vergessen, ihr meine lieben Kinder“, sagte Tarzan.

„Soso, demnach war es auch nicht unser Big Bwana, der vor Buto, dem Nashorn, die Flucht ergriff?“

Tarzan lachte. „Das hat er wohl getan?“

„Und wie! Er stob entsetzt davon.“

„Ich weiß nicht, ob man ihm das verübeln kann, denn Buto ist kein angenehmer Geselle.“

„Unser Big Bwana würde vor ihm jedoch nicht davonlaufen“, sagte Usula stolz.

„Selbst wenn jemand anders das Gold versteckt hat – ihr habt schließlich die Grube ausgehoben. Dann führe mich zu der Stelle, Usula.“

Die Waziris zimmerten für die beiden weißen Frauen leichte, primitive, jedoch bequeme Tragen, obwohl Jane Clayton über den Gedanken lachte, daß es notwendig sei, sie so zu transportieren, und darauf bestand, häufiger mit den Trägern zu Fuß zu gehen, als sich auf die Trage zu legen. Flora Hawkes hätte, schwach und erschöpft, wie sie war, ohne dieses Hilfsmittel jedoch keine großen Entfernungen zurücklegen können und war froh, daß die dunkelbraunen Waziris sie so mühelos den Dschungelpfad entlangtrugen.

Es war eine muntere Gesellschaft, die in fröhlicher Stimmung dem Ort zustrebte, wo die Waziris das Gold für Esteban versteckt hatten. Die Schwarzen waren überglücklich, weil sie ihren Herren und ihre Herrin wiedergefunden hatten, und die Freude von Tarzan und Jane läßt sich nicht in Worten ausdrücken.

Als sie schließlich an die Stelle am Fluß kamen, wo das Gold vergraben worden war, machten sich die Waziris singend und lachend ans Werk, den Schatz zu heben, indes hörte ihr Gesang sehr bald auf, und das Lachen auf ihren Gesichtern wich einem Ausdruck der Verwirrung und Ratlosigkeit.

Tarzan beobachtete sie schweigend eine Weile, dann lief ein Lächeln über sein Gesicht. „Ihr müßt es sehr tief vergraben haben, Usula“, sagte er.

Der Schwarze kratzte sich am Kopf. „Nein, nicht so tief wie jetzt, Bwana“, sagte er. „Ich kann mir das nicht erklären. Wir hätten es schon in viel geringerer Tiefe finden müssen.“

„Und du bist sicher, daß es die richtige Stelle ist?“ fragte Tarzan.

„Es stimmt genau, Bwana“, versicherte ihm der Schwarze. „Aber das Gold ist nicht da. Jemand muß es geholt haben, seit wir das letzte Mal hier waren.“

„Wieder der Spanier“, bemerkte Tarzan. „Ein raffinierter Kunde!“

„Aber er hätte es nie allein wegschleppen können“, entgegnete Usula. „Es waren viele Barren.“

„Stimmt, dennoch ist es nicht mehr hier“, sagte Tarzan.

Die Waziris und Tarzan suchten die Umgebung der Stelle, wo das Gold vergraben worden war, sorgfältig ab, doch Owaza war viel zu bewandert in Dingen, die das Leben im Wald betrafen, als daß selbst der scharfe Spürsinn des Affenmenschen auch nur die geringsten Spuren hätte entdecken können, die Owaza und der Spanier bei der Verlagerung des Goldes vom alten Versteck ins neue hinterlassen haben mochten.

„Es ist verschwunden“, sagte der Affenmensch. „Da werde ich eben aufpassen, daß es nicht aus Afrika abtransportiert wird.“ Und er schickte Läufer in verschiedene Richtungen, um die

Häuptlinge der freundlich gesonnene Stämme in diesem Gebiet zu ermahnen, sich jede Safari genau anzusehen, die durch ihren Herrschaftsbereich zog, und keine weitermarschieren zu lassen, die Gold bei sich führte.

„Das wird sie aufhalten", sagte er, als die Läufer sich auf den Weg gemacht hatten.

In der folgenden Nacht schlugen sie ihr Lager am Rande des Weges auf, der sie nach Hause führte. Die drei Weißen saßen um das kleine Feuer, und Jad-bal-ja lag dicht hinter dem Affenmenschen, der das Leopardenfell untersuchte, das der goldene Löwe von der Verfolgung des Spaniers zurückgebracht hatte.

„Du hattest recht, Jane", sagte Tarzan zu seiner Gattin. „Die Schatzkammern von Opar sind nichts für mich. Diesmal habe ich nicht nur das Gold verloren, sondern auch ein märchenhaftes Vermögen an Diamanten, und dabei den größten Schatz auf Spiel gesetzt, den ich besitze – dich."

„Vergiß das Gold und die Diamanten, John", sagte sie. „Wir haben einander wieder, und Korak dazu."

„Und ein blutbeflecktes Leopardenfell mit einer rätselhaften, mit Blut aufgezeichneten Karte auf der Rückseite", ergänzte der Affenmensch.

Jad-bal-ja beschnupperte das Fell und leckte sich die Lefzen – in Vorfreude oder Erinnerung? Was mochte es sein?

Eine Flucht und eine Festnahme

Angesichts des echten Tarzans wandte sich Esteban Miranda zur Flucht und stürmte blindlings in den Dschungel. Kaltes Entsetzen umkrampfte sein Herz, als er in Todesangst davonstürzte. Im Grunde wußte er nicht wohin, welche Richtung er einschlagen sollte. Der einzige Gedanke, der voll und ganz von ihm Besitz ergriffen hatte, basierte auf dem dringenden Verlangen, ein möglichst großes Stück des Weges zwischen sich und den Affenmenschen zu bringen. Also stolperte er weiter und arbeitete sich durch dichtes Dornengestrüpp, das ihm die Haut aufriß und zerschrammte, bis er schließlich bei jedem Schritt eine Blutspur hinterließ.

Am Rande des Flusses hakten sich die Dornen abermals an ihm fest und packten wieder das kostbare Leopardenfell, wie sie es zuvor schon einige Male getan hatten, an dem er jedoch fast ebenso hartnäckig hing wie an seinem Leben. Diesmal wollten die Dornen ihre Beute indes nicht wieder hergeben, und als er sich noch mühte, sie ihnen zu entreißen, wandte er den Blick zufällig in die Richtung, aus der er gerade gekommen war. Er hörte das Geräusch eines massigen Körpers, der sich schnell durchs Dickicht auf ihn zu bewegte, und sah einen Augenblick später das unheilvolle Leuchten zweier gelbgrün funkelnder Punkte. Mit einem unterdrückten Angstschrei ließ er das Leopardenfell fahren, drehte sich herum und sprang in den Fluß.

Jad-bal-ja erreichte die Uferkante, als sich die dunkle Wasserfläche gerade über dem Spanier geschlossen hatte. Er blickte auf die auseinanderlaufenden Kreise, die die Einsprungstelle seines Opfers kennzeichneten, aber Esteban war ein guter Schwimmer und strebte schnell dem gegenüberliegenden Ufer zu, wobei er ständig unter Wasser blieb.

Der goldene Löwe suchte noch kurz die Wasserfläche ab, drehte sich dann um und schnüffelte an der Tierhaut, die der Spanier hatte zurücklassen müssen. Dann packte er sie mit den Zähnen, riß sie aus den Dornen, die sie hielten, und trug sie zurück, um sie seinem Herrn zu Füßen zu legen.

Als der Spanier schließlich zum Luftholen nach oben gehen mußte, befand er sich inmitten einer Masse von Schlingpflanzen und ins Wasser hängender Zweige. Einen Augenblick glaubte er, verloren zu sein, so fest hielt ihn dieses Pflanzengewirr, aber dann konnte er sich doch einen Weg nach oben bahnen, und als sein Kopf inmitten der Pflanzen an die Oberfläche kam, entdeckte er, daß er direkt unter einem ins Wasser gestürzten Baum aufgetaucht war, der nun in Strommitte abtrieb. Unter beträchtlichen Anstrengungen gelang es ihm, sich an den Ästen hinaufzuziehen und sich rittlings auf den Stamm zu setzen, und so trieb er in relativer Sicherheit stromab.

Er atmete tief durch, als er erkannte, daß er der gerechten Rache des Affenmenschen verhältnismäßig leicht entronnen war. Nun gut, er beklagte den Verlust der Tierhaut mit der Karte über den genauen Lageort des versteckten Goldes, indes befand sich noch ein weit größerer Schatz in seinem Besitz, und bei diesem Gedanken tätschelten seine Hände liebevoll den Beutel mit Diamanten, der an seinem Lendenschurz befestigt war. Obwohl er dieses große Vermögen besaß, kehrten seine Gedanken, von Habgier angestachelt, dennoch immer wieder zu den Goldbarren am Wasserfall zurück.

„Nun wird Owaza sie sich holen“, murmelte er vor sich hin. „Ich habe dem schwarzen Hund nie getraut, und als er mich im Stich ließ, war mir klar, mit welchen Plänen er sich trug.“

Die ganze Nacht trieb Esteban Miranda auf dem umgestürzten Baum stromab, ohne ringsum Spuren menschlichen Lebens zu erblicken, bis er kurz nach Tagesanbruch an einem Eingeborenendorf am Steilufer vorbeikam.

Es war das Dorf von Obebe, dem Kannibalen, und die junge Frau, die ihn erspähte, erhob beim Anblick der seltsamen Gestalt des weißen Hünen, die da auf einem Baumstamm an ihr vorbeitrieb, ein großes Geschrei, bis die Bewohner des Dorfes alle am Ufer standen und ihn sahen.

„Es ist ein fremder Gott“, rief jemand.

„Es ist der Flußteufel“, entgegnete der Medizinmann. „Ich bin mit ihm befreundet. Nun werden wir in der Tat viele Fische fangen, sofern ihr mir jeweils von zehn einen gebt.“

„Das ist nicht der Flußteufel", brummte Obebe, der Kannibale, ganz verdrossen. „Du wirst alt", sagte er zu dem Medizinmann. „In letzter Zeit wirkt deine Medizin überhaupt nicht mehr, und da willst du mir weismachen, Obebes größter Feind ist der Flußteufel. Das ist Tarzan von den Affen. Obebe kennt ihn gut." In der Tat war Tarzan unter den Kannibalenhäuptlingen der Umgebung wohlbekannt, gefürchtet und verhaßt, weil er sie so erbarmungslos bekämpfte.

„Es ist Tarzan von den Affen, und er ist in Schwierigkeiten", wiederholte Obebe mit Nachdruck. „Vielleicht haben wir jetzt eine Chance, ihn uns zu greifen."

Er rief seine Krieger zu sich, und kurz danach setzten sich etwa ein halbes Hundert braunhäutige Jünglinge das Ufer entlang in Marsch. Meilenweit folgten sie dem langsam treibenden Baum mit Esteban Miranda, bis der Stamm an einer Flußbiegung in den äußeren Rand eines Wirbels geriet, der ihn unter die überhängenden Zweige der dicht am Uferrand wachsenden Bäume schob.

Esteban war inzwischen ganz steif, ausgekühlt und hungrig, so daß er diese Gelegenheit, das Gefährt zu verlassen und ans Ufer zu gelangen, freudig beim Schopf packte. Mühsam zog er sich in den Zweigen des Baumes hoch, die dieser ihm so hilfreich entgegengestreckt hatte, um sodann, dem Fluß entronnen, zum Stamm zu kriechen und sich dort auf die Erde herabzulassen. Dabei entging ihm völlig, daß im hohen Gras ringsum etwa ein halbes Hundert Kannibalenkrieger lauerten.

Er lehnte sich an den Baum, um kurz zu verschnaufen, tastete nach den Diamanten und stellte fest, daß sie noch da waren.

„Trotz allem habe ich doch mächtiges Schwein gehabt", sagte er laut, und fast im gleichen Augenblick erhoben sich die fünfzig Schwarzen um ihn herum und fielen über ihn her. Der Angriff erfolgte so plötzlich, die Gegner waren derart in der Überzahl, daß er gar keine Gelegenheit hatte, sich zu verteidigen, und so kam es, daß er zuverlässig gefesselt am Boden lag, noch ehe er richtig erfassen konnte, was mit ihm vorging.

„Nun, Tarzan von den Affen, habe ich dich endlich?" frohlockte Obebe, der Kannibale, aber Esteban verstand kein Wort von dem, was er sagte, also konnte er die Frage auch nicht beantworten. Er redete den Häuptling auf englisch an, aber diese Sprache verstand der nun wieder nicht.

Nur eins war Esteban klar: Er war gefangen und wurde weiter ins Land geschleppt. Als sie Obebes Dorf erreichten, brach unter den Frauen, Kindern und den zurückgebliebenenen Kriegern ungeheurer Jubel aus. Doch der Medizinmann schüttelte den Kopf, zog ein schiefes Gesicht und stieß düstere Prophezeiungen aus.

„Ihr habt den Flußteufel ergriffen, nun werden wir keine Fische mehr fangen, und bald wird eine große Krankheit Obebes Volk befallen, und alle werden sterben wie Fliegen“, verkündete er. Aber Obebe lachte nur darüber, denn da er ein alter Mann und ein großer König war, hatte er viel Weisheit erlangt, und mit dem Erwerb von Weisheit neigt der Mensch in Religionsfragen zu einer eher skeptischen Haltung.

„Lache ruhig über mich, Obebe“, sagte der Medizinmann. „Dir wird das Lachen noch vergehen. Wart's ab, du wirst sehen.“

„Wenn ich Tarzan von den Affen mit diesen meinen Händen töte, dann werde ich in der Tat lachen“, erwiderte der Häuptling, „und wenn ich und meine Krieger sein Herz und sein Fleisch gegessen haben, dann brauchen wir keinen deiner Teufel mehr zu fürchten, kannst dich drauf verlassen.“

„Wart's ab, und du wirst sehen“, entgegnete der Medizinmann zornig.

Sie stießen den Spanier zuverlässig gefesselt in eine schmutzige Hütte, und durch den Eingang konnte er sehen, wie die Frauen des Dorfes Herdfeuer entfachten und fürs Festmahl am folgenden Abend Töpfe aufsetzten. Kalter Schweiß stand ihm auf der Stirn, als er diese gräßlichen Vorbereitungen sah, deren Bedeutung er nicht mißverstehen konnte, wurden sie doch seitens der Dorfbewohner von Gesten und Blicken in Richtung der Hütte begleitet, in der er lag.

Der Nachmittag war fast vorüber, und Esteban mutmaßte, daß er die Stunden, die ihm zu leben noch blieben, möglicherweise an zwei Fingern einer Hand abzählen konnte, als aus der Richtung des Flusses mehrere gellende Schreie ertönten, die die Ruhe des Dschungels störten und die Dorfbewohner auffahren ließen. Eine Minute später rannten alle wie von Sinnen in die Richtung, aus der sie die markerschütternden Schreie gehört hatten. Aber sie kamen zu spät und erreichten den Fluß gerade noch rechtzeitig, um zu sehen, wie ein riesiges Krokodil eine Frau unter Wasser zog.

„Na, Obebe, was habe ich dir gesagt?“ frohlockte der Medizinmann. „Der Teufelsgott hat schon angefangen, sich an deinem Volk zu rächen.“

Die unwissenden, von tiefem Aberglauben erfüllten Dorfbewohner blickten besorgt von ihrem Medizinmann zu ihrem Häuptling. „Er ist Tarzan von den Affen“, wiederholte Obebe stur.

„Er ist der Flußteufel, der nur die Gestalt Tarzans von den Affen angenommen hat“, hielt der Medizinmann beharrlich dagegen.

„Wir werden ja sehen“, erwiderte Obebe. „Ist er der Flußteufel, so kann er sich von unseren Fesseln befreien. Ist er Tarzan von den Affen, gelingt ihm dies nicht. Ist er der Flußteufel, so wird er nicht eines natürlichen Todes sterben wie die Menschen, sondern ewig leben. Wenn er aber Tarzan von den Affen ist, wird er eines Tages sterben. Also werden wir ihn einfach hierbehalten und abwarten. Da wird sich herausstellen, wer er nun wirklich ist.“

„Wie denn?“ fragte der Medizinmann.

„Ganz einfach“, erklärte Obebe. „Stellen wir eines Tages fest, daß er geflohen ist, dann wissen wir: Er ist der Flußteufel. Und weil wir ihm nichts zuleide getan, ihm vielmehr gut zu essen gegeben haben, während er in unserem Dorf war, wird er unser Freund sein, und uns wird kein Schaden erwachsen. Gelingt es ihm jedoch nicht, zu fliehen, dann ist offensichtlich, daß er Tarzan von den Affen ist, vorausgesetzt, er stirbt eines natürlichen Todes. Wenn er also nicht flieht, werden wir ihn hier behalten, bis er stirbt, und dann wird jeder einsehen, daß er in der Tat Tarzan von den Affen war.“

„Aber angenommen, er stirbt nicht?“ fragte der Medizinmann und kratzte sich am Kopf.

„Dann werden wir erkennen, daß du recht hattest, und daß er fürwahr der Flußteufel war“, schmetterte Obewe triumphierend.

Dann entfernte er sich und beauftragte Frauen, dem Spanier Essen zu bringen, während der Medizinmann noch immer dort stand, wo Obebe ihn verlassen hatte, mitten auf der Straße, und sich weiterhin gedankenverloren am Kopf kratzte.

So wurde Esteban Miranda, Besitzer des märchenhaftesten Vermögens an Diamanten, das die Welt je kannte, zu lebenslanger Gefangenschaft im Dorf Obebes, des Kannibalen, verurteilt.

Während er in der Hütte lag, sah sein verräterischer Kumpan Owaza von einer Stelle am anderen Flußufer, die dem Ort gegenüberlag, wo er und Esteban die Goldbarren vergraben hatten, Tarzan und seine Waziris kommen, nach dem Gold suchen und wieder verschwinden. Am folgenden Morgen erschien Owaza mit fünfzig Mann, die er in einem benachbarten Dorf gemietet hatte, grub das Gold aus und machte sich damit auf den Weg zur Küste.

Am Abend schlug er sein Nachtlager gleich außerhalb des winzigen Dorfes eines kleineren Häuptlings auf, dem es an Kriegern mangelte. Der alte Bursche lud Owaza in seine Behausung und gab ihm reichlich zu essen und vom selbstgebrauten Bier zu trinken, während seine Leute sich unter Owazas Boys herumtrieben und ihnen mit unzähligen Fragen zusetzten, bis schließlich die Wahrheit ans Licht kam und der Häuptling Kenntnis erhielt, daß Owazas Träger einen großen Vorrat an gelbem Gold transportierten.

Als er sich darüber Gewißheit verschafft hatte, war er zunächst sehr beunruhigt, aber schließlich glitt ein Lächeln über sein Gesicht, während er mit dem halb betrunkenen Owaza plauderte.

„Du hast viel Gold bei dir, und es ist sehr schwer“, sagte er. „Bestimmt fällt es deinen Boys nicht leicht, es den ganzen Weg zur Küste zu schleppen.“

„Stimmt“, sagte Owaza. „Aber ich werde sie gut dafür bezahlen.“

„Wenn sie es nicht so weit weg von ihrer Heimat tragen müßten, brauchtest du ihnen nicht so viel zu bezahlen, nicht wahr?“ fragte der Häuptling.

„So ist es“, sagte Owaza. „Ich kann es aber diesseits der Küste nicht an den Mann bringen.“

„Ich wüßte schon, wo du es binnen zweier Tagesmärsche loswerden könntest“, erwiderte der alte Häuptling.

„Wo denn?“ fragte Owaza. „Wer im Landesinneren könnte es wohl kaufen?“

„Es gibt da einen Weißen, der händigt dir ein kleines Stück Papier dafür aus, und das kannst du zur Küste bringen, wo du den vollen Wert des Goldes dafür ausgezahlt bekommst.“

„Wer ist dieser Weiße, und wo wohnt er?“ fragte Owaza.

„Er ist ein Freund von mir, und wenn du es wünschst, kann ich dich morgen zu ihm bringen, und du kannst dein ganzes Gold gleich mitnehmen und dafür dort das kleine Stück Papier in Empfang nehmen."

„Das ist gut", sagte Owaza. „Dann brauche ich den Trägern nur eine kleine Summe zu bezahlen."

Diese waren in der Tat sehr froh, als sie am nächsten Tag erfuhren, daß sie nicht den ganzen Weg zur Küste zurücklegen mußten, denn nicht einmal die Aussicht auf reichliche Bezahlung genügte, ihren Abscheu vor einem so langen Marsch und ihren Widerwillen, sich so weit von zu Hause zu entfernen, in erträglichem Maße zurückzudämmen. Deshalb freuten sie sich sehr, als sie zu einem nur zwei Tage währenden Marsch nach Nordosten aufbrachen. Owaza war glücklich und ebenso der alte Häuptling, der sie persönlich begleitete, obwohl Owaza sich nicht erklären konnte, warum dieser so glücklich war.

Sie waren fast zwei Tage marschiert, als der Häuptling einen seiner Leute mit einer Nachricht vorausschickte.

„Ich will meinem Freund Bescheid geben, damit er uns entgegenkommt und uns in sein Dorf führt", erklärte er. Als die kleine Karawane einige Stunden später den Dschungel hinter sich ließ und ihren Weg über eine breite, grasbewachsene Ebene fortsetzte, erblickten sie nicht weit voraus eine große Schar von Kriegern, die schnell näher kam. Owaza machte halt.

„Was sind das für Leute?" fragte er.

„Es sind die Krieger meines Freundes", erwiderte der Häuptling. „Und er ist bei ihnen, siehst du?" Er wies auf eine Gestalt an der Spitze der Schwarzen, die nun herangetrabt kamen. Ihre Speere und weißen Federn blinkten im Sonnenschein.

„Sie kommen in kriegerischer Absicht, nicht in friedlicher", sagte Owaza ängstlich.

„Das hängt ganz von dir ab, Owaza", entgegnete der Häuptling.

„Ich verstehe dich nicht", sagte Owaza.

„Du wirst es in wenigen Minuten, wenn mein Freund hier ist."

Als die auf sie zukommenden Krieger nahe genug heran waren, erkannte Owaza an ihrer Spitze einen hünenhaften Weißen – einen Weißen, den er für Esteban hielt, seinen Kumpan, den er so treulos im Stich gelassen hatte. Er wandte sich zu dem Häuptling. „Du hast mich verraten", rief er.

„Warte", entgegnete dieser. „Man wird dir nichts wegnehmen, was dir gehört."

„Das Gold gehört ihm nicht“, sagte Owaza. „Er hat es gestohlen.“ Damit wies er auf Tarzan, der nun herangekommen war und vor ihm hielt, ihn jedoch überhaupt nicht beachtete, sondern sich vielmehr an den Häuptling wandte.

„Dein Bote hat mir deine Nachricht überbracht, und Tarzan und seine Waziris sind gekommen, um zu sehen, was sie für ihren alten Freund tun können“, sagte er zu dem alten Mann.

Der Häuptling lächelte. „Dein Bote erreichte mich vor vier Tagen, o Tarzan, und zwei Tage später kam dieser Mann mit seinen Trägern, die Goldbarren zur Küste bringen. Ich erklärte ihm, ich hätte einen Freund, der sie ihm abkaufen und ihm dafür ein kleines Stück Papier aushändigen würde, natürlich nur unter der Voraussetzung, daß das Gold Owaza auch wirklich gehört.“

Der Affenmensch lächelte. „Das war wohlgetan, mein Freund“, sagte er. „Das Gold gehört Owaza gar nicht.“

„Dir aber auch nicht“, rief dieser. „Du bist nicht Tarzan von den Affen. Ich kenne dich. Du bist mit den vier Weißen und der weißen Frau hergekommen, um es aus Tarzans Land zu stehlen, und dann hast du es deinen Freunden abgenommen.“

Der Häuptling und die Waziris lachten. Der Affenmensch lächelte etwas verhalten.

„Der andere war ein Betrüger, ein Doppelgänger, Owaza“, sagte er. „Ich aber bin der richtige Tarzan von den Affen, und ich danke dir, daß du mir mein Gold gebracht hast. Kommt, es sind nur noch wenige Meilen zu meinem Heim.“ Und er zwang Owaza, seine Träger mit den Goldbarren zu dem Bungalow der Greystokes zu dirigieren. Hier gab Tarzan ihnen zu essen, zahlte sie aus und schickte sie am nächsten Morgen in ihre Heimat zurück. Er sandte auch Owaza mit ihnen weg, jedoch nicht, ohne ihm ein wertvolles Geschenk zu machen und ihn zu ermahnen, sich nie wieder auf Tarzans Gebiet blicken zu lassen.

Als sie abgerückt waren, blieben Tarzan, Jane und Korak noch auf der Veranda des Bungalows stehen, mit Jad-bal-ja zu ihren Füßen, und der Affenmensch legte einen Arm um die Schulter seiner Gattin.

„Ich muß zurücknehmen, was ich über das Gold von Opar gesagt habe, nämlich, daß es nicht für mich bestimmt sei, denn du siehst jetzt ein neues Vermögen vor dir, das den ganzen Weg von den Schatzkammern Opars hierher zurückgelegt hat, ohne daß ich mich darum bemüht hätte."

„Vielleicht bringt dir jemand noch deine Diamanten zurück", sagte Jane lachend.

„Das ist aussichtslos", antwortete Tarzan. „Sie liegen unwiederbringlich auf dem Grund des Ugogoflusses", und weit von ihnen entfernt, am Ufer des Ugogo, lag Esteban Miranda im Dorf des Kannibalen Obebe in der schmutzigen Hütte, die ihm zugewiesen worden war, und freute sich über ein Vermögen, von dem er nie einen Nutzen haben würde, da er sein Leben nun in der Gefangenschaft verbringen mußte. Und dazu verdammt hatten ihn Obebes Hartnäckigkeit und der Aberglaube.

Inhaltsverzeichnis

Edgar Rice Burroughs
TARZAN®
bei den Affen
KRANICHBORN VERLAG LEIPZIG

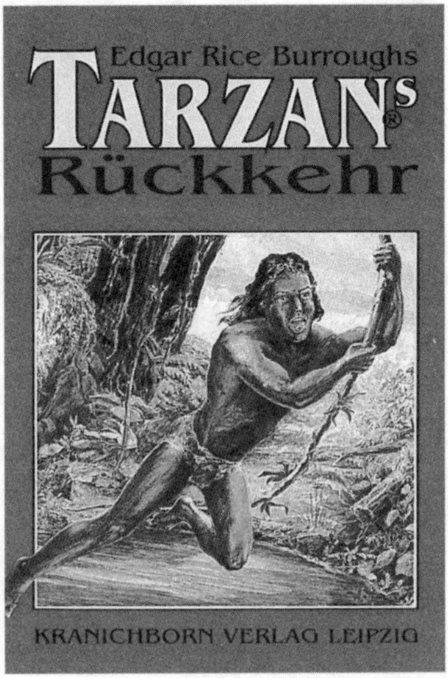
Edgar Rice Burroughs
TARZANs®
Rückkehr
KRANICHBORN VERLAG LEIPZIG

Edgar Rice Burroughs
TARZANs®
Sohn
KRANICHBORN VERLAG LEIPZIG

Edgar Rice Burroughs
TARZANs®
Tiere
KRANICHBORN VERLAG LEIPZIG

Edgar Rice Burroughs
TARZAN®
und der Schatz von Opar
KRANICHBORN VERLAG LEIPZIG

Edgar Rice Burroughs
TARZAN®
und der goldene Löwe

Edgar Rice Burroughs
TARZAN®
und die Ameisenmenschen
KRANICHBORN VERLAG LEIPZIG

Die Reihe der TARZAN-Geschichten
wird mit folgenden Bänden
fortgeführt:

TARZAN der Schreckliche
ISBN 3-930040-21-2

Deutsche Erstveröffentlichung
TARZAN, Herr des Dschungels
ISBN 3-930040-22-0

Deutsche Erstveröffentlichung
TARZAN und das verschollene Reich
ISBN 3-930040-23-9

TARZAN der Unbesiegbare
ISBN 3-930040-24-7

KRANICHBORN VERLAG LEIPZIG